DIE
LETZTE
SCHWESTER

WEITERE TITEL VON LESLIE WOLFE

D‌ETECTIVE K‌AY S‌HARP

Das Mädchen von Silent Lake

Am Grund des Blackwater River

Die letzte Schwester

I‌N E‌NGLISCHER S‌PRACHE

The Girl from Silent Lake

Beneath Blackwater River

The Angel Creek Girls

The Girl on Wildfire Ridge

DIE LETZTE SCHWESTER

LESLIE WOLFE

Übersetzt von Jessica Joerdel

bookouture

Herausgegeben von Bookouture im Jahr 2022

Ein Imprint von Storyfire Ltd.
Carmelite House
50 Victoria Embankment
London EC4Y 0DZ

www.bookouture.com

ISBN: 978-1-80314-756-7
eBook ISBN: 978-1-80314-755-0

DANKSAGUNG

Ein besonderer Dank geht an meinen Freund Mark Freyberg, den Staranwalt von New York City, der mich so geschickt in die Feinheiten des Justizsystems eingeführt hat.

EINS

DER BESUCHER

Ein kurzes Klopfen gegen das dunkle Fenster ließ Cheryl zusammenzucken.

Das Messer rutschte in ihrer zitternden Hand zur Seite und stach in das Fleisch ihres Fingers, genau dort, wo er die Karotte auf dem Schneidebrett festhielt.

Sie jammerte leise und nahm den pochenden Finger in den Mund, um den Schmerz zu lindern, während sie in die pechschwarze Dunkelheit draußen vor dem Fenster starrte.

War Julie endlich nach Hause gekommen? Warum um alles in der Welt hatte sie ihre sechzehnjährige Tochter nur ausgehen lassen, obwohl sie eigentlich schon längst weg sein sollten? Sie hatte Julie gesagt, sie müsse früher nach Hause kommen, aber sie schaffte es einfach nicht, zu dem Kind durchzudringen, ganz egal, was passiert war. Wo konnte sie in einer stürmischen Nacht wie dieser sein? Wahrscheinlich bei ihrem neuen Freund, sicher machte sie irgendwo in seinem Pick-up mit ihm rum und hatte alles, worüber sie gesprochen hatten, längst völlig vergessen. Und trotzdem konnte sie ihr nicht wirklich böse sein; das arme Mädchen war in den letzten zwei Tagen durch die Hölle gegangen. Sie hoffte nur, dass sie ihrem Freund nicht zu viel erzählt hatte.

Ein weiteres Klopfen gegen das Fenster ließ Hoffnung in ihr aufsteigen, die sich jedoch einen Augenblick später schon wieder in Luft auflöste. Es war nur der Regen, der stärker und heftiger fiel, große Tropfen, die unter den kräftigen Orkanböen gegen die Fensterscheiben prasselten.

Jetzt loszufahren wäre sinnlos. Es war eine weite Fahrt bis San Francisco, gut vier Stunden auf dem Highway. Sie wusste nicht, wie sie das mit drei Kindern im Auto schaffen sollte, bei einer Sichtweite von nicht einmal zwanzig Metern. Was, wenn etwas schief ginge? Was, wenn das Auto eine Panne hätte? Nein ... sie würde noch eine Horrornacht überstehen müssen und dann gleich morgen früh abreisen.

Sie zwang sich zu atmen und hielt die Tränenflut zurück, die aus lauter Sorge aus ihr herauszubrechen drohte. Heather, ihre Achtjährige, schaute für den Bruchteil einer Sekunde von ihrem Handy auf und warf ihr einen dieser durchdringenden Blicke zu, die Cheryl von ihrer Tochter gewohnt war, wenn sie sich aufregte. Es war, als ob das Kind die unheimliche Fähigkeit besäße, die Gedanken seiner Mutter zu lesen.

Cheryl nahm den Finger aus ihrem Mund und zwang sich zu einem Lächeln. »Hast du Hunger, Kleines?«

»Mm-hm.« Heather runzelte die Stirn, dann widmete sie sich wieder dem, was sie gerade auf ihrem Handy machte, wahrscheinlich spielte sie irgendein Spiel. Sie saß im Schneidersitz auf dem weißen Sofa, bekleidet mit einer viel zu großen Pyjamahose und dem Sweatshirt, das sie an diesem Tag in der Schule getragen hatte, ihr neuestes Lieblingsteil, das sie auch im Bett angezogen hätte, wenn Cheryl es ihr erlaubt hätte. Ihre Mickey-Mouse-Socken lagen auf dem Boden, achtlos weggeworfen, nur wenige Minuten nachdem Cheryl sie dazu gebracht hatte, sie anzuziehen.

»Mommy?«, rief ihre Jüngste mit einem Löffel Cornflakes

in der Hand, von dem Milch auf den Tisch heruntertropfte. Die Vierjährige hatte zwar gelernt, mit dem Löffel umzugehen, aber sie benutzte ihn immer noch wie eine Waffe, die sie mit ihrer winzigen Faust umklammert hielt, als wäre es das Schwert von König Artus, mit dem sie das Essen durch die Luft schleuderte. Ihre Zöpfe wippten bei jeder ihrer Bewegungen. Sie waren mit grünen Haargummis zusammengebunden, die sich langsam lösten.

»Ja, Erin, was ist los?«, fragte Cheryl und konnte ihren Blick nicht von der tiefen Dunkelheit draußen vor dem Küchenfenster losreißen, die durch die Regentropfen noch bedrohlicher wirkte als in jeder anderen Nacht. In der Ferne erzeugte das Donnergrollen eine unheilverkündende Erschütterung, die Cheryl einen Schauer über den Rücken jagte.

»Heather kaut schon wieder auf ihren Haaren rum«, verkündete Erin stolz, und ihre Piepsstimme klang spöttisch, während ihre ältere Schwester ihr einen vernichtenden Blick zuwarf.

»Du kleine Ratte«, flüsterte Heather leise, nachdem sie sich blitzschnell eine lange, dunkle Haarsträhne aus dem Mund gezogen hatte. Sie zwirbelte ihre Haare gerne zu Strähnen und kaute dann gedankenverloren darauf herum, während ihre Finger auf dem Display ihres Handys oder Julies Tablet oder auf jedem anderen Gerät herumtippten, das sie in die Finger bekam. »Alte Petze.«

»Hör auf, deine Schwester zu beleidigen, Heather«, schaltete sich Cheryl ein. Die Dunkelheit draußen wich plötzlich einem kräftigen Lichtkegel, als ein Pick-up vorfuhr. Durch das Fenster, das von einem Netz aus Wassertropfen bedeckt war, die regenbogenfarbene Prismen erzeugten, sah sie, wie Julie dem jungen Fahrer ein tränenüberströmtes Lächeln zuwarf, dann aus dem Pick-up zur Tür eilte und dabei achtlos durch die Pfützen in der Einfahrt platschte. Der Pick-up fuhr davon und die Dunkelheit eroberte sich das Land zurück.

Cheryl fiel vor Erleichterung ein Stein vom Herzen. Immer noch wütend über den Leichtsinn ihrer Ältesten wandte sie sich wieder dem Gemüseberg zu, der auf dem Schneidebrett lag. In der Zeit, die Julie brauchte, um die Tür aufzuschließen und einzutreten, hatte sie die restlichen Karotten in ungleichmäßige Stücke geschnitten und in den Topf geworfen, wodurch der blubbernde Eintopf sofort leise zu köcheln begann.

»Hi, Mom«, begrüßte Julie sie von der Tür aus mit einem zaghaften, schuldbewussten Lächeln, bereit, sofort in Richtung ihres Schlafzimmers zu flüchten. »Das riecht aber gut.« Ihr nasses kastanienbraunes Haar klebte ihr im Gesicht, tropfte auf ihre Wangen und ihre Brust. Ihre Kleidung war durchnässt und zu ihren Füßen bildeten sich kleine Wasserlachen.

»Nicht so schnell«, bremste Cheryl sie. »Du gehst sofort unter die Dusche, hast du verstanden? Sonst erkältest du dich noch. Es ist eiskalt da draußen.« Sie erschauderte, als sie sich daran erinnerte, wie es sich noch vor zwei Tagen angefühlt hatte, stundenlang bei diesem Wetter da draußen zu sein, und wischte sich nervös die Hände an der Schürze ab.

Das Lächeln des Mädchens verschwand. »Nicht nötig. In Brents Pick-up war es warm genug.«

Cheryl schluckte einen langen Seufzer hinunter. Die Jugend. Sie verlieh Flügel, ob es nun um große Hoffnungen oder die Fähigkeit des Körpers ging, das kalte und feuchte Oktoberwetter an den Hängen des Mount Chester zu ertragen. »Wie alt ist dieser Brent überhaupt? Sollte er bei diesem Wetter nachts mit dem Auto unterwegs sein?«

Julies Augenbrauen zogen sich über der Nasenwurzel zusammen. »Er ist fast achtzehn, Mom. Das habe ich dir doch schon gesagt.« Sie verlagerte ihr Gewicht von einem Bein auf das andere und strich sich mit langen, blassen Fingern eine klebrige Haarsträhne aus dem Gesicht und steckte sie hinter ihr Ohr. »Darf ich jetzt gehen?«

Als die Dunkelheit draußen wieder zu schwinden schien, wanderte Cheryls Blick zum Fenster. Vielleicht war es ein vorbeifahrendes Auto oder so etwas. »In einer halben Stunde gibt es Abendessen«, antwortete sie, die Angst durchströmte ihren Körper, vor Anspannung biss sie die Zähne zusammen. »Du weißt, dass wir heute eigentlich fahren wollten. Wir haben darüber gesprochen. Ich kann nicht glauben, dass du mir das angetan hast, Julie.«

Julie warf die Hände in die Luft und ließ sie dann mit einem lauten Klatschen auf ihre jeansbekleideten Oberschenkel fallen. »Ich weiß, wie du über diese ganze Sache denkst, aber ich habe keine Angst. Nenn mich verrückt, aber das bin ich nicht. Ich will hierbleiben. Bitte ... Das kann doch nicht dein Ernst sein. Wir können nirgendwohin.«

Die immer lauter werdende Stimme ihrer Tochter spiegelte Cheryls tiefste Ängste wider. Wohin sollten sie fahren? Wie würden sie leben? Das Leben auf der Flucht war kein Zuckerschlecken für eine verwitwete Mutter von drei Kindern. Aber sie hatte keine andere Wahl, nicht nach dem, was am Samstagabend passiert war.

»Ich meine es todernst, Jules«, antwortete sie streng und stützte ihre Hände entschlossen auf ihre Oberschenkel. »Wir fahren gleich morgen in aller Herrgottsfrühe los. Wir hätten schon heute abreisen sollen, aber du und dein Freund habt euch anders entschieden, stimmt's?«

Julie warf dem Kofferstapel im Flur einen schuldbewussten Blick von der Seite zu. »Es tut mir leid, Mom. Ich kann einfach nicht glauben, dass das real ist. So etwas passiert den Leuten heutzutage nicht mehr. Wir hätten doch in den sozialen Medien davon gelesen.«

»Soziale Medien haben nichts damit zu tun. Jetzt geh dich waschen, föhn dir die Haare und komm zum Abendessen wieder runter.« Die Spannung in ihrer Stimme musste Heathers Aufmerksamkeit erregt haben, denn ihre Achtjährige hatte das Handy weggelegt und starrte sie mit leicht geöffnetem Mund verängstigt an. *Verdammt!*

Das Geräusch der Türklingel ließ Cheryl aufschrecken. Sie stöhnte leise auf, bevor sie ihren offenen Mund mit einer zitternden Hand bedeckte. Sie schaute aus dem Fenster und glaubte, einen Pick-up zu erkennen, der mit ausgeschalteten Scheinwerfern in der Einfahrt stand. Der weiße Lack des Fahrzeugs reflektierte das Licht, das durch das Küchenfenster nach draußen drang, und wirkte im Regen gespenstisch.

Julie eilte zu ihrer Mutter und packte sie mit beiden Händen am Arm. »Mach nicht auf, Mom«, flüsterte sie mit zittriger Stimme. Ihr gespielter Mut von eben schien spurlos verschwunden.

Cheryl dachte kurz darüber nach. Wer auch immer an der Tür war, hatte sie bereits durch das Fenster gesehen. Er hatte gesehen, dass das Licht brannte, er hatte ihre Stimmen durch die geschlossene Tür gehört. Sie warf einen hastigen Blick auf die Wanduhr, direkt über dem Kamin. Drei Minuten vor halb zehn. Der unerwartete Besucher war sicherlich eine schlechte Nachricht, aber auch mit schlechten Nachrichten musste man fertigwerden.

»Wer ist es, Mom?«, rief Heather und riss ihren Blick für einen kurzen Moment vom Display ihres Handys los.

Cheryl hatte sich entschieden. Sie würde sich dem stellen, wer auch immer vor der Tür stand, so wie sie es schon einmal getan hatte, mit Mut und der Bereitschaft, alles zu tun, um ihre Familie zu schützen, und es würde ihr gut gehen. Es würde ihnen allen gut gehen, und am nächsten Morgen würden sie von diesem schrecklichen Ort verschwinden. Sie schob Julie weg und ging zur Tür. »Bring deine Schwestern nach oben, Jules.«

»Aber Mom ...«

»Einen Moment noch«, sagte Cheryl laut, sodass der späte Besucher sie hören konnte. »Jetzt sofort«, flüsterte sie der ungehorsamen Julie zu und durchbohrte ihre Tochter mit ihren Blicken. Sie wartete einen Moment, bis Julie Erin auf den Arm nahm und Heathers Hand ergriff, um sie nach oben zu bringen. Als sie sah, dass sie die obere Etage erreicht hatten, schloss sie die Tür auf.

Sie zwang Luft in ihre Lungen, dann öffnete sie die Tür einen Spalt weit, ohne die Kette zu entfernen. In dem schwachen, gelblichen Licht der Glühbirne, die auf der Veranda hing, erkannte sie das Gesicht des Besuchers. Es war nicht der, mit dem sie gerechnet hatte, aber trotzdem eine schlechte Nachricht. Zum Glück war er allein gekommen. »Ach, du bist es«, sagte sie und schloss die Tür gerade so weit, dass sie die Kette entfernen konnte.

Als sie den Mann hereinbat, wich sie seinen prüfenden Blicken aus. Sein Anblick hatte ihre Sinne in einen Panikrausch versetzt, ihre Angst war unverarbeitet und wollte in ungebetenen Worten aus ihr herausbrechen. Als sie ihn ins Zimmer bat und ihm bedeutete, am Esstisch Platz zu nehmen, konnte sie ihre Hände kaum stillhalten, denn das Hämmern in ihrer Brust war so stark, dass ihr ganzer Körper bebte.

Vom oberen Treppenabsatz aus beobachtete Julie das Geschehen mit vor Schreck weit aufgerissenen Augen. Sie lehnte sich über das Geländer und versuchte offensichtlich, jedes Wort zu verstehen, das zwischen den beiden Erwachsenen gewechselt wurde.

»Wie wäre es mit einem Glas Wein?«, fragte Cheryl, und der Mann nickte mit einem leisen Lächeln auf den Lippen.

»Gerne«, antwortete er und folgte ihr auf Schritt und Tritt, während sie die Gläser holte, eine Flasche entkorkte und die blutrote Flüssigkeit einschenkte. Sein durchdringender Blick beobachtete sie sonderbar, als wäre sie eine exotische Spezies, die er unbedingt sezieren wollte.

Cheryl setzte sich an den Tisch und trank einen Schluck Wein, an dem sie sich fast verschluckte, weil der Knoten in ihrer Kehle die kühle, köstliche Flüssigkeit nicht durchlassen wollte. Sie stellte das Glas zurück auf den Tisch und legte dann ihre zitternden Hände in den Schoß und wartete ab. Was auch immer der Mann hier wollte oder mit ihr zu besprechen hatte, sie würde es in Kürze erfahren. Und dann würde es vorbei sein.

Ein lautes, zischendes Geräusch ließ sie hochschrecken. Der Eintopf war übergekocht, die Soße brutzelte dort, wo sie auf die rote, heiße Oberfläche der Herdplatte getropft war, und ließ Rauchschwaden aufsteigen. Sie rührte den Topf um und schaltete die Herdplatte aus, ohne auf die Spritzer zu achten, die auf dem Boden neben dem Herd gelandet waren. Dann setzte sie sich wieder hin und nestelte nervös am Saum ihrer grün-weiß karierten Schürze herum.

Der Mann, der sie anstarrte, hatte kalte graue Augen, direkt und unnachgiebig, und es schien ihn nicht zu stören, dass ihm das Wasser aus seinem kurzen Haar in den Nacken tropfte. Er sah sie an, als ob er alles wüsste. Als ob er irgendwie herausgefunden hätte, was sie getan hatte.

Aber das war unmöglich.

»Du weißt, warum ich hier bin«, sagte er schließlich, seine Stimme war ruhig und sachlich. »Es wird Zeit.«

Bei seinen Worten machte sich eine eisige Kälte in ihr breit. »Nein«, flüsterte sie, schüttelte den Kopf und stieß sich vom Tisch ab. Ihr Stuhl knirschte protestierend über den Fliesenboden. »Nein ... lass uns in Ruhe, bitte«, flehte sie, ihre Stimme war ein zittriges Stöhnen. Sie stand auf und wankte rückwärts, bis sie die Wand erreicht hatte. »Du musst das nicht tun.«

Ein flüchtiges Lächeln umspielte die Lippen des Mannes. »Es muss sein«, sagte er und sah sie mit diesem eindringlichen, unbarmherzigen Blick an. »Du hast es die ganze Zeit gewusst.«

»Wir wollten weg von hier«, antwortete sie und deutete auf die Koffer im Flur. »Ich hatte vor, von hier zu verschwinden. Wenn du morgen gekommen wärst, hättest du uns nie gefunden.«

Das kleine Lächeln hatte sich in ein Grinsen verwandelt, das kälteste Grinsen, das sie je gesehen hatte. »Aber du bist hier«, erwiderte er. »Niemand kann seinem Schicksal entgehen. Das weißt du doch, oder?« Er stand auf und kam langsam ein paar Schritte auf sie zu. Es kostete sie jedes Quäntchen Selbstbeherrschung, nicht vor Angst aufzuschreien. »Du weißt, dass sich ihr Schicksal erfüllen muss.« Er steckte die Hände in die Taschen. »Noch heute Nacht.«

»Nein!«, schrie sie und stürmte zur Haustür. Wenn es ihr gelänge, aus dem Haus zu entkommen, dann würde sie es vielleicht bis nach nebenan zu ihrem Nachbarn schaffen. Vielleicht konnte er ihr helfen.

Oben auf der Treppe hörte sie Julie schreien: »Heather, wähl den Notruf, so wie Mom es dir beigebracht hat. Jetzt sofort! Und komm nicht runter.« Dann stürmte sie die Treppe hinunter, ihre Füße polterten auf den Stufen.

Dieses Mädchen hörte einfach nie auf sie. Nicht mal, wenn ihr Leben davon abhing.

Cheryl konnte sich nicht dazu durchringen, Hilfe zu holen und ihre Tochter mit diesem Mann allein zu lassen. Für einen kurzen Moment erstarrte sie an Ort und Stelle, dann drehte sie sich um, trat zwischen Julie und ihn und schützte ihre Tochter mit ihrem eigenen Körper. »Du wirst sie nicht mitnehmen, hast du mich verstanden? Das lasse ich nicht zu«, sagte sie, und das Adrenalin schürte den Mut, der es irgendwie in ihre Stimme geschafft hatte. »Lass uns einfach gehen.«

Der Mann machte zwei weitere Schritte auf sie zu. »Vergiss es. Sie wird mit mir kommen. Noch heute Nacht. So wie es geschehen soll.«

Ein unterdrücktes Schluchzen wuchs in ihrer Brust. Nicht schon wieder. Dieser Wahnsinn würde nicht schon wieder passieren. Sie hatte gedacht, sie hätte das hinter sich gelassen. Sie hatte geglaubt, sie wären in Sicherheit. »Ich wollte weg. Bitte lass uns gehen. Niemand muss es erfahren.« Sie faltete ihre Hände zu einer flehenden Geste, während ihre Tränen zu fließen begannen. »Bitte, ich flehe dich an, lass uns gehen.«

Er rührte sich nicht. In den kalten Augen des Mannes war kein Funken Verständnis zu erkennen. »Das kann ich nicht tun«, antwortete er mit einem scheinbar gleichgültigen Achselzucken. »Du weißt, dass ich das nicht kann. Es muss geschehen, und das weißt du.« Ein schiefes Grinsen umspielte flüchtig seine Lippen. »Deshalb bist du immer noch hier, deshalb bist du nicht von hier verschwunden. Es ist ihre ... ihre Macht, die dich zurückzieht, dich hier festhält. Es muss geschehen.«

Cheryl sah sich nach etwas um, das sie benutzen konnte, einer Waffe, irgendetwas. Neben ihr, auf der Arbeitsplatte, stand der Messerblock in Reichweite. Sie stürzte sich auf das Messer, aber sie war nicht schnell genug.

Er war schneller.

Sie spürte, wie sich die Klinge wie eine Stahlfaust durch ihren Unterleib bohrte. Sie keuchte und versuchte zu schreien, aber kein Laut kam über ihre Lippen. Als sie fiel, hörte sie, wie das Messer zu Boden fiel und klappernd neben ihr auf dem Küchenboden aufschlug.

Während die Welt um sie herum langsam schwarz wurde, sah sie, wie sich der Mann auf Julie stürzte und sie packte. Ihr Baby schrie und rief nach ihr, strampelte und zappelte mit aller Kraft. Dann das Geräusch eines Schlages, und Julie wurde still und hing schlaff und reglos im starken Griff des Mannes.

Dann herrschte Stille, Dunkelheit senkte sich über Cheryls Geist, dick, undurchdringlich, obwohl sie mit jedem Tropfen Leben, der noch durch ihre Adern floss, dagegen ankämpfte.

Vom oberen Treppenabsatz rief Heather mit zitternder Stimme. »Mommy?«

Doch sie konnte nicht mehr antworten.

ZWEI

EIN REGNERISCHER MORGEN

Detective Kay Sharp eilte barfuß durch die Küche, so schlaftrunken, dass sie den kalten Boden unter ihren Zehen nicht spürte. Ihr langes blondes Haar hing ihr in losen Strähnen übers Gesicht und widersetzte sich ihren Versuchen, es mit einer Hand zu bändigen. In der kühlen Luft bekam sie eine Gänsehaut, doch sie achtete nicht darauf und füllte die Kaffeekanne mit Wasser. Sie goss es schnell in die Maschine, fügte einen neuen Filter und ein paar Löffel frisch gemahlenen Kaffee hinzu, bevor sie den Knopf drückte.

Die Maschine erwachte zum Leben.

Zufrieden lehnte sie sich gegen die Arbeitsplatte und sog den Duft ein. Er vertrieb den Nebel, der ihr Gehirn umhüllte, und brachte ihren Körper in Schwung, auch wenn ein Anflug von Migräne noch immer bedrohlich über ihrem Vormittag schwebte. Sie blinzelte in das trübe Licht, das vom bedeckten Himmel, aus dem es die ganze Woche über geregnet hatte, durch das Fenster fiel, und stellte sich die Frage, der sie ausgewichen war, seit ihr Wecker lauter als eine Sirene geklingelt hatte.

Konnte es sein, dass sie ein wenig verkatert war?

Ein Lächeln stahl sich auf ihr Gesicht, als sie an das gestrige Abendessen zurückdachte. Detective Elliot Young, ihr Partner, seit sie auf der Wache in Mount Chester angefangen hatte, hatte ihr gegenüber am Tisch gesessen und kaum ein Wort über das ausgezeichnete, medium-gegarte Steak und das Bier verloren, das dazu serviert worden war. Sie erinnerte sich, dass sie noch eins und dann noch eins bestellt hatte, aber in Wahrheit hatte sie das ganze Gebräu nur getrunken, weil sie einfach nicht wollte, dass der Abend vorbei war.

Noch nicht.

Nicht, solang er sie mit seinen blauen Augen, die mehr sagten, als er je tatsächlich ausgesprochen hätte, so ansah. Nicht, solang sie sich noch nicht entschieden hatte, was ihn anging.

Oder hatte sie sich das alles nur eingebildet? Und selbst wenn nicht, wäre es nicht besser für sie, all das zu ignorieren und den schlimmsten beruflichen Fehler überhaupt zu vermeiden – sich mit einem anderen Polizisten einzulassen?

Kays Blick wanderte zu der Dienstmarke und der Waffe, die sie am Abend zuvor auf der Arbeitsplatte liegen gelassen hatte, als sie zu müde gewesen war, sie wie sonst in die Schublade zu legen. Jacob, ihr Bruder, kannte die Regeln und hätte ihre Sachen nie angerührt.

Der Anblick des goldenen siebenzackigen Sterns ließ ihre Brust vor Stolz anschwellen und sie freute sich auf den Beginn ihrer Schicht. Aber das hatte weniger mit der Polizeiarbeit als mit ihrem Partner zu tun. Das dachte sie zumindest. Obwohl sie die Arbeit liebte und sich nicht vorstellen konnte, etwas anderes als Strafverfolgung zu machen.

Sie kicherte leise. »Du bist mir eine schöne Seelenklempnerin«, murmelte sie vor sich hin, immer noch lächelnd. »Siehst nicht mal das, was dir direkt ins Gesicht springt.«

Vor etwa einem Jahr war sie nach Mount Chester zurückgekehrt und hatte eine Karriere als FBI-Profilerin in der regionalen FBI-Niederlassung von San Francisco an den Nagel gehängt. Sie hatte all das gegen einen Job als Detective in der Kleinstadt eingetauscht, in der sie aufgewachsen war, und lebte zusammen mit ihrem Bruder in einem Haus voller düsterer Erinnerungen.

Gut, dass der wie ein Murmeltier schlief, denn sie hatte es so eilig gehabt, die Kaffeemaschine anzuschmeißen, dass sie nur in T-Shirt und Unterhose, mit denen sie gestern Abend ins Bett gegangen war, in der Küche stand. Sie wollte nur einen Schluck Kaffee trinken, bevor sie unter die Dusche sprang, denn sie wusste, dass sie kaum Zeit haben würde, sich die Haare zu waschen, bevor Elliot sie abholen würde.

Elliot.

Schon wieder kreisten ihre Gedanken um ihn, wie an den meisten Tagen. Er fuhr sie zur Arbeit und brachte sie nach Hause, als ob sie kein eigenes Auto hätte. Bedeutete das ...

Ein Geräusch erregte ihre Aufmerksamkeit und sie erstarrte. Die Tür zum Schlafzimmer ihres Bruders war angelehnt und öffnete sich langsam. Sie runzelte die Stirn, trat hinter die Kücheninsel, verbarg ihre nackten Beine und stellte sich darauf ein, Jacob zu begrüßen. Hoffentlich würde er nur kurz auf dem Weg ins Bad vorbeikommen, dann hätte sie die Chance, aus der Küche zu flüchten, bevor er ihren fast unbekleideten Zustand bemerkte.

Die Tür öffnete sich leise und eine junge Frau kam heraus, ihr kastanienbraunes Haar war zerzaust und hing in unordentlichen Strähnen über den Kragen von Jacobs kariertem Hemd, das ihr kaum bis über den Hintern reichte. Mit dem Rücken zu Kay drückte sie die Türklinke sanft zu und schloss die Tür völlig geräuschlos, dann drehte sie sich um und erstarrte in dem Augenblick, als sie Kay bemerkte.

»Oh«, flüsterte sie und ihre Wangen erröteten vor Verlegenheit. Sie raffte das Hemd um ihren schlanken Körper zusammen und blieb wie angewurzelt stehen, unsicher, was sie tun sollte.

»Kaffee?«, fragte Kay und hielt die Kanne in die Luft.

Sie nickte ein paarmal nervös, dann antwortete sie mit leiser, erstickter Stimme: »Ja, bitte.« Mit einer Hand hielt sie das Hemd fest um ihre Brust geschlossen, während die andere am Saum zerrte.

Kay biss sich auf die Lippe und verbarg ihr Lächeln, als sie sich umdrehte, um einen Becher aus dem Schrank zu holen. Ihr kleiner Bruder hatte also eine Freundin. Wie schön. Er hatte es verdient, glücklich zu sein. Sie füllte den Becher und hielt ihn dem Mädchen hin.

Bitte sehr, ähm ...? Die unausgesprochene Frage hing in der Luft, erfüllt von der Verlegenheit des Mädchens, dick wie der Morgennebel von San Francisco, als sie Kay den Becher abnahm.

»Lynn«, sagte sie schließlich. Die Hand, die den Kaffeebecher hielt, schwebte in der Luft. Dann entschied sie sich, den Becher auf der Kücheninsel abzustellen, und sobald ihre Hand frei war, begann sie sofort am Saum von Jacobs Hemd herumzunesteln. »Du bist seine Schwester, stimmt's? Die Polizistin?«, fügte sie hinzu und warf einen Seitenblick auf Kays Dienstmarke und Waffe.

Instinktiv machte Kay einen Schritt, um sich zwischen das Mädchen und ihre Dienstwaffe zu stellen. Sie antwortete nicht sofort, ihre Augen waren auf Lynns Handrücken gerichtet. Zwischen Daumen und Zeigefinger hatte sie eine kleine Tätowierung, fünf kleine Punkte, die so angeordnet waren, wie sie normalerweise auf der fünften Seite eines Würfels zu sehen waren. Das Mädchen musste schon einige Zeit hinter Gittern verbracht haben, denn das war zweifellos ein Knast-Tattoo.

»Ich glaube, du solltest jetzt besser gehen«, sagte Kay kühl. »Ich werde hier warten.«

Lynn wurde blass und eilte zurück in Jacobs Schlafzimmer,

wo sie die Tür mit einem lauten Knall hinter sich zuwarf. Ein paar Minuten später kam sie vollständig angezogen wieder heraus und verschwand durch die Tür, wobei sie Kays Blicken und Jacobs Fragen auswich.

»Was ist denn in dich gefahren?«, rief Jacob ihr aus seinem Schlafzimmer hinterher, doch Lynn war schon weg.

Verdammter Mist, dachte Kay und wartete angespannt auf die Unterhaltung, die ihr jetzt bevorstand.

Jacob kam in die Küche, kratzte sich am Ansatz seiner dünner werdenden Haare und blinzelte unter dem schummrigen Licht, als hätte er am Abend zuvor im Hilltop zu viel Bier getrunken. Er trug ein ärmelloses Hemd und eine gestreifte Pyjamahose, wirkte zerknittert und verschwitzt.

»Warum hast du sie vergrault?«, fragte er. »Was hat sie dir getan?«

Kay atmete tief durch und beschloss, ruhig zu bleiben.

»Sie ist vorbestraft, Jacob. Wo hast du sie kennengelernt?«

Er kratzte sich am Bauch, seine Finger zogen am Hemd, hoben es hoch, bis er mit den Fingernägeln über seine Haut fahren konnte.

»Woher willst du wissen, dass sie vorbestraft ist? Du hast sie gerade erst kennengelernt!«

»Du hast doch das Tattoo auf ihrer Hand bemerkt, diese fünf Punkte? Das ist Gefängnistinte. Jeder Punkt steht für eine der vier Wände einer Gefängniszelle, und der mittlere Punkt steht für den Insassen.«

Er zuckte mit den Schultern und wandte sich von ihr ab. »Ich war auch schon im Gefängnis, und ich habe nichts getan, womit ich die Zeit, die ich dort verbüßt habe, verdient hätte. Falls du das vergessen hast.«

Kay hob beschwichtigend die Hände und vermisste schon jetzt den Kaffeebecher, den sie auf der Arbeitsplatte abgestellt hatte. »Ja, das weiß ich, aber das hier ist etwas anderes.«

Er schüttelte den Kopf und kräuselte die Lippen. Dann

ging er an ihr vorbei, öffnete den Kühlschrank, ohne auch nur einen Moment auf ihre Kleidung zu achten, und zog dann eine Wurst aus einer Packung Würstchen, die sie am Vortag gekauft hatte. »Willst du auch eine?«, fragte er und sie schüttelte den Kopf. Er biss hinein und kaute laut, mit offenem Mund. Wenn ihr Bruder verärgert war, aß er. Selbst wenn das bedeutete, ungekochte Würstchen direkt aus der Packung zu essen.

»Ich habe solche Tattoos schon mal gesehen, in ...«, setzte sie an, aber er brachte sie mit einer Handbewegung zum Schweigen.

Er schob sein Kinn vor und drehte sich zu ihr um, dann schluckte er die Reste der halb zerkauten Wurst hinunter. »Hör zu, Schwesterherz, ich bin nicht der Fang des Jahrhunderts, wenn du verstehst, worauf ich hinauswill. Ich nehme Saisonjobs an, wenn ich welche finde, und dann wohne ich auch noch bei meiner Schwester. Und zu allem Übel ist meine Schwester auch noch Polizistin, und die ganze Stadt weiß, dass sie mich aus dem Knast holen musste.«

»Aber du warst unschuldig ...«

»Was denkst du, wie viele Leute das tatsächlich glauben? Na? Ich denke, die meisten glauben, dass du ein paar Fäden gezogen hast, um meine Akte verschwinden zu lassen, nur weil du Polizistin bist und deinen Willen durchsetzen kannst. Also entschuldige bitte, wenn es mir scheißegal ist, ob Lynn gesessen hat.« Er wischte sich verärgert mit dem Handrücken über den Mund. »Ich glaube aber nicht, dass das tatsächlich so war. Sie hätte es mir erzählt.«

»Wirklich?«, platzte Kay heraus und bedauerte es sofort. Sie wollte ihren Bruder nicht verärgern. Es war ihr Job, die Menschen, mit denen sie jeden Tag zu tun hatte, die sie die Welt auf eine bestimmte Weise sehen ließen, jeder ein möglicher Verbrecher, ein Lügner, ein Betrüger, ein Dieb, vielleicht sogar ein Mörder.

Jacob seufzte, sein Blick trübe vor Traurigkeit und Resignation. »Ja, wirklich. Ich bin kein kompletter Idiot, weißt du. Ich merke, ob jemand ehrlich zu mir ist.«

Sie senkte den Blick. Jacob war erwachsen, er hatte allein gelebt, bis sie nach elfjähriger Abwesenheit nach Mount Chester zurückgekehrt war. Er war mehr als in der Lage, auf sich selbst aufzupassen, und sie war seine Schwester, nicht seine Mutter. Ihre gemeinsame Vergangenheit, die schweren Zeiten, die sie in ihrer Kindheit durchlebt hatten, hatten sie überfürsorglich gemacht. Er war der einzige Angehörige, den sie noch hatte. »Tut mir leid, Brüderchen«, sagte sie und berührte ihn sanft am Arm. »Ich werde mich künftig aus deinen Angelegenheiten raushalten. Für immer.«

»Kannst du mir das versprechen?«, fragte er und grinste wie eine Katze, die gerade am Sahnetöpfchen genascht hatte.

»Ja, versprochen«, antwortete sie hastig. »Ich wünsche euch beiden die Romanze des Jahrhunderts«, fügte sie hinzu, immer noch mit der festen Absicht, den Hintergrund des Mädchens zu überprüfen, sobald sie auf dem Revier war.

Ein Auto fuhr in die Einfahrt und ließ Kieselsteine unter seinen Reifen knirschen. Kay schaute aus dem Fenster und erkannte Elliots Ford Interceptor, ein ziviles Polizeifahrzeug. »Scheiße«, murmelte sie und eilte in ihr Schlafzimmer.

»Apropos Fehlentscheidungen«, lachte Jacob, »wann machst du diesen Texaner endlich glücklich, Schwesterherz?«

»Halt dich da raus, okay? Wir sind nur Partner«, erwiderte sie, trug in aller Eile etwas Deo auf, zog sich einen Rollkragenpullover an und kramte in ihrem Schrank nach einer sauberen, gebügelten Hose. »Wir arbeiten zusammen, mehr ist da nicht.«

»Na klar, ihr seid Partner«, erwiderte Jacob spöttisch, als es an der Tür klingelte. Er öffnete die Tür und bat Elliot ins Haus.

Als sie wenig später aus dem Schlafzimmer kam, sah sie gepflegt und bereit für einen neuen Tag aus, ihr Haar war mit einer Spange zu einem Pferdeschwanz gebunden, sie trug ein schlichtes Make-up und ein schwacher Hauch von Parfüm umgab sie wie morgendlicher Seenebel. Es gab nicht den geringsten Hinweis auf das Drama, das sich eben in ihrer Küche abgespielt hatte, oder darauf, dass sie es nicht wie geplant unter die Dusche geschafft hatte.

Als er sie sah, neigte Elliot den Kopf und legte zwei Finger an den Rand seines breitkrempigen Hutes, um das Funkeln in seinen blauen Augen für einen Moment zu verbergen, so wie sie versuchte, sich ein Lächeln zu verkneifen.

Dann klingelte ihr Handy. Sie nahm das Gespräch an, und ihr Lächeln verschwand. Zurück blieb ein tiefes Stirnrunzeln, das sich auch nicht glättete, nachdem sie aufgelegt hatte. Sie trank einen weiteren Schluck Kaffee, griff nach ihrer Waffe und steckte sie in ihren Holster.

»Sie haben eine Leiche in Angel Creek gefunden.«

DREI

DER TATORT

Auf der Fahrt nach Angel Creek wechselten Kay und Elliot nicht viele Worte. Ein weiterer Mord in ihrer kleinen, friedlichen Gemeinde war eine dunkle Wolke, die sich zu den Wolken gesellte, aus denen der Regen unaufhörlich fiel. Die Scheibenwischer surrten rhythmisch, füllten die Stille und erlaubten Kay, ihre Gedanken abschweifen zu lassen.

Elliot bog schwach rechts ab, um das Wahrzeichen von Angel Creek Pointe zu passieren, das sie in der Gegend willkommen hieß. Es war eines der neuesten, das erst einige Jahre vor Kays Rückkehr in ihre Heimatstadt gebaut worden war. Die Häuser hier waren freistehende Bungalows aus Backstein auf bewaldeten Grundstücken, etwa einen halben Hektar groß. Niemand, der sich die verlassenen Straßen ansah, hätte ahnen können, dass einer der Bewohner der Ortschaft an ebendiesem Morgen tot aufgefunden worden war.

Das laute Klackern des Blinkers im SUV holte sie in die Wirklichkeit zurück. Sie näherten sich der Adresse und Elliot wollte nach rechts in die kleine Straße abbiegen, in der jedoch schon mehrere Polizeiautos, ein Krankenwagen und der Wagen des Gerichtsmediziners standen.

Auf der anderen Straßenseite hatten sich ein paar Menschen versammelt, dicht gedrängt unter ebenso dicht gedrängten Regenschirmen, die dem starken Wind und dem strömenden Regen kaum standhalten konnten. Doch sie gaben nicht auf und standen eng beieinander, als ob die Nähe der Nachbarn ihre eigenen Überlebenschancen erhöhte, wenn ein tödliches Raubtier in der Nähe lauerte.

»Geht nach Hause, Leute, hier gibt es nichts zu sehen«, murmelte sie, aber nur Elliot konnte sie hören.

»Das werden sie nicht«, erwiderte er und fuhr so nah wie möglich an das Haus heran, das mit gelbem Absperrband gesichert war. »Ich habe die morbide Neugier der Leute nie verstanden, aber das ist in Kalifornien auch nicht anders als in Texas.«

»Das ist der reine Instinkt.« Sie schnappte sich ihren Regenschirm vom Boden, der auf der Hinfahrt alles vollgetropft hatte. »Früher, als es noch keine Medien und kein Internet gab, um Nachrichten zu verbreiten, waren Klatsch und Tratsch die ursprüngliche Form der Information zum Schutz der Herde, und der Schulterschluss mit Gleichgesinnten erhöht die Überlebenschancen, egal bei welcher Spezies.«

Während er den SUV parkte, entblößte sein kurzes Grinsen zwei Reihen perfekt weißer Zähne. »Na ja, wenn du es so ausdrückst.«

Sie war bereits ausgestiegen und stand draußen im strömenden Regen, wo der Wind nur etwa zwei Sekunden brauchte, um ihren Schirm umzuklappen. Seufzend senkte sie den Kopf und eilte zur Haustür. Als sie unter dem schützenden Vordach der Veranda stand, ließ sie den kaputten Schirm fallen und trampelte mit den Füßen, um das Wasser, das von ihren Stiefeln tropfte, abzuschütteln.

»Das wird diesmal nicht reichen«, sagte Dr. Whitmore, der aus seinem Wagen stieg und an der Tür mit ihr zusammentraf. »Sie bekommen beide Schutzanzüge und Überzieher von mir.«

Er winkte seine Assistentin herbei, die ihnen sofort zwei versiegelte Plastikbeutel aushändigte und dem Doc einen dritten hinhielt.

Kay betrachtete das Gesicht des Mannes, während er die Verpackung aufriss und einen Einweg-Schutzanzug herausholte, den er über seine Kleidung streifte. Er wirkte grimmig, die Furchen auf seiner Stirn waren tiefer, als sie es von den Tatorten kannte, an denen sie früher zusammengearbeitet hatten. Sie kannten sich schon lange, ihre berufliche Beziehung hatte begonnen, bevor er in den Vorruhestand nach Mount Chester gegangen war und sie den Job bei der örtlichen Polizeiwache angenommen hatte. Sie hatten sieben Jahre lang gemeinsam an Tatorten in San Francisco gearbeitet, als sie noch Special Agent und Profilerin beim FBI gewesen war, frisch vom College, und er der leitende Gerichtsmediziner von San Francisco County.

»Wie sieht es da drinnen aus?«, fragte sie und lehnte sich gegen das Geländer der Veranda, um ihren Fuß anzuheben und den Überzieher über ihren Stiefel zu streifen.

»Ich bin gerade erst angekommen«, erwiderte Dr. Whitmore. »Machen Sie sich auf was gefasst; das hier ist ein ganz dickes Ding, das habe ich schon von den Ersten gehört, die am Tatort waren. Das Opfer ist Cheryl Coleman, früherer Ehename Montgomery, fünfunddreißig Jahre alt, Zahnarzthelferin und verwitwete Mutter von drei Kindern. Der Nachbar, der die Leiche entdeckt hat, hat angegeben, dass zwei der Mädchen vermisst werden. Das ist er, da drüben.« Doc Whitmore deutete auf einen Mann mittleren Alters, der zitternd unter einer Decke im hinteren Teil des Krankenwagens lag. »Das County ruft alle zusammen, die bei der Suche helfen können.« Er zog sich die Kapuze des Schutzanzugs über den Kopf und zurrte die Schnur um sein Gesicht fest.

Angespannte Muskeln zierten Elliots zusammengebissenen Kiefer. Kay seufzte und schluckte einen Fluch hinunter, während sie ihren Schutzanzug anzog. Sie waren im Begriff, einen Tatort bei schlechtem Wetter zu betreten. Das Risiko einer forensischen Verunreinigung stieg mit jedem Tropfen Regenwasser dramatisch an. Kay folgte seinem Beispiel und zog ihre Kapuze zu, wobei sie ihr durchnässtes Haar darunter einschnürte. Schon jetzt fühlte sie sich wie in einer Sauna, und es würde noch eine Weile dauern, bis sie den Anzug wieder ausziehen konnte.

»Sind Sie bereit?«, fragte Dr. Whitmore und musterte Kay und Elliot aufmerksam, bevor er die Tür öffnete und eintrat.

Das Erste, was Kay auffiel, als sie das Haus betrat, war der Geruch von Eintopf. Es würde wohl eine ganze Weile dauern, bis sie wieder eine Portion Eintopf essen könnte, ohne an diesen speziellen Tatort zu denken.

Der Doc ging ihnen voraus in die Küche, als würde er dem intensiven Geruch folgen. Auf halbem Weg durch den Flur nahmen ihre Nasenlöcher einen anderen Geruch wahr, schwerer, metallisch, den Geruch von Blut.

Beinahe wäre sie gegen Dr. Whitmores breiten Rücken geprallt. Er war am Ende des Flurs abrupt stehen geblieben und fluchte leise. Dann trat er zur Seite und machte ihr und Elliot Platz, damit sie näher herankommen konnten.

Ihr Herz pochte, während sie den Anblick auf sich wirken ließ, und ihr Magen krampfte sich zusammen. Eine Frau lag zusammengerollt auf der Seite in einer Blutlache und hielt sich mit einer Hand den Unterleib. Burgunderfarbene Spuren getrockneter Blutrinnsale zogen sich dort über ihre erstarrten Finger, wo sie vergeblich Druck auf die Wunde ausgeübt hatte. Ihr kastanienbraunes Haar umspielte lang und glänzend ihren Kopf und bewegte sich sanft im Luftzug, der durch die Tür kam. Ihre noch immer offenen Augen starrten auf den Hintereingang, und ihre andere Hand streckte sich flehend in die gleiche Richtung. Ihre Lippen, bläulich blass unter dem rosigen

Lipgloss, waren geöffnet, als wolle sie ein letztes Wort flüstern, einen letzten Atemzug tun.

Ein kleines Mädchen, nicht älter als drei oder vier Jahre und weiß wie die Wand, lag regungslos an den Körper der Mutter gedrückt. Ihr Kopf ruhte auf dem Arm der Mutter, den Daumen hatte sie fest in den Mund geklemmt. Einer ihrer Zöpfe hatte sich gelöst, und ein grünes Gummiband lag neben ihr auf dem Boden. Lose Haarsträhnen verdeckten einen Teil ihres tränenüberströmten Gesichts, die kastanienbraunen Locken waren verheddert und mit Blut verschmiert. Nur wenige Zentimeter von ihrem Kopf entfernt lag ein großes Filetiermesser auf dem Boden, das der Mörder wahrscheinlich fallen gelassen hatte, kurz nachdem er ihre Mutter erstochen hatte.

Kays Herz setzte einen Schlag aus. *Oh nein*, dachte sie, und ihre Augen suchten nach einem Atemzug, einer Augenbewegung, irgendetwas.

Als der Doc das Kleinkind am Hals berührte, um zu prüfen, ob sein Herz noch schlug, bewegte sich das kleine Mädchen und wimmerte leise, ohne aus seinem totenähnlichen Schlaf zu erwachen.

»Oh Gott«, flüsterte Kay und bedeckte ihren Mund mit einer behandschuhten Hand. »Sie lebt. Ich werde sie nehmen ...«

»Wir brauchen zuerst Fotos«, erwiderte der Doc, und die Traurigkeit in seiner Stimme war unüberhörbar. »Bevor noch mehr Leute in dieser Blutlache herumtrampeln. Wir werden uns beeilen, das verspreche ich Ihnen.«

Seine Assistentin begann mit den Aufnahmen, bewegte sich zügig durch die überfüllte Küche und machte Fotos aus verschiedenen Winkeln, nachdem sie Tatortmarkierungen in der Nähe aller relevanten Flecken und Blutspuren angebracht hatte.

»Der Nachbar hat die Leiche gefunden«, verkündete Elliot.

»Frank Livingston. Er wohnt mit seiner Frau und seiner Mutter nebenan. Sie warten draußen, falls du mit ihnen sprechen möchtest.«

»Ja, das mache ich«, antwortete Kay und konnte ihren Blick nicht von dem kleinen Mädchen losreißen. Mit jeder Faser ihres Körpers sehnte sie sich danach, das Kind hochzuheben und irgendwohin in Sicherheit zu bringen, wo sie vom Blut ihrer Mutter gereinigt und in trockene, warme Kleidung gehüllt werden konnte. Wo sie anfangen konnte, die Gräueltaten, die sie miterlebt hatte, zu vergessen.

Aber ihre blutgetränkte Kleidung war ein Beweismittel, und ihre qualvollen Erinnerungen könnten der Schlüssel sein, der zur Ergreifung des Mörders ihrer Mutter führte.

»Es leben drei Mädchen im Haushalt«, fuhr Elliot fort. »Die sechzehnjährige Julie und die achtjährige Heather sind verschwunden.«

Das arme kleine Mädchen ist entscheidend für die Suche nach ihren Schwestern. »Wie lange brauchen Sie noch?«, fragte sie die Assistentin von Dr. Whitmore ungeduldig.

Die junge Frau sah sie überrascht an. »So etwa zehn Minuten?«, antwortete sie und wandte sich sofort wieder ihrer Arbeit zu. »Sehen Sie zu, dass Sie es in fünf Minuten schaffen, während ich den Tatort inspiziere«, antwortete Kay und eilte sofort davon. Sie konnte es nicht ertragen, das kleine Mädchen noch einen Augenblick länger im Blut ihrer Mutter liegen zu sehen. Beinahe hätte sie laut geschrien.

»Ich werde mir die Aussagen der Nachbarn besorgen«, bot Elliot an, nachdem er ihr einen finsteren Blick zugeworfen hatte. Er rührte sich jedoch nicht, als würde er auf irgendetwas warten.

Sie ging direkt zum Hintereingang, dem Mittelpunkt der letzten Sekunden im Leben von Cheryl Coleman. Drei Koffer standen an der Wand aufgereiht. Das Licht in der Küche war noch eingeschaltet und versuchte, sich gegen das trübe Tageslicht durchzusetzen, das durch die Fenster hereinfiel, aber Kay schaltete ihre helle Taschenlampe ein, um einige Kratzer auf dem Boden genauer zu untersuchen. Ein umgestürzter Stuhl mit einem gebrochenen Bein, ein langer, tiefer Riss an der Seite eines Schranks und die Scherben einer Teekanne, die überall verstreut waren, zeugten von dem Kampf, der hier stattgefunden hatte.

»Ein einzelner Stich in den Unterleib«, verkündete Dr. Whitmore. »Sie ist innerhalb weniger Minuten verblutet. Bei dem Blutverlust würde ich ein hübsches Sümmchen darauf wetten, dass die Klinge ihre Bauchaorta durchtrennt hat.«

»Und der Todeszeitpunkt?«, fragte Kay und starrte auf den blutverschmierten Griff der Hintertür. Der unbekannte Täter hatte Cheryl erstochen, und was dann? Hatte er sich zwei Mädchen geschnappt und war abgehauen? Nein ... es war ein Kampf entbrannt. Er hatte das Messer zu Boden fallen lassen, und das bedeutete, dass er sich nicht von einem der Mädchen bedroht gefühlt hatte. Aber er musste sie überwältigen, ihre Schreie irgendwie zum Schweigen bringen, denn geschrien hatten sie mit Sicherheit. Diese Kratzspuren, da musste eines der Mädchen wild um sich getreten haben, um sich aus seinem Griff zu befreien. Warum hatte er das Messer nicht festgehalten und den Mädchen damit gedroht, um sie zu bändigen?

Aber du hast noch nie eine Frau erstochen, nicht wahr?, dachte Kay, ging langsam auf dem Boden auf und ab und betrachtete die Szene von allen Seiten. *Du hattest keine Ahnung, wie es sich anfühlen würde, wie glitschig das Blut sein würde, und deshalb hast du das Messer fallen lassen. Genau ... hier.* Sie beendete ihren Gedanken mit einem Finger, der genau auf die Stelle zeigte, an der das Messer noch immer auf dem Boden lag, markiert mit einem gelben Schild, auf dem in schwarzer Schrift die Zahl vier stand. »Und was ist dann passiert? Ich glaube, die Älteste hat dich angegriffen, stimmt's?«, flüsterte Kay, ohne sich bewusst zu sein, dass sie ihre Gedanken laut aussprach.

Kay hockte sich neben Cheryls Leiche hin, die jetzt mit dem Gesicht nach oben lag, bereit für Dr. Whitmores Lebersonde, mit der er die Temperatur messen würde. Obwohl sie vom Nebel des Todes berührt wurde, waren ihre Augen immer noch klar, als würde sie gleich wieder zum Leben erwachen und sich auf die Suche nach ihren vermissten Töchtern machen. Noch einmal starrte Kay in die Blickrichtung, in die auch Cheryl in den letzten Sekunden ihres Lebens gestarrt hatte.

Zur Hintertür.

»Die Lebertemperatur lässt auf einen Todeszeitpunkt zwischen neun und elf Uhr gestern Abend schließen«, sagte Dr. Whitmore und seufzte tief, als er aufstand, die Sonde immer noch in der Hand. »Diese Tür wurde offen vorgefunden, und die Temperaturen lagen letzte Nacht fast unter dem Gefrierpunkt. Das vergrößert die Fehlerspanne bei der Bestimmung des Todeszeitpunkts ...«

»Die Tür stand noch offen, als er sie gefunden hat, stimmt's?«, fragte Kay, die die Erklärung des Docs nicht einmal zur Kenntnis nahm.

»Ja, daran hat der Nachbar gemerkt, dass etwas nicht stimmte«, sagte Elliot und kam langsam auf sie zu.

Kay warf ihm einen kurzen Blick zu und fragte sich, warum er die Befragung der Nachbarsfamilie aufgeschoben hatte. Dann schaute sie aus dem Fenster der Hintertür. Die Einfahrt verlief parallel zum Haus, und sie war von den Ersthelfern freigehalten worden, in dem verzweifelten Versuch, die Unversehrtheit des Tatortes trotz des Wetters zu gewährleisten. Cheryls Auto musste in der Garage gestanden haben. Vielleicht stand das Fahrzeug des Angreifers am Abend zuvor in der Einfahrt? Dann könnte der Nachbar möglicherweise etwas bemerkt haben.

Ein paar Meter weiter rechts konnte sie das Heck des Krankenwagens sehen. Ein paar Deputies hatten Schutzdächer errichtet, die dem Wind kaum standhielten, beschwert mit Sandsäcken, ein improvisierter Regenschutz für die Deputies und Kriminaltechniker, die sich dort tummelten. Unter einem von ihnen, auf der Stelle tretend und in eine Rettungsdecke gewickelt, stand jetzt der Nachbar, der Cheryls Leiche gefunden hatte. Er sprach mit zwei Frauen, wahrscheinlich seiner Frau und seiner Mutter, die eng aneinander gekauert neben ihm saßen.

Sie waren außer Hörweite, denn der heulende Wind und der peitschende Regen machten es schwierig, jemanden zu hören, selbst wenn er nur ein paar Meter entfernt stand. Aber ihre Körpersprache war eine andere Geschichte. Die ältere Frau sagte immer wieder etwas, woraufhin der Mann mehrmals den Kopf schüttelte und seine Aussage mit beschwichtigenden Gesten unterstrich. Was auch immer sie sagte, er stimmte ihr nicht zu und wollte, dass sie den Mund hielt. Die jüngere Frau, die einen ungepflegten Haarschnitt mit ungleichmäßig geschnittenem Pony trug und einen riesigen Schal um den Hals geschlungen hatte, warf ihm immer wieder Seitenblicke zu, ihre Augen waren vor Angst geweitet.

»Wir sollten mit ihnen sprechen«, sagte Kay, öffnete die Tür und eilte mit Elliot, beide in ihrem Einwegschutzanzug, durch den Regen. Diese waren nun für den vorgesehenen Zweck ruiniert, aber wenigstens sorgten sie dafür, dass der Regen ihre Kleidung nicht noch mehr durchnässte. Sie rutschte aus und wäre fast gestürzt, als ihr Plastiküberzieher in einer Schlammpfütze landete, aber Elliots Hand packte ihren Arm und stützte sie.

»Danke«, rief sie über ihre Schulter, als sie das Vordach erreichten. »Detective Sharp und Detective Young«, sagte sie und tippte aus Gewohnheit auf ihre Tasche, um dem Mann ihre Dienstmarke zu zeigen, auch wenn sie gerade nicht drankam, ohne ihren Schutzanzug auszuziehen. »Wie ich hörte, haben Sie die Leiche gefunden?«

Der Nachbar war blass und sichtlich aufgewühlt, seine Augenwinkel zogen sich nach unten und sein Gesicht war tränenüberströmt. Die Anspannung zeichnete zwei tiefe, senkrechte Linien um seinen Mund herum. Sein weißes Haar lichtete sich bereits, was seine Stirn hoch, vornehm und ernst wirken ließ. Dennoch schien er verwirrt und vom Tod seiner Nachbarin weitaus betroffener zu sein, als Kay erwartet hatte.

»Ähm, ja, das war ich. Mein Name ist Frank Livingston, und das ist meine Frau Diane«, sagte er und drehte sich halb zu der Frau mit dem ungepflegten Haarschnitt um. »Und das ist meine Mutter, Elizabeth«, fügte er hinzu und berührte die Frau am Unterarm. »Geh nach Hause, Mutter, bitte. Hier draußen ist es zu kalt für dich.«

Die ältere Frau ignorierte ihn, wahrscheinlich war sie froh, dass in ihrem Leben etwas Aufregendes passierte, selbst wenn es sich um ein so morbides Ereignis handelte. Das konnte Kay an ihrem gesamten Auftreten ablesen. In ihren wässrigen blauen Augen glomm ein eigensinniger Funke, und ihre Lippen waren zu einem strengen Lächeln verzogen, das ihre Sturheit verriet. Für einen gemütlichen Spaziergang über eine Einfahrt und den etwa fünfzehn Meter breiten durchgeweichten Rasen war sie viel zu ordentlich gekleidet und hatte sich die Mühe gemacht, Lippenstift aufzutragen und Schmuck anzulegen. Die alte Frau würde nirgendwohin gehen.

»Nennen Sie mich Betty, meine Liebe«, sagte sie und entblößte ihre Zähne, denen ihr Alter deutlich anzusehen war, während ihr Lächeln noch eine Spur breiter wurde. »Das tun alle hier.«

»Danke, mache ich«, erwiderte Kay und wandte sich dann Frank Livingston zu, der den Blicken seiner Frau auswich, aber stattdessen versuchte, seine Mutter anzustarren. Der Mann hatte etwas zu verbergen. »Mr Livingston, bitte erzählen Sie uns, wie Sie die Leiche gefunden haben.«

Er runzelte die Stirn und ballte für einen kurzen Augenblick die Fäuste, wobei seine Augen Kay wie Dolche anfunkelten. »Die Leiche, die Leiche. Das ist alles, woran Leute wie Sie denken können. Sie war ein menschliches Wesen! Ihr Name war Cheryl. Könnten wir nicht wenigstens so tun, als ob wir etwas Anstand hätten?«

Oh, es handelt sich also um einen persönlichen Schmerz, dachte Kay. *Interessant.* Sie hob die Hand zu einer entschuldigenden Geste. »Sie haben völlig recht, Mr Livingston, und es tut mir leid. Bitte erzählen Sie mir von Cheryl. Woher wussten Sie, dass etwas nicht stimmte?«

Er räusperte sich leise, bevor er sprach, und seine Augen huschten wieder umher und mieden ihre, so wie er die seiner Frau gemieden hatte. »Die Tür stand offen, und das passiert sonst nie. Ich habe es gesehen, als ich in mein Auto stieg, um zur Arbeit zu fahren.«

»Wo arbeiten Sie denn?«, fragte Elliot.

»In Chester High«, antwortete er hastig. »Ich bin Lehrer für Naturwissenschaften.«

»Haben Sie das Haus betreten?«, fragte Elliot.

»J-ja. Ich habe nach ihr gerufen, und als sie nicht antwortete, bin ich reingegangen.« Als ob er merkte, dass er etwas falsch gemacht haben könnte, beeilte er sich zu erklären. »Ich habe aufgepasst, dass ich nirgendwo drauftrete, und ich habe auch nichts angefasst. Als ich sie so daliegen sah, bin ich rausgerannt und habe sofort den Notruf gewählt.«

Diane Livingston beobachtete ihren Mann mit einem aufmerksamen Blick, ihr Mund war leicht geöffnet. Wenn es zwischen Frank und Cheryl mehr als nur eine nachbarschaftliche Beziehung gegeben hatte, wusste Diane nichts davon. Aber sie schien Angst zu haben, als ob Frank jeden Moment etwas Falsches sagen könnte. Sie wirkte nicht verletzt, misstrauisch oder eifersüchtig. Nein, sie war einfach nur aufrichtig traurig über Cheryls Tod und überraschend verängstigt.

»Ist Ihnen gestern Abend etwas aufgefallen?«, fragte Elliot. »Ungewöhnlich viel Verkehr, laute Geräusche, vielleicht ein Auto in der Einfahrt?«

Frank sah seiner Frau einen Moment lang in die Augen, dann schüttelte er den Kopf. »Nein, nichts. Bei dem Sturm, der hier tobt, habe ich auch nichts gehört. Vielleicht hat sie geschrien, um Hilfe gerufen oder so was, aber ich habe sie nicht gehört.« Seine Stimme wurde zum Ende hin immer leiser, klang wie erstickt. »Ich kann nicht glauben, dass das passiert ist, nur ein paar Meter von unserem Schlafzimmer entfernt.«

»War Cheryls Tochter in der Nähe ihrer Leiche, als Sie sie gefunden haben?«, fragte Kay.

Für einen kurzen Moment schaffte er es, Blickkontakt zu Kay herzustellen. »Erin? Ja. Ich nahm an, sie sei ebenfalls tot.« Er schluckte mühsam, kam dann noch einen Schritt auf sie zu. »Wissen Sie, zwei der Mädchen werden vermisst, Julie und Heather. Ich habe es den anderen Polizisten schon erzählt. Vielleicht sind sie weggelaufen, weil sie Angst hatten. Aber warum sind sie dann nicht zu uns gekommen?«

»Weggelaufen?«, platzte die ältere Frau heraus und griff mit knochigen Fingern nach Franks Ärmel. »Wie kannst du nur so naiv sein? Ich habe es dir gesagt ... wie oft habe ich es dir gesagt?« Je länger sie sprach, desto höher wurde ihre Stimme, als ob das Feuer ihrer Gefühle durch ihre Worte angefacht wurde. »Ich habe es dir gesagt, und du hast nichts unternommen. Und jetzt ist sie weg. Dieses süße, unschuldige Mädchen ist fort.«

»Achten Sie nicht auf das Gerede meiner Mutter«, mischte sich Frank ein, der sich zwischen Betty und Kay gestellt hatte. »Es ist nur ihr Alzheimer, der aus ihr spricht. Die Diagnose wurde letztes Jahr gestellt.«

»Ich bin nicht verrückt!«, erwiderte Betty und schlug mit

ihrer gebrechlichen Hand nach ihrem Sohn. »Jetzt, wo sie weg ist, werden Sie sie niemals wiederfinden«, sagte sie zu Kay und wandte sich dann Elliot zu. Sie stützte ihre Hand auf Elliots Unterarm.

Verunsichert wich der Detective einen Schritt zurück. »Ma'am, bitte ...«

»Würden Sie mir bitte zuhören?«, forderte Betty beharrlich. Der Blick in ihren starren Augen war eindringlich, fast wahnsinnig. »Das Mädchen ist weg! Und alle wussten, dass das passieren würde.«

VIER

DAS OPFER

Der Himmel weinte.

Er stand vor den hohen Fenstern und sah zu, wie der heftige Regen zu Boden prasselte, wie die winzigen Tröpfchen explodierten und dann zu Rinnsalen schlammigen Wassers verschmolzen, das seine Einfahrt hinunterfloss. Selbst durch die weißen Gardinen, die vom gelblichen, gedämpften Licht der Kronleuchter beleuchtet wurden, wirkten die grauen, schweren Wolken nicht weniger bedrohlich. Ab und zu blitzte eine von ihnen bläulich auf, dann donnerte es und das Echo des Unheils schoss wie ein Blitz durch sein Herz.

Mutter war zornig.

Bestimmt glaubte sie, dass er sie im Stich gelassen hatte, und forderte nun ihr Recht.

Aber er hatte sie nicht im Stich gelassen; lieber hätte er sich selbst die Brust aufgeschlitzt und seinem Leben ein Ende gesetzt. Nicht eine einzige Nacht hatte er die Augen zum Schlafen geschlossen, ohne ihr ein Gebet zuzuflüstern, ohne an sie zu denken. Sie war in jedem heruntergefallenen Blatt, das im Herbst den Boden berührte, und in jedem knospenden Grashalm, der sich im Frühling durch den geschmolzenen

Schnee schob. Sie war in den Rufen der Vögel und dem Heulen der Wölfe an den Hängen des Mount Chester. Sie war im faszinierenden Blau des kalifornischen Himmels ebenso präsent wie in den tristen, von Blitzen gesäumten Wolkenformationen, die an Schiefer, Kohle und Grafit erinnerten.

Sie lag ihm im Blut. So war es schon immer gewesen.

Mit blassen, dünnen Fingern schob er die Gardinen beiseite, trat näher an das Fenster heran und lehnte seine erhitzte Stirn an das kühle Glas. Aus der Nähe schien das Geräusch des Regens, der auf das Pflaster der Einfahrt prasselte, lauter zu sein, als ob die durchsichtige Scheibe ihre Dämonen nicht in Schach halten konnte.

Ihre Botschaft war eindeutig. Sie verlangte ein weiteres Opfer.

Das Wasser hatte sich auf seinem Rasen gestaut, ließ den Schlamm über die schlummernden, gestutzten Grashalme steigen und zwischen den Randsteinen auf den Asphalt entweichen. Genau zwischen den Betonplatten, die den Weg zum Eingang bildeten, hatte der Regen die Erde weggespült und Risse hinterlassen, winzige Öffnungen, die nichts weiter als eine Erinnerung an die großen Risse waren.

Er hatte Mutter schon lange kein Opfer mehr dargebracht.

Zu lange.

Tränen stiegen in ihm auf und er schloss seine Augen mit schweren Lidern, die die Dunkelheit willkommen hießen. Er verschränkte die Hände vor der Brust und verharrte eine Weile in stiller Dunkelheit, das einzige Geräusch war das Trommeln des Regens auf alles, was er berührte.

»Mutter Erde, höre mich an«, flüsterte er, »ich bitte dich um Gnade und Vergebung. Höre dein Kind an, als das ich heute vor dir stehe. Die Tränen, die du für deine Kinder weinst, brennen auf meiner Haut und sind wie Stachel in meiner Brust. Zeige mir den Weg, den du gewählt hast, und lass mich dir ein würdiges Opfer bringen, das deine Wunden heilt und deine

Tränen trocknet.« Er hielt einen Augenblick inne und lauschte, und ein leiser, entfernter Donner verriet ihm, dass sein Gebet erhört wurde. »Mutter Erde, höre dein Kind an«, fuhr er fort. »Sei du das Band zwischen den Welten der Erde und denen des Geistes. Lass deine Stimme in den heiligen Winden widerhallen und deine Weisheit über das Land tragen.«

Er lauschte erneut, hörte aber nichts außer dem Regen, der laut gegen die Fenster klopfte. Sie war immer noch wütend und wartete darauf, dass er seine Versprechen einlöste und ihre Wunden heilte. Am Rande einer Betonplatte hatte sich der Spalt bedrohlich vertieft und erinnerte ihn an einen anderen, einen dreißig Meter tiefen Riss, in dem Mutters Wunden heftig bluteten.

»Diesmal wird das Opfer dich glücklich machen«, flüsterte er, verließ den Schutz der kalten Glasscheiben und begann, langsam durchs Zimmer zu gehen, das glänzende Hartholz knarrte leise unter seinen Füßen. Dennoch konnte er seinen Blick nicht von der regennassen Landschaft draußen abwenden. Es waren Mutters Tränen, die heftig flossen, voller Qualen und Schmerz und unversöhnlich.

Er kehrte zum Fenster zurück und presste seine Hände zusammen, sein Griff war so fest, dass seine Fingerknöchel weiß wurden. »Du wirst zufrieden sein, Mutter, das schwöre ich bei meinem Leben«, flüsterte er in tiefem Bariton. »Das Mädchen ist jung und rein, unberührt. Und ihr Blut ... ihr Blut ist das wahre Opfer.«

Vielleicht bildete er sich das nur ein, aber es schien, als würde der Himmel irgendwo im Westen langsam aufklaren.

Mutter hatte ihn erhört. Sie nahm das Opfer an.

FÜNF

HEATHER

Elliot blieb zurück, um die Befragung der Livingstons abzuschließen, während Kay ins Haus zurückkehrte, nachdem sie ihren Schutzanzug und die Überzieher gegen trockene ausgetauscht hatte. Es machte ihr nichts aus, sich umziehen zu müssen, und sie sagte kein Wort zu Jodi, Dr. Whitmores vielseitiger Assistentin. Die junge Brünette wich Kays Blick aus, wahrscheinlich hatte sie Angst vor einem Rüffel, weil sie mit den Fotos nicht schneller fertig geworden war, aber Kay war mit ihren Gedanken ganz woanders, immer noch gefesselt von den seltsamen Aussagen der alten Mrs Livingston. War sie eine senile Frau, wie ihr Sohn behauptet hatte? Oder wusste sie etwas, von dem ihr Sohn und ihre Schwiegertochter Diane nicht wollten, dass Kay es erfuhr? Sobald sie einen Augenblick Zeit hatte, würde sie zurückgehen und mit Betty sprechen, am besten ohne Zeugen, nur zur Sicherheit. In Anbetracht der Tatsache, dass die Frau höchstwahrscheinlich auf die Achtzig zuging, würde sich das Gespräch wahrscheinlich als Zeitverschwendung erweisen und die Alzheimer-Diagnose bestätigen.

Im Moment gab es wichtigere Probleme: ein kleines Mädchen, das dringend versorgt werden musste, und die Suche nach ihren beiden älteren Schwestern. Die ersten Stunden waren bei Kindesentführungen immer entscheidend. Die beiden Montgomery-Schwestern waren vor fast zwölf Stunden entführt worden, also war die Hälfte der Zeit, in der die Chancen, einen entführten Minderjährigen lebend wiederzufinden, am größten waren, bereits verstrichen. Nach Ablauf der ersten vierundzwanzig Stunden sanken die Chancen, das Kind lebend wiederzusehen, mit jeder Stunde und tendierten nach zwei vollen Tagen gegen null.

Sie zwang ihre Lungen, sich mit Luft zu füllen, und atmete dann langsam aus, wobei sie sich einen kurzen Moment Zeit nahm, um ihre Prioritäten zu ordnen. Als Erstes brauchte sie DNA, die sie den Akten der Vermisstenfälle hinzufügen konnte. Mit der DNA in den Akten hätten die Strafverfolgungsbehörden überall etwas, womit sie einen Abgleich vornehmen könnten, falls eine der Schwestern gefunden wurde. Da sie die obere Etage des Tatorts noch nicht betreten hatte und wusste, dass sie Julies DNA eher auf einer Haarbürste oder in losen Haarfasern mit Wurzeln finden würde, beispielsweise auf dem Bett des Mädchens, stieg sie schnell die Treppe hinauf und nahm jedes Detail des Tatorts in sich auf.

Oben war kein einziger Blutstropfen zu sehen und alles war sauber und ordentlich, zumindest so ordentlich, wie man es in einem Haushalt mit einer berufstätigen Mutter und drei Töchtern erwarten konnte. In jedem der Schlafzimmer herrschte eine ganz eigene Art von Unordnung und Chaos. Im größten Zimmer, in dem Cheryl allein geschlafen hatte, war nur ihre Seite der Bettdecke zerwühlt und unordentlich, während die andere Hälfte unberührt war. Die Kleider, die sie am Vortag getragen haben musste, hingen noch auf der Stuhllehne: eine beigefarbene Bluse mit durchgehender Knopfleiste und eine schwarze Hose. Im Zimmer roch es dezent nach Zahnarztpraxis, ein Geruch, der wahrscheinlich in ihrer Kleidung hing. Auf dem Frisiertisch lagen Kosmetika und Accessoires, nichts

Ausgefallenes, nur die typischen Drogeriemarken. Der Raum wirkte friedlich, völlig unberührt von der Tragödie, die das Ableben seiner Bewohnerin verursacht hatte.

Kay ging weiter und betrat das nächste Schlafzimmer. Als sie über die Schwelle trat, wusste sie sofort, dass es Julies Zimmer war. Riesige Poster von Justin Bieber und Taylor Swift bedeckten einige der Wände. Der Boden war mit herumliegenden Klamotten, Socken und Schuhen übersät, als wäre ein Wirbelsturm durch den Schrank gefegt und hätte kahle Kleiderbügel hinterlassen, gefallene Soldaten in einem unfairen Kampf.

Julie hatte ihre Haarbürste auf der Kommode liegen lassen und Kay legte sie in einen Beweisbeutel, den sie rasch verschloss. Einige lange Strähnen des kastanienbraunen Haares hingen noch daran und Dr. Whitmore würde in der Lage sein, DNA aus den Haarwurzeln zu extrahieren. Julies DNA konnte mit den Vermisstenmeldungen beider Mädchen verknüpft werden. Das enge Verwandtschaftsverhältnis würde ausreichen, um eine positive Identifizierung zu ermöglichen, falls man Heather fand. Unter diesem Gesichtspunkt hätte man eigentlich auch Cheryls DNA verwenden können, aber Julies DNA war ideal.

Ein Anflug von Angst durchfuhr Kay. Sie sammelte weiter Beweise, als würden die Mädchen niemals lebend gefunden werden, so wie es die alte Mrs Livingston behauptet hatte, obwohl das keinen Sinn ergab. Entführer konnten das Aussehen eines Mädchens verändern, ihr einen neuen Namen geben, ihr sogar gefälschte Papiere besorgen und ihr eine Gehirnwäsche verpassen, damit sie glaubte, sie sei jemand anderes, aber die DNA log niemals. Eines Tages, hoffentlich bald, würden diese Mädchen gefunden werden und zu den Angehörigen zurückkehren, die ihnen geblieben waren.

Kay schüttelte das unheilvolle Gefühl ab, das ihr das Blut in den Adern gefrieren ließ, und machte sich auf den Weg zum letzten Schlafzimmer. *Wir werden sie heute finden, Schluss mit dem Unsinn*, ermahnte sie sich, als sie eintrat. Es herrschte eine andere Art von Chaos, mit Legosteinen und Comic-Heften und Glitzer und dem Geruch von Barbie-Plastik. Jede Menge Glitzer, der in den Fasern des Teppichs klebte, den Schreibtisch und die Decken der beiden ungemachten Etagenbetten bedeckte. Ein ganz normales, gewöhnliches Mädchenzimmer, scheinbar ruhig und geschützt vor allen Gefahren des Lebens.

Im zweiten Stock gab es für sie nichts mehr zu tun.

Sie ging zur Treppe, hielt sich am Geländer fest und begann, die Treppe hinunterzusteigen, dabei hielt sie sich gut fest, da ihre Überzieher auf dem Teppichbelag ins Rutschen gerieten. Sie war ungefähr auf halbem Weg, als sie glaubte, einen Piepton zu hören.

Hörte sich an wie ein Handy. Der Akku schien fast leer zu sein.

Cheryls Handy hatte man unten in ihrer Handtasche gefunden. Gehörte dieses Handy Julie?

Kay stieg die Treppe eilig wieder nach oben, folgte der Geräuschquelle in das größte Schlafzimmer und sah sich um. Sie öffnete Schubladen und betrat den Wandschrank, lauschte aufmerksam, doch es blieb still. Sie suchte das Badezimmer gründlich ab, dann ging sie zurück ins Schlafzimmer und fuhr mit ihren behandschuhten Händen über die Laken, unter das Kopfkissen, in die Falten der Bettdecke.

Nichts.

Sie lauschte angestrengt und hielt den Atem an, aber alles, was sie hören konnte, waren die entfernten Geräusche des Gerichtsmediziners im Erdgeschoss, der Beweise sammelte, sich leise unterhielt und Geräte ins und aus dem Haus rollte, alles vor dem Hintergrund des heftigen Regens, der gegen das Dach und die Fenster trommelte.

Sie wollte gerade wieder nach unten gehen und das Geräusch als etwas abtun, das sie vielleicht von dort gehört hatte, als sie plötzlich spürte, wie etwas an ihrem Knöchel zerrte. Sie erstarrte und ihr Herz begann heftig zu pochen. Sie blieb ganz still stehen, blickte nach unten und sah eine Mädchenhand, deren Fingernägel mit rosa Glitzernagellack lackiert waren und die sich an einer Handvoll Stoff ihres Schutzanzugs festkrallte.

»Oh«, flüsterte Kay, kniete sich langsam hin und schaute unter das Bett.

Das Mädchen, das sich dort versteckte, war etwa acht Jahre alt. Ihr dünner Körper passte problemlos unter das Bett, da sie auf dem Bauch lag. Sie starrte Kay mit großen Augen und offenem Mund an, ohne ein einziges Wort zu sagen. In ihrer linken Hand hielt sie ein Handy, das sie fest umklammerte.

»Hallo, Heather«, flüsterte Kay. »Mein Name ist Kay und ich bin von der Polizei. Du bist jetzt in Sicherheit.«

Das Mädchen starrte sie nur stumm an, ohne in irgendeiner Weise auf ihre Worte zu reagieren.

»Dann wollen wir dich mal da rausholen, in Ordnung?« Kay streckte ihre Hände aus, damit das Mädchen sich festhalten und herausziehen lassen konnte, aber das Kind rührte sich nicht. Ein Schauer lief durch seinen dünnen Körper und einen Augenblick lang begannen seine Zähne zu klappern.

Das Mädchen stand zweifellos unter Schock.

Kay griff unter das Bett und berührte sanft ihre Hand. »Wir werden jetzt ein Spiel spielen, du und ich, so etwas wie Fingerhakeln, aber du musst meine Hand festhalten und darfst nicht loslassen, sonst haben wir beide verloren.« Sie streckte ihre Hand aus und wartete darauf, dass Heather sie ergriff. Nach einer gefühlten Ewigkeit umklammerten die kalten, zittrigen Finger des Mädchens ihre eigenen. »Bist du bereit?«, fragte Kay, doch es kam keine Antwort. Mit einem sanften Ruck zog sie das Kind unter dem Bett hervor, hob es hoch und eilte zur Treppe.

Sie geriet ins Straucheln und wäre mit dem Mädchen auf

dem Arm fast gestürzt, weil ihre Plastiküberzieher auf dem Teppich keinen Halt fanden. Sie zog sie aus, stieg die Treppe hinunter und ging ins Wohnzimmer, wobei sie die Küche, die mit Cheryls Blut befleckt war, mied.

»Doc?«, rief sie mit einem dringlichen Unterton in der Stimme.

Der Gerichtsmediziner eilte herbei.

»Ah«, erwiderte er, als er das Mädchen sah. Ein erleichtertes Lächeln umspielte seine Mundwinkel und Kay hätte schwören können, dass sie Tränen in den Augen des alten Mannes sah. »Ich bin wirklich froh, dich zu sehen, Kleines«, sagte er, verschwand kurz und als er zurückkam, schob er langsam eine Bahre mit einem winzigen Passagier darauf vor sich her.

Erin saß auf der Kante der Bahre, sie war in eine Decke gewickelt und nuckelte an ihrem Daumen, um die Taille herum war sie mit Gurten an der Trage festgeschnallt. Kay setzte Heather neben ihre Schwester und der Doc brachte ihr eine weitere Decke.

Kay strich Heather eine widerspenstige Haarsträhne aus dem Gesicht und steckte sie sanft hinter ihr Ohr. »Weißt du, wer deine Schwester entführt hat?«, fragte sie und sah das Mädchen direkt an.

Sie blieb stumm, ihre Augen waren glasig und leer.

»Es ist wichtig, dass du mir erzählst, was letzte Nacht hier passiert ist«, sagte Kay mit sanfter Stimme. »Wir müssen deine Schwester finden.«

Nichts an Heather verriet, dass sie Kay gehört hatte. Sie starrte ins Leere, ihre Hand umklammerte noch immer das Handy. Sie hatte weder ihre kleine Schwester noch irgendjemanden sonst zur Kenntnis genommen. Ihre Augen waren trocken, ihr Mund schlaff. Sie war völlig abwesend.

»Monster«, sagte Erin und nahm ihren Daumen aus dem Mund.

Kay wandte sich ihr zu. »Was hast du gesagt?«, fragte sie, ihre Stimme war kaum mehr als ein leises Flüstern. »Weißt du, wer Julie entführt hat?«

»Ein Monster«, wiederholte sie. »Ein Monster ist gekommen.«

Erzähl mir etwas, das ich noch nicht weiß, dachte sie. Mit einem langen Seufzer stemmte Kay die Hände in die Hüften. Das würde ein harter Kampf werden.

»Ich habe die gute Nachricht gehört«, sagte eine Stimme hinter ihr. »Sie haben eines der Mädchen gefunden.« Sheriff Logan war ins Zimmer gekommen, er trug einen Schutzanzug und Überzieher wie alle anderen, die Einheitsgröße war zu eng für seinen fülligen Körperumfang. Er war ein wuchtiger Mann mit geschwollenen, dunklen Augenringen und Falten in den Mundwinkeln und auf der Stirn. Seine kräftige Stimme ließ Heather aufschrecken, ihre Augen waren einen Moment lang konzentriert und ängstlich, bevor sie wieder ins Nichts abdrifteten. »Ich rufe den Sozialdienst an.«

»Sir, wenn Sie erlauben, sollten wir damit noch etwas warten.«

»Sie wissen, dass das nicht geht, Detective. Wir müssen uns an die Vorschriften halten. Gesetz ist Gesetz.«

»Stimmt, aber das hier ist eine Ausnahmesituation«, appellierte sie, trat an ihn heran und senkte ihre Stimme. »Diese Mädchen sind Zeugen in einem Mordfall und von Kopf bis Fuß mit Beweisen übersät. Sie stehen unter Schock und Heather sagt kein einziges Wort.«

»Das verstehe ich ja alles, aber ...«

»Ich bin Psychologin. Das ist es, was diese Mädchen jetzt brauchen, einen ausgebildeten Profi, der ihnen helfen kann, das Trauma zu bewältigen. Gleichzeitig kann ich ihnen wertvolle Informationen entlocken, die uns helfen könnten, Julie zu finden.«

Sheriff Logan kratzte sich am Ansatz seines kurzgeschnittenen Haares. »Ich weiß nicht, Kay. Das Ganze könnte hässlich werden, wenn die Familie anruft. Ich habe Deputy Hobbs damit beauftragt, die nächsten Angehörigen zu ermitteln. Wir haben kein Recht …«

»Sheriff, die beiden haben einen Mord und eine Entführung mitangesehen. Und sie stehen unter Schock. Der Sozialdienst wird sie in eine psychiatrische Kinderklinik einweisen, wo man sie mit Medikamenten vollpumpen wird. Wir werden Julie nie wiedersehen.«

»Und was haben Sie mit ihnen vor, Detective? Nehmen Sie sie mit nach Hause wie ein paar gerettete Hundewelpen?«

Der Gedanke war ihr durch den Kopf geschossen, aber das ging nicht. Sie musste einen Mörder fangen und Julie finden. Sie würde es nicht schaffen, sich ganz allein um die Mädchen zu kümmern.

»Nein. Ich dachte eigentlich eher daran, den Ruheraum für eine Weile umzufunktionieren.« Das war ein Zimmer im hinteren Teil der Wache, in dem mehrere Etagenbetten standen. Dort konnten Polizisten, die Doppelschichten schoben, bei Bedarf etwas Schlaf nachholen.

»Und Sie halten das für angemessen für zwei junge Mädchen?«

»Es ist besser als die Psychiatrie, Sheriff«, antwortete sie und sah ihn mit einer unausgesprochenen Bitte an. »Lassen Sie mich wenigstens versuchen, zu ihnen durchzudringen. Ich brauche höchstens ein paar Tage, nicht länger.«

»Sie haben vierundzwanzig Stunden, Detective, dann rufe ich den Sozialdienst an. Und falls die Familie sich meldet, werden Sie sich darum kümmern.«

Sie runzelte die Stirn, beschloss aber, nicht um mehr Zeit zu bitten. Dafür gab es immer noch den morgigen Tag, vielleicht konnte sie bis dahin schon erste Fortschritte vorweisen. Stattdessen setzte sie ein dankbares Lächeln auf. »Ich danke Ihnen. Ich werde ein paar Deputies brauchen, die mir helfen, mich um sie zu kümmern. Farrell zum Beispiel, sie hat selbst Kinder, sie wird das schon hinkriegen. Sie kann uns etwas Kleidung besorgen ...«

Logan verzog verächtlich das Gesicht und warf die Arme in die Luft. »Ein Kind wird vermisst, und Sie wollen hier zwei Deputies als Babysitter abstellen?«

»Als Zeugensitter, Sheriff«, antwortete sie. Aus dem Augenwinkel sah sie Elliot auf sich zukommen. Das war gut. Sie brauchte Verstärkung, jede Hilfe, die sie bekommen konnte. »Falls der Mörder erfährt, dass er letzte Nacht einiges unerledigt gelassen hat, wird er vielleicht versuchen, sein Werk zu vollenden.«

»Wollen Sie damit sagen, dass er nicht wusste, dass gestern Abend noch zwei andere Mädchen im Haus waren?«, fragte Logan, seine Stimme klang ungläubig.

»Ich will damit sagen, dass ich das Risiko nicht eingehen will«, antwortete sie ruhig, da sie wusste, welche Wirkung ihre Worte auf ihren Chef haben würden. »Was wäre, wenn er es nicht wusste? Was, wenn Heather und Erin oben waren und sich versteckt haben?«

Der Sheriff rieb sich das Kinn mit seinen kurzen Stummelfingern, die vom Kettenrauchen seiner Zigarren gelblich verfärbt waren. »Wie wollen Sie auf die Lösegeldforderungen reagieren?«

»Ich rechne eigentlich nicht damit, dass es welche geben wird«, erwiderte Kay. »Cheryl war Witwe, und der Mörder weiß, dass sie tot ist. Und das Haus hier riecht nicht wirklich nach Reichtum.« Sie überlegte kurz, dann fuhr sie fort: »Ich werde das Festnetztelefon auf mein Handy umleiten, nur für alle Fälle. Vielleicht haben wir tatsächlich Glück. Aber bis dahin sollten die Mädchen ...«

Logan hatte sie aufmerksam angeschaut, als ob er versuchen würde, ihre Gedanken zu lesen. »Vierundzwanzig Stunden, Sharp, nicht eine Minute länger.« Während er sein Ultimatum aussprach, klingelte sein Handy. Er antwortete mit einem knappen »Ja«, hörte kurz zu und beendete dann das Gespräch ohne ein weiteres Wort. »Detective Young, ich teile Sie einem anderen Fall zu.«

So viel zum Thema Verstärkung.

Elliot nickte und kam einen Schritt näher. »Was ist passiert?«

»Ein Mann wurde tot neben der Interstate aufgefunden. Der Mann, der ihn gefunden hat, sagte, man hätte ihm eine Kugel ins Herz geschossen.«

SECHS

JULIE

Das einzige Licht stammte von einer gelben Glühbirne, die an ihren Drähten von der Decke baumelte, einige Meter über ihrem Kopf. Das Zimmer war kalt und muffig und es hing ein Geruch nach Schimmel und Moder in der Luft, den sie schon seit einer ganzen Weile nicht mehr wahrnahm. Es gab nur ein einziges Fenster, das nah an der hohen Decke lag und vollständig mit Brettern vernagelt war, als ob sie es hätte erreichen können, selbst wenn sie ihr Bestes versuchte. Der Boden war karg, hart wie Beton und kalt wie Eis, aber Julie saß darauf, umarmte ihre Knie und schaukelte hin und her, während bittere Tränen aus ihren verquollenen Augen flossen.

»Oh, Mom, es tut mir so leid«, jammerte sie, so wie sie es immer und immer wieder getan hatte, seit sie an diesem furchtbaren Ort zu sich gekommen war. »Bitte, verzeih mir ... bitte, Mom, verzeih mir.« Wie sehr sie sich wünschte, sie hätte ihre Mutter von Anfang an ernst genommen und Mount Chester verlassen, anstatt das zu tun, was sie getan hatte, und dann auch noch zu einem Date zu gehen. Wie sehr sie sich wünschte, sie hätte auf sie gehört ... dann wäre sie jetzt noch am Leben und würde ihr für das Chaos in ihrem Zimmer die Hölle heiß machen.

Stattdessen war sie an diesem gottverlassenen Ort eingesperrt und ihre lebhafteste Erinnerung war der Körper ihrer Mutter, der zu Boden fiel, während Blut aus ihrer Wunde sickerte und dieser schreckliche Mann lachte. Und ihre Schwestern ... was war mit ihnen passiert? Waren sie noch am Leben, oben, waren sie dortgeblieben, so wie Julie es ihnen gesagt hatte? Oder waren sie ...

Sie brachte es nicht über sich, den Gedanken zu Ende zu denken, weil sie fürchtete, dass er dann wahr werden könnte. Zitternd schlang sie die Arme fester um ihre Knie und betete leise, so wie ihre Mutter es ihr vor vielen Jahren beigebracht hatte, als sie noch klein war. Nach einer Weile verschmolzen die Worte des Gebets, das sie immer wieder wiederholte, zu einer einfachen Bitte: »Bitte, lass sie am Leben sein.«

Dann schluchzte sie wieder, bis sie keine Luft mehr bekam. In dem Moment, in dem sie die Augen schloss, tauchte das Bild der Leiche ihrer Mutter vor ihrem inneren Auge auf und vertiefte den hohlen, brennenden Abgrund in ihrer Brust.

Manchmal schrie sie gegen die Betonwände an, doch niemand reagierte. »Warum hast du sie umgebracht?«, fragte sie und hämmerte mit den Fäusten gegen die große Metalltür. »Warum? Warum hast du mich nicht einfach mitgenommen und sie am Leben gelassen? Ich bin es, die du wolltest, du kranker Mistkerl, also warum hast du sie getötet?«

Dann fiel ihr die Antwort ein, die sie längst kannte, die ihr den Atem aus den Lungen saugte und ihr das Blut in den Adern gefrieren ließ.

Ihre Mutter war gestorben, während sie sie verteidigt hatte. Ihre Mutter war wegen ihr gestorben. Wegen dem, was sie getan hatte. Weil sie nicht hören wollte. Weil sie aus dem Haus gerannt und mit Brent ins Kino gegangen war, anstatt zu Hause zu bleiben, damit sie nach San Francisco fliehen konnten. Sie hatte mit ihm geknutscht und war so gefesselt von seinen Küssen gewesen, dass sie gar nicht bemerkt hatte, dass der Film zu Ende war und ein neuer angefangen hatte. Erst auf der Heimfahrt hatte sie sich an die Warnung ihrer Mutter erinnert, an die Realität ihrer Situation, die sie wie ein Güterzug traf und sie als wimmerndes, schuldbewusstes Häufchen Elend auf Brents Beifahrersitz zurückließ, das er gar nicht schnell genug hatte loswerden können.

Sie hatte alles vergessen, worum ihre Mutter sie gebeten hatte, und jetzt klebte ihr Blut an ihren Händen.

Würde sie sich jemals verzeihen können, was sie getan hatte?

Sie vergrub ihr Gesicht zwischen den Knien, zu schwach, um zu schreien. Sie hatte es verdient zu sterben, so wie ihre Mutter gestorben war, vielleicht auch ihre Schwestern. Weil sie so eine leichtsinnige, egoistische Idiotin gewesen war, die nicht erkannt hatte, in welcher Gefahr sie schwebten, obwohl ihre Mutter es ihr immer und immer wieder erklärt hatte, auch wenn sie wusste, was ihre Tochter getan hatte. Julie hatte es mit eigenen Augen gesehen und konnte es immer noch nicht fassen.

Dumm und leichtsinnig ... ja, das war sie.

Ruhelos stand sie auf und begann, auf und ab zu gehen und zu lauschen. Nur das Geräusch des Regens drang durch das vergitterte Fenster, das unverkennbare Prasseln gegen die Dachrinnen aus Metall. Manchmal hallte ein seltsames leises Donnern von den Betonwänden wider, ließ sie fast unmerklich vibrieren, als fürchtete sich das Haus selbst vor dem Sturm und bebte in den Grundfesten.

Jemand hatte einen Spiegel an eine der grauen, unfertigen Wände gehängt, ein kranker Sinn für Humor oder ein noch kränkerer Sinn für Gott weiß was, den sie nicht einmal verstand. Durch die verwitterte Glasoberfläche erhaschte sie jedes Mal, wenn sie vorüberging, einen Blick auf sich selbst – gefangen, verzweifelt, hoffnungslos. Sie trug immer noch die

Kleidung, die sie getragen hatte, als sie am Abend zuvor aus dem Kino zurückgekommen war, und die mittlerweile fast vollständig von ihrer Körperwärme getrocknet war. Dennoch erkannte sie sich selbst nicht wieder, wenn sie am Spiegel vorbeiging und sich aus dem Augenwinkel betrachtete. Das Mädchen mit den hohlen Augen und dem unsicheren Gang konnte nicht sie sein. Es war nur ein böser Traum und sie würde bald wieder aufwachen. Aber wie sollte das gehen, wo sie doch nicht einmal schlief?

In der hinteren Ecke stand ein Bett mit Laken, Kissen und einer Bettdecke, die sie nicht angerührt hatte, weil sie die Kälte des Bodens und die Härte der verschlossenen Tür dem Risiko vorzog, auf den weichen Kissen einzuschlafen und von demjenigen überrascht zu werden, der hereinkommen könnte.

Sie hatte nicht vor, sich jemals wieder überraschen zu lassen. Nein, sie wollte den Mann, der sie entführt hatte, fragen, was er ihren Schwestern angetan hatte. Dann würde sie sich in seinen Händen willenlos ergeben, weil sie es verdiente, für das Leid, das sie verursacht hatte, bestraft zu werden, und weil sie nicht bereit war, einen weiteren Tag zu überstehen.

Mit gesenktem Kopf und einer Tränenflut, die erneut in ihr aufzusteigen drohte, setzte sie sich auf den muffigen, harten Betonboden, schlang die Arme um ihre Knie und schluchzte leise. Wenn sie doch nur etwas über ihre Schwestern in Erfahrung bringen könnte. Wenn es ihr doch nur jemand sagen würde.

SIEBEN
ZUFLUCHT

Der sogenannte Ruheraum wurde in der Wache von Mount Chester nur selten genutzt. An den wenigen Tagen, an denen alle Schichten auf der Suche nach einem vermissten Kind oder einem verirrten Touristen zu Doppelschichten wurden, nahm der eine oder andere Deputy eines der sechs Etagenbetten in Beschlag, die in zwei Dreierreihen an den Wänden standen. Sie waren nicht besonders bequem; deshalb wurden sie nur von den männlichen Deputies benutzt, während die Frauen meist nach Hause fuhren, um es sich in ihren eigenen Betten bequem zu machen. Die Betten waren schmal und teilweise krumm und schief, auf jedem lagen ein unförmiges Kissen und eine kratzige, farblose Decke, die nach abgestandener Luft und schmutzigen Socken roch.

Der Raum diente auch als Abstellraum für Hausmeister- und Büromaterial, einen alten Drucker, der mit einer so dicken Staubschicht bedeckt war, dass er lebendig zu sein schien, und mehrere Computermonitore, die wahrscheinlich kaputt waren, aber immer noch irgendwo im Inventar der Anlagegüter auftauchten. Ein Regal, das hinten an der Wand stand, beherbergte den Munitionsvorrat für das gesamte Revier, direkt neben Ersatzglühbirnen und mehreren ordentlich gefalteten Uniformen.

Kay hatte zwei der besser erhaltenen Etagenbetten zusammengeschoben und mit Ersatzdecken überzogen. Deputy Farrell war schnell nach Hause gefahren und hatte saubere, trockene Kleidung mitgebracht, die die Mädchen anziehen konnten, sowie einen Satz Bettwäsche mit einem bunten Tiermotiv aus König der Löwen. Dann machten sich die beiden Frauen an die beklemmende Aufgabe, die Beweise von den Körpern der Mädchen zu sichern.

Heather widersetzte sich Kays Aufforderung, das Handy, das sie die ganze Zeit umklammert hatte, loszulassen; sie musste ihre kleinen Finger vorsichtig von dem Gerät lösen. Als sie es ihr wegnahm, füllten sich Heathers gequälte Augen mit Tränen. Es war das erste Mal, dass Kay sie weinen sah. Es waren stumme Tränen, die über ein völlig regungsloses Gesicht rollten. Kay, die sich zunehmend Sorgen darum machte, wie das Mädchen ihr Trauma bewältigen sollte, ließ das Handy in ihre Tasche gleiten und verbrachte dann ein paar Minuten damit, die Hände des Kindes zu halten und mit beruhigender Stimme zu Heather zu sprechen. Sie sagte ihr, dass sie es gleich zurückbekommen würde, nachdem sie die Beweise gesichert hatte. Dass am Ende alles gut werden würde, auch wenn es im Moment nicht danach aussah. Dass sie ein tapferes kleines Mädchen sei, so tapfer, dass Kay sich wünschte, sie hätte auch so eine Tochter wie sie. Und während sie diese Worte aussprach, stellte sie fest, dass sie selbst daran glaubte.

Dann wurde den Mädchen Stück für Stück die Kleidung ausgezogen und in Beutel verpackt, wobei Jodi ihnen bei jedem Schritt half und Heather völlig teilnahmslos schien. Dr. Whitmores Assistentin führte sie mit wenigen Worten, die mit erstickter Stimme gesprochen wurden, durch den gesamten Vorgang.

Nachdem sie die Mädchen in saubere Laken gewickelt und auf den Boden gestellt hatten, kämmte Jodi ihnen langsam und vorsichtig mit einer Bürste die Haare. Erins blutverschmiertes Haar stellte die größte Herausforderung dar, aber schließlich schnitt Jodi ein paar Strähnen ab und versiegelte sie in einem kleinen Beweismittelbeutel, um die Tortur abzukürzen. Als Nächstes wurden die Spuren unter ihren Fingernägeln gesichert, für den Fall, dass sie den Mörder ihrer Mutter gekratzt hatten.

Schließlich wurden die Mädchen geduscht, eine Aufgabe, für die Farrell sich freiwillig meldete und die Frauenumkleide für die Dauer der Untersuchung absperrte. Sie war etwa fünfundzwanzig Jahre alt und eine großartige Polizistin, klug, energisch und mit ganzem Herzen bei der Sache. Sie sang der kleinen Erin etwas vor und versuchte dabei, ihre Aufmerksamkeit von dem blutigen Wasser wegzulenken, das um die Füße des kleinen Mädchens herumschwappte, wobei ihre Stimme gelegentlich brach, tonlos und mit stockendem Atem, während das Kind so heftig an seinem Daumen lutschte, dass ihre Zähne tiefe Bissspuren um ihren Finger herum hinterließen.

Heather blieb während der ganzen Tortur distanziert und schweigsam, ihr Mund weigerte sich, ein einziges Wort auszusprechen, ihre Augen waren unkonzentriert, verloren in einer Distanz, die ihr Trauma erträglich machte. Als sie endlich fertig war, ließ sie sich in den Ruheraum führen und setzte sich auf die Seite des Etagenbettes, das Kay notdürftig hergerichtet hatte. Dort wartete sie, schweigend und verloren, wahrscheinlich nahm sie nicht mal ihre Umgebung oder die Zeit wahr, die verstrich.

Doppelte Portionen sirupgetränkter Pfannkuchen, die die Wache mit dem Geruch eines Sonntagsfrühstücks erfüllten, wurden eilig vom Waffelhaus geliefert, aber die Mädchen rührten sie kaum an, ebenso wenig wie den Kamillentee, den jemand in der Mikrowelle zubereitet hatte.

Wenig später waren sie endlich eingeschlafen, bekleidet mit sauberer, aber schlecht sitzender Kleidung, die Deputy Farrell als Leihgabe aus dem Kleiderschrank ihrer Tochter mitgebracht hatte. Erin lutschte weiter am Daumen, schlief aber tief und fest, ihr Atem war gleichmäßig und ruhig. Heather dagegen atmete schwer, ihr Schlaf war unruhig und aufgewühlt, wahrscheinlich wurde sie von entsetzlichen Albträumen heimgesucht. Kay stand auf und beobachtete die Mädchen einen Augenblick lang, dann verließ sie leise das Zimmer und schloss die Tür hinter sich, während sie sich immer wieder ausmalte, wie sie den Mann erschoss, der für das alles hier verantwortlich war.

Auf dem Flur traf sie auf Sheriff Logan, der die Mädchen wohl schon eine Weile durch das kleine Fenster in der Tür des Ruheraums beobachtet hatte.

»Gibt es schon irgendwas Neues?«, fragte er, die Stirn angespannt und in Falten gelegt. Wie üblich kaute er ungeduldig auf seinem Pfefferminzkaugummi, die Muskeln tanzten in Knoten auf seiner Kieferpartie, der Rhythmus seines Kauens war laut und schnell, alles andere als lässig.

»Nichts«, musste sie zugeben. »So früh habe ich aber auch nicht damit gerechnet«, fügte sie hastig hinzu, denn sie wusste, dass Logan es sich leicht anders überlegen und den gefürchteten Anruf beim Sozialdienst tätigen könnte. »Sie brauchen ein bisschen Ruhe, dann werde ich mit ihnen reden. Hat die Suche irgendwas ergeben?«

»Nichts. Die K9-Einheit hat nichts gefunden, aber das hatten wir auch nicht erwartet. Hunde können nicht viel ausrichten, wenn Opfer in Fahrzeugen entführt werden. Die Vermisstenmeldung über AMBER Alert ist vor ein paar Stunden rausgegangen.«

»Gab es irgendwelche Anrufe?«

Er schnaubte. »Nur die üblichen Idioten, die nicht wissen,

was sie tun. Ich habe ein paar Stunden damit verschwendet, Falschmeldungen nachzugehen.« Er sah kurz zu den Mädchen, dann wieder zu Kay. »Glauben Sie, dass die vermisste Schwester noch vor Ort ist? Die Straßensperren haben nichts gebracht.«

Sie wollte ihm sagen, dass es nicht genug Daten gab, um ein Profil zu erstellen, nicht mal annähernd genug, um zu verstehen, welche Absichten der unbekannte Täter gehabt haben könnte. »Das kann man nicht wissen«, antwortete sie stattdessen. »Ich hoffe, dass ich das herausfinden kann, sobald die Mädchen anfangen zu reden. Haben Sie die Weingläser auf dem Tisch bemerkt? Die sagen mir, dass der Mörder kein Fremder war. Es gab auch kein gewaltsames Eindringen. Cheryl kannte den Täter.«

»Vielleicht kannten die Mädchen ihn auch«, sagte der Sheriff und knetete mit der Hand sein Kinn, eine Frage, die ihn sichtlich beschäftigte. »Möglicherweise eine Romanze, bei der etwas schiefgelaufen ist?«

Sie zuckte mit den Schultern. Von allen Dingen, die den Ausgang einer Untersuchung gefährden konnten, gab es einen besonders wichtigen Grund für ungelöste Fälle: zu früh unbegründete Schlüsse zu ziehen und dann daran festzuhalten. »Das wissen wir nicht.«

»So laufen diese Dinge normalerweise«, beharrte Logan mit einem schnellen Grinsen, das kurz den Kaugummi zwischen seinen linken Backenzähnen hervorblitzen ließ. »Jemand geht fremd, oder jemand verlässt jemanden. Eine verschmähte Frau, die Ehefrau ihres Liebhabers, so etwas in der Art. Nach all den Jahren, die ich in der Strafverfolgung verbracht habe, kann ich Ihnen sagen, dass es entweder Frauen, Drogen oder Geld sind – abgesehen von diesen Dingen haben die Leute hier in unserer Gegend keinen Grund, jemanden zu töten.«

»Ja, es könnte eine Frau sein«, räumte Kay ein, obwohl ihr

Bauchgefühl ihr sagte, dass dem nicht so war. Eine Frau hätte wahrscheinlich Lippenstiftspuren auf dem Weinglas hinterlassen. Und die Entführung eines Mädchens im Teenageralter ergab bei einem männlichen Täter viel mehr Sinn, und zwar aus den falschen, widerwärtigen Gründen. »Doc Whitmore wird das klären, sobald er das Weinglas untersucht hat. Wahrscheinlich ist genug Speichel darauf, um DNA-Proben zu nehmen.«

Das schiefe Grinsen des Sheriffs huschte wieder auf seine Lippen, dann verschwand es. »Aber Sie sind hier die Profilerin. Wie denken Sie darüber?«

»Ich denke, es ist noch zu früh, um dazu etwas zu sagen«, antwortete sie zurückhaltend. »Die potenzielle Mordwaffe, ein Messer aus Cheryls Wohnung, spricht für fehlenden Vorsatz, für ein Verbrechen aus Leidenschaft. Aber die Entführung spricht für etwas ganz anderes, etwas, das nicht ins Bild passt. Ich glaube, wir haben noch nicht alle Puzzleteile gefunden.« Sie schaute auf die Uhr und spürte, wie sich ein Gefühl der Angst in ihrer Magengrube ausbreitete. »Julie ist schon seit sechzehn Stunden verschwunden, und wir wissen gar nichts. Es gibt keine Lösegeldforderung, und ich habe auch keine erwartet. Wir haben keine Ahnung, was passiert ist. Alles, was wir wissen, ist, dass gestern Abend ein harmloser Besuch in einem Blutbad endete und ein Mädchen entführt wurde.«

Der Sheriff blickte durch das Fenster auf die beiden schlafenden Kinder, die von Deputy Farrell mit Adleraugen bewacht wurden. Kay folgte seinem Blick und unterdrückte einen Seufzer. Sie verspürte den Drang, zu ihnen zu stürmen und sie zu wecken; vielleicht könnten sie ihr etwas verraten, irgendetwas, das sie nutzen könnte, um Julie zu finden. Aber es war wahrscheinlicher, dass sie mit ihr kommunizierten und sich an wichtige Details erinnerten, wenn sie eine Stunde Schlaf bekommen hatten. Nur im Schlaf konnte ein traumatisiertes Gehirn heilen.

»Diese beiden Mädchen sind der Schlüssel zu den Antworten, die wir brauchen«, sagte sie und schaute noch einmal auf die Uhr, ihre Stimme klang angespannt. »Nur sie können uns die Informationen liefern, die wir brauchen, um Julie zu finden. Und jede Minute zählt.«

ACHT

DER ZWEITE TATORT

Bei diesem Wetter hätte man nicht mal einen Hund vor die Tür gejagt.

Die Ausläufer eines pazifischen Hurrikans trafen die Westküste mit voller Wucht und führten dazu, dass mehr Regen fiel, als die Gegend in einem ganzen Jahr gehabt hatte. Elliot schlug den Kragen seines Mantels hoch und drückte seinen Hut fest nach oben, um sicherzugehen, dass er dort blieb, wo er hingehörte, als er aus dem Auto stieg. Wütende Böen wirbelten den Regen in kreisförmigen Mustern über den Asphalt. Die Tropfen waren so schwer, dass sie große Blasen bildeten, als sie auf den Boden trafen. Das Regenwasser wusch die Interstate und floss dann in Richtung Seitenstreifen ab. Auf seinem Weg strömte es an jedem Fahrzeug auf der nördlichen Fahrbahn vorbei und schickte Spritzer über den Mittelstreifen, selbst wenn die Fahrer abbremsten, um die zahlreichen Polizeifahrzeuge am Tatort zu bestaunen. Nachdem der schmale Seitenstreifen geräumt war, floss das Wasser auf den Straßenrand, wo Schotter und Gras unter zentimeterhohen Wasseransammlungen aufeinandertrafen.

Dort, wo das Opfer lag.

Der Regen spülte jede Spur von Beweisen weg, die er möglicherweise am Körper gehabt hatte.

Mehrere Deputies hatten bereits ein paar Schutzdächer errichtet. Eines war dem Wind zum Opfer gefallen, mit einem verbogenen Pfosten und einem seitwärts geneigten Dach war es akut einsturzgefährdet.

»Ihr zwei«, rief Elliot ein paar Polizeibeamten zu, um sich im Sturm Gehör zu verschaffen. »Schnappt euch eine Plane und haltet sie über die Leiche, bis der Gerichtsmediziner eintrifft. Lauft, als ginge es um euer Leben.«

Das Opfer, ein Mann in den Fünfzigern, war in den Graben gerollt worden. Er lag mit dem Gesicht nach unten, die Beine an den Knöcheln überschlagen, die Hosenbeine in die gleiche Richtung um die Knöchel geschlungen. Was von seinem Gesicht zu sehen war, war bläulich blass und fleckig, sein grau melierter, ordentlich gestutzter Bart war mit Regentropfen und Schlamm besprenkelt.

Er trug eine marineblaue, wasserabweisende Jacke, die sehr teuer gewesen sein musste, da sie nach all der Zeit, die er unter dem Einfluss der wütenden Elemente verbracht hatte, kein bisschen zerknittert war. Da der Mann schon vor einiger Zeit dort abgelegt worden war, waren alle sichtbaren Blutspuren längst verschwunden. Elliot dachte, dass man ihn entweder am Straßenrand erschossen oder von einem anderen Tatort hierhergebracht haben könnte. Aber wer hält mit seinem Auto am Rand der Interstate an, wo die Fahrzeuge mit unglaublicher Geschwindigkeit vorbeirasen, und erschießt jemanden?

Er hockte sich neben der Leiche hin und untersuchte das Loch in der Jacke des Mannes, das genau zwischen den Schulterblättern zu sehen war. Er berührte die Ränder des Lochs mit der Spitze seines Stifts und blinzelte in das schwache Licht. Die Ränder waren weggebrannt, das Polyestergewebe durch die Hitze gehärtet; die Kugel war aus nächster Nähe abgefeuert worden, die Mündung der Waffe hatte direkten Kontakt mit dem Körper des Mannes gehabt oder war weniger als zehn Zentimeter entfernt gewesen.

Die beiden Deputies eilten mit einem Stück blauer Plane herbei und spannten sie über den Körper des Mannes, wobei sie die Ecken etwa einen Meter über dem Boden hielten. »Ist das so in Ordnung, Detective?«, fragte einer der Männer und blinzelte unter dem Regen, der ihm direkt ins Gesicht prasselte.

»Neigt sie etwas zur Seite, damit sich das Wasser nicht darin staut«, wies Elliot ihn an. Das Rad drehte sich mit dem Polizisten, aber der Hamster war tot.

»Und sollen wir sie auf den Boden legen?«

»Nein. Haltet sie so, bis der Gerichtsmediziner hier ist.« Es war, als hätten sie noch nie im Regen an einem Tatort gearbeitet.

Die Lippen des Mannes spannten sich und bewegten sich lautlos. Wahrscheinlich murmelte er einen Fluch. Gerade als er doch noch etwas sagen wollte, hielt der Wagen des Gerichtsmediziners an der Leitplanke und Dr. Whitmore eilte zu der Leiche.

»Sie halten mich zurzeit ganz schön auf Trab«, sagte er statt einer Begrüßung. »Für mich fühlt sich das Ganze immer weniger nach Ruhestand an.«

»Schieben Sie mir das nicht in die Schuhe, Doc«, erwiderte Elliot, der seinen Hut auf dem Kopf festhielt, während der Wind stärker wurde. »Wenn es nach mir ginge, würden Sie uns nur besuchen, wenn Sie das Freizeitprogramm Ihrer Frau wirklich langweilt, und wir würden Billard spielen und ein paar Bierchen trinken, anstatt in diesem Mistwetter draußen herumzuhängen.«

Dr. Whitmore hockte sich neben das Opfer unter der Plane. »Sie sind sehr wortgewandt, das muss ich schon sagen«, sagte er und runzelte die Stirn, während er die Leiche schnell untersuchte, dann drehte er sie in die Rückenlage. »Eine einzelne Schusswunde am Oberkörper«, stellte er fest. »Die

Einschussstelle befindet sich am Rücken. Ich werde mehr wissen, wenn ich ihn auf dem Tisch habe.« Er hob den Arm des Mannes an und untersuchte die Haut genau, wobei er den Ärmel ein paar Zentimeter hochzog. Er beugte ihn am Handgelenk und am Ellenbogen, dann hob er auch das Hemd und die Jacke des Mannes ein wenig an und betrachtete einen Teil seines Unterleibs.

»Und der Todeszeitpunkt?«, fragte Elliot.

»Er liegt schon eine Weile hier«, antwortete der Doc. »Der Totenstarre und der Verfärbung nach zu urteilen, würde ich sagen, seit ein paar Tagen.« Doc Whitmore stand auf, ging rückwärts und trat unter der blauen Plane hervor. »Laden wir ihn auf«, sagte er zu seiner Assistentin, einer jungen Frau, die im strömenden Regen unglücklich wirkte. »Leichensack«, befahl er dann, als er sah, dass sie zur Trage griff. »Es hat keinen Sinn, das durch diesen Matsch zu rollen.«

»Darf ich kurz?«, fragte Elliot und gestikulierte vage in Richtung der Leiche. »Machen Sie nur«, antwortete Doc Whitmore.

Elliot hockte sich noch einmal neben den Mann und durchwühlte seine Taschen auf der Suche nach einer Brieftasche oder etwas anderem, um ihn zu identifizieren. Es gab nichts, keine Brieftasche, keine Schlüssel und kein Handy. Der Mörder hatte gute und gründliche Arbeit geleistet, bevor er ihn dort abgelegt hatte.

Doc Whitmore wartete, bis der Leichensack neben der Leiche des Mannes auf den Boden gelegt und der Reißverschluss geöffnet wurde. Dann packte er das Opfer an den Schultern, während seine Assistentin die Beine hielt. In einer geübten, perfekt synchronen Bewegung hoben sie die Leiche hoch und legten sie in den Leichensack. Wenig später wurde der Leichensack mit dem Reißverschluss verschlossen und mit Gurten gesichert und in den Transporter geladen, um ihn zur Obduktion zu bringen.

Elliot begann mit der Suche nach der Mordwaffe und die beiden Deputies schlossen sich ihm an, sobald die blaue Plane nicht mehr benötigt wurde. Die beiden waren die einzigen Kräfte, die ihm zur Verfügung standen; das übrige Team war mit der Suche nach Julie Montgomery beschäftigt. Sie kämmten das Gebiet Stück für Stück durch und suchten sorgfältig hinter jedem Strauch und in jedem Graben. Doc Whitmore lieh ihnen eine Magnetrolle, die ihnen die Arbeit erleichterte, da sie sich so nicht bücken und ihre Hände in wassergefüllte Gräben stecken mussten, in denen die Waffe möglicherweise entsorgt worden war.

Etwa zwei frustrierende Stunden später gaben sie auf. Es war keine Mordwaffe zu finden.

NEUN

DAS FENSTER

Die hohen Fenster ließen die ganze Düsternis herein, die nur durch die weißen, ätherischen Voile-Vorhänge, die in perfekt ausgerichteten Wellen von der Decke bis zum Boden fielen, aufgehellt wurde. Er hatte die beiden Kronleuchter ausgeschaltet und damit Mutters ganze Verärgerung auf sich gezogen. Er war ihrem Zorn nie ausgewichen; von all ihren Kindern war er derjenige, der sie verstand, der ihre Wunden zu heilen und ihre Tränen zu trocknen wusste.

Er war schon vor langer Zeit auserwählt worden.

Er fuhr sich mit den Fingern durch sein glattes Haar, bis hinunter zu der Stelle, an der seine hochstehenden Locken die Schultern berührten, mit ungleichmäßigen Spitzen, die seit langem nicht mehr geschnitten worden waren. Er rieb sich die Hände, um sie zu wärmen, und stand ein paar Meter vom Fenster entfernt, seine beigefarbene Strickjacke hing offen über einem weißen Seidenhemd und einer schwarzen Hose. Ein Schauer lief ihm über den Rücken und er versenkte seine Hände in den kleinen Taschen und ballte sie zu Fäusten. Er trat nicht näher an das Feuer heran, das im Kamin lebhaft prasselte. Sein Blick blieb auf die triste Landschaft draußen gerichtet, wo Mutter weinte.

Wo sie blutete. Direkt neben den Betonplatten seines Weges öffnete sich ein immer tiefer werdender Spalt, der nur noch an den Abgrund erinnerte, der sich an der Seite des Ash Brook Hill aufgetan hatte, mindestens dreißig Meter tief. Oh, welche Schmerzen Mutter erleiden musste!

Er ballte seine Hände fest zusammen, seine Haut fühlte sich kalt und feucht an, trotz des behaglichen Gefühls in den gestrickten Taschen. Fast so, als würde sein eigenes Blut sich weigern, seinen Körper zu nähren!

»Mutter Erde, höre dein Kind an«, flüsterte er. »Ich stehe vor dir und flehe dich um deine Gnade und Vergebung an. Zeige mir den Weg, dem ich folgen soll, und ich werde deine Blutung stillen und deine Tränen trocknen.« Er atmete ein und senkte seine Augenlider, um die Dunkelheit zu begrüßen, in der Mutter zu ihm sprach. »Ich habe sie gefunden, Mutter, diejenige, die dein Leiden lindern wird. Sie ist bereit für dich.«

Er atmete tief und langsam ein und spürte, wie Mutters Hand ihn berührte, seine Ängste linderte und ihn mit Frieden erfüllte. Er öffnete die Augen und suchte den Himmel ab, aber die Wolken waren dicht gedrängt in einer gefürchteten Schicht aus Finsternis und der Regen fiel noch stärker als zuvor.

Langsam schlenderte er auf das Bücherregal zu und blieb vor der dritten Abteilung stehen. Er berührte einen Knopf, der sich hinter einem seiner Lieblingsbücher, *The Symbol of Glory* von George Oliver, verbarg und das Bücherregal glitt nach rechts und gab ein Stück kahle Wand frei, in dessen Mitte sich ein Fenster befand. Er näherte sich dem Fenster langsam und zögerlich, als hätte er Angst vor dem, was er sehen würde.

Dieses Fenster führte nicht ins Freie. Durch eine Reihe von Spiegelpaaren, die in einem Winkel von fünfundvierzig Grad in abfallenden Tunneln angebracht waren, konnte er einen Blick auf das werfen, was im Keller, zwei Stockwerke unter ihm, vor sich ging – dort, wo das Mädchen schlief. Von ihrer Seite aus konnte sie nur einen Spiegel sehen, sonst nichts, während er sie ununterbrochen beobachten konnte, jede ihrer Bewegungen sehen und jedes ihrer Worte über die winzigen Lautsprecher hören konnte, die im Fensterrahmen montiert waren.

Er starrte sie wie gebannt an. Er konnte nicht glauben, wie atemberaubend schön sie war. Es war die Art von Schönheit, die nur die Jungen und Reinen durch jede Pore ihrer Haut ausstrahlen. Seine Augen fixierten das Bild des Mädchens, er ließ seine erstarrten Finger das Glas dort berühren, wo ihre Lippen aufgesprungen waren, während sie leise vor sich hin weinte, zusammengerollt auf der Seite liegend. Wo ihr Haar den grauen Beton streifte und wo sich ihr Brustkorb mit jedem erschütterten Atemzug hob.

»Es tut mir so leid, Mom«, weinte das Mädchen und ließ ihn aufschrecken.

Es war nicht das erste Mal, dass sie ihn mit diesem Unsinn aus seinen Gedanken riss. Irritiert schaltete er die Lautsprecher mit einer ruckartigen, wütenden Drehung des Knopfes aus. Wenn sie nur aufhören würde zu weinen, könnte er sie vielleicht noch ein bisschen länger festhalten. Was für schöne Dinge sie zusammen tun könnten, wenn sie nur die Zeit dazu hätten!

Seine Fantasie spann endlose Pläne und Visionen von glücklichen Tagen mit dem Mädchen in seinen Armen, und seine Hingabe an Mutter geriet für einen kurzen Augenblick ins Wanken, bevor er die Versuchung abschüttelte. Und doch würde er sie vielleicht für eine Weile behalten.

Aber nur, wenn Mutter es erlaubte.

ZEHN

REISEPLÄNE

Nachdem sie ihr langes blondes Haar zusammengebunden hatte, um die entwichenen Strähnen einzufangen, murmelte Kay einen Fluch und ballte die Faust, dabei wünschte sie sich, dass es etwas gäbe, das sie kaputtschlagen könnte. Ganz egal, welchen Weg sie einschlagen würde, es gab keinen guten Weg, und von den Möglichkeiten, die sie hatte, war eine ebenso schlecht wie die andere. Die eine bestand darin, die Mädchen zum Aufwachen zu zwingen, obwohl es offensichtlich war, dass sie etwas Ruhe brauchten, bevor man sie wieder gewaltsam in die grausame Wirklichkeit zurückholen konnte. Die andere Möglichkeit war, sie schlafen zu lassen, während Julie, die bereits seit achtzehn Stunden verschwunden war, dringend ihre Hilfe brauchte. Jede Information, die sie den beiden Mädchen entlocken könnte, wäre von unschätzbarem Wert, der Anfang einer Spur aus winzigen Krümeln, der sie folgen konnten, um die vermisste Schwester der Mädchen zu finden.

Sie hatte versucht, Heather zu wecken, aber das Mädchen war nicht in der Lage, eine Unterhaltung zu führen. Sie hatte sich kaum auf den Beinen halten können und war weiß wie die Wand gewesen. Sie war zur Toilette gewankt und mit demselben leeren Blick wieder zurückgekehrt. Dann hatte sie regungslos und schweigend auf der Seite ihres Bettes gesessen, bis Kay aufgab, das Kind auf die Seite legte und mit der Decke zudeckte. Noch bevor Kay es zur Tür geschafft hatte, war sie eingeschlafen und kämpfte unruhig gegen die Dämonen, die sie in ihren Albträumen verfolgten.

Es ging einfach nicht. Nicht jetzt, nicht bevor sie die Chance gehabt hatten, erste Schritte auf dem Weg Richtung Heilung zu machen, denn dieses Trauma war zu schwer, als dass sie ohne die heilsame Ruhe des Schlafes hätten funktionieren können. Sie verbrachte einen endlos langen Augenblick damit, zwischen Richtig und Falsch abzuwägen und Hippokrates um Rat zu fragen, dann verließ sie den Raum und schloss die Tür leise hinter sich. Nur der Vater der Medizin würde die Antwort auf ihr Dilemma kennen. Sie hatte ihnen schon die beruhigende Unterstützung von Schlafmitteln verweigert, weil sie sich Sorgen um die Beeinträchtigung des Kurzzeitgedächtnisses machte, die als Nebenwirkung auftreten konnte. Dennoch ging sie mit eiligem Schritt und finsterem Blick davon, innerlich zerrissen, weil sie wusste, dass Julie immer noch da draußen war.

Aber sie wollte nicht untätig herumsitzen, während die Stunden wie Minuten vergingen und Julie verschwunden war. Sie konnte immer noch ihre Arbeit machen, sich Beweise ansehen, den Tatort ein weiteres Mal untersuchen, die Akten nach Hinweisen auf ähnliche Verbrechen in Nordkalifornien durchforsten. Aber war das wirklich im Bereich des Möglichen? An diesem Morgen, als sie die am Tatort zurückgelassene Mordwaffe gesehen hatte, war sie zu der Schlussfolgerung gelangt, dass Cheryl das erste Mordopfer des unbekannten Täters gewesen sein könnte.

Sie beschloss, dass ein erneuter Besuch des Tatorts ihre beste Alternative war und fuhr mit Vollgas nach Angel Creek, Sirene und Warnlichter eingeschaltet, obwohl noch relativ wenig Verkehr war. Früher an diesem Tag, als sie durch die Räume des Hauses gegangen war, hatte sie sich gehetzt und abgelenkt gefühlt, weil sie Erin und Heather gefunden hatte, weil sie sie an einen sicheren Ort bringen und beschützen wollte und weil ihre unerwartet starken Gefühle für die beiden kleinen Mädchen sie ein wenig verunsichert hatten. Was hatte es damit auf sich? Sie hatte nie irgendwelche mütterlichen Instinkte gehabt, die sie zugegeben hätte. Und noch nie hatte sie sich ein Leben ausgemalt, in dem sie Kinder haben würde, weil sie wusste, dass sie die Schrecken ihrer Arbeit nie ganz hinter sich lassen konnte, bevor sie nach Hause kam, um ihren Nachwuchs zu umsorgen.

Der Anblick des gelben Absperrbandes, das im Wind flatterte, holte sie auf den Boden der Tatsachen zurück. Sie hielt am Haus und winkte dem Deputy, der das Haus überwachen sollte, dann stieg sie nach einem kurzen, kräftigen Sprint durch den strömenden Regen die fünf Stufen zur Veranda hinauf, wobei sie die Pfützen, in die sie trat, und das Wasser, das ihr wie gefrorene Nadeln ins Gesicht schlug, ignorierte. Nachdem die Spurensicherung beendet war, brauchte sie jetzt weder Schutzanzug noch Überzieher, aber sie wischte sich vor dem Eintreten gründlich die Füße ab und schüttelte die Regentropfen von ihrer marineblauen Jacke.

Das Haus war still und fast dunkel; das wenige Licht, das von draußen hereinkam, war bereits durch schwere Wolken und das allgegenwärtige Grau gefiltert, das an solchen Tagen der Grundton zu sein schien. Die Sonne würde erst in über einer Stunde untergehen, aber es schien bereits viel dunkler zu sein; sogar die Straßenlaternen hatten schon ihren Dienst aufgenommen und strahlten ein natriumgelbes Licht aus, das goldene Funken auf den nassen Asphalt warf, die sich in jedem Regentropfen spiegelten. Sie schaltete das Licht ein und blieb stehen, schloss die Tür und nahm die ganze Umgebung in sich auf.

Ein bescheidenes, aber sauberes Wohnzimmer mit einem Sofa und einem großen Fernseher und nur wenig anderen Möbeln. In der hintersten Ecke stand eine Spielzeugkiste, die wie es aussah mit Erins Spielsachen gefüllt war, Plüschtiere, Legosteine und Puppen. An der Wand stand ein Bücherregal mit ein paar Büchern, Fotoalben und einer Vase, die keine Blumen enthielt. Das cremeweiße Stoffsofa war sauber und sah neu aus, aufgepeppt durch bunte Kissen mit einem grün-schwarzen Blumenmuster, das zu den grünen Akzenten passte, die Cheryl kreativ in die Einrichtung integriert hatte: die Farbe der Vorhänge, der Farbton der Vase, das grüne Karomuster des Tischläufers im Esszimmer.

Kay ging langsam in Richtung Küche, wo ein dunkler wein-roter Fleck die Geschichte dessen erzählte, was sich hier abge-spielt hatte. Eine vergessene Tatortmarkierung mit der Zahl elf in schwarzer Schrift auf gelbem Plastik stand noch immer neben dem Messerblock auf der Arbeitsplatte. Der metallische Geruch von oxidiertem Blut lag in der Luft, zwar schwach, aber immer noch da, vermischt mit dem Geruch des Eintopfs, den niemand vom Herd genommen und entsorgt hatte.

Plötzlich fröstelte sie. Sie schlang die Arme um ihren Körper und rieb mit den Händen darüber, während sie sich vorstellte, wie das Team, das von der Wache geschickt wurde, in ein paar Tagen hier reinspazieren und alles aufräumen würde, vom Blut auf dem Boden bis zum Inhalt des Kühlschranks, dann das Haus versiegeln und auf das vorbereiten würde, was als Nächstes kam. Ein Haufen Fremder, die Cheryls Sachen durchwühlten, alles anfassten, ihr Leben, ihr Zuhause zerstörten.

In ein paar Tagen wird dieser Eintopf nur noch aus Maden bestehen, dachte sie, leerte den Topf in die Spüle und schaltete den Müllschlucker ein. Er surrte laut, aber sie war froh über das Geräusch, denn jedes Geräusch brachte Leben in das vom Tod gezeichnete Haus. Sie spülte den Topf in aller Eile aus und stellte ihn kopfüber in die Spüle, wobei sie sich ein wenig schuldig fühlte, weil sie so viel Zeit mit einer so banalen Aufgabe vergeudet hatte.

Sie ging hinüber zum Esstisch, an dem der Stuhl, der zu Bruch gegangen war, jetzt fehlte. Sie stellte sich vor, sie wäre Cheryl und würde ihrem Gast gegenübersitzen, nachdem sie ihnen beiden Wein eingeschenkt hatte. Wie war es nach dem gemeinsamen Weintrinken zu einer tödlichen Messerstecherei gekommen? Was war passiert?

Kay stellte sich die Szene vor: Cheryl hatte den Wein eingeschenkt, währenddessen hatte der Gast bereits am Tisch gesessen, gewartet, lächelnd mit ihr geplaudert. Vielleicht hatte er gelächelt; sie wusste es nicht genau. Ein Mann? Eine Frau? Es musste ein Mann gewesen sein. Eine Frau war nicht völlig ausgeschlossen, aber es kam ihr aus einer Reihe von Gründen falsch vor. Zunächst war es ein ganz normaler Abend gewesen, aber dann ... was war so schiefgelaufen? Wo waren die Mädchen während dieser Zeit gewesen? Hatte er gewusst, dass sich drei Töchter im Haus befanden? Warum hatte er Zeugen zurückgelassen?

Sie ging den Küchenboden Zentimeter für Zentimeter ab und untersuchte die Oberfläche, wo die Kratzspuren im Wohnzimmerteppich verschwanden, wo der zerschlagene Stuhl zu Boden gefallen war. Dann drehte sie sich um und ging zur Hintertür, um sie zu untersuchen. Die Deputies, die am Tatort gearbeitet hatten, hatten gesagt, dass es keine Anzeichen für ein gewaltsames Eindringen gab. Der unbekannte Täter war durch die Seitentür gekommen, nicht durch die Vordertür; sie hatten eine kleine Wasserpfütze auf den Fliesen gefunden, einen halben Meter von der Tür entfernt, die jetzt fast völlig getrocknet war.

Es musste sich um jemanden handeln, der mit dem Anwesen vertraut war, jemanden, der schon einmal hier gewesen war.

Kay öffnete die Seitentür und schaute nach draußen. Die Einfahrt verlief parallel zum Haus bis zum Garagentor, das ein paar Meter weiter von der Straße entfernt war als die Seitentür. Es ergab Sinn, dass er an diese Tür geklopft hatte, da sie näher an dem Auto war, mit dem er gekommen sein musste. Aber dennoch ... er musste schon mal hier gewesen sein. Kein Besucher, der zum ersten Mal hier gewesen wäre, hätte den Seiteneingang benutzt, Regen hin oder her.

Dann bemerkte sie die drei Koffer, die an der Wand im Flur standen, und runzelte die Stirn. Hatten die Tatorttechniker sie untersucht? Einen kurzen Telefonanruf später wusste sie, dass niemand die Koffer in Augenschein genommen hatte. Sie zog sich ein Paar blaue Nitrilhandschuhe über und öffnete den ersten Koffer.

Alle waren vollgepackt mit Kleidung für alle Familienmitglieder. Sie zählte die Unterwäsche in dem großen Koffer und stellte fest, dass Cheryl vorhatte, mit allen Mädchen mindestens zwei Wochen zu verreisen. Wo wollten sie hin? Und wann hätten sie abreisen sollen? Es konnte sich nicht nur um einen Wochenendausflug gehandelt haben, aber wann hatte sich eine alleinerziehende Mutter von drei Kindern zuletzt einen zweiwöchigen Urlaub leisten können?

Eine Sache war dagegen so gut wie sicher: Cheryl hatte nicht vorgehabt, mit dem unbekannten Täter zu verreisen, und sie hatte auch nicht am Vorabend abreisen wollen, sonst hätte es keinen Wein gegeben. Wer trank schon Wein, bevor er sich bei so einem miserablen, tückischen Wetter ans Steuer setzte, noch dazu mitten in der Nacht?

Kay musste anfangen, den Leuten, die Cheryl gekannt hatten, Fragen zu stellen. Vielleicht wusste ihre Familie etwas über ihre Reisepläne, oder auch der Nachbar. Er schien Cheryl etwas zu nahe zu stehen, um nichts davon zu wissen.

Was, wenn ihre Reisepläne etwas mit ihrer Ermordung zu

tun hatten? Wollte sie vor jemandem fliehen? Und wenn ja, vor wem?

Das passte nicht ins Bild.

Das Wenige, was Kay über Cheryl Coleman wusste, ließ nicht auf eine Person schließen, die auf der Flucht war.

Sie rief sich ins Gedächtnis, was sie vorhin auf dem Revier über sie erfahren hatte, als sie sich durch das gewühlt hatte, was in den Datenbanken der Polizei und der Regierung über ihr Leben abgespeichert war. Das Leben dieser Frau war vollkommen unauffällig gewesen. Wenn es diesen Begriff überhaupt gab, dann traf er auf Cheryl Coleman zu.

Sie war mit Calvin Montgomery verheiratet gewesen, einem Bauingenieur, der im Alter von neunundzwanzig Jahren beim Einsturz eines Gerüstes, das ihn mit sich in den Tod gerissen hatte, ums Leben gekommen war. Der Unfall war gründlich untersucht worden, und der Bauunternehmer war von jeglichem Fehlverhalten freigesprochen worden. Aber Cheryl war mit drei kleinen Mädchen zurückgeblieben, von denen die jüngste, Erin, damals noch ein Baby war. Dennoch hatte sie irgendwie überlebt, wobei ihr Job als Zahnarzthelferin wahrscheinlich kaum ausreichte, um die Rechnungen zu bezahlen.

Warum beschloss jemand wie Cheryl Coleman eines Tages zu verschwinden, und das ausgerechnet an dem Tag, an dem sie ermordet wurde?

Lichtstrahlen, die über die Einfahrt nebenan huschten, hinterließen bläuliche Streifen an den Wänden und erregten Kays Aufmerksamkeit. Der Nachbar war zu Hause.

Zeit, ihm ein paar Fragen zu stellen.

Als sie aus Gewohnheit in ihren Taschen nach ihren Schlüsseln suchte, obwohl sie nur über den Rasen gehen wollte, um die Livingstons nebenan zu besuchen, spürte sie etwas, das dort nicht hingehörte.

Heathers Handy.

Während sich tiefe Falten auf ihrer Stirn bildeten, zog sie es heraus und betrachtete es einen Augenblick lang, als hätte sie es noch nie zuvor gesehen. Das Hintergrundbild war ein Foto von flauschigen weißen Kätzchen in einem rosa Körbchen, typisch für ein Mädchen in ihrem Alter. Sie versuchte, darauf zuzugreifen, indem sie nach oben wischte, und es ließ sich entsperren, ohne dass sie nach einem Code gefragt wurde.

Während sie in der Tür stand und nach dem Lichtschalter tastete, überprüfte Kay die Textnachrichten und Anruflisten. Dann gefror ihr das Blut in den Adern.

Heather hatte am Abend zuvor um 21:39 Uhr den Notruf gewählt und fast sechs Minuten mit ihnen telefoniert.

ELF

AUF DEM REVIER

Bei diesem Fall hatte er schlechte Karten.

Seine persönliche Aufklärungsquote war Elliot weniger wichtig als sein Ziel, die für die Verbrechen verantwortlichen Schurken zu fassen und ihnen das Handwerk zu legen, aber der Fall dieses unbekannten Toten, bei der Polizei als John Doe geführt, war alles andere als ein Kinderspiel.

Er hatte rein gar nichts in der Hand.

Die Leiche war dort, am Rande der Interstate, abgelegt worden, sodass es keinen direkten Tatort gab, den er hätte untersuchen können. Doc Whitmore sagte, er sei etwa zwei Tage lang in diesem Graben vor sich hin gerottet, während der starke Regen alle Beweise fortgespült hatte. Bei der Leiche hatte man weder einen Ausweis gefunden noch eine Brieftasche, auch kein Handy, keinen Schmuck, nicht mal einen Schlüsselbund. Es gab zwar keine Mordwaffe, nach der er hätte suchen können, aber die Größe der Eintrittswunde deutete auf eine neun Millimeter schwere Handfeuerwaffe hin. Genau der Typ Waffe, der bei Schießereien im ganzen Land am häufigsten verwendet wurde.

Nein, es gab nichts Besonderes zu berichten, aber seine

Mutter hatte keinen Drückeberger großgezogen. Und er würde verdammt sein, wenn er denjenigen, der diesen John Doe in einen Köder für Bussarde verwandelt hatte, damit davonkommen ließ. *Nicht, solang ich hier die Verantwortung trage,* dachte er und kaute immer noch auf einem Strohhalm herum, den er neben seinem Auto aufgepickt hatte. Er schmeckte nach nassen Feldern im Herbst, nach Nächten, in denen ein Gewitter den Staub von einem frisch abgeernteten Kornfeld wusch.

Er ließ den Motor an und die Scheibenwischer surrten rhythmisch, fast hypnotisch, und schafften es doch nicht, die Windschutzscheibe länger als einen Sekundenbruchteil von Wasser freizuhalten. Er legte den Gang ein und fuhr los, konnte es kaum erwarten, zum Revier zurückzukehren und ein paar Vermisstenanzeigen durchzugehen.

Die Identität des Opfers war der Schlüssel zu allem anderen – unverzichtbar, um das Motiv und die Gelegenheit, die der Mörder nutzte, zu ermitteln, zwei der drei Eckpfeiler jedes Ermittlungsverfahrens. Wenn er diese beiden nicht kannte, konnte er keinen Fall aufbauen. Aber John Doe war schon vor einigen Tagen erschossen worden, vielleicht hatte ihn ja jemand als vermisst gemeldet.

Dennoch war es wenig überraschend, dass die Aufklärungsquote einen historischen Tiefstand erreicht hatte und in Kalifornien unter der Sechzig-Prozent-Marke lag. Ein unbekannter Mann, bei dem es sich um jeden x-beliebigen Menschen handeln konnte, wurde am Straßenrand abgelegt, tagelang vom Regen reingewaschen und wie durch ein Wunder an einem Ort gefunden, an dem ihn niemand hätte finden sollen. Wäre da nicht eine schwangere Autofahrerin gewesen, die unter morgendlicher Übelkeit litt, hätte man ihn vielleicht niemals entdeckt.

Es erforderte Geschick und den Verstand eines kaltblütigen Killers, um das zu bewerkstelligen.

Er parkte so nahe am Eingang des Reviers, wie es irgendwie ging, und eilte hinein, dankbar, dem Wetter entronnen zu sein. Er blieb kurz am Kaffeeautomaten stehen, um sich einen Kaffee zu holen, und hielt nach Kay Ausschau, in der Hoffnung, sie wenigstens im Vorbeigehen zu sehen. Er konnte sie nirgends entdecken, aber es war auch fast niemand da, das Büro war leer, nur der schwache Geruch von Kaffee, Schweiß, Staub und Dreck lag in der Luft. Alle waren da draußen und suchten nach Julie.

»Seht mal, was die Katze angeschleppt hat«, lallte ein Mann durch einen Nebel von Spucketröpfchen. »Woo-hoo«, jubelte er und trat mit seinem Stiefel gegen das Gitter seiner Zelle.

Na toll. *Trunkenheit am Steuer und die Ordnungswidrigkeiten von letzter Nacht*, dachte Elliot und machte sich nicht die Mühe, darauf zu reagieren. Stattdessen ging er schnell an ihm vorbei und ignorierte den Mann, der, dem durchdringenden Uringeruch nach zu urteilen, der ihn wie eine Wolke umhüllte, möglicherweise Schwierigkeiten gehabt hatte, die Edelstahltoilette in seiner Zelle zu benutzen.

»Hey, ich habe auch Rechte, weißt du«, brüllte der Mann und rüttelte mit den Händen an den Gitterstäben. »Hey!«

»Ja, das Recht zu schweigen«, erwiderte Elliot über seine Schulter hinweg, ohne den Kopf zu drehen und ohne seinen Schritt zu verlangsamen. Irgendwo in diesem Revier schliefen zwei kleine Mädchen, und wenn dieser Säufer sie geweckt hatte, würde Elliot gleich mit einer Rolle Klebeband in seine Zelle kommen, um ihn über seine Rechte aufzuklären.

Er blieb vor dem Ruheraum stehen und spähte durch das Fenster hinein. Deputy Farrell saß am Rand eines Stockbetts und las, während die beiden Mädchen schliefen.

Aber Kay war nicht da.

Enttäuscht drehte er sich um und wollte gerade gehen, als Farrell den Kopf hob und ihn entdeckte. Sie winkte ihn herein.

»Kommen Sie rein, Detective«, flüsterte sie leise. »Suchen Sie nach Dr. Sharp?«

»N-nein«, antwortete er ein wenig verwirrt, weil er dachte, dass sie seine Gedanken gelesen haben musste. »Ich wollte nur nach den Mädchen sehen.«

»Aah«, erwiderte Farrell mit einem Lächeln und einem langsamen, verschwörerischen Nicken. »Das wollen heute alle hier.«

»Haben sie etwas gesagt?«

»Noch nicht. Kay wollte sie nicht zu früh wecken und ist gegangen. Sie kommt später wieder. Ich glaube, sie ist noch mal zum Tatort gefahren.« Elliot sah Erin an und musterte ihre Gesichtszüge. Sie schlief tief und fest, lutschte an ihrem Daumen, ihre Locken lagen verstreut auf dem Kissen um ihr Gesicht. Als er sie so schlafen sah, rührte sich etwas in ihm, obwohl er nicht genau sagen konnte, was es war.

»Sie lutscht, äh ...«, setzte er an, beendete dann seinen Satz mit einer Geste und streckte den Daumen in die Luft.

»Ich habe es versucht«, antwortete Farrell. »Ich ziehe ihn aus ihrem Mund und sie steckt ihn sofort wieder rein. Dr. Sharp sagte, wir sollten uns erst einmal keine Sorgen machen. Sie nannte es *selbstberuhigendes Verhalten*. Ein paar Tage werden ihr nicht so sehr schaden.«

»Okay«, sagte er, tippte sich an die Krempe seines Hutes und wandte sich zum Gehen. »Danke.«

»Sie hat etwas gesagt«, sagte Farrell schnell, ihre Stimme immer noch ein Flüstern. »Erin, sie hat etwas gesagt. Nur das Wort *Monster*, sonst nichts.«

Er starrte einen langen Augenblick auf Erins engelsgleiche Züge. Ihre Augenlider flatterten und ihre Augen bewegten sich schnell darunter; sie träumte. Träumte sie von dem Monster, das sie gesehen hatte?

Wortlos verließ er das Zimmer und ging direkt in den Konferenzraum. Dort stand ein Flipchart auf dem Ständer und daneben lag ein Haufen Stifte. Er nahm sie mit in den Ruheraum und ignorierte beide Male den grölenden Säufer, als er an seiner Zelle vorbeikam.

»Geben Sie ihr die, wenn sie aufwacht«, sagte er und legte alles auf ein freies Stockbett. »Sagen Sie ihr, sie soll das Monster malen.«

Deputy Farrell kratzte sich mit den Spitzen ihrer Fingernägel an der Schläfe und achtete darauf, dass sich dabei kein Haar aus dem perfekten Dutt löste, der es vorschriftsmäßig zusammenhielt. »Sie ist vier Jahre alt, Detective«, sagte sie und ein Hauch von Belustigung schlich sich in ihre ungläubige Stimme.

Unbehaglich steckte Elliot seine Hände in die Taschen seiner Jeans. »In welchem Alter fangen sie denn an, Sie wissen schon, Dinge zu malen?«

»Sie können schon mit zwei Jahren kritzeln und einen Buntstift halten, aber von diesem Stadium bis zu einer Zeichnung des Täters glaube ich nicht, dass irgendwas dabei herauskommt, das uns weiterhilft.«

»Aber es kann doch nicht schaden, oder?«, fragte er lächelnd.

Deputy Farrell schien unter seinem Lächeln dahinzuschmelzen, wie es manche Frauen taten. Er wünschte, er hätte die gleiche Wirkung auf Kay; dann wäre er derjenige, der nicht aufhören könnte zu lächeln.

»Schaden kann es nicht, soviel ist sicher«, meinte sie und erwiderte sein Lächeln. »Ich werde es versuchen.«

Er verließ das Zimmer, schloss leise die Tür und betrachtete noch einmal die schlafenden Mädchen. Er erinnerte sich an das, was er vorhin gesehen hatte und was sein Herz auf unerwartete Weise berührt hatte.

Er hatte Kay gesehen.

Wie sie die kleine Erin am Tatort in ihren Armen hielt und leise zu ihr sprach, als gäbe es nur sie beide auf der Welt. In diesem Moment hatte er sich unbehaglich gefühlt, als ob er sie ausspionieren würde, und war hinausgeeilt, bevor sie ihn entdecken konnte. Bevor sie seine erröteten Wangen bemerkte, wie die eines Teenagers, weil er sich für einen flüchtigen Augenblick eine Frage gestellt hatte: *Was wäre, wenn?*

Er hatte Kay nie als mütterlich betrachtet, denn das war sie nicht, nicht wirklich. Sie war zielstrebig, klug wie eine Eule und schneller als der kleinstädtische Klatsch. Manchmal schien sie knallhart zu sein, und es wäre besser, nicht der Täter zu sein, der ihr in einem Verhörzimmer gegenübersaß, aber sie hatte einen weichen Kern, etwas unerwartet Warmes und Liebevolles unter der stählernen Rüstung, die sie niemals ablegte.

Was bedeutete das für ihn?

»Hey«, brüllte der Säufer und seine schroffe Stimme hallte auf dem langen Flur wider. »Ich will meinen Anruf machen!«

Elliot eilte herbei und packte ihn durch die Gitterstäbe seiner Zelle an seinem mit Kotze verschmierten Hemd.

»Wie würde es dir gefallen, wenn ich dir deinen Schuh so tief in den Hals ramme, dass du es Mittagessen nennen kannst?«, fragte er und das Blut des Mannes wich aus seinem Gesicht, als er entschlossen nickte. »Keinen Mucks mehr, hörst du? Und du wirst deinen Anruf bekommen.«

Während er die lokalen und staatlichen Datenbanken nach Vermisstenmeldungen durchforstete, die zu seinem John Doe passten, verhielt sich der Säufer völlig ruhig, ein Häufchen Elend auf dem Boden an der Hinterwand seiner Zelle.

Da war nichts. Keine einzige Meldung passte zu dem Mann, der tot am Rande der Interstate gefunden worden war. Obwohl es in Kalifornien noch mehr als tausend offene Fälle gab, die mit dem Geschlecht und dem ungefähren Alter seines Opfers übereinstimmten, war kein einziger davon in den letzten achtundvierzig Stunden gemeldet worden.

Seine einzige Hoffnung war Doc Whitmore und alles, was er bei seiner Untersuchung über den Mann herausfinden konnte. Er wusste, dass der Gerichtsmediziner die Augen verdrehen würde, wenn Elliot uneingeladen vor seiner Tür auftauchte, und fürchtete sich vor dem kurzen Sprint durch den sintflutartigen Regen, also trank er den Schluck Kaffee, der noch in seiner Tasse war, und eilte hinaus.

ZWÖLF

DIE NACHBARN

Kay stand in der Tür und achtete nicht auf den Regen, der auf den Asphalt prasselte und dessen Spritzer ihre Hosenbeine durchnässten. Wütend wählte sie die Nummer der Notrufzentrale und bat darum, mit dem Vorgesetzten zu sprechen. Nach kurzem Schweigen wurde sie an einen Mann mit monotoner Stimme weitergeleitet, der sich mit einem Anrufcode identifizierte.

»Hier spricht Detective Sharp von der Wache in Mount Chester, meine Dienstnummer lautet: 161552.«

»Was kann ich für Sie tun, Detective?«

Sie erkannte die Stimme nicht. Sie atmete tief durch und zwang sich, die Wut zu kontrollieren, von der sie befürchtete, dass sie durch ihre Wortwahl und den Tonfall ihrer Stimme durchsickern würde. Sie stellte sich vor, wie die kleine Heather unter dem Bett ihrer Mutter den Notruf wählte, zitternd, mit klappernden Zähnen, das Handy in ihren bibbernden Fingern, während der unbekannte Täter unten war, ihre Mutter tötete und ihre Schwester entführte.

Nur, damit dann niemand darauf reagierte.

»Gestern Abend um 21:39 Uhr wurde von folgender

Nummer der Notruf gewählt«, sagte sie und verbrachte einige Sekunden damit, Heathers Telefonnummer aus dem Einstellungsmenü herauszusuchen. Sie war mit dem Modell nicht vertraut. Es war ein billiges Handy, das anscheinend in einer 7-Eleven-Filiale gekauft worden war. »Bitte sehr, 415-555-2259. Ich brauche diese Aufzeichnung und einen offiziellen Bericht darüber, warum auf den Anruf nicht reagiert wurde, warum wir nicht benachrichtigt wurden. Wir haben einen Todesfall und eine Entführung einer Minderjährigen an dieser Adresse.«

Am anderen Ende der Leitung herrschte betretenes Schweigen. »Verstanden, Detective«, antwortete der Mann schließlich. »Sie bekommen beides innerhalb der nächsten Stunde.«

Sie wünschte, sie hätte das Telefon gegen die Wand des Mannes schmettern können, aber die Zentrale war mitten in Redding, sonst hätte sie ihm einen Besuch abgestattet und sich die Aufzeichnung direkt angehört.

Sie zog die Tür hinter sich zu und überquerte den aufgeweichten Rasen schnell, fast rennend, wobei ihre Schritte Wassertropfen aufspritzen ließen. Im Vorübergehen fielen ihr ein paar Details über die Familie auf, die sie aufsuchen wollte.

Blickdichte Vorhänge verdeckten alle Fenster im Haus der Livingstons. Von innen kam nur wenig Licht, nur dort, wo sich die Vorhänge trafen und eine schwache vertikale Linie bildeten. An allen Fenstern, an denen sie vorbeikam, waren Kontaktsensoren installiert, und Bewegungsmelder aktivierten zwei Paar leistungsstarke Scheinwerfer, als sie um die Ecke der Garage bog und dann wieder, als sie zur Haustür ging. Gab es in der Nachbarschaft eine Einbruchsserie, von der sie nichts wusste?

Sie beschloss, die Livingstons danach zu fragen, und läutete. Hinter der rot gestrichenen Tür ertönten eilige Schritte auf Hartholz. Die jüngere Mrs Livingston öffnete die Tür mit dem Anflug eines Lächelns auf den Lippen, ihr Gesicht wurde blass, als sie Kay wiedererkannte.

»Oh«, rief sie, trat einen Schritt zurück und umklammerte mit ihren Wurstfingern den Kragen ihrer Bluse. Ihr ganzer Körper befahl der Detective stillschweigend, sich fernzuhalten, Abstand zu halten. Kay fragte sich, warum, tat aber so, als ob sie nichts bemerkt hätte.

»Ich habe mich gefragt, ob ich Ihnen und Ihrem Mann noch einige Fragen stellen dürfte«, sagte Kay und setzte ihr entwaffnendstes Lächeln auf, um Mrs Livingstons Zurückhaltung zu überwinden.

Die Frau nickte, schluckte heftig und leckte sich über die trockenen, rissigen Lippen, auf denen noch Spuren des purpurroten Lippenstifts zu sehen waren, den sie an diesem Tag getragen hatte. »Kommen Sie doch bitte herein.«

Sie hatten sich gerade zum Essen hingesetzt, und die alte Mrs Livingston war die Einzige, die sich freute, Kay zu sehen.

»Ah, kommen Sie herein, meine Liebe, und essen Sie mit uns«, sagte die ältere Frau und klatschte aufgeregt in die Hände.

Frank Livingston nickte Kay mit einem sehr knappen Lächeln zu, beugte sich dann vor und flüsterte seiner Mutter etwas ins Ohr.

»Warum denn nicht?«, stieß die alte Frau laut hervor. »Sie ist nett. Ich merke so was.«

Frank errötete vor Verlegenheit, stand auf, zog einen Stuhl heran und lud Kay ein, am Tisch Platz zu nehmen. Sie zögerte, das Procedere der Polizei war klar: Sie durfte nichts anrühren, was man ihr anbot, und eine gewisse Distanz musste gewahrt werden. Aber seit wann waren Distanz und Zurückweisung die Zutaten für ein gutes Gespräch?

Stattdessen lächelte sie schüchtern und sagte: »Das darf ich eigentlich nicht, aber ich möchte nicht, dass Ihr Essen kalt wird, während wir uns unterhalten. Bitte lassen Sie sich durch meine Anwesenheit nicht beim Essen stören«, ermunterte sie die

Familie, aber nur Betty nahm ihre Gabel und spießte gierig ein Stück Kartoffel auf.

Das Essen roch köstlich, nach gebratenem Fisch und Röstkartoffeln mit Zitrone und Kräutern, soweit sie das beurteilen konnte. Der Duft von Zitronenbutter stieg ihr in die Nase und sie fragte sich, ob die Kartoffeln mit Zitronenscheiben gebraten worden waren. Einer der Livingstons wusste auf jeden Fall, wie man kocht. Der fleckigen Schürze nach zu urteilen, die sie immer noch trug, musste das wohl Diane sein.

Frank und seine Frau saßen schweigend da, die Hände auf dem Schoß gefaltet, und wichen ihrem Blick aus, bis Frank ihr schließlich einen kurzen Blick zuwarf und fragte: »Was können wir für Sie tun, Detective?« Dann griff er nach seinem Glas und trank einen großen Schluck Eiswasser, an dem er sich fast verschluckte.

»Ich habe mich gefragt, ob Sie etwas über Cheryls Leben wissen, irgendetwas, das uns bei unseren Ermittlungen helfen könnte.« Sie konzentrierte sich darauf, Diane anzuschauen, obwohl sie sich sehr genau vorstellen konnte, wer von den um den Tisch Versammelten am meisten über Cheryl wusste.

Auf Franks Gesicht bildeten sich rote Flecken. »Ich bin einer von Julies Lehrern, also ja.« Er räusperte sich und tupfte sich mit einer Serviette die Lippen ab, dann zerknüllte er sie nervös in seiner Hand und hielt sie fest, anstatt sie auf den Tisch zu legen. »Ähm, ich denke, ich weiß ein bisschen was über sie.«

Diane Livingston starrte unverwandt vor sich hin, während Betty mit gesundem Appetit aß. Frank warf beiden Frauen einen kurzen Blick zu, als ob er sie um Erlaubnis bitten wollte, fortzufahren, und fügte dann hinzu: »Julie ist ein ganz normaler Teenager. Sie hängt mit anderen Mädchen in ihrem Alter ab. Sie kichern den ganzen Tag lang und flüstern sich gegenseitig Dinge ins Ohr, werfen den Jungs einen Blick zu und kichern und flüstern dann noch mehr.« Er zuckte mit den Schultern und schob seinen unberührten Teller beiseite. »Ich schätze, das ist einfach der Lauf der Dinge.«

Interessant, dachte Kay, dass sie nach Cheryl gefragt hatte und er lieber über Julie sprach. Vielleicht hatte sie sich geirrt und Frank kannte Cheryl nur als die Mutter einer seiner Schülerinnen, nicht mehr. Aber warum dann dieses seltsame Verhalten, das schwer und lästig in der Luft lag wie schaler Zigarrenrauch?

»Hatte sie eine feste Beziehung?«, fragte Kay und schlug damit die Richtung ein, in die Frank Livingston das Gespräch mit ihr offenbar lenken wollte.

Er runzelte kurz die Stirn. »In ihrem Alter gibt es keine echten Beziehungen, das ist nicht wie bei Erwachsenen. Es ist eher so, dass sie einen Freund haben und mit ihm abhängen, Händchen halten und so weiter.«

»Ah«, sagte Betty und alle Blicke waren sofort auf sie gerichtet. Ihre Stimme drückte Interesse aus, so als hätten Franks Worte ihren Verdacht bestätigt. Aber die alte Frau fügte nichts weiter hinzu und niemand fragte, was sie mit ihrer Reaktion gemeint hatte. Da sowohl Frank als auch Diane es vorzogen, dass Betty in Kays Gegenwart nicht sprach, fragte sie auch nicht, sondern nahm sich vor, dies später zu tun, kurz bevor sie ging. Es gab keinen Grund, sie zu verärgern.

»Tut mir leid«, erwiderte Kay, »das hatte ich auch gemeint. Also, gibt es einen Freund?«

Er presste die Lippen aufeinander und überlegte kurz. »Ich glaube nicht«, meinte er schließlich. »Aber ich kann mir nicht sicher sein. Ich habe sie nur mit anderen Mädchen zusammen gesehen. Sie ist ein gutes Kind, sie hat keinen falschen Umgang oder so was.«

»Was ist mit Cheryl?«, fragte Kay und beobachtete aufmerksam, wie sich die Wirkung ihrer Frage am Tisch ausbreitete.

Diane biss sich auf die Lippe, senkte den Blick und schaute

zur Seite. Sie wirkte nicht eifersüchtig oder misstrauisch, sondern einfach nur ängstlich. Wieder die gleiche seltsame Reaktion.

»Was soll mit ihr sein?«, erwiderte Frank ein wenig zu hastig.

Betty legte ihre Gabel geräuschvoll an ihren Tellerrand, als wolle sie die Aufmerksamkeit aller auf sich ziehen. »Gib dieser hübschen jungen Frau einen Teller und etwas zu essen, Frank. Sie ist nur noch Haut und Knochen, das arme Ding.«

»Nein danke«, sagte Kay, lächelte verlegen und rutschte auf ihrem Platz hin und her, als Frank sich mit beiden Händen auf den Tisch stützte und aufstehen wollte. »Mir geht's gut, wirklich. Ich habe gerade gegessen.«

Frank bestand nicht darauf; er lehnte sich auf seinem Stuhl zurück und schien erleichtert zu sein, wahrscheinlich war er froh, wenn sie weg war, und Diane ebenso. Die Spannung in der Luft war dicht und mit statischer Elektrizität aufgeladen, als ob zwischen den beiden Eheleuten gleich Funken fliegen würden, mit Kay als Katalysator. Nur Betty war zufrieden und wirkte gelöst, fasziniert, der Mordfall nebenan war wahrscheinlich eine willkommene Unterbrechung ihres alltäglichen Trotts.

»Wissen Sie zufällig, ob Cheryl vorhatte, irgendwohin zu verreisen?«, erkundigte sich Kay beiläufig, in der Hoffnung, einen weiteren Blick auf den Konflikt zu erhaschen, der sich unter der Oberfläche zusammenbraute.

Auf den Gesichtern der Livingstons zeigte sich gespielte Überraschung in unterschiedlichem Ausmaß. Wie zuvor sahen sie sich an, bevor Frank antwortete, und die alte Frau nickte langsam, als würde sie denken: *Ja, ich wusste es.*

»Äh, ich, ähm, also wir wussten nichts von einer Reise. Wo wollte sie denn hin?«

»Genau das versuchen wir ja herauszufinden«, erwiderte Kay. »Wie sah es mit ihren Beziehungen aus?«, fragte sie beiläufig und stieß damit endlich dem vermeintlichen

Elefanten im Zimmer direkt in den Hintern, wenn es denn überhaupt einen solchen Elefanten gab. »Hatte sie einen Freund?«

Diane erhob sich ziemlich abrupt und begann, den Tisch abzuräumen und eine Handvoll Geschirr in die Küche zu tragen. Sie wirkte etwas erregt, möglicherweise sogar verärgert, aber mehr auch nicht.

»Nicht dass ich wüsste«, erwiderte Frank. »Wir standen uns nicht besonders nahe. Sie hatte ein sehr turbulentes Leben, mit einem Job und diesen Mädchen, und wir, ähm, bleiben gern unter uns.«

»Ja, weil wir Feiglinge sind«, mischte sich Betty mit lauter, kratziger Stimme ein, die sich nach Fingernägeln anhörte, die über eine Kreidetafel schabten.

»Sei still, Mutter«, sagte Frank, berührte sie am Unterarm und durchbohrte sie mit seinen Blicken.

»Schon gut«, sagte Kay mit einer wegwerfenden Handbewegung, wohl wissend, dass sie die alte Frau damit noch mehr zum Reden bringen würde. »Ich habe Ihr Sicherheitssystem und die Flutlichtanlage gesehen. Haben Sie Angst, dass jemand einbrechen könnte?«

»Nein«, antwortete Frank und wirkte erleichtert. »Nicht wirklich.«

»Die Dunkelheit ist es, die er sich damit vom Leib halten will«, erklärte Betty, die sich mühsam aufrichtete und sich mit knochigen, verkrüppelten Händen auf dem Tisch abstützte. Sie trug ein Kleid mit einem blaugrauen Blumenmuster, das ihre blauen Augen hervorhob und sie im Kontrast zu den Millionen von Falten in ihrem runzligen Gesicht noch intensiver, ja fast wahnsinnig wirken ließ. »Aber die Dunkelheit wird nicht ...«

Diane, die gerade aus der Küche zurückkam, packte sie prompt am Ellenbogen. »Komm schon, Betty, es ist Zeit fürs Bett.« Die Angst stand Diane deutlich ins Gesicht geschrieben.

Was auch immer die alte Frau Kay nicht erzählen sollte, es machte ihnen beiden Angst.

»Ich entscheide, wann es Zeit ist zu gehen«, schnauzte Betty und entzog ihren Ellenbogen energisch Dianes Griff, mit der Wut, die die meisten alten Menschen empfinden, wenn man sie nicht ernst nimmt oder respektiert.

»Das liegt am Alzheimer«, murmelte Diane zu Kay und hob die Hände zu einer entschuldigenden Geste. Der Ausbruch ihrer Schwiegermutter schien ihr wirklich peinlich zu sein, ihr Gesicht errötete und ihr Brustkorb hob sich schnell mit kurzen, hektischen Atemzügen.

»Schon gut«, wiederholte Kay beschwichtigend. »Meine Mutter hatte auch damit zu kämpfen«, log sie ohne mit der Wimper zu zucken und vergaß dabei, dass sie in eine Kleinstadt zurückgekehrt war, in der jeder jeden kannte. Sie fühlte sich schuldig, weil sie ihre Mutter so ausgenutzt hatte, schamlos gelogen hatte, um ihren Zweck zu erreichen, und weil die Erinnerung an ihren Krebstod noch immer frisch, quälend und beunruhigend war. »Meiner Erfahrung nach«, fügte sie hinzu und senkte ihre Stimme zu einem verschwörerischen Flüstern in Franks und Dianes Richtung, »ist es am besten, sie alles aussprechen zu lassen, was sie sagen wollen, dann finden sie Ruhe und alle können einen entspannten Abend genießen.«

Frank musterte Diane einen Augenblick lang. Die Frau zuckte fast unmerklich mit den Schultern und entfernte sich mit den restlichen Tellern, die sie eingesammelt hatte, schnell und leise vom Tisch, als wolle sie sich distanzieren, als wolle sie sagen: »Ich will damit nichts zu tun haben.«

»Oder ich könnte gehen«, schlug Kay vor, als sie sah, dass Betty nichts sagte. Die Frau sah bestürzt aus, als sei sie von der Haltung ihrer Familie ihr gegenüber überrascht. »Vielen Dank für Ihre Hilfe«, fügte Kay hinzu. »Wie Sie sich sicher denken können, tun wir alles, was in unserer Macht steht, um Julie zu finden ...«

»Sie werden sie nicht finden!«, rief Betty, deutete mit einem zittrigen Finger in ihre Richtung und stand so unerwartet auf, dass Kay einen Schritt zurückwich. »Sie war eine erstgeborene Tochter«, fügte sie hinzu und kam mit unsicheren Schritten auf Kay zu. »Die Geister des Tals haben sie geholt, und wenn sie einmal weg ist, ist sie für immer fort.«

Mit offenem Mund hörte Kay zu und versuchte herauszufinden, ob in den Worten der Frau irgendeine brauchbare Information steckte. Sie glaubte auf jeden Fall fest an das, was sie sagte, aber ... die Geister des Tals? Man stelle sich vor, man würde ViCAP, die Datenbank des Violent Criminal Apprehension Program, danach durchforsten, dachte sie und unterdrückte einen grimmigen Lacher. Vielleicht hatten Frank und Diane recht und die Alzheimer-Erkrankung der Frau war weiter fortgeschritten, als sie gedacht hatte. Enttäuscht zog sie ihre Jacke zu und machte sich bereit zu gehen und sich den draußen tobenden Elementen zu stellen.

»Genug jetzt, Mutter«, sagte Frank, ergriff ihre Hand und versuchte, sie sanft vom Tisch und von Kay wegzuführen. Aber Betty blieb standhaft, packte Kay am Ärmel und zerrte kräftig daran.

»So war es schon immer vorherbestimmt«, sagte sie und ihre Blicke schossen nach links und rechts, als ob sie Angst hätte, die Geister könnten das Gespräch belauschen. Dann wandte sie sich mit einem anklagenden Blick an Frank, ohne Kays Ärmel loszulassen. »Ich habe dir schon immer gesagt, dass das passieren würde. Und was haben wir unternommen? Gar nichts.« Sie rümpfte angewidert die Nase. »Diese reizende Frau ist gestorben, weil sie ihre Tochter beschützen wollte, denn die Geister lassen sich nicht besiegen.« Während ihre Stimme immer lauter wurde, verriet ein Zittern in ihrer Stimme Kay, dass sie im Bann starker Emotionen stand. Alzheimer hin oder her, die Frau glaubte wirklich, was sie sagte. Und aus irgendeinem Grund glaubte sie, dass Frank Cheryl hätte helfen können, es aber nicht getan hatte, und allein dieser Hinweis war es wert, weiter verfolgt zu werden.

»Warum glauben Sie denn, dass diese Tragödie vermeidbar gewesen wäre?«, fragte Kay Betty und beobachtete, wie die Angst das Blut aus Franks Gesicht weichen ließ. Offensichtlich hatte sie einen Nerv getroffen.

»Aah«, stöhnte die alte Frau und zog an ihrem Ärmel, als wolle sie Kay in die Realität zurückholen. »Weil wir es wussten, deshalb! Jeder wusste es. Wenn du eine erstgeborene Tochter hast, bist du dazu verdammt, die Tränen einer Mutter mit gebrochenem Herzen zu weinen«, fuhr sie fort. »Er hat es auch gewusst«, fügte sie bitter hinzu und warf Frank einen Seitenblick zu. »Vor drei Tagen wusste er, dass die Zeit gekommen war, um ...«

»Das reicht jetzt, Mutter, du gehst ins Bett.« Er zerrte an ihrem Arm und versuchte mit der anderen Hand, die Finger der alten Frau von Kays Ärmel zu lösen. »Detective Sharp wollte gerade gehen«, fügte er hinzu und warf Kay einen kurzen, aber vielsagenden Blick zu.

»Das ist nicht nötig«, sagte sie, eine eindringliche Warnung an Frank, Betty nicht wehzutun. »Ich werde jetzt gehen. Wenigstens fürs Erste.«

Sie wandte sich zum Gehen und ignorierte Bettys fuchtelnden Arm, mit dem sie versuchte, Kay erneut festzuhalten.

»Sie müssen mir nicht glauben«, rief Betty, deren Stimme vor lauter Anstrengung erstickt klang. »Prüfen Sie es einfach selbst nach. Es waren immer die erstgeborenen Töchter, solang ich denken kann, schon immer, solang ich lebe.«

»Mutter!«, schnauzte Frank und versuchte, sie in den hinteren Teil des Hauses zu führen.

Fassungslos stand Kay nur zwei Schritte von der Haustür entfernt, die von Diane offen gehalten wurde. Ihr freundliches Lächeln war verschwunden, unter ihrem schlecht geschnittenen Pony war ein Stirnrunzeln zu erkennen, das zu den tiefen, senkrechten Linien passte, die ihren angespannten Mund umgaben.

»Niemals einen Sohn, niemals eine zweitgeborene Tochter«, rief Betty, stieß Frank von sich und schaffte es, ein paar Schritte auf Kay zuzugehen. Frank gab sich geschlagen und ließ seine Arme sinken. »Detective«, drängte er sie, »wie Sie sehen, geht es meiner Mutter nicht gut. Würden Sie uns jetzt bitte entschuldigen.«

»Natürlich, kein Problem«, erwiderte Kay und trat hinaus, drehte sich dann aber um und fragte ihn: »Haben Sie davon gewusst, dass Cheryl oder Julie von irgendetwas oder irgendjemandem bedroht wurden?«

Seine Augen waren plötzlich die eines alten, müden und traurigen Mannes. »Nein, auf keinen Fall, Detective. Dann hätte ich etwas gesagt.«

Sie winkte zum Abschied und hielt sich am Terrassengeländer fest, bereit, durch den starken Regen über den Rasen zu ihrem Auto zu sprinten.

Bevor Diane die Tür hinter sich schließen konnte, hörte sie noch einmal Bettys Stimme, die ihr nachrief: »Sind Sie eine erstgeborene Tochter?«

DREIZEHN

MORGENDÄMMERUNG

Er stand noch immer vor den hohen Fenstern, den Blick auf den pechschwarzen Himmel gerichtet, der gelegentlich von fernen Blitzen in metallischen Blau- und Silbertönen erleuchtet wurde. Die Kronleuchter waren ausgeschaltet worden, sodass er in dieselbe Dunkelheit gehüllt war, die das ganze Land bedeckte, eine schwere Decke unheilvoller Düsternis. Er hatte in dieser Nacht nicht geschlafen, nicht eine einzige Minute, immer noch wartete er mit angehaltenem Atem auf ein Zeichen von Mutter.

Trotz seiner unzähligen Gebete blieb sie stumm und bedrohlich, unwillig, klein beizugeben.

Das erste Licht der Morgendämmerung kam als ein Hauch von tiefem, tristem Grau, so schwach, dass es eher wie eine Täuschung wirkte. Dann wurde es stärker, das Licht besiegte die Dunkelheit, so wie es das Tag für Tag ohne Ausnahme getan hatte. Nirgendwo war auch nur ein Hauch von blauem Himmel zu sehen, nur schwere, bleierne Wolken, die vom Meer in rollenden, bedrohlichen Schwaden ins Landesinnere zogen, eine endlose Sintflut mit einem Hauch von Pazifiksalz in jedem Tropfen. Der Regen fiel heftig und riss tiefe Wunden in Mutters Körper auf, Wunden, die nur er heilen konnte.

Nur er wusste, wie sie sich besänftigen ließ.

Wie schon so oft in dieser langen Nacht, die gerade zu Ende ging, näherte er sich dem Fenster hinter dem Bücherregal und betrachtete das Mädchen.

Sie schlief auf dem Boden und weigerte sich, auch nur in die Nähe des Bettes zu kommen, das er so sorgfältig für sie mit raschelnden weißen Laken und einer Bettdecke vorbereitet hatte, um sie warm zu halten. Stattdessen hatte sie sich auf die Seite gerollt, die Hände zwischen die Knie geklemmt. Sie hatte sich in den Schlaf geweint und endlose, sinnlose Entschuldigungen an ihre Mutter gestammelt. Was hatte ihre Mutter mit all dem zu tun? Dummes, dummes Mädchen.

Und doch war sie so schön, ihre Haut so makellos und weich, ihr Haar fiel ihr in Wellen aus feinster Seide über die Schultern. Verträumt starrte er lange auf seine eigenen Fingerspitzen hinunter, dann rieb er sie aneinander, langsam, ganz sanft, als wolle er das Gefühl heraufbeschwören, das die Berührung dieser perfekten Haut entfachen würde, ließ seine Finger über ihre Schultern gleiten, strich über ihre knospende Brust, ging tiefer und tiefer, folgte der Form ihres Körpers wie einer kurvigen Bergstraße, die noch feucht vom Morgentau war.

»Liebe Mutter, höre dein sündiges Kind an«, flüsterte er und berührte das kalte Glas dort, wo das Bild des Mädchenkörpers vor seinen Augen lebendig wurde. Sie wälzte sich im Schlaf hin und her und wimmerte, was eine Welle sinnlicher Erregung durch seinen Körper jagte. Er leckte sich über die spröden Lippen und schluckte schwer, weil ihn die Intensität seiner Gefühle übermannte. »Ich stehe hier vor dir und flehe dich um Gnade und Vergebung an. Zeige mir den Weg und ich werde dir folgen. Ich werde deine Wunden heilen und deine Tränen trocknen, wie ich es immer schon getan habe.« Er schloss die Augen, um das Bild des Mädchens auszublenden, und versuchte so, sein Verlangen zu kontrollieren, aber das Bild blieb vor seinem inneren Auge so lebendig, als wären er und das Mädchen bereits eins geworden.

Er presste die Augenlider zusammen und atmete, und kurz darauf löste sich das Bild auf, um dann hartnäckig zurückzukehren und die Hitze, die durch sein Blut strömte, zu schüren. Er beschloss, die Vision in Schach zu halten, ging langsam zum großen Fenster, von dem aus er den aufgeweichten Rasen sehen konnte, und wandte den Blick zum Himmel, dorthin, wo das Licht am hellsten war.

»Liebe Mutter, höre dein Kind an.« Er presste seine Hände zusammen und führte sie näher an seine Brust. »Ich bin schon so lange allein.« Eine unerwartete Träne kullerte ihm über die Wange. »Seit dem Tag, an dem du mich auserwählt und dein erstes Opfer gefordert hast. Und ich habe nie gezögert«, fuhr er fort und schüttelte den Kopf, als wolle er seine geflüsterten Worte bekräftigen, seine Stimme klang krächzend. »Vielleicht könntest du nur dieses eine Mal, für eine kleine Weile, nicht lange, Erbarmen mit meiner müden Seele haben und sie mich noch eine Weile behalten lassen.«

Der Regen fiel weiter, heftig und schwer, und das leise Grollen eines fernen Donners erinnerte ihn unaufhörlich an Mutters Zorn, der sich über ihm zusammenbraute. Es war eine Sünde, die Frage zu stellen, die er ihr gerade gestellt hatte, ja überhaupt daran zu denken, als ob er jemals würdig sein könnte. Mutter mochte ihre Opfer unberührt, ihre makellose Haut sollte nie die Liebkosung eines Mannes erfahren haben. Ungezähmt forderte sie weiterhin ihr Recht, denn es gab keinen einzigen blauen Fleck am furchtbar grauen Himmel, egal wie winzig, egal wie sehr er die wolkenverhangene Weite absuchte, Zentimeter für Zentimeter.

»Liebe Mutter«, flüsterte er wieder, wie er es schon die ganze Nacht getan hatte, und zitterte, als er sah, wie ein Blitz in die Hügel einschlug, die nur wenige Meilen nördlich seines

Hauses lagen. »Bitte erweise deinem verlorenen Kind Gnade und Barmherzigkeit und gewähre ihm einen letzten Wunsch, bevor es aus der Welt der Lebenden scheidet. Wenn ich doch nur ...«

Der Donner krachte so laut, dass er an den Fenstern rüttelte und das massive Haus erschütterte, ein tiefes Grollen, das das Geräusch des fallenden Regens für einen langen, erschreckenden Moment übertönte. Traurig senkte er die Stirn, erneut geschlagen.

»Bitte verzeih mir, Mutter, dass ich es gewagt habe zu fragen. Sie gehört dir und nur dir.«

Im frühen Morgengrauen lag Kay schlafend auf einem der Stockbetten im Ruheraum des Reviers, ihre Hand ausgestreckt zum benachbarten Bett, Heathers Hand haltend. Sie hatte in der Nacht zuvor versucht, das kleine Mädchen zu wecken, als sie endlich ihren Besuch bei den Livingstons beendet hatte und in die Wache zurückgekehrt war, klatschnass, hungrig, durchgefroren und niedergeschlagen. Aber Heathers Zustand erlaubte es nicht, sie zu wecken, denn sie schien einer Ohnmacht nahe, und Kay hatte wieder nachgegeben und spielte das Spiel der Schuldgefühle, in dem sie sich zwischen der dringenden Notwendigkeit, Julie zu finden, und der Sorge um die Gesundheit ihrer Schwester entscheiden musste.

Das war keine einfache Entscheidung. Heather stand unter Schock, und wenn sie sie zu früh dazu zwang, ihr Trauma noch einmal zu durchleben, könnte das dauerhafte Auswirkungen auf ihre zerbrechliche Psyche haben. Andererseits hing das Leben ihrer Schwester am seidenen Faden, denn mit jeder Minute, die Julie bei ihren Entführern verbrachte, sank die Wahrscheinlichkeit, dass sie jemals lebend gefunden werden würde.

Obwohl sie den dringenden Wunsch nach einer heißen Dusche und einem Glas Wein verspürte, hatte Kay stattdessen Deputy Farrell abgelöst und sie für die Nacht nach Hause gehen lassen. Sie hatte den einzigen Kühlschrank des Reviers geplündert und etwas Erdnussbutter aus einem Glas gegessen, das mit dem Namen HOBBS beschriftet war, weil sie wusste, dass es dem jungen Deputy nichts ausmachen würde, anschließend waren ihr nur noch die leeren Kalorien aus dem Automaten geblieben. Wenigstens schmeckten die Chips mit Zwiebelgeschmack, die sie aus der raschelnden Tüte aß, lecker und knusprig, so lecker, dass sie sich den salzigen, würzigen Staub von den Fingern leckte.

Als sie sich auf das Stockbett gelegt hatte, war es fast zwei Uhr morgens gewesen. Bis dahin hatte sie einfach nicht aufgeben wollen und in allen Datenbanken, zu denen sie Zugang hatte, nach Hinweisen auf Mordfälle mit ähnlichem Modus Operandi in der jüngsten Vergangenheit gesucht. Sie hatte keine gefunden. Es hatte zahlreiche Kindesentführungen gegeben, die meisten davon durch irgendein Familienmitglied als Folge von schiefgelaufenen Sorgerechts- oder Missbrauchsstreitigkeiten zwischen Eheleuten. Mehrere Entführungen von Mädchen in Julies Alter wurden in der näheren Umgebung von Los Angeles verzeichnet, wo der Menschenhandel trotz der Bemühungen der örtlichen Strafverfolgungsbehörden, die entmutigende Zahl neuer Fälle einzudämmen, nach wie vor florierte.

Könnte ein Menschenhändlerring hinter Julies Entführung stecken? Es gab keine Hinweise darauf, dass in der kleinen Stadt mit ihren 3.824 Einwohnern ein solcher Ring aktiv war. Nicht einmal während der Touristenhochsaison, wenn fast hunderttausend Menschen zum Skifahren nach Mount Chester reisten und in den Hotels entlang der Interstate oder in den Berghütten übernachteten. Die Menschenhändler entführten bevorzugt Menschen aus Großstädten wie San

Francisco oder Los Angeles. Die Chancen, dort erwischt zu werden, waren gering, da sie sich schnell unter die Menschenmassen mischen konnten, die in die beiden großen Touristenzentren einreisten und diese dann wieder verließen.

Was den Mord an Cheryl anging, so handelte es sich um eine einfache, spontane Messerattacke. Es gab keine eindeutigen Hinweise auf Vorsatz, kein gewaltsames Eindringen, keine besonders auffällige Vorgehensweise. Als sie die wenigen Details in das National Crime Information Center eingab, ergab ihre Suche Tausende von ungelösten Fällen.

Deshalb wartete sie umso dringender auf die Aufzeichnung von der Notrufzentrale.

Alle paar Minuten überprüfte sie ihren Posteingang, um nachzusehen, ob die Aufzeichnung, die sie bei der Notrufzentrale in Redding angefordert hatte, eingetroffen war, aber diese E-Mail blieb aus. Gegen ein Uhr morgens verließ sie den Ruheraum und rief mit leiser Stimme in der Zentrale an, aber der Vorgesetzte, mit dem sie zuvor gesprochen hatte, war nicht erreichbar. Zähneknirschend betonte sie noch einmal die Dringlichkeit der Anfrage und beendete das Gespräch ohne die Genugtuung, jemanden angebrüllt zu haben.

Dann kehrte sie zu den Mädchen zurück. Sie lockerte ihren Gürtel ein wenig, legte sich auf das unförmige Bett und gönnte sich ein wenig Ruhe, wobei sie Heathers Hand hielt, während sie schlief. Gefühlt hatte sie erst wenige Sekunden geschlafen, als durchdringende Schreie sie aufschrecken ließen.

Heather saß schreiend auf der Bettkante, schaukelte vor und zurück und hielt sich mit den Händen die Augen zu. Es musste einer ihrer schrecklichen Albträume gewesen sein, der sie erbarmungslos aus dem Schlaf gerissen hatte, und sie drückte sich atemlos an Kays Brust.

Erin, die ebenfalls aus dem Schlaf gerissen worden war, schluchzte leise. Sie lag immer noch auf der Seite und warf Kay von ihrem tränennassen Kissen erschrockene Blicke zu. Kay, der klar war, dass es wahrscheinlich eine ganze Weile dauern würde, bis sie die Mädchen dazu bringen konnte, wieder einzuschlafen, ging zum Nachbarbett hinüber, drückte Heather an ihre Brust und sprach leise mit ihr, während sie ihren anderen Arm um Erins winzige Schultern legte.

»Ich will zu meiner Mommy«, jammerte Erin schließlich schniefend und steckte sich dann den Daumen in den Mund. Ihr Kummer versetzte Kay einen Stich ins Herz.

Dann tauchte Sheriff Logan auf, wahrscheinlich hatte das Geschrei ihn angelockt.

Es war 5:43 Uhr – Zeit, sich an die Arbeit zu machen.

Sie verzog die Lippen zu einem müden Lächeln. »Guten Morgen.«

Mit einem kurzen Blick durchs Zimmer nahm er die ganze Situation wahr. Die auf dem Boden verstreuten Kleidungsstücke, die zusammengeschobenen Stockbetten, die beiden Mädchen, die sie fest im Arm hielt. »Diese Situation ist untragbar, Kay, und das wissen Sie auch.« Sein Bartschatten war zu einem fleckigen, melierten Stoppelhaar herangewachsen, an dem er mit seinen kurzen Stummelfingern entschlossen kratzte.

»Da stimme ich Ihnen zu«, erwiderte Kay, die sich bereits schuldig fühlte, weil sie die Mädchen hierbehalten hatte, um bei der Suche nach Julie voranzukommen, obwohl sie in einem anständigen Bett hätten schlafen können, vielleicht sogar mit Hilfe von Medikamenten, anstatt in diesem stinkenden, trostlosen Winkel der Welt gegen die Monster zu kämpfen, die ihre Träume heimsuchten. Aber wenigstens waren sie in Sicherheit; niemand würde sie finden und die losen Enden zusammenführen können, was mit Sicherheit passieren würde, wenn sich erst einmal herumgesprochen hatte, dass es für den Mord am Montagabend Zeugen gab. »Es wird nicht lange dauern, das verspreche ich«, bot sie von sich aus an, bevor Logan fragen konnte. »Gleich nach dem Frühstück fange ich an, mit ihnen zu arbeiten.«

»Ihre vierundzwanzig Stunden sind fast um. Dann mache ich meinen Anruf.« Er räusperte sich und betrachtete die beiden Mädchen flüchtig. »Ich bin überrascht, dass die Angehörigen noch nicht hier aufgetaucht sind.«

Sie schüttelte langsam den Kopf und lächelte traurig. »Cheryl war Witwe«, flüsterte sie. »Ich weiß nicht, ob es noch Großeltern gibt ...« Ein Deputy klopfte zweimal, trat dann ein und brachte ein Tablett mit Frühstück auf Papptellern und heißem Tee für die Mädchen. Er stellte das Tablett auf einen Tisch in der Nähe, der früher einmal einem anderen Zweck gedient hatte, bevor ein Bein krumm wurde und man ihn in den Ruheraum verfrachtet hatte, damit er dort Staub ansetzen konnte. Dann entfernte er sich, verschwand schnell und schloss die Tür hinter sich.

»Diese Mädchen könnten ein loses Ende sein, Sheriff«, sagte sie, immer noch flüsternd, und ihr wurde klar, wie wenig sie über die erweiterte Familie der Mädchen wusste. Aber sie hatte andere Prioritäten, nämlich Julie oder den Mörder, der jederzeit beschließen konnte, den Mädchen einen Besuch abzustatten. »Sie müssen so lange in unserer Obhut bleiben, bis wir dieses Szenario ausschließen können. Und außerdem sind sie unsere einzige Chance, Julie zu finden. »Bis auf die beiden«, fügte sie hinzu und senkte ihre Stimme zu einem kaum hörbaren Murmeln, »haben wir nichts. Keine Zeugen, keine Beweise, die nicht vom Regen fortgespült wurden, rein gar nichts.«

Sie strich Heather über das Haar. Das Mädchen war jetzt hellwach, ihr Blick war leer, ihr Gesicht ausdruckslos und starr, genau wie am Tag zuvor.

»Aber Kay, Sie müssen mir doch zustimmen, dass das keinen Sinn ergibt«, beharrte Logan und gestikulierte vage mit beiden Händen. »Als Elternteil sage ich Ihnen, dass dies kein Ort für Kinder ist, besonders nicht für Kinder in ihrer Situation.«

Das Schlimmste war, dass sie ganz seiner Meinung war, und doch musste sie ihn irgendwie umstimmen. »Wenn wir sie dem Sozialdienst übergeben, verlieren wir den Zugang zu ihnen. Jede Verzögerung könnte Julies Schicksal besiegeln, und das wissen Sie auch.«

Logan presste die Lippen aufeinander, er wirkte sichtlich verärgert. Er war ein freundlicher Mann, der als fair und rücksichtsvoll galt, auch wenn er manchmal überstürzt schlechte Entscheidungen traf und sich dann weigerte, seine Meinung zu ändern, weil er sich Sorgen machte, welche Rückschlüsse das auf seine Führungsqualitäten zulassen würde. Er glaubte scheinbar, dass es immer noch besser war, ab und an falsch zu liegen, als von anderen als unentschlossen oder als Schwächling wahrgenommen zu werden.

»Haben die Vermisstenmeldung über AMBER Alert oder die Straßensperren irgendwas ergeben?«, fragte Kay, weil sie wusste, dass seine Antworten ihr helfen würden, ihre Argumente durchzusetzen.

Er war kein Dummkopf, denn er schien ihre Masche durchschaut zu haben und schüttelte mit einem missbilligenden Blick den Kopf. »Nichts, aber das haben Sie sich sicher schon gedacht, weil niemand gekommen ist, um Sie über die Fortschritte zu informieren.«

Sie senkte kurz den Blick und schämte sich ein wenig. Er hatte recht, wenn er mehr von ihr erwartete. »Ich habe immer noch keine Lösegeldforderung erhalten«, sagte sie mit ruhigerer Stimme. »Ich habe aber auch nicht damit gerechnet. Wenn es eine Lösegeldforderung gäbe, hätten sie nicht gerade die Person getötet, die wohl am ehesten bereit wäre, sie zu begleichen.« Sie stand langsam auf und löste sich vorsichtig von den Mädchen, dann forderte sie ihn auf, mit nach draußen zu kommen. Sobald die Tür geschlossen und die Kinder außer Hörweite waren, fuhr sie fort: »Die Nachbarn waren keine große Hilfe. Sie haben nichts gesehen, was sie uns mitteilen wollten, aber ich glaube, es steckt mehr dahinter, als sie sagen. Ich werde noch einmal bei ihnen vorbeischauen.«

Er nickte und fuhr sich mit einem langen Seufzer mit der Hand durch seine Meckifrisur. »Die Befragung von Tür zu Tür hat nichts ergeben; das liegt am verdammten Wetter. Es ist fast so, als ob der Täter auf dieses Sauwetter gewartet hätte.« Er deutete zum Fenster, wo große Regentropfen mit einem stetigen Klopfen zu Boden prasselten. »Aber wenn Sie wollen, habe ich jetzt die Aufzeichnung des Anrufs bei der Notrufzentrale für Sie.«

»Sie haben die?«, platzte sie heraus und spürte, wie ihr das Blut vor Wut in den Kopf schoss. »Ich habe die ganze Nacht meine E-Mails gecheckt und darauf gewartet.« Dieser hinterhältige Mistkerl. Er hatte sie übergangen, weil er genau wusste, dass sie ihn in der Luft zerreißen würde, wenn er keine stichhaltige Erklärung für die Art und Weise hätte, wie die Sache gehandhabt worden war.

»Nun, sie haben sie stattdessen an mich geschickt, mit der Begründung, Sie seien in einem Zustand emotionaler Erregung«, erwiderte er, fügte Anführungszeichen mit seinen Fingern hinzu und warf ihr einen kurzen, neugierigen Blick zu. »Haben Sie schon Freunde bei den örtlichen Behörden gewonnen, Detective?«

»Ich würde sie nicht als Freunde bezeichnen, Sheriff«, antwortete sie, begierig zu erfahren, was passiert war. »Was hat mein neuer Freund gesagt, welchen Grund sie hatten, uns nach dem Anruf nicht zu alarmieren?«

»Sie sagten, sie hielten das Ganze für einen Streich.«

FÜNFZEHN

DIE OBDUKTION

Der Obduktionssaal der Rechtsmedizin hatte etwas an sich, das Elliot Angst machte – kein Wunder, schließlich war es eine Leichenhalle. Es kostete ihn jede Menge Willenskraft, einen klaren Kopf zu bewahren und sich professionell zu verhalten, während er zwischen zwei glänzenden Autopsietischen aus rostfreiem Stahl stand, von denen einer von einer Leiche belegt war. Er hätte sich mit dem schriftlichen gerichtsmedizinischen Gutachten in seinem Postfach zufriedengegeben, wenn er nicht gewusst hätte, wie wichtig ein persönliches Gespräch mit dem Gerichtsmediziner und die Möglichkeit war, dringende Fragen zu stellen und zeitnahe Antworten zu erhalten.

Deshalb atmete er durch den Mund, wo der Gestank von Formaldehyd und anderen Chemikalien, den er mittlerweile mit Dr. Whitmores weißem Bart und seinen freundlichen Augen verknüpfte, durch das scharfe Aroma mehrerer Fisherman's Friend Pfefferminzbonbons abgemildert wurde, die Elliot wie ein Backenhörnchen in den Wangen hielt.

Aus dem Computer auf dem Schreibtisch des Docs ertönte leise Geigenmusik. Die hellen Töne von Vivaldis »Frühling« standen in krassem Gegensatz zu der Leiche, die auf dem Tisch lag und unter dem starken Neonlicht bis auf ein Tuch, das sein Geschlechtsteil bedeckte, erschreckend nackt war. Verwundbar. Unfähig, weder sich selbst zu verteidigen noch seinen Anstand oder seine Würde. Der Y-förmige Einschnitt im Leib des Mannes klaffte weit auf, sein Körper war frei von allen Organen, die jetzt fein säuberlich beschriftet in medizinischen Gläsern auf einem Tisch in der Nähe aufbewahrt wurden. Elliot starrte auf die Quelle, von der die Musik kam, und atmete durch den Mund ein, so flach wie irgend möglich. Er konzentrierte sich auf die Musik und wollte, dass sein leerer Magen dort blieb, wo er hingehörte.

»Die Musik hilft mir, klar zu denken«, sagte Dr. Whitmore, der offensichtlich bemerkt hatte, worauf Elliots Aufmerksamkeit gerichtet war. »Und ich bin mir sicher, dass meine Kunden mir das nicht übel nehmen«, fügte er hinzu, zog seine blauen Handschuhe aus und warf sie in einen Mülleimer mit dem Symbol für gefährliche biologische Abfälle, der direkt unter einem Bewegungssensor stand, der den Deckel mit einem Surren öffnete. »Sie sind früh dran, aber ich habe schon das eine oder andere herausgefunden.«

»Das ist gut«, erwiderte Elliot und verlagerte sein Gewicht von einem Fuß auf den anderen. Er wünschte, er wäre schon fertig und könnte im strömenden Regen verschwinden. Er brauchte eine Spur wie die Luft zum Atmen, sonst würde sein John Doe nur ein ungelöster, ungeklärter Fall bleiben, nur eine Nummer, die von einem System zugewiesen wurde und auf allen Schildern und Etiketten gleich nach dem berüchtigten Namensplatzhalter stand, den Elliot so hasste. »Weil ich nichts habe«, gab er zu und versuchte immer noch, die Luft anzuhalten. Die Luft roch übel nach Tod und Chemikalien, aber es war der Gestank von verwesendem Menschenfleisch, der ihn am meisten verunsicherte und ihn daran erinnerte, wie vergänglich das Leben war, wie es unerwartet und ohne jede Vorwarnung plötzlich vorbei sein konnte.

Der Gerichtsmediziner blätterte einige Formulare durch, die in einer blauen Mappe abgeheftet waren. Auf dem Etikett in der oberen rechten Ecke des Deckels war eine Fallnummer aufgedruckt. Ab und zu murmelte er ein »Aha« und tippte gelegentlich mit der Spitze seines Stifts auf eine Stelle auf der Seite, die seine Aufmerksamkeit erregt hatte.

»Warum machen Sie das immer noch, Doc?«, fragte Elliot, ein wenig überrascht von sich selbst. Es ging ihn nichts an, und er wusste, dass er nicht neugierig sein sollte. Seine Mutter hätte ihm eine saftige Ohrfeige verpasst. »Sie sind doch im Ruhestand, oder?«

Whitmore lächelte und enthüllte zwei Zahnreihen, die viel jünger aussahen als er selbst. »Ja, ich bin im Ruhestand. Aber ich habe dem County meine Dienste für ungewöhnliche Mordfälle angeboten, und in letzter Zeit ziehen sie mich immer wieder hinzu.«

Es war Elliot wohl deutlich anzusehen, wie verwirrt er war, als er seinen breitkrempigen Hut mit einem zaghaften Stirnrunzeln zurechtrückte und sich gegen eine weiße Kachelwand lehnte, denn das Lächeln des Docs wurde breiter.

»Sie haben sonst niemanden, wissen Sie«, fügte Doc Whitmore hinzu und deutete auf die Leiche. »Ich hoffe, dass ich ihre Stimme sein kann und ihnen helfen kann, Gerechtigkeit für sich zu erlangen. Dafür lohnt sich all die Mühe. Die Gerüche, der Kummer, die Horrorgeschichten – ich habe so einige erlebt, die ich nie vergessen werde. Nicht hier, sondern im Bezirk San Francisco. Es gab einen bestimmten Fall, an dem Ihre Partnerin und ich gearbeitet haben, als sie noch FBI-Agentin war und ich noch, nun ja, noch nicht im Ruhestand«, gluckste er leise, »der mich nachts immer noch wachhält.« Sein Blick wanderte zur Wand, wo eine Digitaluhr die Uhrzeit in Militärzeit anzeigte. »Aber nicht letzte Nacht, denn da war ich hier, um das hier abzuschließen. Diese Geschichte hebe ich mir für ein anderes Mal auf.« Er hob die Mappe auf, die er fallen gelassen hatte, und blätterte sie durch, bis er die gesuchte Seite fand.

»Können Sie schon etwas zur Identität sagen?«, fragte Elliot, der unbedingt anfangen wollte, den Hintergrund des Opfers zu untersuchen.

»Noch nicht, aber seine DNA läuft bereits durch. Seine Fingerabdrücke waren nicht im System, also ist er nicht vorbestraft. Eine hervorragende Zahnbehandlung, die Aufschluss über den gesellschaftlichen Status gibt. In Anbetracht der Zähne, der nagelneuen Lederschuhe und der erstklassigen Kleidung nehme ich an, dass dieser Mann wohlhabend war.« Er blätterte die Seite um und nickte dann, ohne den Blick von den kompakten Absätzen zu nehmen, die unter den handschriftlichen Skizzen standen. »Ja, die Todesursache. Es handelte sich um einen Schuss aus nächster Nähe, genau wie Sie vermutet haben. Die Waffe, eine Neun-Millimeter-Pistole, lag eng an seinem Körper an, als sie abgefeuert wurde. Um die Wunde herum gab es Verbrennungen und Schmauchspuren. Wir haben die Kugel geborgen. Finden Sie eine Waffe und ich kann sie mit der Kugel vergleichen, die diesen armen Kerl getötet hat.«

Das ist, als würde man eine Nadel im Heuhaufen suchen, dachte Elliot. Er hatte den gesamten Tatort nach der Waffe durchkämmt, war durch Gräben und unter Büschen hindurchgerobbt, hatte aus nächster Nähe an Hirschkot gerochen, aber nichts gefunden. Vielleicht war der Schütze einfach davongefahren und hatte die Waffe aus dem Fenster geworfen, in einen ganz anderen Teil des Waldes, der die Interstate meilenweit flankierte. Oder aber sie lag ordentlich gereinigt auf seinem Nachttisch und wartete dort auf sein nächstes Opfer.

»Ihr Opfer ist ziemlich groß«, fuhr der Doc fort, wobei seine Worte in kurzen, flachen Atemzügen untergingen. Mit einer schnellen, routinierten Geste schob er den Steg seiner schwarz umrandeten Brille in Richtung Nasenwurzel. »Genauer gesagt, ein Meter dreiundneunzig.« Er näherte sich der Hinterwand des Obduktionssaals, wo digitale Röntgenbilder auf einem breiten, an der Wand befestigten Monitor zu sehen waren. Er deutete auf eines der Bilder, auf dem der Torso eines Mannes in Grautönen zu sehen war, mit der Kugel in strahlendem Weiß, die sich deutlich abhob. »Sehen Sie hier? Die Kugel drang in einem leicht abfallenden Winkel in seinen Körper ein, durchschlug die rechte Herzkammer und blieb dann im Brustbein stecken. Angesichts seiner Größe kann man wohl davon ausgehen, dass er im Sitzen erschossen wurde.« Er ging zu seinem Schreibtisch und machte eine Faust mit ausgestrecktem Zeigefinger, die eine Pistole darstellen sollte, und richtete sie nach unten, als wolle er auf die imaginäre Person auf seinem vierbeinigen Laborhocker schießen. »Genau so.«

»Ich lehne mich mal weit aus dem Fenster und gehe davon aus, dass Sie den Fall als Mord einstufen, Doc«, scherzte Elliot und berührte kurz seinen Bauch, um den Aufruhr zu besänftigen, der darin tobte.

»Ich neige dazu, das zu tun, wenn jemandem in den Rücken geschossen wird, ja«, antwortete Dr. Whitmore mit einem flüchtigen Lächeln, das sofort wieder von seinen Lippen verschwand. Er las in seinen Notizen und blätterte ein paar Seiten durch, während Elliot sich dem Mann näherte und seine Gesichtszüge eingehend musterte, wobei er versuchte, die offene Brusthöhle zu ignorieren.

Das Erste, was ihm auffiel, war seine Bräune. Der Mann hatte viel Zeit im direkten Sonnenlicht verbracht. Seine Arme waren von den Handgelenken abwärts dunkelbraun und an den anderen Stellen bläulich blass, was auf lange Ärmel hindeutete, die er sogar im Sommer draußen getragen hatte. Elliot hatte ähnliche Bräunungsmuster bei Seglern und Surfern gesehen, bei denen der scharfe Pazifikwind den Sonnenbrand selbst bei niedrigen Temperaturen verstärkte. Surfer trugen im Meerwasser, das selten wärmer als 18 Grad war, Ganzkörper-Neoprenanzüge. Segler trugen Windjacken, um sich warm zu halten und den kalten Böen auf See zu trotzen, denn der Wind verbrannte die Haut ebenso stark wie die Sonne. Die Füße des Mannes waren so blass, wie man es von einem Surfer und Segler erwarten würde.

Der zweite Punkt war sein Aussehen. Sein Haar war ordentlich gestutzt und sein Bart war es zum Zeitpunkt seines Todes ebenfalls gewesen. Zwei weitere Tage Wachstum hatten ihn ein wenig borstig und stellenweise ungleichmäßig werden lassen. Dennoch sah er wirklich gut aus, charismatisch sogar für einen Mann in den Fünfzigern, der tot auf einem Autopsietisch lag. Seine Gesichtszüge hatten einen Hauch von Macht und Autorität, der über sein Ableben hinaus geblieben war und sich wahrscheinlich durch tägliche Übung in seinen Gesichtsausdruck eingeprägt hatte. Ebenso, wie die Hände eines Holzarbeiters breiter wurden und eine bestimmte Form annahmen, mit kantigen und breiten Handflächen und einem starken, übergroßen Daumen, so erzählten John Does Kiefermuskeln, die angespannten Lippen und die Falten um seinen Mund und auf seiner hohen Stirn von der Macht, die er einst ausgeübt zu haben schien.

»Doc, können Sie schon etwas zum Todeszeitpunkt sagen?«, fragte Elliot.

»Ich würde sagen, dass er etwa achtundvierzig bis zweiundsiebzig Stunden zurückliegt, nicht länger.«

»Also am Sonntagabend?«

»Einfach nur Sonntag; ich bin nicht sicher, ob abends oder morgens. Er lag die ganze Zeit draußen im Regen und das Wasser war kalt. Das hat den Verwesungsprozess verlangsamt und die Aasfresser etwas in Schach gehalten.« Er drehte die Mappe, die er in der Hand hielt, so, dass Elliot sie sehen konnte. »Sehen Sie die Verfärbungen hier und hier?«, fragte er und zeigte auf einen Teil des Unterleibs des Mannes, der auf den Fotos im Anhang seines Berichts zu sehen war. »Er wurde unmittelbar nach seinem Tod dort abgelegt und nicht bewegt. Aber Ihr Haupttatort ...«

»Weiß der Himmel, wo der sein könnte«, murmelte Elliot und schob das Pfefferminzbonbon in seinem Mund hin und her, um der Geruchswelle zu widerstehen, die in seine Nasenlöcher drang, als der Doc näher kam. Formaldehyd schien aus den Poren des Mannes zu sickern, zusammen mit dem Geruch von fauligem Fleisch. Beinahe musste er würgen, aber er tarnte seine rebellierenden Magenmuskeln als Husten, das er in der Ellenbeuge unterdrückte. Er ging ein paar Schritte zurück, fand die Dose mit den Pfefferminzbonbons in seiner Tasche und warf noch ein paar davon in den Mund.

Dr. Whitmore beobachtete ihn mit einem leichten Stirnrunzeln. »Warum haben Sie das nicht gleich gesagt?« Er griff in ein Regal und hielt ihm eine kleine Dose Wick VapoRub für Kinder hin. »Reiben Sie sich etwas davon unter die Nase.«

Elliot spürte, wie seine Wangen vor Verlegenheit erröteten. Der Mann musste ihn für ein Weichei halten, einen Grünschnabel, dem bei seinem ersten Rodeo gleich das Mittagessen aus dem Gesicht fiel. Aber er widersprach nicht, und er tat auch nicht so, als ob er ein besonders breites Rückgrat hätte, wenn es um den Machtbereich des Docs ging. Was auch immer es mit toten Menschen auf sich hatte, er hatte ein Problem damit und das wusste er schon sein ganzes Leben lang. Wahrscheinlich würde er auch damit sterben, unfähig, sich zu ändern oder sich daran zu gewöhnen, wie Kay es getan hatte. Sie war ein Naturtalent. Was immer sie sich vornahm, schaffte sie auch.

»Danke«, murmelte er, trug eine großzügige Menge unter seinen Nasenlöchern auf und konnte endlich wieder normal atmen.

»Sie werden mir gleich noch mehr danken«, sagte der Gerichtsmediziner und der Hauch eines Lächelns umspielte seine Lippen. »Ich habe einige Beweise auf der Leiche gefunden.«

»Nach all dem Regen?« Elliot pfiff anerkennend. »Sie könnten ein Flüstern in einem Sturm hören, Doc«, fügte er hinzu, lächelte breit und tippte mit zwei Fingern an die Krempe seines Hutes, um seinen Respekt zu zeigen.

Doc Whitmore lachte, ein sanftes, leises Lachen, das unzählige Falten um die Winkel seiner müden Augen zeichnete. »Ich glaube nicht, dass das stimmt, aber ich habe eine lange Haarfaser gefunden, und wir hatten Glück. Der Follikel war noch dran und das bedeutet DNA.«

Elliot runzelte die Stirn. »Das Haar einer Frau? Sie sagten doch lang, oder?«

»Ja, sehr lang, achtundsechzig Zentimeter, um genau zu sein. Ich bin noch nicht sicher, ob es von einer Frau stammt, aber es ist zumindest sehr wahrscheinlich.«

Elliot runzelte die Stirn. Was bedeuteten achtundsechzig Zentimeter, wenn es darum ging, einen Verdächtigen zu beschreiben?

»Mittlere Rückenlänge«, fügte Dr. Whitmore hinzu, als hätte er seine Gedanken gelesen, »braun und glatt. Ich habe auch einige Teppichfasern gefunden, in den Falten seiner Jacke und seiner Hose. Sie könnten von einem Auto stammen, aber das kann ich noch nicht bestätigen. Graublau und aus Polyester, das ist alles, was ich Ihnen im Moment sagen kann.«

Elliot nickte einmal, sichtlich beeindruckt. Er stand auf, bedankte sich und wollte gerade gehen, aber der Doc nahm einen kleinen Beutel mit Beweismitteln vom Tablett und zeigte ihn ihm. Darin befand sich eine Visitenkarte einer Psychiaterin aus der Umgebung, auf der Datum und Uhrzeit eines Termins notiert waren. Sie war zerknickt, aufgeweicht und vom Wasser verwaschen, aber immer noch ganz, wenn auch kaum lesbar.

»Sein Jackett hatte eine doppelte Brusttasche. Das habe ich darin gefunden. John Doe war bei einem Seelenklempner in Behandlung.«

Elliot war sprachlos und fragte sich, wie er das hatte übersehen können, als er die Leiche durchsucht hatte. Zu seiner Verteidigung musste er sagen, dass es in Strömen geregnet hatte und der Stoff der Jacke des Opfers durchnässt und klebrig gewesen war. Es grenzte an ein Wunder, dass die Karte überhaupt noch lesbar war.

Elliot fühlte sich beflügelt und konnte es kaum erwarten, herauszufinden, wer sein John Doe in Wirklichkeit war. Er machte mit seinem Handy ein Foto von der Visitenkarte und dann von dem Gesicht des Opfers. »Das könnte schneller gehen als Ihre DNA-Untersuchung, Doc«, sagte er und hoffte, dass der Gerichtsmediziner seine Bemerkung nicht als Beleidigung auffassen würde.

Aber Dr. Whitmore zog sich bereits frische Handschuhe über und machte sich bereit, seine Untersuchung fortzusetzen.

SECHZEHN

DER ANRUF

»Hier spricht die Einsatzzentrale, welchen Notfall möchten Sie melden?« Die Stimme der Disponentin war eine Frauenstimme, die ruhig und erfahren klang.

Die stockende Aufzeichnung wurde auf Kays Laptop abgespielt. Sie saß an ihrem Schreibtisch, nach vorne gebeugt, die Lautstärke auf Maximum gedreht, fuhr sich nervös mit den verschwitzten Handflächen über die Oberschenkel und konzentrierte sich auf jedes Wort. Im Büro war es unheimlich still geworden, die beiden Deputies und Logan standen dicht hinter ihr und hörten zu. Sogar der Säufer in seiner Zelle verhielt sich ruhig, klammerte sich an die Gitterstäbe und hielt endlich die Klappe.

»Hallo?« Kay erkannte Heathers Stimme am Telefon. Sie flüsterte und wimmerte gleichzeitig, ihre Stimme war erstickt vor Angst und voller Tränen. »Spreche ich mit der Polizei? Können Sie kommen?«, fragte sie, im Hintergrund hörte man einen entfernten, gedämpften Dialog und die eiligen Schritte einer Person, die immer leiser wurden.

»Was ist denn los?«, fragte die Disponentin. Kay wusste aus der E-Mail, die ihr Chef weitergeleitet hatte, dass die Disponentin der Leitstelle, Carrie Keifer, ein alter Hase war, sie war schon seit fünfzehn Jahren dort tätig.

»Er ist gekommen, um meine Schwester zu holen«, flüsterte Heather zwischen zwei Schluchzern. »Bitte«, flehte sie, »er wird Julie mitnehmen.«

»Wer wird sie mitnehmen?«

»Ich weiß es nicht«, sagte das Mädchen und die Traurigkeit schien sie zu erdrücken, als ob sie sich schuldig fühlte, weil sie es nicht wusste. »Julie hat gesagt, dass ich Sie anrufen soll.«

»Wie heißt du?«

»Heather.« Sie keuchte und wimmerte dann, nachdem in der Ferne ein lauter Knall zu hören war.

»Und wie alt bist du?«, fragte Carrie, wobei der Tonfall in ihrer Stimme eine Spur freundlicher war.

»Acht Jahre«, erwiderte Heather. »Werden Sie kommen?«

Das Gespräch wurde kurz unterbrochen, vielleicht hatte Carrie sie stumm geschaltet und jemand anderen angerufen oder etwas in ihrem System überprüft.

Den Mitarbeitern der Leitstelle standen eine Vielzahl von Systemen zur Verfügung. Sie konnten schnell und effizient Ersthelfer entsenden, eine Adresse auf einer Karte lokalisieren, ein Handy orten und mit den örtlichen Strafverfolgungsbehörden interagieren – und das alles, während der Anrufer in der Leitung war. Das Verfahren war einfach. Lokalisieren Sie den Standort, überprüfen Sie ihn, stellen Sie sicher, dass es sich tatsächlich um einen Notfall handelt, und schicken Sie dann die Einsatzkräfte los. Irgendwo in dieser einfachen Kette hatten die Dinge eine falsche Wendung genommen, die Cheryl das Leben gekostet hatte. Und möglicherweise auch Julie. Hoffentlich hatten sie eine verdammt gute Erklärung dafür.

»Ja, es wird bald jemand kommen. Wer ist bei dir im Haus?«, hatte Carrie gefragt, ihre Stimme klang etwas gedämpft. Vielleicht war das Mikrofon ihres Headsets verrutscht oder es war etwas anderes passiert. Im Hintergrund konnte Kay hören, wie die Disponentin der Leitstelle schnell tippte, während gleichzeitig der Dialog in Cheryls Haus weiterging, mit erhobenen Stimmen, wobei Cheryls Stimme verängstigt und erregt klang. Sie konnte jedoch nicht verstehen, was sie sagte; die Aufzeichnung des Anrufs war von schlechter Qualität und rauschte stark, was im digitalen Zeitalter keinen Sinn ergab. Möglicherweise stammte das Rauschen von der Aufzeichnungsanlage selbst und sie brauchte die Hilfe eines Technikers, um die Tonfrequenzen zu beseitigen, die sie daran hinderten zu verstehen, was Cheryl und der unbekannte Täter sagten.

»Heather«, sagte Carrie noch einmal, »wer ist noch bei dir?«

»Meine Mom und meine Schwestern«, antwortete Heather. Kay hörte, wie flach und schnell sie in das Handy atmete. Sie musste völlig verängstigt und zu Tode erschrocken gewesen sein. »Ein böser Mann ist zu uns gekommen.«

»Wer ist dieser Mann? Kennst du ihn?«

»Ähm«, zögerte sie kurz und sagte dann etwas Unverständliches. »Bitte kommen Sie schnell.« Dann, mit gedämpfter Stimme: »Erin, nein. Geh nicht nach unten.« Etwas schlug mit einem dumpfen Knall zu Boden, dann ein kurzes Weinen von Erin, bis ihre Schreie gedämpft wurden. »Sei still«, flüsterte Heather. Aber das Handy schien jetzt weiter weg zu sein, wahrscheinlich hatte sie es auf dem Boden liegen lassen, während sie sich um ihre Schwester gekümmert hatte. »Er darf dich nicht hören.«

Diese Worte rührten Kay zutiefst.

»Monster«, hörte man Erins weinende Stimme, die kaum zu verstehen war.

»Psst.« Heathers Stimme, zittrig und brüchig, klang immer noch, als wäre sie weit entfernt.

»Hallo? Bist du noch dran?«, mischte Carrie sich ein. »Wenn du mich hören kannst, dann sag bitte etwas.«

»Ja«, flüsterte Heather, nachdem einige Geräusche Kay

verrieten, dass sie ihr Handy wieder in die Hand genommen hatte. Im Hintergrund hörte sie das Klappern von Gegenständen, die zu Boden fielen, und ein langgezogenes Quietschen, als ob ein Möbelstück über die Fliesen geschleift würde, vielleicht ein Stuhl oder ein Tisch, der verschoben wurde. Keuchen, Stöhnen und gebrüllte Worte, die sie nicht verstehen konnte – die Geräusche des erbitterten Kampfes zwischen Cheryl und ihrem Angreifer.

Cheryl würde jeden Moment ermordet werden.

»Wie lautet deine Adresse? Wo wohnst du?«, fragte Carrie. »Welche Farbe hat dein Haus?«

»Ich wohne in Angel ...«

In diesem Moment hörte man einen markerschütternden Schrei von Julie. Darauf folgte ein dumpfes Geräusch, wahrscheinlich von Cheryls Körper, der auf dem Boden aufschlug.

Die gedämpften Kampfgeräusche in der Ferne schienen eine Ewigkeit anzudauern. Die gelegentlichen Schreie und das Wimmern von Julie waren deutlich zu hören, auch über das Krachen und Stöhnen und das Klappern von Gegenständen hinweg, die auf dem Boden aufschlugen. Heathers Atmung hatte sich beschleunigt und ihr Wimmern wurde lauter, ängstlicher und panischer. Julie musste sich heftig gegen ihren Angreifer gewehrt haben; sie hatte gut zweiunddreißig Sekunden lang Widerstand leisten können. Sie schrie noch einmal, aber ihr Schrei endete abrupt in einem Keuchen, als hätte sie einen Schlag in den Magen bekommen. Mit schwacher, zittriger Stimme rief sie nach ihrer Mutter. Dann rief sie noch einmal, jetzt lauter, aber einen halben Herzschlag später brachte ein Schlag sie zum Schweigen, gefolgt von dem unverkennbaren Aufprall eines Körpers, der reglos zu Boden fiel.

Kay gefror das Blut in den Adern. War Julie noch am Leben? Hatte sie den Schlag überlebt? Sie musste davon ausgehen, dass sie überlebt hatte, da sie vom Tatort weggebracht worden war. Aber in den Händen eines eiskalten Mörders war es gut möglich, dass sie verletzt war oder er sie außer Gefecht gesetzt hatte.

»Hallo?«, hatte Carrie gerufen, aber Heather hatte nicht geantwortet. Nur ihr schnelles Atmen und gedämpftes Schluchzen waren zu hören, während der Mörder im Hintergrund die Seitentür öffnete, deren Scharniere ein erkennbares, lautes Quietschen von sich gaben, das Kay schon bei ihren Besuchen am Tatort aufgefallen war. Dann hörte Kay das noch weiter entfernte Brummen eines Motors, der zum Leben erwachte. Autotüren öffneten sich und wurden zugeschlagen, bevor das Motorengeräusch langsam immer leiser wurde.

»Hallo?«, versuchte es Carrie noch einmal, aber Heather war verstummt, nur ihr stoßweises Schnappen nach Luft verriet Kay, dass sie das Handy noch in der Hand hielt.

Für einen langen Augenblick waren nur zögerliche, tastende Schritte und ein leises Wimmern zu hören, hier und da unterbrochen von dem vertrauten Quietschen von altem Hartholz unter den Füßen. Dann rief Heather: »Mommy?«

Dann endete das Gespräch und es wurde für einen Moment unheimlich still in der Arrestzelle.

»Das ist ein Ford F-150 Diesel, darauf würde ich meinen Arsch verwetten«, sagte der Säufer.

Einer der Deputies ging zu seiner Zelle hinüber und schlug mit der Faust gegen die Gitterstäbe. »Wenn wir deine Meinung hören wollen, werden wir dich danach fragen. Und jetzt halt verdammt noch mal die Klappe.«

»Wann ist sein Gerichtstermin?«, fragte Sheriff Logan Deputy Hobbs und neigte seinen Kopf in Richtung des Gefangenen.

»Erst um drei Uhr«, antwortete Hobbs mit einem frustrierten Schnauben. »Hat irgendwas damit zu tun, dass sie im Rückstand sind und ein Richter eine heftige Grippe hat. Aber ich glaube, er hat recht. Ich fahre einen Ford Pick-up mit Dieselmotor und der hört sich genauso an.«

Kay spielte das Ende der Aufzeichnung noch einmal ab.

»Ja, das ist es«, sagte Hobbs. »Ein Ford Pick-up mit Dieselmotor.«

»Und ein neuer noch dazu, wenn ihr Trottel nur mal hinhören würdet. Das Baby, das auf eurer Aufzeichnung schnurrt, ist ein V6-Turbodiesel B20 mit Start-Stopp-Automatik«, verkündete der Säufer stolz.

Kay stand auf und ging näher an die Zelle heran, was sie sofort bereute, als ihr der Geruch von zersetztem Alkohol und abgestandenem Urin in die Nase stieg. Der Mann grinste und offenbarte dabei ein paar verfärbte Zähne, dann wischte er seine Handflächen an seinem Hemd ab, als ob sie ihm durch die Gitterstäbe hindurch die Hand schütteln wollte.

»Woher willst du das denn wissen?«, fragte Kay.

»Weil ich genau so einen fahre und er mich über sechzigtausend Mäuse gekostet hat«, erwiderte er. »Hast du das Klicken gehört, kurz bevor der Motor anspringt? Das ist die Motorblockheizung, die sich einschaltet. Er hat eine Startautomatik, und die gibt es nur bei einem 3.0 V6 Diesel.« Er grunzte und räusperte sich, wobei er zum Glück nicht auf den Boden spuckte. »Es gibt ihn auch mit 2,7 Litern Hubraum, aber der klingt anders.«

Kay starrte ihn stirnrunzelnd an und fragte sich, wie weit sie seiner Behauptung vertrauen konnte.

»Willst du dich selbst davon überzeugen, Schönheit? Dann seht euch den Pick-up an, den ihr gestern Abend beschlagnahmt habt, nachdem ihr mich angehalten habt. Ich hatte nur ein paar Bier getrunken, und ihr habt mich wie ein Tier weggesperrt, während der Mörder da draußen frei herumläuft. Ihr solltet euch was schämen«, murmelte er, »und so was nennt sich Bullen.« Diesmal landete eine Ladung Spucke platschend auf dem Betonboden, direkt neben Kays Schuh.

Sie ignorierte es. »Du sagst, du hast genau so einen Pick-up wie den, den du auf der Aufzeichnung gehört zu haben glaubst?«

»Eher hatte ... jetzt habt *ihr* ihn ja.« Er schniefte und strich sich schnell mit dem Ärmel seiner schmutzigen Jacke über die Nase. »Hey, falls ich recht habe, bekomme ich dann eine Belohnung oder so was?«

Sie war bereits gegangen und zum Schreibtisch zurückgekehrt, während sie über eine bohrende Frage grübelte.

»Warum haben sie nicht reagiert? Ich will mit der Disponentin sprechen.«

»Sie haben den Bericht von der Leitstelle geschickt«, sagte Logan. »Sie dachten, es sei ein Streich gewesen, dass irgendjemand eine Million Aufrufe in den sozialen Medien bekommen wollte, indem er sein Kind dazu anstiftete. Das Telefon war ein Wegwerfhandy, die Triangulation ist fehlgeschlagen, weil nur ein einziger Sendemast den Anruf empfangen hat, und sie dachten, das sei Absicht gewesen.«

»Wie konnten sie glauben, dass es ein Streich war? Woran hätten sie das festmachen sollen?«

»Weil Heather gesagt hat, dass der Täter ihre Schwester entführen wolle. Welcher Täter macht denn so eine Ansage?«

Sie schüttelte ungläubig den Kopf. »Das soll wohl ein Witz sein! Haben Sie sich das Gespräch mal angehört? Klang das für Sie vielleicht inszeniert? Und ich habe echte Besorgnis in der Stimme der Disponentin gehört.«

Der Sheriff zog eine Grimasse und versuchte zu lächeln, aber sie merkte, dass sie zu weit gegangen war. Er richtete sich auf und schob sein Kinn vor, während seine Augen stahlhart wurden. Als er sprach, klang seine Stimme tief und belegt. »Detective, in wie vielen Fällen haben Sie schon von Tätern gehört, die in ein Haus reinspazieren und verkünden: ›Ich nehme eine Geisel mit‹, und dann den Namen der Person nennen, die sie entführen wollen? So etwas passiert nie. Die Leitstelle ist hier nicht der Feind.« Er stieß einen langen, frustrierten Seufzer aus. »Gegen Ende des Anrufs beschlossen sie, vorsichtshalber doch zu reagieren, aber sie konnten keine Adresse herausfinden. Ohne Triangulation mussten sie ein Gebiet mit einem Radius von zwanzig Meilen abdecken, mit über vierzig Orten, deren Name mit Angel beginnt.« Er senkte kurz den Blick, dann sah er sie direkt an. »Sie haben uns sogar darüber informiert, dass es in unserer Gegend möglicherweise einen Fake-Anrufer gibt, der es auf die Notrufzentrale abgesehen hat. Sie haben sich an die Regeln gehalten, Kay.«

Sie stieß sich vom Schreibtisch ab, stand auf und ging wütend auf und ab. Sie hätte dieser Carrie gerne etwas über Angst und Schmerz beigebracht, darüber, wie es sich anfühlte, ganz allein im Dunkeln zu sein und sich unter einem Bett zu verstecken, während die Menschen, auf die man sich verließ, einen als schlechten Scherz abtaten. Aber sie hatte nicht vor, noch einen Moment damit zu vergeuden, nicht solang Julie noch da draußen war.

Sie hatte Besseres zu tun. Mindestens eine, wenn nicht sogar beide Schwestern von Julie hatten den unbekannten Täter gesehen.

SIEBZEHN

KRITZELEIEN

Julie fühlte sich schwach und angeschlagen. Die Anstrengung, sich vom Betonboden zu erheben, kostete sie jedes bisschen Energie, das sie noch hatte. Sie hatte das Zeitgefühl verloren und verbrachte ihre Tage und Nächte in dem gleichmäßigen, fahlen Licht einer gelben Glühbirne, die hoch oben an der Decke hing. Kein einziger Sonnenstrahl drang durch die Ritzen des vergitterten Fensters; vielleicht war es draußen nicht hell, nirgendwo auf der Welt. Jetzt nicht mehr.

Sie warf einen Seitenblick auf das Bett mit den sauberen Laken und der Decke, das nach ihrer Nacht auf dem Boden verlockend wirkte, aber sie konnte sich nicht dazu durchringen, sich dem Bett zu nähern. Fast schien es ihr, als ob eine Berührung das Böse, das in seiner Nähe lauerte, entfesseln könnte. Als ob sie, wenn sie sich darin ausruhen würde, in eine neue Ebene der Dunkelheit hinabsteigen würde, aus der sie niemals wieder auftauchen könnte.

Sie sagte sich, dass es besser sei, auf dem kalten Boden zu schlafen, mit dem Rücken gegen die Tür gelehnt. So konnte sie niemand überraschen, niemand konnte sich an sie heranschleichen und …

Und was dann?

Wovor hatte sie eigentlich Angst? Sie hatte ihren Entführer nicht mehr gesehen, seit sie in ihrem Haus mit ihm gekämpft hatte. Sie war allein in dem Keller aufgewacht, benommen, mit staubtrockenem Mund und wiederkehrenden Migräneanfällen. Man hatte sie unter Drogen gesetzt. Ihre Mutter hatte ihr beigebracht, wie sich Vergewaltigungsdrogen anfühlten, sodass sie die Anzeichen leicht erkennen und sich in Sicherheit bringen konnte. Jetzt wusste sie es, was ihr auch nicht viel nützte.

Der Gedanke an ihre Mutter, an den Abend, an dem sie ihr eine Pille gegeben und sie gebeten hatte, sich zu merken, wie es sich anfühlte und es nie mehr zu vergessen, trieb ihr Tränen in die geschwollenen Augen. Julie war unglaublich rücksichtslos und egoistisch gewesen. Nur weil sie nicht glauben wollte, dass etwas wahr war, war es nicht weniger bedrohlich oder unwahrscheinlich, dass es ihr zustoßen würde. Und jetzt war das Bild der Leiche ihrer Mutter, die leblos in einer Blutlache auf dem Küchenboden lag, für immer in ihr Gedächtnis eingebrannt, so lange oder so kurz wie ihr Leben noch dauern würde.

Es war ja nicht nur, dass sie einen Fehler gemacht hatte, nein. Sie hatte ihr absichtlich nicht gehorcht und ihre Bitte missachtet, sich fertig zu machen, damit sie am Abend abreisen konnten. Nachdem sie gesehen hatte, was passiert war, und nachdem sie wusste, was sie getan hatte, und nachdem sie gesehen hatte, was ihre Mutter alles getan hatte, um sie zu schützen, hatte sie es vorgezogen, die Gefahr und die Konsequenzen zu ignorieren, nur weil nichts davon real erschien. Was für ein Mensch tat so etwas? Wie dumm war sie nur gewesen?

Zittrig und schwach schritt sie mit unsicherem Gang durch den Raum und ignorierte die Magenschmerzen, die sie verspürte. Seit sie entführt worden war, hatte sie nichts mehr gegessen; es gab nichts. Sie lebte von Wasser aus dem kleinen Waschbecken im Badezimmer, das sie aus der hohlen Hand trank. Es roch komisch, nach Schimmel und tiefen, dunklen, moosbedeckten Brunnenwänden. Erschöpft und zu schwach, um zu stehen, ließ sie sich zu Boden gleiten.

Die Angst hatte ihren Magen fest im Griff. Sie war so ursprünglich und intensiv, wie sie es noch nie zuvor erlebt hatte. Immer war sie in Sicherheit gewesen, beschützt von ihrer Mutter, ihren Lehrern, ihrer Familie. Bis jetzt war sie noch nie angegriffen worden. Es gab keine Worte dafür in ihrem Wortschatz und sie hatte keine Ahnung, was mit ihr passieren würde. Aber sie hatte genug Filme und Serien gesehen, um ihrer Fantasie freien Lauf zu lassen und sich ein Horrorszenario nach dem anderen auszumalen, während sie wach an die Tür gelehnt dasaß und ihre Knie umklammerte.

Wie würde er sie töten?

Denn sie zweifelte nicht daran, dass sie sterben würde. In jeder wachen Minute wartete sie und lauschte, manchmal hielt sie den Atem an und fragte sich, wann er kommen würde. Was er tun würde. Wie sie sterben würde. Und irgendwie fand sie diese Gedanken weniger schmerzhaft als die Gedanken an ihre Schwestern oder die Erinnerung an die letzten Momente im Leben ihrer Mutter. Wie sie sie angesehen hatte, nicht tadelnd, sondern flehend, Sorge und Bedauern wortlos in einem Blick verwoben, den sie nie wieder vergessen würde. Wie sie nach ihr griff, ihre Hand nach ihr ausstreckte, gerade als der Mann zustieß und zuschlug und ihr keine Sekunde Zeit ließ, sich zu verabschieden.

Tränen brannten in ihren Augen und plötzlich hatte sie einen Kloß im Hals.

Unruhig stand sie wieder auf und lehnte sich an die Wand, um sich abzustützen. Sie hämmerte gegen die Wände, die Tür und sogar gegen den blöden Spiegel, der ihr nicht gehörte, aber niemand kam, und außer dem Regen in der Ferne gab es keine anderen Geräusche, die ihr Gesellschaft leisteten.

Sie wünschte, er würde endlich kommen. Sie wollte ihn fragen, warum er es getan hatte.

Sie wollte ihn anschreien und mit ihren Fäusten auf ihn einprügeln, bis ihre Knöchel wund waren. Dann wollte sie, dass er litt, dass er den Schmerz spürte, der ihr Herz einschnürte und auf ihrem Brustkorb lastete, sodass sie beinahe nicht mehr atmen konnte. Sie wusste nicht, was sie tun würde, um das zu erreichen; so weit reichte ihre Vorstellungskraft nicht.

Sie wollte wach sein, wenn er kam, alarmiert durch die sich bewegende Tür in ihrem Rücken. Nicht schlafend zwischen diesen Laken, egal wie kalt es werden würde, egal wie hart der Kellerboden war.

Aber was wäre, wenn er nie kommen würde?

Was, wenn sie hier völlig allein verhungerte, ohne zu wissen, ob ihre Schwestern noch lebten?

Sie fühlte sich plötzlich schwach in den Knien und ließ sich an der Wand heruntergleiten, bis sie auf dem Boden saß. Sie umarmte ihre Knie und legte ihre Wange auf die verschränkten Arme, während sie ihren Blick ziellos über die fleckige Wand schweifen ließ.

Etwas erregte ihre Aufmerksamkeit.

Neben der Tür hatte jemand etwas in das Mauerwerk geritzt, etwa dreißig Zentimeter über dem Boden. Sie kroch die kurze Strecke auf Händen und Knien und blinzelte, kauerte sich näher an das Gekritzel, das in dem schwachen Licht kaum zu entziffern war.

HILF MIR

Die beiden Worte, die in krakeligen Großbuchstaben in einen Teil der Trockenbauwand geritzt waren, jagten ihr einen kalten, lang anhaltenden Schauer über den Rücken.

Hier war schon einmal jemand gefangen gehalten worden.

ACHTZEHN

FARBEN

Der unbekannte Täter musste jemand sein, der die Familie kannte, daran hatte Kay keinen Zweifel.

Zu Sheriff Logans klar formuliertem Standpunkt: Entführer kündigen ihre Taten normalerweise nicht an. Einige sadistische Serienmörder taten das sehr wohl – es war Teil ihres Psychoterrors und diente dazu, ihre Opfer aus Angst um ihre Angehörigen zum Mitmachen zu bewegen. Aber die typischen Entführer taten es nicht. Sie schnappten sich ihre Opfer und flohen. In der Regel schlugen sie dabei aber an einem weniger gefährlichen Ort als dem Zuhause der Opfer zu, wo diese von anderen Familienmitgliedern umgeben waren, die sich um den Esstisch versammelt hatten, ein Glas Wein tranken und darauf warteten, dass der Eintopf fertig wurde.

Es ergab einfach keinen Sinn, es sei denn, der unbekannte Täter war jemand gewesen, der zumindest früher einmal im Haus der Colemans willkommen gewesen war.

Nichts an diesem Fall war typisch. Der Mörder interessierte sich offensichtlich nicht für lose Enden. Er hatte Cheryl getötet und Julie kampfunfähig gemacht, sodass sie bewusstlos, wenn nicht sogar tot war. Doch bevor er ging, hatte er sich nicht die Mühe gemacht, den Rest des Hauses zu überprüfen. Er hatte sich Julie einfach geschnappt und war zu seinem Wagen gegangen, um dann sofort das Gelände zu verlassen, ohne sich die Mühe zu machen, die Tür zu schließen. Anscheinend war Julie der Grund für seinen Besuch gewesen und Cheryl war ihm einfach in die Quere gekommen.

Aber warum hatte er sich Julie dann nicht irgendwo anders geschnappt? Warum hatte er ein Handgemenge mit der Mutter des Mädchens riskiert? Welcher Entführer nahm sich nicht mal ein paar Minuten Zeit, um die Wohnung auszukundschaften, durch die Fenster zu spähen und zu prüfen, wie viele Menschen dort lebten? War es möglich, dass er von den anderen Mädchen wusste, es ihn aber nicht interessierte?

Und vor allem, warum hatte er Julie überhaupt entführt? Auf der Aufzeichnung des Anrufs bei der Notrufzentrale hatte sie Cheryl und den unbekannten Täter streiten hören, wobei sie nicht verstehen konnte, was sie sagten. Das deutete nicht auf einen Blitzangriff hin, sondern auf eine bestehende Beziehung, auf Erklärungen, Bitten und Überredungskünste. Wäre Julies Vater nicht bereits verstorben, hätte Kay gedacht, dass es sich um eine missglückte Familienentführung handelte. Es kam häufiger vor, als der Durchschnittsbürger dachte, dass sich entfremdete und verärgerte Ehepartner ihre eigenen Kinder schnappten und sie dem Elternteil wegnahmen, der das Sorgerecht hatte; aus Sicht des Gesetzes wurden sie damit zu Entführern. In vielen Fällen waren die Sorgen des entführenden Elternteils berechtigt, insbesondere wenn Drogen oder Gewalt im Spiel waren. In anderen Fällen rasteten die Menschen einfach aus, nachdem sie ihre Familie, ihren Lebensinhalt verloren hatten, und konnten keinen einzigen Moment ohne ihr Kind ertragen.

Aber das passte überhaupt nicht zusammen, denn alle unmittelbaren Familienmitglieder waren anwesend gewesen, und es gab kein Motiv.

Sie klappte ihren Laptop zu und ging schnell nach hinten, vorbei an den Gefängniszellen, wo der Säufer sie mit einem schmierigen Lächeln und einem Hinterhof-Aroma begrüßte, bei dem sich ihr der Magen umdrehte. Sie fand die Mädchen im Schlafraum mit Deputy Farrell. Sie hatte Erin einen Flipchart-Block und ein paar Stifte hingelegt, und das kleine Mädchen kritzelte vor sich hin und malte spitze Linien in Schwarz und Grün auf das Papier.

Heather saß geistesabwesend auf der Bettkante, ihr Blick war immer noch leer, ihre Wangen aschfahl. Seit sie schreiend aufgewacht war, hatte sie noch keine einzige Träne geweint; sie stand immer noch unter Schock. Sie hielt den Kopf gerade und hatte die Hände ordentlich auf dem Schoß gefaltet. Ihr Brustkorb bewegte sich kaum, ihre Atmung war flach und langsam.

»Ich muss mit ihr sprechen«, sagte Kay leise zu Farrell.

»Ähm, ich werde Erin in den Befragungsraum bringen. Sie wird den Unterschied gar nicht bemerken.«

Farrell musste eine großartige Mutter sein. Sie war geduldig und freundlich, hatte stets ein Lächeln auf den Lippen, wenn sie mit den Mädchen sprach, ihre Stimme war ruhig und besänftigend, ihr rundes Gesicht angenehm und sichtlich entspannt. Sie sammelte das Papier und die Stifte des Mädchens zusammen, nahm dann ihre kleine Hand und ging mit Erin im Schlepptau aus dem Zimmer. Als sie ging, drehte das Kind den Kopf und schaute bedauernd hinter sich, in Heathers Richtung, aber ihre Schwester reagierte nicht.

Kay wartete einen Augenblick, bereit einzugreifen, falls Heather verzögert darauf reagieren sollte, dass ihre Schwester den Raum verließ, aber nichts geschah. Dann ging sie langsam auf sie zu und setzte sich neben sie aufs Bett. Sie legte ihren Arm um die Schultern des Mädchens und wartete darauf, dass sich die Anspannung in ihrem Körper ein wenig lösen würde. Ein paar endlos lange Minuten später war das immer noch nicht der Fall.

»Du warst sehr tapfer«, sagte Kay, ihre Stimme war ein beruhigendes Flüstern, »so um Hilfe zu rufen, wie du es getan hast.«

Keine Reaktion. Ihre flache Atmung, ihre Körperhaltung und die Anspannung in ihren Schultern blieben unverändert.

»Du hast dich wirklich gut geschlagen. Weißt du, ich bin richtig stolz auf dich«, fuhr Kay fort. »Und ich glaube, dass du mir helfen kannst.« Sie beugte sich vor, um Heathers Gesicht zu betrachten, das teilweise von den widerspenstigen, langen braunen Locken verdeckt war. »Du könntest mir sagen, wo ich nach deiner Schwester suchen muss.«

Sie saß reglos da und starrte ins Leere. Kay konnte nicht sicher sein, dass das Mädchen ihre Worte gehört hatte, aber sie fuhr fort, nur für den Fall, dass es einen Teil von Heathers Gehirn gab, der ihre Botschaften noch verarbeiten konnte, der aus dem Trauma mit einem Überlebenswillen hervorging, das Geschehene zu überwinden. Sie war völlig weggetreten, als ob das Trauma immer noch andauerte, als ob sie immer noch in ihrem Haus war und mit ansehen musste, wie ihre Mutter getötet und ihre Schwester entführt wurde. Ihr junger Verstand kämpfte damit, alles zu verarbeiten, was passiert war, und hatte sich, überwältigt von den starken Gefühlen, dafür entschieden, sich auf einer bestimmten Ebene abzuschalten, bis er mit allem fertig werden konnte. Heather aus diesem Zustand herauszuholen war nicht nur gefährlich, sondern auch unverantwortlich und konnte der zerbrechlichen Psyche des Kindes dauerhaften Schaden zufügen. Sie hoffte, dass es noch einen Weg gab, sie zu erreichen und die Antworten zu bekommen, nach denen sie suchte, indem sie sie sanft in die Realität zurückholte, und zwar so schnell und detailliert, wie es ihr Verstand verkraften konnte. Julies Leben hing davon ab.

»Weißt du, wer Julie entführt hat?«, fragte Kay, und Schweigen war die Antwort. »Wer hat deine Mutter am Montagabend besucht?« Sie streichelte Heather mit sanften

Bewegungen übers Haar und bot ihr an, ihren Kopf an Kays Schulter zu lehnen, aber es war, als wäre das kleine Mädchen gar nicht wirklich da. Sie saß ganz still und schien ihre Umgebung nicht wahrzunehmen. Ihr Gehirn war praktisch abgeschaltet, um sich von einer Realität zu distanzieren, die zu schmerzhaft war, um sie zu ertragen.

Kay musste einsehen, dass das zu nichts führte. Die einzige Alternative war, Heather unter Hypnose zu befragen und ihr dabei zu helfen, sich zu fangen und die Reaktion auf ihr Trauma ein wenig besser zu verarbeiten. In der Vergangenheit hatte sie sowohl mit kognitiven Interviews als auch mit Hypnose Erfolg gehabt. Aber dafür brauchte sie eine kontrollierte Umgebung, frei von Geräuschen und Unterbrechungen.

Der Verhörraum war bis zu einem gewissen Grad schalldicht, aber nach reiflicher Überlegung beschloss sie, die Sitzung im Ruheraum durchzuführen, vorausgesetzt, jemand würde dafür sorgen, dass sie nicht gestört wurde.

Sie öffnete die Tür und rief nach Deputy Farrell, um sie zu bitten, sich noch eine Weile um Erin zu kümmern, während sie alles vorbereitete. Als Farrell aus dem Befragungsraum trat, brachte sie ein Blatt Papier vom Flipchart mit, das mit schwarzen und grünen Linien vollgekritzelt war.

»Detective Young schlug vor, dass ich Erin Papier und Stifte gebe, damit sie ihr Monster zeichnen kann«, sagte sie mit einem zaghaften, skeptischen Lächeln. »Die Kleine ist vier Jahre alt, sie kann uns doch wohl kaum ein Phantombild des Täters liefern, oder?«

Kay nickte und fragte sich, worauf das Ganze hinauslaufen sollte.

»Also, die Kleine hat das hier gemalt«, sagte sie und hielt das Blatt so an die Wand, dass Kay es sehen konnte. »Das ist das Monster, von dem sie ununterbrochen redet.«

Das Gekritzel erinnerte an Zähne und Reißzähne, von denen Blut zu tropfen schien, nur in Grün und nicht in Rot, in einem geöffneten Mund, der einfach als ovale Linie dargestellt war. Möglicherweise etwas, das sie während des Angriffs gesehen hatte, und vielleicht hatte es sogar eine gewisse Bedeutung, aber ... grünes Blut?

»Hätte sie auch einen roten Stift benutzen können?«

Farrell nickte. »Das war das Erste, was ich überprüft habe.«

»Interessant.« Sie nahm die Zeichnung mit und ging in den Befragungsraum, wo Erin an einer anderen Version der gleichen Zeichnung arbeitete, nur größer und wieder mit grünem statt rotem Blut.

Als ob dieser Fall noch seltsamer werden könnte.

Sie hockte sich neben Erins Stuhl, nahm ihre Hand in ihre und drückte sie sanft.

»Du kannst echt toll malen, wusstest du das?«

Das Kind fuhr fort, mit dem schwarzen Stift spitze, verlängerte Zähne zu zeichnen. »Ja. Meine Mommy hat das auch gesagt«, flüsterte sie mit weinerlicher Stimme. »Wo ist meine Mommy?«

Kay und Farrell wechselten einen kurzen Blick. Die Deputy stand in der Tür und beobachtete Heather durch die offene Tür zum Ruheraum.

Kay senkte ihre Stimme zu einem leisen Flüstern und fragte: »Kannst du mir bitte bei etwas helfen?«

Erin blickte von ihrem Blatt auf und nickte.

»Weißt du, ich bin nämlich eine Monsterjägerin.«

»Echt?« Ihre Stimme nahm eine höhere Tonlage an, eine Spur von Aufregung schien sie aus den Tiefen ihrer Traurigkeit zu holen.

»Ja, das bin ich wirklich, und es gibt nichts, was ich lieber täte, als das Monster zu fangen, das neulich nachts in deinem Haus war.«

Erins Mund öffnete sich ein wenig, aber sie sagte kein Wort, ihre Augen waren vor Erstaunen kugelrund.

Unauffällig schnappte sich Kay den grünen Stift mit einer

geschickten Handbewegung vom Tisch. »Könntest du bitte dieses Monster noch einmal für mich malen?« Erin nickte und zog das neue Blatt Papier zu sich heran, das Kay vom Flipchartblock abgerissen hatte. »Male es ganz sorgfältig, mit allen Details, an die du dich erinnerst, damit ich das Monster erkennen und töten kann, wenn ich es sehe.« Kay gestikulierte mit ihren Händen, als ob sie ein schweres Schwert schwingen würde. »Würdest du das für mich tun, Süße?«

Doch zu Kays Verwunderung schüttelte das Mädchen den Kopf, wobei ihr schulterlanges Haar mit den lebhaften Locken aus kastanienbrauner Seide wippte. »Geht nicht«, antwortete sie und schaute Kay verwirrt an. »Du hast mein Grün genommen.«

Sprachlos legte Kay den grünen Stift wieder zurück auf den Tisch. »Bitte sehr, Süße«, sagte sie, »und jetzt mal mir das Monster, genau so, wie du es gesehen hast.« Sie wuschelte ihr neckisch durch die Locken, um die Traurigkeit zu verscheuchen, die ihr Herz ergriff, während sie dem kleinen Mädchen dabei zusah, wie es auf dem zerkratzten und verbeulten Metalltisch im Befragungsraum herumkritzelte, ohne zu wissen, wo es war oder wie sich seine Lebensumstände verändert hatten.

Sie holte tief Luft, um sich für das, was sie vorhatte, Mut zu machen, und zupfte ein wenig am Kragen ihres Rollkragenpullis herum, weil sie sich wünschte, sie hätte für diesen Tag ein Hemd mit Knöpfen gewählt. Aus irgendeinem Grund schien ihr Lieblingspullover sie zu erdrosseln.

Dann ging Kay zu Logans Büro hinüber, ihr Schritt war streng und entschlossen, sie hatte es eilig.

Seine Bürotür stand offen und die Geräusche einer Nachrichtensendung waren laut genug, um sie von draußen zu hören. Die Sendung lief auf Logans an der Wand montiertem Fernseher, dem Gerät, das sie alle einschalteten, wenn die lokalen Nachrichtensender über einen ihrer Fälle berichteten. Aber dieses Mal sah sich Logan etwas anderes an.

»Ausläufer des Hurrikans Edward wüten noch immer an der Westküste. Nordkalifornien steht im Zentrum des Sturms, der nur hundert Meilen nördlich von San Francisco auf die Küste getroffen ist«, meldete der bekannte Nachrichtensprecher. »Vier Menschen sind tot, sechsundzwanzig wurden verletzt und zweiundvierzig gelten noch als vermisst, nachdem heftige Regenfälle zu Erdrutschen entlang der I-5 geführt haben. Häuser, Brücken und wichtige Infrastruktureinrichtungen wurden weggerissen und der Zugang für Rettungsfahrzeuge in mehreren abgelegenen Gebieten in der Nähe von Mount Chester in Franklin County ist blockiert. Die Rettungskräfte sind unterwegs zu der Stelle, wo das neue Krankenhaus gebaut wird. Hier besteht die Gefahr weiterer Erdrutsche ...«

»Es erwischt uns ziemlich übel«, sagte Logan und schaltete den Fernseher stumm. Die Nachrichtensendung lief weiter und zeigte, wie anschwellende Wassermassen über die Reste einer Brücke auf der State Route 3 strömten. Dann wechselte das Bild zu einem Haus, das flussabwärts gespült worden war, nachdem die Seite des Hügels, auf dem es gebaut war, nachgegeben hatte und eingestürzt war. »Ich breche die Suche ab«, fügte er hinzu und schlug die Hände zu einer hilflosen Geste zusammen.

Kay starrte ihn ungläubig an, aber er wich ihrem Blick aus. »Das können Sie nicht ...«, setzte sie an, hielt sich dann aber zurück. Sie war ihm bereits vor nicht allzu langer Zeit auf die Füße getreten; es gab keinen Grund, das zu wiederholen. »Bitte, denken Sie an Julie.«

Er stand auf, schritt wütend im Zimmer umher und starrte aus dem Fenster, dorthin, wo sich die dunklen, schweren Wolken in wütenden Wirbelstürmen aus Regen und Donner zusammenballten und miteinander verschmolzen. »Was glauben Sie denn, woran ich gedacht habe?«, fragte er und erhob seine Stimme so laut, wie sie den Mann noch nie hatte sprechen hören. »Glauben Sie denn, ich wüsste nicht, dass ich damit möglicherweise gerade ihr Todesurteil unterschreibe?«

Sie ließ den Atem, den sie angehalten hatte, entweichen. Es war ja nicht so, als hätte er eine Wahl gehabt. Das Wetter beruhigte sich nicht und alle hatten Doppelschichten geschoben, seit Cheryls Leiche gefunden worden war. Seit dem Morgen hatten sich die Notrufe für alles Mögliche vervierfacht, es gab von Verkehrsunfällen über vermisste Personen bis hin zu sturmbedingten Verletzungen alles. Und es drohte noch schlimmer zu werden.

»Was können *Sie* denn beisteuern?«, fragte Logan und drehte sich zu ihr um, die Hände in die Hüften gestemmt. »Sind Sie bereit, die Mädchen gehen zu lassen? Sie sind schon länger hier, als wir vereinbart hatten. Wir brauchen bei diesem verdammten Sturm alle Mann an Deck.«

Sie dachte einen Augenblick lang nach, bevor sie den Mund öffnete. »Ich wollte gerade mit einer Hypnosesitzung mit Heather anfangen.«

»Jetzt?«, fragte er mit ungläubig erhobener Stimme. »Sie sagten doch, wir müssten mittlerweile alle Informationen von ihr haben. Und Sie haben gar nichts?«

Sie schüttelte langsam den Kopf, nur ganz kurz, und starrte dabei auf den heruntergekommenen, fleckigen Teppich, während sie ihre Gedanken ordnete. Dann hob sie den Blick und sah ihn direkt an. »Die Köpfe der Menschen sind nicht wie Schubladen, die wir öffnen, um zu bekommen, was wir wollen, und die wir dann auf dem Weg nach draußen schnell wieder zuschieben. Ein traumatisierter Verstand erst recht nicht. Und der traumatisierte Verstand eines Kindes ist am zerbrechlichsten und empfindlichsten. Wenn man ihn auf die falsche Weise, zu früh oder zu abrupt anspricht, kann das bleibende Schäden verursachen. Aber ich glaube, dass sie jetzt bereit ist, und ich bin es auch; wir müssen es einfach sein. In einer Stunde wissen wir mehr.« Sie hielt einen Augenblick inne und wartete auf Fragen oder Einwände. Es herrschte nichts als Schweigen und ein tief besorgter, zweifelnder Blick lag auf seinem müden Gesicht.

»Und Sie haben das tatsächlich schon mal gemacht?« Seine Augen durchbohrten sie förmlich und waren voller Zweifel an ihren Fähigkeiten.

»Ich bin keine Therapeutin für klinische Hypnose, falls Sie das meinen. Ich habe eine andere Laufbahn gewählt, als ich beim FBI als Verhaltensanalytikerin angefangen habe«, fuhr sie fort und unterdrückte einen frustrierten Seufzer. »Aber ich habe das Wissen und die offizielle Ausbildung, um die Psychologin dieser Mädchen zu sein und die Befragung unter Hypnose durchzuführen.«

»Ich nehme diese langatmige Antwort mal als ein Ja.« Sein Blick blieb konzentriert und wachsam. »Warum sind Sie dann hier? Was brauchen Sie?«, fragte er, während er seine Stirn in Falten legte.

»Absolute Ruhe und jemanden, der dafür sorgt, dass die Sitzung nicht unterbrochen wird. Das ist sehr wichtig ...«

»Hobbs, kommen Sie her«, rief er, ohne sie ausreden zu lassen.

Der Deputy eilte herbei. »Ja, Chef.«

»Holen Sie den Säufer aus der Zelle und setzen Sie ihn draußen in den Wagen. Sorgen Sie dafür, dass ihm Handschellen angelegt werden.« Der Deputy nickte und verschwand. Sheriff Logan drückte auf die Fernbedienung des Fernsehers und der Bildschirm wurde schwarz. »Ich werde selbst dafür sorgen, dass Sie die nötige Ruhe haben, Detective. Und jetzt sehen Sie zu, dass Sie mir die Antworten besorgen.«

NEUNZEHN

HYPNOSE

Es gab unzählige Möglichkeiten, wie eine Befragung von Heather unter Hypnose schiefgehen konnte.

Im Gegensatz zu kognitiven Interviews konnten Fragen, die unter Hypnose gestellt wurden, Antworten liefern, die nur teilweise oder gar nicht der Wahrheit entsprachen. Aber für ein kognitives Interview musste der Zeuge in der Lage sein, ein Gespräch zu führen und im Wachzustand direkt und bewusst auf Erinnerungen zuzugreifen, und das war in Heathers Fall nicht möglich.

Aber die Steigerung der Gedächtnisleistung durch Hypnosetechniken hing häufig mit irreführenden Informationen zusammen, die von den Strafverfolgungsbehörden als äußerst unzuverlässig angesehen wurden, eben *weil* sie unter Hypnose gewonnen wurden. Die Anfälligkeit der Zeugin für die Beeinflussung durch die Fragen, die ihr während der Befragung gestellt wurden, veranlasste Kay dazu, die Fragen, die sie stellen wollte, noch einmal zu üben. Dabei flüsterte sie vor sich hin und vergewisserte sich, dass sie beim Sprechen genauso neutral rüberkamen, wie sie in ihrem Kopf klangen.

Bevor sie die Tür aufstieß und den Ruheraum betrat, blieb

sie noch einmal kurz stehen und verschickte eine kurze E-Mail, in der sie einen alten Freund und Kollegen um einen Gefallen bat – einen technischen Analysten des FBI, der sowohl über das Wissen als auch über die nötige Ausrüstung verfügte, um die Aufzeichnung des Anrufs bei der Notrufzentrale von allen Störgeräuschen, Atemgeräuschen und Hintergrundgeräuschen zu befreien und die Stimmen zu verstärken.

Dann betrachtete sie Heather durch das kleine Fenster. Sie saß immer noch auf der Bettkante, die Hände im Schoß gefaltet, scheinbar ohne zu bemerken, wie die Zeit verging. Kay überlegte einen Moment lang, ob sie sie in eine bequemere Position bringen sollte, in der sie sich mit dem Rücken an etwas anlehnen konnte. Sie beschloss, dass ein paar Kissen ausreichen müssten, denn eine Bewegung könnte sie aufregen und die Einleitung der Hypnose erschweren.

Leise betrat sie das Zimmer und zog die Tür hinter sich zu, ohne einen Laut von sich zu geben. Als sie einen kurzen Blick über die Schulter zum Fenster warf, stellte sie fest, dass Sheriff Logan von draußen hereinschaute und Wache hielt. Sie sammelte alle verbeulten, blau-weiß gestreiften Kissen von den übrigen Stockbetten zusammen und sprach leise und mit beruhigender Stimme. »Ich bin es, Kay, und bei mir bist du in Sicherheit.« Sie schob die Kissen hinter Heathers Rücken. »So, jetzt kannst du dich ein wenig zurücklehnen. Dein Rücken tut nach all der Zeit sicher schon weh.«

Den Blick auf die Schultern des Mädchens gerichtet, wartete sie auf die kleinste Andeutung einer Bewegung. Es dauerte eine kleine Ewigkeit, doch dann ließ sie die Schultern ein wenig sinken. Das Hemd, das sie trug und das ein paar Nummern zu groß war, ließ sie kleiner und verletzlicher wirken, als sie eigentlich war.

Kay zog dem Mädchen die Decke über die Beine und setzte die Atemübung fort, wobei sie bemerkte, wie sich ihr Körper ganz allmählich entspannte.

»Gut«, lobte Kay, »du bist ein braves Mädchen. Du verdienst es, dich auszuruhen und zu entspannen und dich sicher zu fühlen. Atme zusammen mit mir«, fuhr sie fort und sprach leise und langsam. »Wir atmen ein, halten kurz den Atem an und atmen dann wieder aus. Einatmen, Luft anhalten und aus. Ja, genau so.«

Zuerst war Heathers Atmung unregelmäßig, aber nach und nach begann sie, Kays Anweisungen zu folgen. Das bedeutete, dass sie erreichbar war, dass sie zuhörte und dass sie bereit war, sich zu öffnen.

»Du spürst, wie die Kissen unter deinem Körper dich stützen«, fuhr Kay fort. »Du hörst meine Stimme und weißt, dass du in Sicherheit bist. Es wird dir nichts passieren. Atme ein, dann halte einen Moment den Atem an und dann atmest du wieder aus. Ja, gut so.«

Sie sah zu, wie Heather atmete, wie sich ihr Brustkorb regelmäßig hob und senkte und sie ihren Anweisungen folgte. Als sie das Gefühl hatte, dass das Mädchen bereit war, fuhr sie fort. »Wir werden gemeinsam auf eine Reise gehen. Es wird sich anfühlen, als ob du einen Film siehst. Was auch immer auf dem Bildschirm passiert, lässt dich völlig kalt. Du folgst einfach meiner Stimme und weißt, dass du in Sicherheit bist und dir nichts passieren kann.«

Das Kind starrte immer noch mit diesem entmutigenden, leeren Blick vor sich hin, aber seine Augenlider wurden schwer.

»Während ich jetzt von fünf bis eins herunterzähle, wirst du dich mehr und mehr entspannen.« Kay zählte: »Fünf.« Ihre Stimme klang ruhig, melodisch und besänftigend. »Du spürst, wie du dich entspannst. Vier. Du gehst tiefer und tiefer, das tut gut. Drei. Du lässt dich immer weiter weg von der Welt treiben, bist tief entspannt. Zwei. Noch tiefer, sehr gut, folge meiner Stimme und fühle dich völlig entspannt. Eins. Du bist jetzt in einer tiefen Trance.«

Einen Moment lang fragte sich Kay, ob sie die richtigen

Worte gewählt hatte. Ob eine Achtjährige überhaupt wusste, was eine tiefe Trance war? Offensichtlich wusste sie es, wenn man die entspannte Körperhaltung und die ruhige Atmung betrachtete.

»Du hörst jetzt meine Stimme und weißt, dass du ganz und gar in Sicherheit bist«, sagte Kay und begann mit Erdungstechniken – Heathers Trauma war die größte Herausforderung, die es zu überwinden galt, bevor sie etwas über die Ereignisse in der Nacht, in der ihre Mutter getötet worden war, in Erfahrung bringen konnte. »Du spürst die Unterstützung unter deinem Körper, die Wärme der Decke, die dich in einen sicheren Kokon hüllt.« Sie hielt einen langen Augenblick inne und fragte dann: »Kannst du sprechen?«

Kay hielt eine gefühlte Ewigkeit lang den Atem an.

»Ja«, antwortete Heather schließlich, ihre Stimme klang etwas erstickt und heiser. Sie hatte seit fast zwei Tagen kein einziges Wort mehr gesagt.

»Nimm mich mit zu dir nach Hause und zeig mir, was du siehst«, sagte Kay. Heathers Atmung beschleunigte sich, sie geriet in Panik. »Ich bin hier bei dir, und du bist in Sicherheit. Nichts, was du siehst, kann dir wehtun.« Heathers Atmung verlangsamte sich ein wenig. »Kannst du sehen, wer deine Mutter besucht hat?«

»Die kleine Ratte verpetzt mich schon wieder«, sagte Heather, wobei ihre Sprache leicht verwaschen klang. Ihr Kiefer war angespannt und fest zusammengebissen. »Aber Mom ist das egal. Julie ist spät dran und Mama will, dass wir losfahren.«

»Wo wollt ihr hin?«, fragte Kay.

Heather schüttelte ein paarmal den Kopf, ihre Haare wehten ihr ins Gesicht. »*Weg. Wir müssen fliehen, weg von hier, um Julie zu retten*«, sagte sie mit einer Stimme, die wie die einer erwachsenen Frau klang. »Aber Julie glaubt ihr nicht, und sie ist zu spät dran, und Mommy ist sauer«, fuhr sie mit ihrer normalen, hohen und gehetzten Stimme fort.

Sie hörte auf zu sprechen und rief in ihrem Kopf Erinnerungen wach. Ihre Augen bewegten sich schnell unter den geschlossenen Lidern; ab und an schüttelte sie den Kopf, als ob sie das, was sie sah, nicht wahrhaben wollte.

»Was passiert jetzt?«

»Julie ist wieder da und Mommy ist wütend. Jetzt ist es zu spät, um loszufahren, draußen ist es dunkel. Mommy hat Angst.« Vor Angst versagte ihr die Stimme.

»Vor wem hat sie solche Angst?«

Sie kämpfte mit einer Erinnerung und machte krampfhafte Gesten mit ihren Armen. »Jemand ist an der Tür, aber Julie bringt uns nach oben. Er kann sie nicht sehen.«

Kay runzelte die Stirn und presste ihre Hände fest zusammen, um sich zu beherrschen. »Wen kann er nicht sehen?«

»Julie«, sagte Heather und keuchte dann. »Er wird sie mitnehmen.«

Die Augenbewegungen gingen weiter und ihre Erregung wuchs. »Bei mir bist du sicher«, wiederholte Kay. »Nichts, was du siehst oder hörst, kann dich verletzen. Es ist, als würdest du einen Film sehen. Was passiert als Nächstes?«

»*Ein Glas Wein?*«, sagte Heather und imitierte dabei die Stimme ihrer Mutter. »*Gerne*«, antwortete sie und ahmte jetzt eine Männerstimme nach. »*Du weißt, warum ich hier bin*«, fuhr sie mit der gleichen tiefen Stimme fort, die die des Mörders gewesen sein musste. »*Nein, lass uns bitte in Ruhe*«, sagte sie jetzt wieder mit der Stimme ihrer Mutter. »*Du musst das nicht tun.*«

Sie verstummte, während sich ihre Atmung beschleunigte und ihre Erregung noch weiter wuchs.

»Ich bin hier, und du bist in Sicherheit. Atme ein, halte mit mir die Luft an und atme aus. Gut so. Was passiert jetzt?«

Ein Krampf schüttelte den Körper des Mädchens, als ob sie

einen Stromschlag bekommen hätte. »*Es muss geschehen*«, sagte sie mit zusammengebissenem Kiefer und tiefer Stimme. »*Du hast es die ganze Zeit gewusst. Du weißt, dass sie mitkommen muss. Heute Nacht.*« Sie begann heftig zu zittern, als wäre sie in einem Schneesturm gefangen, und ihre Zähne klapperten. »*Nein!*«, rief sie mit einer Stimme, die wahrscheinlich die Stimme ihrer Mutter war. »*Heather, wähl den Notruf, so wie Mom es dir beigebracht hat.*« Das musste Julie gewesen sein, die ihr sagte, sie solle Hilfe rufen.

»Hier bei mir bist du sicher«, sagte Kay mit ruhiger Stimme und beobachtete besorgt, wie sich ihr kleiner Körper beim erneuten Durchleben der furchtbaren Ereignisse krümmte. Sie musste sie da rausholen. »Ich zähle bis fünf, dann wachst du auf und fühlst dich ausgeruht, stark und sicher. Eins, du fängst langsam an ...«

Heather kreischte und rief dann: »Mommy?«

»Du bist in Sicherheit, wachst ausgeruht und entspannt auf«, fuhr Kay fort und hetzte durch den Rückholprozess. »Zwei: Du folgst meiner Stimme und weißt, dass du in Sicherheit bist; du beginnst aufzuwachen. Drei. Du fühlst dich, als würdest du aus einem tiefen Schlaf erwachen.« Ihre Erregung ließ nach und ihre Atmung stabilisierte sich. Dann seufzte sie lang und schmerzlich. »Vier. Gleich wirst du ausgeruht und erfrischt aufwachen. Fünf. Du bist wach.«

Heather öffnete ihre Augen und richtete sie auf Kay.

»Hallo«, sagte Kay. »Hast du gut geschlafen?«

Einen Augenblick lang schien sie verwirrt zu sein, aber dann, als sie wieder in der Wirklichkeit ankam, entfuhr ihr ein herzzerreißender Schrei. Unkontrolliert schluchzend brach sie zusammen und klammerte sich an Kays Hals.

»Er hat meine Mommy umgebracht«, sagte sie, dabei keuchte und heulte sie so heftig, dass sie kaum sprechen konnte.

Kay legte ihre Arme um sie und wiegte sie hin und her. Sie beruhigte sie mit sanften Worten, während sie selbst darum kämpfte, ihre Tränen unter Kontrolle zu halten. Heathers Schluchzen verebbte schnell, zu schnell, und ihr Körper wurde träge und distanziert. Kay zog sie sanft von sich weg und schaute das Kind an, um ihre Augen zu untersuchen. Ihre Tränen hatten aufgehört zu fließen und waren auf dem bunten Stoff ihres geliehenen Hemdes zu Flecken getrocknet.

Ihr Verstand hatte sich wieder abgeschaltet.

Kay hätte am liebsten laut losgebrüllt. Wenn sie den Täter vor sich gehabt hätte, hätte sie keine Waffe gebraucht, um ihn zu töten; sie hätte ihm mit bloßen Händen das Herz herausgerissen.

Sie zwang sich, ihre Wut wegzuatmen, stand auf und ging zur Tür, wo das Stirnrunzeln des Sheriffs nichts Gutes verhieß.

»Was zum Teufel war das denn?«, fragte er, sobald sie die Tür geschlossen hatte. »Diese Geschichte mit dem *es muss geschehen*? Woher wussten diese Leute, dass Julie entführt werden sollte, und warum haben sie es niemandem gesagt? Verdammt ...« Frustriert klatschte er seine Hand so fest gegen die Stirn, dass es sich wie ein Schlag anhörte.

Plötzlich fühlte sie sich unendlich müde, als hätte die letzte Stunde ihre ganze Energie verbrannt und sie zu einer leeren Hülle gemacht. Sie hatte weder eine Antwort auf die Fragen des Sheriffs noch auf ihre eigenen. Nichts ergab einen Sinn.

Doch für Müdigkeit blieb jetzt keine Zeit, denn Julie war immer noch verschwunden. Sie wünschte sich, Elliot wäre da, an ihrer Seite, ihre Geheimwaffe. Wenn er in ihrer Nähe war, erschienen ihr die Dinge irgendwie logischer, einfacher, als ob seine breiten Schultern das Gewicht der Welt, das sie erdrückte, tragen würden.

»Ich weiß nicht, was ich glauben soll«, antwortete sie ehrlich und verschwieg dabei wohlweislich, wie hoch die Fehlerquote bei Zeugenbefragungen unter Hypnose war. »Ich habe erwartet, ähm, ich weiß selbst nicht, was ich erwartet habe.

Vielleicht einen Namen? Ich denke, dieser Täter war jemand, den Cheryl kannte, und ich dachte ...«

»Sie haben also gar nichts«, resümierte Logan nüchtern und biss enttäuscht die Zähne zusammen. »Nun, diese Geschichte ist in Kürze vorbei. Die Familie der Mädchen ist hier, um sie abzuholen, und sie drohen mit rechtlichen Konsequenzen, wenn wir sie nicht sofort in ihre Obhut entlassen.«

»Aber Sheriff, wir müssen es noch einmal versuchen. Heather wird sich erinnern ...«

»Sehen Sie sie da drüben, neben meinem Büro? Marleen und Avery Montgomery, die Großtante und der Urgroßvater der Mädchen.« Der Sheriff zeigte auf einen Mann und eine Frau, die ungeduldig in dem kleinen Flur auf und ab liefen. Die Frau, elegant gekleidet in einen beigen Anzug mit passendem Halstuch über einer schwarzen Seidenbluse, war Anfang fünfzig. Ihr glattes, schulterlanges Haar war perfekt gefärbt und gestylt, als käme sie gerade frisch vom Friseur. Sie wirkte recht sympathisch, wenn sie nicht gerade in Kays Richtung schaute. Wenn sie es tat, wurden ihre Blicke zu Dolchen und ihr überhebliches, bedrohliches Lächeln verhieß nichts Gutes. Der Mann, der bei ihr war, musste weit über siebzig sein. Das dunkle Marineblau seines Hemdes stand im Kontrast zu seinem weißen, akkurat gestutzten Bart und brachte Farbe in seine Augen. Er war groß, ging aufrecht mit hoch erhobenem Kopf und überragte seine Begleiterin. Das gesamte Auftreten der beiden zeugte von Reichtum und Macht, die ihr ganzes Verhalten prägten, so wie es bei Menschen der Fall war, die schon sehr lange im Besitz dieser Macht waren. »Ich muss mich um diesen Hurrikan kümmern. Was auch immer Sie zu sagen haben, sagen Sie es ihnen und sehen Sie, ob es ankommt«, fügte der Sheriff hinzu und senkte seine Stimme. »So lautete unsere Abmachung.«

ZWANZIG

DR. EDGELL

Die Praxis von Dr. Vella Edgell befand sich im zweiten Stock des Mount Chester Medical Center. Der kleine Platz vor dem Gebäude, auf dem es normalerweise von Fußgängern wimmelte, die von dem Duft nach frischen Donuts und Kaffee angezogen wurden, den der Coffee Shop neben dem Eingang großzügig verströmte, war jetzt menschenleer. Leergespült von den großen Regentropfen, die vom heftigen Wind getragen wurden und in wütenden Stößen auf den Asphalt prasselten.

Elliot liebte trockenes Wetter. Dort, wo er aufgewachsen war, war es so trocken, dass auch seine Kehle ständig staubtrocken war. Die meiste Zeit war Kalifornien in dieser Hinsicht wirklich akzeptabel gewesen, nur ein paar dieser heftigen Stürme hatten die Gegend heimgesucht, seit er von Austin, Texas, dorthin gezogen war. Er hatte Texas verlassen, weil er wegen der Frau, mit der er zusammengearbeitet hatte, nicht mehr klar denken konnte, und jetzt musste er sich mit diesem blöden Regen abfinden und anfreunden.

Er behielt den Eingang im Auge und fuhr auf dem menschenleeren Bürgersteig langsam darauf zu, dabei ließ er die Warnlichter eingeschaltet. Von dort aus schaffte er es in ein paar schnellen, großen Schritten nach drinnen, aber er hatte genug Regen abbekommen und spürte schon, wie die Nässe durch die Hosenbeine seiner Jeans drang. Er stampfte ein paarmal mit den Füßen auf, schüttelte das Wasser ab wie ein streunender Hund und gab immer noch murmelnde Flüche von sich, nachdem er auf dem nassen Beton, auf dem das Logo des Medical Centers in Rosa und Gold prangte, ins Rutschen geraten und fast gestürzt war.

Er nahm die Treppe in den zweiten Stock und fand die Praxis von Dr. Edgell sofort, es war die erste Tür auf der linken Seite. Das geschmackvoll eingerichtete Wartezimmer war leer, aber er konnte eine Stimme aus dem Behandlungsraum hören. Der Schreibtisch der Empfangsdame war kahl und enthielt keine der Gegenstände, die normalerweise einen solchen Arbeitsplatz füllten, was auch erklärte, warum seine Anrufe in der Praxis direkt auf der Mailbox gelandet waren. Ein schwacher Lavendelduft hing in der Luft, er kam aus einem Duftdiffusor für ätherische Öle, der in einer Wandsteckdose neben dem Bücherregal steckte.

Er zögerte einen Augenblick lang, denn er wusste, wie Kay reagieren würde, wenn sie erführe, dass er in die Therapiesitzung eines Patienten geplatzt war. Er lauschte, nahm seinen Hut ab und legte sein Ohr dicht an die Tür. Er hörte eine Frauenstimme, die sich in einem Monolog über die Verlegung von Teppichböden in mehreren Räumen, die Kosten für den Einbau und andere Dinge ausließ. Es gab nicht viel, was er hier unterbrechen konnte.

Er klopfte zweimal, öffnete dann vorsichtig die Tür und schaute hinein.

Die Frau, eine große, schlanke Blondine mit langen, glatten Haaren, warf ihm einen irritierten Blick zu. Dann schien sie den Ausweis zu bemerken, den er in der Hand hielt, und bat ihn mit einer eiligen Handbewegung herein. Ihre Verärgerung löste sich auf und verwandelte sich mit jedem Schritt, den er auf dem dicken, orientalischen Teppich machte, in ein angenehmes, fast kokettes Lächeln, während sie ihn musterte, ohne auch nur den geringsten Versuch zu unternehmen, ihr Interesse zu verbergen.

Sie beendete das Gespräch mit einem schnellen und ungezwungenen »Ich rufe zurück« und streckte ihm die Hand entgegen. »Vella Edgell«, stellte sie sich vor.

Er schüttelte ihr kurz die Hand und trat dann zwei Schritte zurück, als er seinen Namen nannte. »Detective Young.«

Sie lehnte sich an den großen Eichenschreibtisch und schlug die Beine übereinander, sodass ihre gebräunte Haut und ihre hochhackigen schwarzen Lackschuhe zum Vorschein kamen, während er unbeholfen dastand und immer noch seinen Hut in der Hand hielt.

»Bitte setzen Sie sich doch«, winkte sie in Richtung ihrer Couch. »Was kann ich für Sie tun, Detective?«

Er legte seinen Hut auf die Couch, entschied sich aber, lieber stehen zu bleiben. Er öffnete das Foto der Visitenkarte der Ärztin auf seinem Handy und zeigte ihr das Display. »Wir untersuchen den Tod eines Mannes, der eine Terminkarte Ihrer Praxis bei sich trug. Anscheinend ist er Ihr Patient gewesen.«

»Ach?«, erwiderte sie überrascht, die Sorge stand ihr ins Gesicht geschrieben. »Dürfen Sie mir seinen Namen nennen?«

»Nun, genau den versuchen wir ja herauszufinden. Im Moment ist er ein John Doe. Hier steht, dass er nächsten Montag um zehn Uhr einen Termin bei Ihnen gehabt hätte.« Er wischte ein paarmal über das Display und zeigte ihr dann das Foto des Mannes.

Sie schaute kurz auf das Bild und dann auf ihn, bevor sie mit schwingenden Hüften um den Schreibtisch herumging und ihre Absätze laut auf dem Hartholzboden klackerten, auf dem kein Teppich lag. Sie setzte sich vor ihren Computer und tippte auf ein paar Tasten, ihre Fingernägel klackerten auf der Tastatur. Kurz darauf sagte sie: »Ich wollte es nur noch einmal überprüfen, aber ja, das ist Mr Smith.«

Er lächelte ungläubig. »Das war's? Das ist alles, was Sie mir dazu sagen können? Mr Smith?«

Sie klimperte ein paarmal mit den Augenlidern und senkte den Blick, dann sah sie ihn mit einem entschuldigenden Lächeln an. »Das ist alles, was ich habe, Detective, denn das ist alles, was er sagen wollte. Er hat nur eine Sitzung gehabt, bar bezahlt und wollte nicht in die Praxis kommen. Er wollte, dass wir die Sitzungen telefonisch machen, aber so arbeite ich nicht«, fügte sie hinzu, ihre Stimme war sanft und melodisch, aber gleichzeitig professionell. Sie beugte sich über den Schreibtisch, stützte die Ellbogen auf die glänzende Oberfläche und verschränkte die Hände ineinander. »Ich studiere die Körpersprache der Patienten, um herauszufinden, in welchen Bereichen die Therapie am besten helfen kann, ihre Ziele zu erreichen.«

Die Art, wie sie ihn ansah, bereitete ihm Unbehagen. Er verlagerte sein Gewicht von einem Fuß auf den anderen und trat auf der Stelle. In einer anderen Welt hätte ihr Interesse ihm vielleicht geschmeichelt. Seltsam, dass Frauen keine Rolle mehr spielten, seit er Kay getroffen hatte.

»Was stimmte denn nicht mit ihm?«, fragte er und seine Stimme klang etwas kühler, als er erwartet hatte.

Sie zog sich zurück und lehnte sich gegen die Rückenlehne ihres Ledersessels, ihr Lächeln war verschwunden und in ihrem Blick las er ungefilterte Enttäuschung.

»Sehen Sie, Detective, das ist genau der Grund, warum die Leute bar bezahlen und falsche Namen angeben, wenn sie in meine Praxis kommen«, erwiderte sie, während ihre Wut durch die leisen Töne ihrer Stimme sickerte. »Es ist leicht zu glauben, dass mit den Menschen etwas nicht stimmt, wenn sie einen Psychologen aufsuchen. Aber die meisten von ihnen haben

Ziele für ihr Leben – sie wollen sich verbessern, zu einem besseren, erfolgreicheren, glücklicheren Menschen werden. Was daran falsch sein kann, ist mir schleierhaft.«

»Es tut mir leid«, setzte Elliot an und war überrascht von der Leidenschaft in Dr. Edgells Stimme.

»Das ist nicht Ihre Schuld, Detective, es ist die Schuld der ganzen Gesellschaft. Als Gesellschaft verbreiten die Menschen das Stigma der psychischen Gesundheit mit der jugendlichen Erregung eines pubertierenden Jungen, der unflätige Nachrichten an einer Klotür liest. Weil es sich so verdammt gut anfühlt zu sagen, dass der und der verrückt ist, oder?« Sie starrte ihn mit gerunzelter Stirn und angespannter Kieferpartie an. »Wissen Sie was, Detective? Meine Patienten, egal ob tot oder lebendig, haben Rechte. Warum kommen Sie nicht wieder, nachdem Sie sich einen Durchsuchungsbefehl besorgt haben?« Sie erhob sich und verschränkte die Arme vor der Brust in einer Haltung, die absolut eindeutig war.

Aber er würde nicht gehen, bevor er weitere Informationen hatte. Außer seinem Lächeln und seinem Sinn für Humor blieben ihm nicht mehr viele Möglichkeiten, aber beide hatten sich in zwei verschiedenen Bundesstaaten als äußerst effektiv erwiesen.

»Dann entschuldige ich mich im Namen der gesamten menschlichen Gesellschaft«, sagte er und achtete darauf, nicht nur mit dem Mund, sondern auch mit den Augen zu lächeln. Er wusste, dass eine aufrichtige Entschuldigung jede Frau besänftigen konnte, ganz gleich wie wütend sie war, selbst wenn sie in einem Zustand war, in dem sie auch in einem leeren Haus einen Streit anfangen könnte.

»Und Sie glauben, jetzt ist alles wieder gut?«, fragte sie mit etwas ruhigerer Stimme, obwohl sie offensichtlich immer noch stinksauer war.

»Nein, Ma'am«, antwortete er ruhig. »Aber ich glaube auch nicht, dass man dem Mörder von Mr Smith die Zeit geben sollte, aus dem Land zu fliehen und zu verschwinden, nur weil ich nicht die richtigen Worte benutzt habe, um Ihnen eine Frage zu stellen.« Er hielt ihrem Blick stand und ließ einen Augenblick lang Stille eintreten, schwer und bedeutungsvoll.

»In Ordnung«, gab sie schließlich nach, wobei ihre Worte fast wie ein geflüsterter Seufzer klangen. Sie umrundete den Schreibtisch und setzte sich auf die Couch. Dort schlug sie die Beine übereinander und zeigte ihre langen, gebräunten Oberschenkel unter einem kurzen Rock, der so eng saß, dass sie ihn mit einem Schuhlöffel übergestreift haben musste. »Was wollen Sie wissen?«

Er lächelte und legte den Kopf leicht schief. »In meinen Worten?« Sie nickte, während ihr Lächeln noch breiter wurde. »Ich muss herausfinden, was ihn hierher zu Ihnen geführt hat«, sagte er, trotz ihrer Einladung immer noch vorsichtig bei seiner Wortwahl. »Sie sollten wissen, dass alles, was Sie mir jetzt sagen, streng vertraulich behandelt wird. Ich will nur seinen Mörder fassen, sonst nichts.«

Sie schien einen Moment lang nachzudenken, während ihr Blick abwesend zum Fenster wanderte. Draußen ergoss sich der Regen immer noch unaufhörlich aus dem grauen Himmel, als wäre der Ozean irgendwo nach dort oben gewandert und als hätten sich die Schleusen unter seinem Gewicht geöffnet. Einen Augenblick lang war das Prasseln der Regentropfen gegen das Fenster das einzige Geräusch, das die Stille durchbrach.

»Er schien Wahnvorstellungen zu haben«, sagte sie schließlich und rechtfertigte damit ihr Zögern. »Möglicherweise war er sogar schizophren.«

»Sie sind sich nicht sicher?«, platzte er überrascht heraus. Seiner Meinung nach hätte sie es wissen müssen.

»Ganz so einfach ist das nicht, Cowboy«, sagte sie mit einem kurzen Kichern, das sofort wieder von ihren Lippen verschwand. »Er hat nur einige der Symptome gezeigt, nicht alle.« Sie musste sein Stirnrunzeln bemerkt haben, denn sie fuhr fort, ihren Verdacht zu erklären. »Ja, er schien Wahnvorstellungen zu haben, und das ist ein Symptom der Schizophrenie, aber es gibt auch andere, die er eben nicht gezeigt hat. Er war nicht süchtig und er war nicht auf Medikamente aus. Seine Sprache war nicht verworren, ganz im Gegenteil. Er war wortgewandt und ruhig.«

»Was wollte er denn, wenn er keine Medikamente wollte?«

»Er wollte meinen Rat«, antwortete sie knapp. »Aber die Situationen, zu denen er Rat suchte, schienen, nun ja, wahnhaft zu sein.«

»Sagte er, dass er in Gefahr sei, getötet oder auf irgendeine Weise verletzt zu werden? Drehten sich seine Wahnvorstellungen darum?«

»Nein, nicht einmal annähernd«, antwortete sie schnell. »Und nein, er hat nie was davon erwähnt, dass er sich Sorgen um sein Wohlergehen machte oder unmittelbar in Gefahr schwebte, hat keine Feinde erwähnt oder Ähnliches.«

»Worum ging es dann in seinen Wahnvorstellungen?« Er sah ihre Reaktion und fügte schnell hinzu: »Irgendetwas, das mir helfen könnte, seinen Mörder zu finden oder wenigstens das Motiv einzugrenzen?«

Sie schüttelte energisch den Kopf. »Nein, Detective, nichts dergleichen. Er erzählte von Gesprächen mit imaginären Wesen über Dinge, die nicht real waren.«

Na super. Ein totaler Spinner also, egal, wie Dr. Edgell ihre Patienten nennen wollte. Wie auch immer er nun hieß, der Mann schien völlig durchgeknallt gewesen zu sein, und in den Ecken seines Oberstübchens hatten jede Menge Spinnweben gehangen.

»Und Sie haben keine Ahnung, wie sein richtiger Name lautet?«

Sie schüttelte den Kopf, wobei ihr durchgestuftes Haar einen Hauch von Jasminparfüm in seine Richtung wehen ließ, der ihn zu verschlingen schien, sodass ihm ein wenig schwindelig wurde. »Tut mir leid, Detective.« Sie erhob sich mit einer geschmeidigen Bewegung und ging zur Tür, um sie für ihn zu öffnen. »Falls mir noch irgendwas einfällt ...?«, fragte sie, der Rest des Satzes wurde von einem koketten Lächeln verschluckt.

Er setzte seinen Hut auf und rückte ihn schnell zurecht, wobei er mit den Fingern über einen Teil der Krempe fuhr. »Dann rufen Sie einfach auf der Polizeiwache des Franklin County an, Dr. Edgell, und fragen Sie nach mir, Detective Young.« Er nickte hastig und eilte zur Tür hinaus. Er war froh, aus der Praxis zu entkommen, weg von der Wolke aus Jasminparfüm und Lavendel und ihrem Lächeln.

Draußen blieb er an den Glastüren stehen, die zum Medical Center führten, dort wo der Regen nicht hinkam. Er war froh, die frische, feuchte Luft zu atmen, die von den Hängen des Mount Chester herabkam – und dachte an Dr. Vella Edgell. In jedem anderen Szenario wäre sie ein guter Fang gewesen. Schön, kultiviert, intelligent und vor allem interessiert. In jedem anderen Szenario, außer in dem, in dem er hoffte, Kay heute noch zu treffen.

Er setzte seine Schritte sorgfältig, um die größten Pfützen zu umschiffen, und war froh, dass er seine Stiefel trug, während er zu seinem SUV lief und hinter das Lenkrad kletterte. Sein John Doe war immer noch genau das, ein John Doe, und das Einzige, was er über ihn herausgefunden hatte, war, dass er unter Wahnvorstellungen gelitten hatte.

Hatte ihn jemand erschossen, weil er schizophren und gewalttätig geworden war? Oder hatten ihn seine Wahnvorstellungen dazu getrieben, etwas zu tun, was er nicht hätte tun sollen? Auf jeden Fall hatte jemand hinter ihm gestanden und den Abzug einer Neun-Millimeter-Pistole betätigt und damit seinem Leben ein Ende gesetzt. Ob die Tötung nun gerechtfertigt gewesen war oder nicht. Er glaubte er eher weniger daran, immerhin hatte man ihm feige in den Rücken geschossen hatte, während er saß. Wie auch immer, es war nicht seine Aufgabe, seine Schuld oder Unschuld zu beweisen, sondern die Person zu finden, die den Abzug betätigt hatte.

Das Problem war nur, dass er keine Ahnung hatte, wie er das anstellen sollte.

»Hallo, ich bin Detective Kay Sharp«, begrüßte sie die beiden Besucher. »Wenn Sie mir bitte folgen würden.« Sie wartete nicht auf eine Antwort, sondern ging in Richtung des zweiten Vernehmungsraums davon, der sich im hinteren Teil des Gebäudes hinter den Arrestzellen befand. Dieser Raum war seit jeher für die lautesten Verbrecher, die schmutzigsten Betrunkenen und die gewalttätigsten Straftäter reserviert, aber der vordere Vernehmungsraum, der sauberer und in besserem Zustand war, wurde von Erin und ihren Monsterzeichnungen belegt. Kays Prioritäten waren klar: Das hochnäsige Duo konnte es eine Weile dort aushalten. Es könnte ihnen sogar guttun.

Sie öffnete die Tür und bat die beiden herein. Marleen Montgomery blieb wie angewurzelt stehen und sah sich um. Die Flecken auf dem Boden, wo Täter ihre Mägen entleert oder sich aus Protest erleichtert und dabei dauerhafte Gerüche hinterlassen hatten, die schmutzigen Wände, die hier und da mit Schimpfwörtern beschmiert waren, die verbeulten und verbogenen Metallmöbel, die zerkratzte Tischoberfläche aus rostfreiem Stahl mit Schlaufen, an denen man während des

Verhörs von Verdächtigen Handschellen befestigen konnte. Sichtlich verärgert drehte sie sich zu Kay um.

»Wirklich? Sie wollen dieses Gespräch hier drin führen?«

»Unser Revier ist sehr klein«, sagte Kay ruhig, mit strenger, unnachgiebiger Stimme.

»Komm schon, Marleen«, sagte der alte Mann, »lass uns diesen ganzen Zirkus hinter uns bringen.«

Doch Marleen ließ sich nicht beirren. »Wo sind die Mädchen?«, fragte sie kalt und forschend, aber Kay antwortete mit einer vagen Handbewegung und bat sie, Platz zu nehmen.

Sie beäugte das verbogene und schmutzige Möbelstück so ängstlich, als hätte man sie gebeten, auf dem elektrischen Stuhl Platz zu nehmen. Avery Montgomery war weniger besorgt. Er setzte sich ohne Rücksicht auf den Sauberkeitszustand des Stuhls und zog ihn näher an den Tisch heran, wobei die Stuhlbeine über den Betonboden quietschten. Das Echo hallte von den schmutzigen Wänden wider und ließ Kay mit den Zähnen knirschen.

Sobald sie saß, zappelte Marleen auf ihrem Platz herum, hatte einige Mühe, den Knoten ihres Halstuchs zu lösen, dann beruhigte sie sich endlich, während Avery immer noch im Takt mit dem Fuß auf dem Boden wippte, dabei schlug der Absatz seines Schuhs gelegentlich mit einem dumpfen Knall auf.

»Bringen Sie die Mädchen jetzt zu uns?«, fragte Marleen.

»Die Mädchen befinden sich in Schutzhaft«, erwiderte Kay und nahm gegenüber von Marleen und Avery Platz.

»Verdammt, warum das denn?«, fragte Avery, dessen hohe Stirn in tiefe, wütende Falten gelegt war. Wenn er sprach, bewegte sich sein weißer Bart, als wäre er ein Weihnachtsmann mit schlecht sitzender Schminke, ein Eindruck, den er seinen Hamsterbacken zu verdanken hatte.

Kay zuckte mit den Schultern, wobei sie gerade genug vorgetäuschte Gleichgültigkeit in ihre Geste legte, um das, was sie sagen wollte, zu verkaufen. »Das ist das übliche Verfahren.

Sie sind das, was wir lose Enden nennen. Der Mörder ihrer Mutter könnte aus den Medien erfahren, dass es Zeugen für den Mord gab und könnte geneigt sein, Maßnahmen zu ergreifen, um sein Versehen zu korrigieren.«

Marleens Kinnlade klappte ein wenig herunter, aber sie brachte kein Wort heraus.

»Sie sind Zeugen?«, fragte Avery, seine Stimme war nun leiser, weniger angriffslustig.

»Aber erlauben Sie mir bitte zunächst, Ihnen mein Beileid auszusprechen für Ihren Verlust«, sagte Kay. Beide schienen etwas überrascht, als hätten sie das nicht erwartet, als hätten sie Cheryls Tod völlig vergessen.

»Ach ja, danke«, erwiderte Avery, der sich am schnellsten wieder gefasst zu haben schien.

»Werden wir verhört, Detective?«, fragte Marleen mit hochgezogener Augenbraue und einem angespannten, schmallippigen Mund. »Das ist nicht zu glauben. Ich bin in meinem ganzen Leben noch nie so beleidigt worden. Und dieses Zimmer ist ... dafür fehlen mir die Worte.«

Kay gestattete sich den Anflug eines Lächelns, weil sie wusste, wie sehr sie die Frau damit verärgern würde. »Wir führen nur ein freundliches Gespräch, Mrs Montgomery. Wenn Sie verhört würden, würde ich Sie darüber informieren.« Sie hielt einen Moment inne und fügte dann kühl hinzu: »Und über Ihre Rechte.«

Das war ein harter Schlag und hinterließ eine Stille, die wie dichter Nebel jeden Winkel des Raumes ausfüllte.

»Wann können wir die Mädchen mit nach Hause nehmen?«, fragte Avery, seine Stimme war höflich, fast freundlich. Was für eine Verwandlung, wenn man sein Auftreten von eben bedachte. Kay hielt inne, als ob sie darüber nachdächte, und fragte dann: »In welchem verwandtschaftlichen Verhältnis stehen Sie zu Cheryl und den Mädchen?«

Marleen schüttelte fassungslos den Kopf und stöhnte.

»Ruhig, Liebes, das alles können sie unmöglich wissen«, flüsterte Avery ihr schnell zu, als wolle er die Reaktionen der Frau kontrollieren, als ob er Angst hätte, dass sie die Sache noch schlimmer machen könnte. »Sie wollen nur das Beste für die Mädchen«, fügte er hinzu und warf Kay ein Lächeln zu, das in eine Million Falten zerfiel. »Habe ich nicht recht, Detective?«

»Auf jeden Fall«, erwiderte Kay und wartete dann darauf, dass er ihre Frage beantwortete.

Er hielt inne, scheinbar verwirrt über Kays Schweigen, dann fiel ihm plötzlich wieder ein, dass er ihr noch eine Antwort schuldig war. »Ach ja. Cheryl hat meinen Enkel Calvin geheiratet. Er ist leider bei einem Arbeitsunfall ums Leben gekommen.«

»Und Mrs Montgomery? Ist sie Ihre ...«

»Sie ist meine Schwiegertochter«, erwiderte Avery hastig, bevor Kay ihre Frage beenden konnte. »Sie ist Dans Frau.«

»War Calvin der Sohn von Dan?«

»Oh nein, du meine Güte«, platzte Marleen heraus, woraufhin Avery sie sofort anfunkelte. »Zum Glück ist mein Sohn noch am Leben.« Einen Augenblick lang schien sie zu befürchten, dass ihr Sohn irgendwie Calvins Schicksal teilen könnte.

»Ich habe drei Söhne«, sagte Avery stolz und streckte sein Kinn vor, sein Bart flatterte in der Luft und verströmte einen schwachen Geruch nach Zigaretten und teurem Eau de Cologne. »Mitchell ist mein Ältester, er ist der Vater von Calvin. Er hat auch eine Tochter, Lynn. Sie ist sechsundzwanzig, immer noch ein Kind, kaum aus dem College heraus. Dan«, sagte er dann und schaute kurz zu Marleen, die nickte und Avery scheinbar wortlos den Vortritt ließ, »ist mein mittlerer Sohn. Sie haben mir einen wunderbaren Enkel geschenkt, Victor.« Seine Augen funkelten vor Stolz, als er seinen Namen sagte.

Aus irgendeinem Grund musste Kay, während sie ihm zuhörte, an Betty Livingston und ihre Wahnvorstellungen in

Bezug auf erstgeborene Töchter denken. Sie wartete ab, aber Avery fuhr nicht fort und ließ einen Sohn aus. »Und der Jüngste?«, fragte sie schließlich.

»Ach ja, das ist Raymond.« Der Stolz, den der Name Victor auf sein Gesicht gezaubert hatte, verschwand schnell und hinterließ nichts als Enttäuschung und Scham, seine Stimme stockte, als wolle er, dass seine Worte und der Name des Mannes unbemerkt blieben. Was auch immer Raymond getan hatte, um bei seinem Vater in Ungnade zu fallen, es war noch nicht vergeben und würde es wahrscheinlich auch nie sein.

»Vielen Dank für Ihre Erläuterungen«, sagte Kay. »Wahrscheinlich würden Sie der gesetzliche Vormund der Mädchen werden, Mr Montgomery, aber wir sind noch dabei herauszufinden, ob Cheryl ihre Absichten zur Vormundschaft testamentarisch festgelegt hat.«

Marleen schnaubte höhnisch. »Cheryl? Ein Testament? Na, dann viel Glück bei der Suche. Die hat doch noch nie an jemand anderen als an sich selbst gedacht.«

»Marleen, um Himmels willen, sei doch still«, flüsterte Avery mit fester Stimme. Die Frau verstummte und senkte den Blick.

»Würde es Ihnen etwas ausmachen, mir zu erzählen, wo Sie beide am Montagabend waren? Sagen wir, von etwa acht Uhr abends bis Mitternacht?« Bei dieser Frage löste sich Marleens verbliebene Selbstbeherrschung in Luft auf. Sie schlug wütend gegen den Tisch und erhob ihre Stimme zu einem schrillen Ton.

»Jetzt sind wir also Verdächtige?«

»Das ist die übliche Vorgehensweise, Ma'am. Ihnen ist hoffentlich klar, dass wir Sie erst von jeglichem Verdacht freisprechen müssen, bevor wir die Mädchen in Ihre Obhut entlassen.«

»Selbstverständlich«, antwortete Avery an ihrer Stelle in beschwichtigendem Ton, während seine blauen Augen Pfeile auf seine Schwiegertochter schossen. Sie schien es satt zu haben, zum Schweigen gebracht zu werden, denn sie senkte unter seinem Blick nicht mehr die Stirn. »Nun, ich habe am Montagabend mit dem Bürgermeister zu Abend gegessen. Die Leute in der Skihütte können das bestätigen, und natürlich auch der Bürgermeister selbst.«

»Bis wann ungefähr?«, fragte Kay und schenkte ihm ein aufmunterndes Lächeln.

»Nach dem Essen haben wir mit einigen seiner Freunde eine Runde Karten gespielt und uns über die aktuelle Politik, den Staat und die Nation unterhalten.« Er kratzte sich mit ruhigen Händen am Bart, seine Knöchel waren verknorpelt, ein typisches Zeichen für Arthritis. »Hmmm, ungefähr bis halb zwölf oder so? Die Leute im Club wissen das vielleicht genauer; mein Auto wurde geparkt; vielleicht haben sie noch Aufzeichnungen.«

Kay dankte ihm mit einem Nicken und wandte sich dann Marleen zu. »Und Sie, Mrs Montgomery?«

Mit unerschütterlicher Haltung antwortete die Frau schließlich und blickte Kay finster an. »Ich habe meinen Buchclub bei mir zu Hause veranstaltet. Alle sind erst spät gegangen – irgendwann nach zehn.« Ihre Stimme klang zornig. »Wollen Sie mir etwa sagen, dass Sie mich vor all diesen Frauen blamieren werden, indem Sie sie bitten, mein Alibi zu bestätigen?«

»Nun, gibt es noch jemanden, der sich für Ihren Aufenthaltsort verbürgen kann? Ihr Ehemann vielleicht?«

Sie schüttelte den Kopf. »Er ist seit letztem Donnerstag auf Geschäftsreise. Und ich habe die Haushaltshilfe an diesem Abend früher nach Hause gehen lassen.«

Kay zog einen kleinen Notizblock aus der Tasche und schob ihn zu ihr herüber. »Ich brauche ihre Namen und Telefonnummern, Mrs Montgomery. Sie werden es verstehen. Wenn Sie die Wahrheit sagen, gibt es nichts, wofür Sie sich schämen müssten.« Kay reichte ihr einen Stift und sie zögerte lange, bevor sie ihn schließlich nahm und widerwillig zu schreiben begann.

Kay schwieg, während Marleen hastig die gewünschten Informationen notierte, und beobachtete unauffällig die Reaktionen und Körpersprache der beiden. Avery wirkte ruhig, beinahe entspannt, während Marleen aus unerfindlichen Gründen wütend war. Aber beide benahmen sich auffällig daneben: Keiner von ihnen hatte nach Julie gefragt oder die Polizei aufgefordert, alles in ihrer Macht Stehende zu tun, um das vermisste Mädchen zu finden. Es war, als ob sie für sie gar nicht existierte.

Bei einer Sache war sie sich sicher: Heather und Erin würden mit diesen Leuten nirgendwohin gehen, nicht bevor das nagende Gefühl in Kays Magengegend aufhörte, ihre Sinne zu schärfen, indem es ihr alle möglichen Warnsignale schickte.

Als Marleen die Namen ihrer Buchclubfreundinnen aufgeschrieben hatte, schob sie Kay den Block über den Tisch. »So. Kann ich jetzt die Mädchen holen, damit wir nach Hause gehen können?«

»Die Mädchen befinden sich in Schutzhaft«, wiederholte Kay so ruhig, als ob sie es zum ersten Mal sagen würde. »Sie sind Zeuginnen eines Mordes und einer Entführung und haben uns bei der Aufklärung des Verbrechens schon sehr geholfen.«

»Ach, ist das so?«, fragte Avery und klang dabei etwas irritiert. »Was um alles in der Welt könnten eine Achtjährige und eine Vierjährige zu sagen haben?«

»Viel mehr, als Sie denken«, erwiderte Kay.

»Sie sollten uns wenigstens die Möglichkeit geben, die beiden zu sehen«, sagte Avery, und Marleen nickte zustimmend.

Kay dachte kurz darüber nach. Sie wollte nicht, dass sie sahen, in welchem Zustand Heather war, aber ihre Reaktion auf die Anwesenheit der Mädchen könnte sich als hilfreich erweisen. Sie schrieb Deputy Farrell eine SMS und wies sie an, Erin mit ihrer Schwester in den Ruheraum zu bringen und die Tür zu schließen.

»Bitte gedulden Sie sich einen Augenblick, bis wir alles vorbereitet haben«, sagte sie und bemerkte, wie sich die beiden sofort ein wenig zu entspannen schienen. Dann piepste ihr Handy und sie erhielt von Farrell eine SMS mit einem einzigen Wort zur Bestätigung.

Erledigt.

Kay forderte sie auf, ihr zu folgen und ging voraus. »Sie können die Mädchen durch eine Scheibe sehen. Ich fürchte, ein direkter Kontakt ist im Moment nicht möglich.« Das Schweigen der beiden verriet ihre Frustration, während sie Kay in den Ruheraum folgten.

Heather saß auf der Bettkante ihres Stockbetts, so wie sie es seit ihrer Ankunft getan hatte, mit dem Rücken zur Tür. Erin kritzelte etwas auf ein Stück Papier und zeigte es dann Heather, die nicht reagierte. Deputy Farrell saß auf dem Bett neben ihr, hielt alle Farbstifte in den Händen und lächelte freundlich.

Sie sah zu, wie die Montgomerys die Mädchen durch das schmale Fenster beobachteten, wobei sich ihre Köpfe fast berührten. Marleen schien von ihren Gefühlen überwältigt zu sein; überraschenderweise füllten sich ihre Augen mit Tränen. Avery war verschlossen und still, er wirkte traurig und verzweifelt. Sie ließ ihnen ein paar Minuten Zeit, dann führte sie sie zur Vorderseite des Gebäudes.

»Das ist kein Ort für kleine Mädchen«, sagte Avery kühl, als sie die Hauptlobby erreichten. »Ich sage Ihnen was, Detective, sobald ich nach Hause komme, werde ich meinen Anwalt anrufen und dafür sorgen, dass diese Mädchen sofort in meine Obhut übergeben werden.«

»Das ist Ihr gutes Recht, Sir«, erwiderte sie. »Wenn Sie eine gerichtliche Verfügung erwirken, werden wir sehen, was wir tun können.«

»Sie werden sehen, was Sie tun können?«, sagte er in einem bedrohlichen Flüsterton. »Stellen Sie mich lieber nicht auf die Probe, Detective.«

»Soll das eine Drohung sein?«, fragte Kay völlig ungerührt. Er trat sofort einen Schritt zurück. Hinter ihm grinste Deputy Hobbs.

»Nein«, erwiderte er vorsichtig. »Ich bin einfach nur neugierig, was für Informationen Sie sich von diesen Kindern erhoffen, die eine solche Entschlossenheit rechtfertigen, sie unter diesen schrecklichen Bedingungen hier zu behalten.«

»Ja, das würde mich auch interessieren«, mischte sich Marleen in den angespannten Austausch ein. Sie wirkte ängstlich und unruhig. Ihr emotionaler Augenblick war so schnell verflogen, wie er gekommen war.

Wie interessant. Hatte sie etwas zu verbergen?

»Heather hat uns ein paar Dinge darüber erzählt, was an dem Abend passiert ist«, erwiderte Kay unverbindlich. »Sie wissen sicher, dass ich mit niemandem über die Details einer laufenden Ermittlung sprechen darf? Aber wir haben handfeste Hinweise, und wir gehen davon aus, dass die Mädchen weiterhin eine entscheidende Rolle bei der Ergreifung des Mörders ihrer Mutter spielen werden.«

Während sie sprach, stellte sie fest, dass Marleens Unruhe nachließ. Vielleicht verbarg sie etwas, aber nicht das, was Kay anfangs vermutet hatte. Vielleicht verbarg sie ihre eigene Angst, als Nächste ins Visier genommen zu werden. Doch warum sollte sie das tun?

»Wussten Sie, ob Cheryl irgendwelche Probleme hatte? Gab es jemanden, der ihr oder den Mädchen schaden wollte?«

Sie sahen sich kurz an, dann antwortete Avery: »Nein. Ganz und gar nicht.«

Kay drehte sich zu Marleen um, aber die schüttelte den Kopf.

»Standen Sie sich nahe?«, forschte Kay weiter. Es schien, als gäbe es einen auffälligen Unterschied im Lebensstandard zwischen Cheryl, der alleinerziehenden Mutter, die improvisierte und sparte, um irgendwie über die Runden zu kommen, und den beiden Montgomerys.

»Nicht so nahe, wie ich es mir gewünscht hätte«, erwiderte Avery. »Nach Calvins Tod hat Cheryl mir die Schuld gegeben, auch wenn die Ermittlungen die Firma von jeglichem Fehlverhalten freisprachen.«

»Welche Firma?«

»Montgomery Construction, meine Firma«, sagte er, und in seiner Stimme schwang eine Mischung aus Stolz und Erstaunen darüber mit, dass sie nicht wusste, was so offensichtlich auf der Hand lag. »Meine Söhne arbeiten in der Firma, und auch deren Kinder. Sie werden mein Erbe weiterführen und es zu dem machen, was wahrscheinlich einmal das größte Generalunternehmen von Nordkalifornien sein wird.« Er hielt inne und betrachtete Kay aufmerksam, als ob er die Wirkung seiner Worte auf sie messen wollte. Dann, als ob er sich an etwas erinnerte, fügte er, den Blick zur Seite gewandt, hinzu: »Alle meine Söhne, bis auf Raymond natürlich. Er hatte keine Lust, sich um das Familiengeschäft zu kümmern. Er ist ein Künstler.« Er stieß das Wort hervor, als ob es einen fahlen Beigeschmack in seinem Mund hinterlassen hätte.

Das also war das unverzeihliche Vergehen, dachte Kay. Zurückweisung. Das schmerzlichste von allen.

»Ich hätte meine Urenkelinnen gerne näher bei mir gehabt – bei uns allen – aber Cheryl hat ihren Abstand und ihren Stolz bewahrt, trotz offensichtlicher finanzieller Schwierigkeiten. Sie wollte nicht einmal die College-Fonds, die ich bei der Geburt der Mädchen eingerichtet hatte. Nachdem Calvin gestorben war, gab sie mir alles zurück.«

Kay fragte sich, ob es sich lohnen könnte, Calvins Tod näher zu untersuchen. Steckte mehr hinter dem Arbeitsunfall, der sich vor zwei Jahren ereignet hatte? War er vertuscht worden, weil Avery sicher reich genug war, um sich das zu leisten?

»Detective, ich verspreche Ihnen, dass ich mich gut um die Mädchen kümmern werde«, sagte Avery mit fester Stimme. »Sie haben mein Wort. Und Sie können mit ihnen sprechen, so oft Sie wollen.«

Sie nickte, um zu zeigen, dass sie ihn verstanden hatte, gab aber nicht nach. »Sobald wir sie aus der Schutzhaft entlassen können, melde ich mich bei Ihnen.«

»Gut.« Ohne ein weiteres Wort verließ er hoch erhobenen Hauptes den Raum, dicht gefolgt von Marleen, die Kay einen weiteren vernichtenden Blick zuwarf.

Die Tür zum Haupteingang war noch nicht ganz geschlossen, als ihr Handy summte. Eine Textnachricht von Dr. Whitmore mit dem Wortlaut:

Ich muss Sie so schnell wie möglich sehen.

Während der ganzen Dauer der Fahrt durch den unablässigen Regen schwirrte ihr ein Gedanke im Kopf herum. Warum hatte keiner der Montgomerys Julie erwähnt? Warum hatte es keine Fragen, Drohungen oder Versprechen gegeben? Warum waren sie überhaupt nicht neugierig darauf, wer sie entführt haben könnte und warum?

Es war, als ob sie es bereits wüssten und es sie einfach nicht interessierte.

ZWEIUNDZWANZIG

ANBRUCH DER DUNKELHEIT

Die Dämmerung brach herein und füllte jede Ecke mit Dunkelheit, die in den Raum kroch, als wäre sie lebendig, und alles eroberte, was sie berührte. Sie sickerte durch die Fenster, als würde sie durch das Glas dringen, wobei auch die weißen Voile-Stoffe sie nicht aufhalten konnten. Auf der anderen Seite der massiven Fensterscheiben setzte sich die Sintflut fort, schwerer Regen prasselte mit monotoner Hartnäckigkeit gegen das Glas. Die dichten dunklen Wolken über ihm zogen nach Nordosten wie Flüchtlinge, die vor einer Katastrophe flohen.

Er hatte den ganzen Tag über den Himmel beobachtet und nicht ein einziger blauer Fleck war in der riesigen Ansammlung grauer Schwaden aufgetaucht, aus denen sich unaufhörlich das Wasser ergoss. Nicht ein einziger, nicht einen einzigen Augenblick lang, so weit das Auge reichte.

Mutter war immer noch wütend.

Ihre Tränen überschwemmten die Felder, ihre Wunden öffneten sich weiter, als er sie je gesehen hatte, bluteten stark und hinterließen überall in der Landschaft Flecken in dem tiefen Braun der verdrängten Erde, die von den Rinnsalen des gnadenlosen Regenwassers fortgeschwemmt wurde.

»Oh, liebe Mutter, welche Schmerzen du leiden musst«, flüsterte er und hielt sich mit bleichen, gefrorenen Fingern am Fensterbrett fest. Er hatte die letzten zwei Tage wach gelegen und wollte nicht einmal von Mutters Seite weichen, um sich nachts zur Ruhe zu legen, wo er doch alles war, was sie hatte. »Morgen wird es geschehen, das verspreche ich dir, nicht einen Tag später.«

Ein leiser werdendes Grollen in der Ferne versicherte ihm, dass Mutter ihn gehört hatte. Langsam, wie in Trance, knöpfte er den Kragen seines Hemdes auf und zerrte an der dünnen, silbernen Kette, die er um den Hals trug, um das kleine Medaillon hervorzuholen. Dann hielt er es sanft in der Hand und presste es an seine bebenden Lippen.

Der morgige Himmel würde ihm sagen, was Mutter wollte. Was auch immer sie von ihm verlangte, er würde es tun. Andernfalls würde ihre Wut verheerend sein und ihm alles wegnehmen, so wie sie es schon einmal getan hatte, als er noch nicht wusste, was sie von ihm erwartete oder wie er ihren Schmerz lindern konnte.

»Liebe Mutter, höre dein Kind an.« Sein Atem erwärmte das Medaillon, das er immer noch in der Hand hielt, nahe an seinen Lippen, als ob die Worte, die er flüsterte, eine Fortsetzung des demütigen Kusses wären, den er vor wenigen Augenblicken auf die glänzende Metalloberfläche gehaucht hatte. »Was immer du willst, ich werde es dir geben.« Er drückte seine Lippen noch einmal auf das Metall, dann schob er das Medaillon zurück unter sein Hemd, wo seine Wärme seine Brust berührte, so wie seit dem ersten Tag, an dem er es getragen hatte. Niemand hatte dieses Medaillon je gesehen oder wusste von seiner Existenz. Sein Inhalt war sein bestgehütetes Geheimnis und niemand verdiente es, davon zu erfahren.

»Ich flehe dich noch einmal an, bitte lass mich diese hierbehalten.« Seine Finger griffen nach einem Büschel weißem Voile, zerknüllten den feinen Stoff und spürten, wie die zarte Textur an seiner Haut rieb. »Sie könnte mir für eine Weile Gesellschaft leisten, meine langen Tage mit etwas Wärme füllen.«

Er blickte noch einmal zum Himmel hinauf, den die Dunkelheit fast vollständig verschlungen hatte. Nur eine Spur von Zinn färbte den Horizont dort, wo die Sonne vor einer Weile untergegangen war, ihrer prächtigen Rot-, Orange- und Violetttöne beraubt und dazu verurteilt, in einem aschgrauen Schleier zu verschwinden. Er lauschte auf Mutters Stimme, nur das Rauschen des Regens durchbrach die Stille.

»Dieses schöne Mädchen könnte mein Herz erfüllen, liebe Mutter«, flehte er, ermutigt durch ihr Schweigen. »Oh, was würde ich nicht dafür geben, sie zu berühren. Sie in meinen Armen zu halten.«

Die regenreiche Stille hielt an, doch er spürte, wie ihm Schauer über den Rücken liefen, denn das Ausbleiben von Mutters Antwort war ebenso bedrohlich wie ihr donnernder Zorn.

»Zeige mir den Weg«, murmelte er gegen den weichen Stoff, den er an seine Lippen gezogen hatte. »Ich werde hier sein und auf ein Zeichen warten.« Sein Atem zitterte, als er seine Brust verließ.

Beim ersten Morgengrauen würde er hier am Fenster stehen und warten und den Himmel nach der kleinsten Spur von Azurblau absuchen, einem Zeichen, dass Mutters Wut nachgelassen hatte und er das Mädchen noch eine Weile behalten durfte.

Jetzt, da sie noch einmal durch ihr strafendes Schweigen zu ihm gesprochen hatte, spürte er ein Kältegefühl in seinem Blut, das wie ein Vorbote des Unheils durch seine Adern floss, eine Vorahnung, die so klar war, als hätte sie ihren Willen von oben herabgedonnert.

Der morgige Sonnenaufgang würde ihm zeigen, was Mutter von ihm verlangte. Dann, am Mittag des nächsten Tages, würde ihr Wille geschehen.

DREIUNDZWANZIG

DNA

Der Gipfel des Mount Chester verbarg sein Weiß hinter bleischweren Wolken, die ihn wütend umkreisten, aufgewirbelt von absteigender kalter Luft und stürmischen Böen. Die unteren Hänge hatten die Farbe von dem umgebenden Grau und dem nebelverhangenen Tannengrün übernommen, das sich kaum von der umliegenden Landschaft, den Wäldern des Reservats und den Kiefern und Tannen, die die Stadt zierten, abhob.

Kay nahm davon nicht viel wahr, obwohl sie den Anblick des Mount Chester zu jeder Jahreszeit und bei jedem Wetter liebte. Stattdessen ließ sie das Gespräch mit den Montgomerys Zeile für Zeile in Gedanken Revue passieren und suchte nach einem Hinweis darauf, was sie über Julies Verschwinden wussten und ihr verschwiegen hatten. Sie würde darauf wetten, dass sie mehr über das Thema wussten, als sie zugeben wollten, aber sie schienen nicht beteiligt zu sein. Weder fühlten sie sich schuldig noch hatten sie Angst, erwischt zu werden. Marleen Montgomery schien sich vor etwas zu fürchten, aber sie hatte erleichtert gewirkt, als sie erfuhr, dass die Polizei wertvolle Informationen von den Mädchen erhalten hatte. Trotzdem hatte Kay immer noch ein ungutes Gefühl bei ihnen, irgendwie hatte sie so ein Bauchgefühl, das ihr sagte, dass sie noch einmal mit ihnen reden sollte. Bis dahin war es die Aufgabe von Deputy Hobbs, ihre Alibis zu überprüfen, und zwar gründlich und höchstpersönlich.

Könnten sie irgendwie involviert gewesen sein? Und wenn ja, wie?

Der Mörder von Cheryl war ein Mann und das schloss Marleen aus, obwohl sie trotzdem gewusst haben könnte, wer der Täter war, vielleicht hatte sie seine Identität verheimlicht. Aber warum sollte sie dann erleichtert sein, dass die Polizei Fortschritte gemacht hatte?

Was Avery anging, so hätte ihn Cheryl mit seinen dreiundachtzig Jahren leicht überwältigen können, ob mit oder ohne Julies Hilfe. Ganz zu schweigen davon, dass sich niemand ein Alibi ausdachte, das zahlreiche Zeugen einschloss, darunter auch den Bürgermeister. Dieser Verdacht würde sich wahrscheinlich von selbst erledigen.

Und schließlich, welches Motiv könnten sie haben? Nein ... sie hatten wahrscheinlich nichts damit zu tun, dachte Kay.

Aber warum hatten sie dann nicht ein einziges Mal nach Julie gefragt? Sich über die Suche nach ihr und den Stand der Ermittlungen erkundigt? War es, weil sie annahmen, dass Kay das Gespräch selbst mit Neuigkeiten über Julie beginnen würde? Oder weil sie aus freien Stücken von den Fortschritten erzählt hatte, die sie mit Hilfe der Informationen von Erin und Heather gemacht hatten?

Da es weder ein Motiv noch eine Logik gab, wischte sie den Gedanken an die beiden beiseite. Die Menschen waren heutzutage sehr seltsam, wurden immer egoistischer und konzentrierten sich nur auf das, was sie wollten, und diese beiden wollten nur die Mädchen. Das konnte sie sogar verstehen. Wenn man wusste, dass die beiden traumatisierten kleinen Mädchen auf einem Polizeirevier schliefen, hätte jeder, der auch nur ein halbes Herz hatte, das Bedürfnis gehabt, einzugreifen, vor allem, wenn es sich um Familienangehörige handelte, um die Töchter eines schmerzlich vermissten Enkels, der gestorben war. Das ergab Sinn.

Sie setzte den Blinker und bog in die kleine Straße ein, in der die einstöckige Leichenhalle mit ihren regengetränkten braunen Steinmauern, dem fast leeren Parkplatz und einer einzelnen hohen Palme davor auf sie wartete. Während sie so nahe wie möglich an den Eingang heranfuhr, lächelte sie, ohne es zu merken.

Elliots SUV stand schon da.

Die Rücklichter seines Fahrzeugs waren eingeschaltet, der Motor lief noch. Ihr Partner saß im Auto und wartete mit dem Fuß auf dem Bremspedal.

Sie parkte neben ihm und verbarg ihr dümmliches Grinsen. Die Nähe ihres herannahenden Autos musste seine Aufmerksamkeit erregt haben, denn er hob den Blick von seinem Handy und sah in ihre Richtung. In dem Moment, in dem er sie erkannte, hellte sich seine Miene auf und er lächelte, ein breites Grinsen, das zu dem ihren passte, nur für den Bruchteil einer Sekunde, bevor er den Kopf senkte und alles unter der breiten Krempe seines Hutes verbarg. Als er sie wieder ansah, war nur noch in seinen Augen der Funke dieses ersten Moments zu sehen, der ein unerwartetes Feuer in ihrem Blut entfacht hatte.

Sie eilte durch den Regen und erreichte die Tür der Leichenhalle zur gleichen Zeit wie Elliot. Er öffnete ihr die Tür und sie trat ein, dabei zögerte sie kurz, ihm wieder in die Augen zu sehen, denn der flüchtige Augenblick, den sie miteinander geteilt hatten, hallte noch in ihrem ganzen Körper nach. Wenn sie eines nicht wollte, dann, dass ihr Partner erfuhr, welche Wirkung er auf sie hatte.

»Hat er dir auch eine SMS geschickt?«, fragte sie stattdessen und eilte voraus zu Dr. Whitmores Autopsiesaal.

»Ja sicher.« Elliot nahm seinen Hut vom Kopf und schüttelte die Regentropfen ab, die sich am Filz festgesetzt hatten. Dann setzte er ihn wieder auf. »Ich bin heute auch nicht zum ersten Mal hier.«

»Hm«, erwiderte sie stirnrunzelnd. Da sie an zwei verschiedenen Fällen arbeiteten, fragte sie sich, warum der Doc sie beide gerufen hatte. »Das werden wir noch früh genug erfahren.« Als sie durch die Türen der Leichenhalle trat, lief ihr der Geruch des Todes kalt den Rücken hinunter.

Dr. Whitmore saß hinter seinem breiten Schreibtisch und rollte auf seinem vierbeinigen Hocker mit glatten Rollen, die sich geräuschlos bewegten, von einem Gerät zum nächsten. Hinter ihm befanden sich zwei der sechs Kühlregale, in denen die Leichen von Cheryl Coleman und Elliots John Doe aufbewahrt wurden. Der Kompressor summte leise vor sich hin und verschmolz mit dem Geräusch der Leuchtstoffröhre über ihm und dem der Zentrifuge, die sich immer noch auf einem Labortisch drehte, zu einem Orchester aus dröhnenden Laborgeräten.

Obwohl die Leichen in den Kühlregalen ruhten, lag ein schwacher Geruch nach Formaldehyd in der Luft, vermischt mit Desinfektionsmitteln und anderen Gerüchen, die sie nicht identifizieren konnte. Sie störte sich jedoch nicht so sehr daran wie ihr Partner Elliot, der nur noch durch den Mund atmete, seit er die Leichenhalle betreten hatte.

Nachdem sie den Doc umarmt und ihm einen Schmatzer auf die Wange gegeben hatte, der ihn ein wenig überraschte und erröten ließ, zog Kay einen weiteren Hocker heran und setzte sich an den Schreibtisch. »Was machen Sie so spät noch hier? Ich dachte, Sie wären schon nach Hause gegangen.«

Der Gerichtsmediziner stieß ein leises, müdes Kichern hervor, ohne seine Aufmerksamkeit von den Reagenzgläsern abzuwenden, an denen er sich zu schaffen machte. Er entnahm einem der beiden Röhrchen das Serum, gab zwei Tropfen in ein kleines Gefäß und verschloss es. Dann schrieb er die Initialen »CC« auf das Röhrchen, steckte es in den Probenhalter einer automatischen Testmaschine und schloss den Deckel. Ein weiteres leises Surren fügte sich in die Sinfonie der Geräusche ein. »Ich dachte auch, dass ich mittlerweile zu Hause sein würde, und meine Frau ebenfalls. Aber ich wusste, sobald ich die Früchte meiner Arbeit mit Ihnen teilen würde, würden Sie mich fragen, ob ich alles noch einmal testen kann.« Er zuckte mit einem amüsierten Grinsen mit den Schultern. »Also tue ich vorsorglich genau das. Nur habe ich sie schon zweimal getestet.« Nachdem er seinen blauen Handschuh ausgezogen hatte, berührte er ihren Arm mit einer schnellen, gut einstudierten Geste. »Nicht dass ich etwas gegen Ihre Fragen hätte, meine Liebe.«

»Okay, Sie haben meine Neugier geweckt, Doc. Worum geht es?«

Sie warf Elliot einen Blick zu und fragte sich erneut, warum der Gerichtsmediziner sie beide zu sich gerufen hatte, obwohl sie an verschiedenen Fällen arbeiteten. Elliot blieb auf Abstand, denn seine Abneigung gegen alles, was mit der Leichenhalle zu tun hatte, war für niemanden, der Augen hatte, ein Geheimnis.

»Es geht um Cheryl Coleman.« Der Doc erhob sich und ging zu dem großen, an der Wand befestigten Monitor hinüber, auf dem mehrere Bilder angezeigt wurden. Er klickte auf eine kleine Fernbedienung und blätterte durch die Bilder, bis er das gesuchte Bild fand – eine Nahaufnahme der Stichwunde im Bauch, die ihr Schicksal besiegelt hatte. »Eine einzelne Stichwunde im Unterleib. Die Klinge hat ihre Rippen erwischt und ihre Bauchaorta. Sie war innerhalb weniger Minuten tot.« Er räusperte sich, stützte sich mit der Hand auf die Hüfte und streckte mit einem Stöhnen den Rücken durch. »Der Winkel war nach unten gerichtet und verdreht, das spricht für einen unerfahrenen Mörder, aber Ihr unbekannter Täter ist stark; er hat kräftig genug zugestochen, um den Knochen zu durchtrennen. Sie suchen nach einem gut gebauten Mann mit kräftig gebautem Oberkörper. Ich habe den Notruf gehört, damit ist zumindest das Geschlecht geklärt.«

Sie wechselte einen kurzen Blick mit Elliot. »Das habe ich irgendwie erwartet«, antwortete sie. »Ich warte immer noch auf die Pointe, die mich dazu bringen soll, Sie zu bitten, die Tests zu wiederholen.«

»Ja, jetzt dazu«, sagte er und rieb sich mit den Fingern über die Stirn, als wolle er einen Anflug von Migräne oder vielleicht auch nur seine Müdigkeit verscheuchen. »Ich habe als Erstes Cheryls DNA untersuchen lassen, nur für den Fall, dass etwas Interessantes dabei herauskommt. Dann habe ich an verschiedenen Stellen in der Küche DNA-Proben von dem am Tatort entnommenen Blut untersucht, in der Hoffnung, dass ich dort die DNA des Mörders finden würde. Seit ich meinen eigenen Sequenzer habe, bin ich geradezu verrückt nach DNA-Tests.«

Kay pfiff anerkennend. »Sie haben Ihren eigenen Sequenzer, Doc? Das muss ja ein teurer Spaß gewesen sein.«

»Ich weiß«, erwiderte er lachend, »manche Leute kaufen sich Golfschläger, wenn sie in Rente gehen. Ich hatte es satt, dass die Reihe unserer Fälle im San Francisco County lang und länger wird, also habe ich ihn mir geleistet.« Er warf entschuldigend die Hände in die Luft. »Was soll ich sagen? Ich sammle gerne Gefallen von anderen Gerichtsmedizinern im ganzen Bundesstaat. Das ist meine Vorstellung von Spaß.«

Sie musste lachen und schüttelte erstaunt den Kopf, so wie wenn ein talentiertes Kind ein neues, interessantes Spiel erfand. »Und was ist mit den DNA-Proben, die am Tatort gefunden wurden?«

Elliot ging ein paar Schritte auf die beiden zu, sein Interesse war geweckt.

»Es wurden zwei verschiedene Blutproben gefunden. Die eine war natürlich von Cheryl, und dann waren da noch Spuren einer zweiten Probe – von einem Mann.«

Kay rieb sich die Hände. »Ich habe ein Profil des unbekannten Täters erstellt, in dem ich davon ausgehe, dass er zum ersten Mal getötet hat. Bitte sagen Sie mir, dass er sich geschnitten hat und wir seine DNA haben.«

Die lange Pause, die darauf folgte, verhieß nichts Gutes und ließ Kays Aufregung vollständig verpuffen, während der Doc seine Gedanken zu ordnen schien.

»Die Konfiguration meines Systems ist recht einfach. Nachdem eine neue Probe sequenziert wurde, sucht das System zunächst nach einer Übereinstimmung mit den lokalen Proben, die sich bereits in der Datenbank befinden, und geht dann zur Bezirksebene, dann zur Bundesstaatsebene und schließlich zur nationalen Ebene über. Diese Vorgehensweise ist sinnvoll, weil sie Zeit spart.« Er steckte die Hände in die Taschen und zog mit der linken Hand eine Packung Kaugummi hervor. Er nahm keinen Kaugummi heraus, sondern spielte einfach damit, während er sprach, und drehte ihn zwischen seinen flinken Fingern hin und her. »Ich hatte gerade die Sequenzierung der DNA von John Doe abgeschlossen, als ich eine Übereinstimmung erhielt.« Er hielt einen Moment lang inne. »Eine lokale Übereinstimmung.«

Sie legte den Kopf schief, nicht sicher, ob sie ihn richtig verstanden hatte. »Wollen Sie damit sagen ...«

»Ja, das Blut von John Doe wurde am Tatort in Angel Creek gefunden. Auf dem Boden im Haus der Colemans.«

Kay legte die Stirn erneut in Falten, während sie versuchte, sich Szenarien vorzustellen, in denen das einen Sinn ergab. Okay, also konnte John Doe Cheryl nicht getötet und Julie entführt haben, weil er zu diesem Zeitpunkt bereits tot gewesen war. »Haben Sie das noch einmal überprüft?« Als sie die Frage stellte, erinnerte sie sich daran, wie ihr Gespräch begonnen hatte, und ließ die Luft in einem langen Atemzug aus ihrer Lunge entweichen. Sie hatte keine Antwort erwartet, aber Doc Whitmore deutete auf die surrende Maschine.

»Schon zweimal«, erwiderte er. »Das wäre das dritte Mal,

dass ich die Tests durchführe, mit brandneuen, nie benutzten Reagenzgläsern und frisch geöffneten Chemikalien und Reinigungsmitteln.«

»Erklären Sie mir noch einmal den zeitlichen Ablauf der beiden Todesfälle«, bat Kay, die mit den Details des John Doe-Falls nicht wirklich vertraut war.

»Wir alle wissen, wann Cheryl getötet wurde, am Montagabend um genau 21:42 Uhr. Ich gehe davon aus, dass der Todeszeitpunkt von John Doe ungefähr einen Tag, vielleicht sechsunddreißig Stunden früher war, also am Sonntag oder frühestens am späten Samstagabend.

»Haben Sie noch andere Übereinstimmungen in Ihrem System?«, fragte Elliot. »Kennen wir seinen Namen?«

»Ich fürchte, im Moment bleibt er ein John Doe. Seine Psychiaterin war die beste Spur, die ich zu bieten hatte. Ich nehme an, die hat nichts ergeben?«

»Nein. Er hat einen falschen Namen benutzt und bar bezahlt. Aber wenn er Cheryl Coleman besucht hat, haben wir wohl einen Ansatzpunkt.« Elliot zögerte kurz und fügte dann hinzu: »Wenn Sie sicher sind, dass er dort war, Doc.«

»Wenn ich mir nicht sicher wäre, dann wären Sie jetzt nicht hier«, antwortete Dr. Whitmore. »Ich habe noch mehr; vielleicht hilft Ihnen das weiter.« Er drehte sich zum Monitor und drückte ein paar Knöpfe auf der Fernbedienung, bis das Foto einer langen, dunklen Haarfaser erschien. »Das ist die Haarfaser, die wir auf der Leiche von John Doe gefunden haben. Die Haarwurzel war noch dran, also habe ich die DNA überprüft. Auch hier gab es einen lokalen Treffer. Die Haarfaser stammt von Cheryl Coleman.«

VIERUNDZWANZIG

FRAGEN

Julie hatte sich schon seit einer Weile nicht mehr bewegt.

Die Magenschmerzen waren abgeklungen und hatten eine Kälte hinterlassen, die so unerträglich war, dass sie ihr mit Schüttelfrost und unkontrollierbarem Zittern das letzte Quäntchen Energie raubte. Dennoch lehnte sie sich weiter entschlossen gegen die Tür und verbrachte endlose Stunden in einem benommenen Zustand zwischen Schlafen und Wachen.

Sie hatte die Bettdecke vom Bett genommen und auf den Boden gelegt, in dem verzweifelten Versuch, die Kälte ein wenig abzuhalten. Später gab sie nach und wickelte sich in die Decke, die sie vom Bett genommen hatte und die so weiß war, dass sie an ein Leichentuch erinnerte. Sie saß immer noch mit dem Rücken zur Tür, zumindest in ihrem müden Kopf bereit, aufzuspringen, sobald jemand hereinkam.

Aber sie war nicht in der Lage, irgendetwas davon zu tun. Sie konnte froh sein, wenn sie überhaupt aufstehen konnte.

Ihre Gedanken schweiften ab, suchten nach Antworten, nach einem Grund, warum ihr das hier passierte. Warum es ihrer Mutter passiert war, und vielleicht auch Heather und

Erin. Sie erschauderte und ihre Zähne klapperten so heftig, als stünde sie nackt inmitten eines Schneesturms.

Sie hatte über verschwundene, entführte und wiedergefundene Mädchen gelesen, die man in Kerkern und ähnlichen Vorrichtungen festgehalten hatte. Sie hatte sie in den Nachrichten und in Filmen gesehen. Aber das waren *die anderen*, irgendwelche Mädchen, nur weit entfernte Fremde, die niemand wirklich kannte. Vielleicht hatten sie etwas getan, um ihre Entführer zu provozieren und ihr Schicksal herauszufordern. Aber sie? Sie hatte nichts dergleichen getan.

Ein erstickter Schluchzer brach aus ihr heraus. Ihre Mutter ... sie war tot und es war alles ihre Schuld.

Sie hatte ihr gesagt, dass sie verschwinden müssten, um der Gefahr zu entgehen, in der sie schwebte. Sie hatte im Voraus gewusst, was auf sie zukam und hatte Pläne geschmiedet, um sie alle zu retten, um sie zu retten, Julie, die älteste und aufsässigste der drei Schwestern. Aber Julie hatte nicht gehorcht, hatte sie nicht ernst genommen.

Denn es war alles so unwirklich.

Wenn ihre Mutter es ihr erklärt hätte, hätte sie vielleicht verstanden, warum sie fliehen mussten und ihr Leben, ihr Haus und all ihre Freunde zurücklassen mussten. Und Brent.

Aber vielleicht konnte sie es nicht erklären, weil es unerklärlich war. Wie könnte man erklären, dass sich jemand ein Mädchen schnappte und in einen Keller sperrte?

Solche Dinge passierten Leuten wie ihnen nicht – durchschnittlichen, langweiligen Kleinstadtmenschen. Einer Witwe, die drei Mädchen allein großzog. Einer Zahnarzthelferin und ihren Kindern. Nein ... so etwas passierte Menschen in Filmen und Serien, umwerfend schönen Mädchen, die Stalker und heimliche Verehrer hatten und vor deren Schlafzimmerfenstern aus irgendeinem Grund nie Vorhänge hingen.

Warum sie?

Was war an ihr so besonders, dass jemand ihre Mutter

tötete, um an sie heranzukommen? Nur um sie in diesen kalten und feuchten Keller zu sperren, ohne Essen, ohne ein Wort?

Es gab einfach keine Erklärung.

Wie sehr sie sich auch bemühte, ihre Gedanken kehrten immer wieder zu dem letzten Bild ihrer Mutter zurück, die in einer Blutlache auf dem Küchenboden lag. Julie erinnerte sich an lächerliche Details, Dinge, von denen sie glaubte, sie hätte sie an diesem Abend gar nicht bemerkt. Der kleine Fleck in der Nähe des Herdes, genau dort, wo das Messer auf den Boden gefallen war, neben ihrer Mutter. War das Tomatenmark? Und warum trug Heather ihren Pyjama und schleifte die Hosenbeine durch die Küche, trampelte hinten darauf, da sie für ihre Größe viel zu lang waren? Das machte sie oft, sie klaute ihre Kleidung und trug sie, wenn sie zu Hause waren. Und warum hatte Mom Erin Cornflakes zum Abendessen gegeben?

Warum waren sie nicht alle zusammen abgereist, als sie es noch konnten? Auch wenn es dunkel gewesen war und geregnet hatte, warum waren sie geblieben, warum hatten sie noch einen Tag gewartet, wenn ihre Mutter wusste, was passieren würde? Hatte sie es wirklich gewusst? Und wenn ja, woher?

Ein weiterer Schluchzer erschütterte ihren ganzen Körper, er verließ ihren Brustkorb mit einem Klagelaut, der seltsam schwach von den grauen Betonwänden widerhallte. Das gelbliche Licht der Glühbirne, die an den Drähten von der Decke baumelte, schien noch ein wenig mehr zu verblassen, als die Kälte sie wieder einholte und ihren Körper in einem nicht enden wollenden Schüttelfrost erschaudern ließ.

Sie versank noch ein wenig tiefer in den Erinnerungen und rief sich sein Gesicht ins Gedächtnis, das Gesicht des Mannes, der ihre Mutter getötet hatte.

Er kam ihr bekannt vor, und doch konnte sie ihn nicht einordnen. Sie hatte ihn definitiv schon einmal gesehen und ihre Mutter kannte ihn auch. Hatte sie irgendwann seinen

Namen genannt? Sie versuchte, sich zu erinnern, aber alles, was gesagt worden war, war ein Wirrwarr sinnloser Worte, die in eine surreale Welt gehörten.

Dennoch erinnerte sie sich an sein Gesicht; er war ein gutaussehender junger Mann mit faszinierenden grauen Augen, so grau wie der Betonboden, auf dem sie lag. Ein Mann, dem sie einen Moment lang Aufmerksamkeit geschenkt hätte, wenn sie ihm auf einer Party begegnet wäre. Vielleicht ein bisschen zu alt für sie, aber nicht viel zu alt. Nach dem Gesetz war ein Mann um die fünfundzwanzig zu alt, aber nicht nach ihrem Gesetz.

Dann lichtete ein Gedanke plötzlich den Schleier, der ihren Geist umhüllte. Hätte sie ihn woanders getroffen, unter anderen Umständen, hätte sie dann gewusst, dass er ein Mörder war?

DIE WAHNVORSTELLUNG

»Sie ist seit fast achtundvierzig Stunden verschwunden«, sagte Kay, als sie das Revier betraten. »Die Chancen, dass wir sie lebend finden, liegen mittlerweile fast bei null, aber ich gebe sie nicht auf.«

Sie waren mit ihren Autos von der Praxis des Gerichtsmediziners durch die pechschwarze Dunkelheit gefahren, in der es unablässig regnete und der Himmel sich gelegentlich aufhellte, wenn eine neue Gewitterlinie durch ihre Gegend zog. Sie mussten einen drei Meilen langen Umweg in Kauf nehmen, um einen Straßenabschnitt zu umfahren, der von einem Erdrutsch weggespült worden war. So hatte Kay mehr Zeit zum Nachdenken, während sie hinter Elliots SUV herfuhr.

So unwahrscheinlich es auch schien, der Fall ihres Partners hing eng mit dem Mord an Cheryl und der Entführung von Julie zusammen. Aus irgendeinem Grund hatte John Doe das Haus der Colemans aufgesucht und eine kleine Menge seines Blutes zurückgelassen.

Bevor sie sich ausmalen konnte, wie das passiert sein könnte, hatten sie ihr Ziel erreicht und Elliot hielt ihr die Tür auf, nachdem er gefragt hatte: »Glaubst du, dass sie immer noch da draußen ist?«

Es waren eher die Worte, die er nicht ausgesprochen hatte, die ihr Blut in Wallung brachten. Ja, ihre Chancen standen schlecht, wenn nicht sogar nahezu bei null, und für Julie war es bereits die dritte Nacht in Gefangenschaft – falls sie noch lebte –, aber der Hinweis, dass John Doe bei den Colemans zu Hause gewesen war, warf eine ganze Reihe neuer Fragen auf.

Hatte Cheryl John Doe getötet? Die Beweise deuteten in diese Richtung. Wenn ja, warum? Welches Motiv könnte eine Zahnarzthelferin und alleinstehende Mutter haben, einen Mann in ihrem Haus von hinten zu erschießen, vor allem wenn ihre Kinder dort waren? Und das waren sie wahrscheinlich gewesen. Könnte es Selbstverteidigung gewesen sein? Wenn ja, wie groß war die Wahrscheinlichkeit, dass zwei verschiedene Männer innerhalb von ein oder zwei Tagen in ihr Haus gekommen waren, um ihr etwas anzutun?

Gleich null.

Na ja, technisch gesehen war die Wahrscheinlichkeit größer als null, aber so gering, dass Kay leicht sagen konnte, sie existiere nicht. Und trotzdem war das die einzige Erklärung für das, was sie von Dr. Whitmore erfahren hatten.

Als sie ihren Schreibtisch erreichte, zog sie ihre Jacke aus und hängte sie zum Trocknen auf einen Stuhl in der Nähe, froh, das durchnässte Kleidungsstück nach einem langen Tag los zu sein. Am liebsten wäre sie zu ihrem Haus gefahren, um frische Kleidung zu holen und den Rollkragenpullover loszuwerden, der sie störte, aber sie konnte sich nicht dazu durchringen, ihre Arbeit für solch triviale Angelegenheiten zu unterbrechen.

»Was hältst du von der ganzen Sache?« Elliot zog seinen Stuhl heran und setzte sich neben sie, während sie ihren Laptop einschaltete. »Hat dein Opfer mein Opfer getötet?«

»Sieht ganz so aus«, erwiderte sie und tippte mit eiskalten

Fingern ihr Passwort ein. Während sie darauf wartete, dass der Bildschirm geladen wurde, rieb sie ihre Hände aneinander, um sie aufzuwärmen, dann schrieb sie Jacob eine SMS und fragte ihn, ob er ihr trockene Kleidung und etwas zu essen bringen könnte. Sie zögerte einen Augenblick, bevor sie die Nachricht abschickte, warf ihrem Partner einen kurzen Blick zu und bemerkte die durchnässten Hosenbeine und Hemdkragen, dann fügte sie der Nachricht hinzu: »*Für zwei.*« Sie tippte auf Senden und schob das Handy in ihre Tasche, als ihr Laptop piepste. Sie hatte eine neue E-Mail.

»Glaubst du, dein Opfer wäre in der Lage gewesen, die Leiche dieses John Doe ganz allein zu entsorgen? Sie ist nur um die ein Meter fünfundfünfzig groß und so dünn wie eine Bohnenstange.« Elliot beendete seinen Kommentar mit einem ungläubigen Glucksen.

»Vielleicht hatte sie Hilfe oder sie war wirklich so verzweifelt.« Sie musste verzweifelt gewesen sein, wenn die Mädchen zu der Zeit im Haus gewesen waren, aber das konnte man nicht wissen.

Eine Welle der Erregung erfasste Kay, als sie die E-Mail sah, auf die sie gewartet hatte. »Die Aufzeichnung des Anrufs bei der Notrufzentrale ist zurück.« Sie machte einen Doppelklick und die Aufnahme wurde abgespielt.

Die Aufnahme war digital bereinigt worden und Heathers Stimme klang nun gedämpft, ihre Atemgeräusche waren fast verschwunden. Carries Stimme war ebenfalls gedämpft worden, aber etwas weniger. Ihre Stimme umfasste einen zu großen Frequenzbereich, um vollständig entfernt zu werden, ohne dass wichtige Teile der Aufnahme verloren gingen. Der Hintergrund war verstärkt worden und klang nun näher, realer. Besser verständlich.

Mit angehaltenem Atem hörte sich Kay den ersten Teil der Aufzeichnung an, bei dem der Dialog zwischen Heather und Carrie den größten Teil des Spektrums einnahm und sonst nicht viel zu verstehen war. Dann hörte sie Cheryls Stimme, ihre Worte waren verständlich, wenn auch nur schwer.

»Du wirst sie nicht mitnehmen, hast du mich verstanden? Das lasse ich nicht zu«, hatte sie gesagt und ihre Stimme klang stark und entschlossen. Mutig. *»Lass uns einfach gehen.«*

Dann war die Stimme des Mannes zu hören, streng, tief und bedrohlich. *»Vergiss es. Sie wird mit mir kommen. Noch heute Nacht. So wie es sein soll.«*

Eine kurze Stille, in der Heathers gedämpfte Stimme auf Carries Frage geantwortet hatte, und dann Cheryl, die weiterflehte. Sie konnte die Tränen in ihrer Stimme hören, das Zittern, das normalerweise auf heftigen Schmerz und Verzweiflung schließen ließ. *»Ich wollte weg. Bitte lass uns gehen. Niemand muss es erfahren.«* Ein Schlag. *»Bitte, ich flehe dich an, lass uns gehen.«*

Jetzt sprach wieder der Mann, wobei der erste Teil seiner Worte schwer zu verstehen war, da er immer noch durch den Dialog zwischen Heather und Carrie übertönt wurde. *»Das kann ich nicht tun«*, antwortete er mit sachlicher, fast gleichgültiger Stimme. *»Du weißt, dass ich das nicht kann. Es muss geschehen, und du ...«* Die Worte waren für einen kurzen Moment unverständlich und wurden von Heathers Stimme übertönt. *»... deshalb bist du nicht von hier verschwunden. Es ist ihre ... ihre Macht, die dich zurückzieht, dich hier festhält. Es muss geschehen.«*

Einen Sekundenbruchteil nach den Worten des Mannes waren nur noch die Geräusche des Kampfes zu hören, das Krachen und laute Aufprallen von Möbeln, dann Cheryls Körper, der auf dem Boden aufschlug, während Julie schrie. Dann ertönte die herzzerreißende Stimme der Jugendlichen, die nach ihrer Mutter rief, bis auch sie zum Schweigen gebracht wurde.

Kay stoppte die Wiedergabe und nahm ihren Kopf in ihre

Hände. »Was zum Teufel war das denn? Eine gemeinsame Wahnvorstellung?«

»Wer ist *sie*«, fragte Elliot, »diese Frau, von der sie sprechen? Cheryl schien kein Wort von dem zu bezweifeln, was der Mann über *ihre Macht* und den ganzen Wahnsinn erzählt hat. Das ist ja noch verrückter als ein weißes Kaninchen im Hut.«

Kay stieß einen langen, enttäuschten Atemzug aus. Sie hatte sich von dem Anruf bei der Notrufzentrale viel mehr versprochen; sie hatte Antworten erwartet. Handfeste Hinweise. Einen Namen. Etwas, das ihr helfen würde, Julie zu finden, bevor es zu spät war.

Stattdessen war es, als hätte sie einen Blick auf eine Welt geworfen, in der nichts einen Sinn ergab. Es war vielleicht der seltsamste Dialog, den sie je mit angehört hatte, und Cheryl hatte an seinem Ende ihr Leben verloren.

Sie überlegte einen Augenblick lang – wenn sie dieses Gespräch mit einem Wort beschreiben müsste, welches Wort wäre das? Sie mochte diese Übung, um Situationen oder Ereignisse zu benennen, denn sie half ihr, ihre Überlegungen zu sortieren und die vielen Gedanken, die sie über das Gehörte hatte, zu ordnen. Das Wort war leicht zu finden; nur ein Wort konnte das Gespräch, das sie mit angehört hatte, charakterisieren.

Wahnhaft.

»Dieser unbekannte Täter ist ein Mörder und Entführer mit einer bestimmten Mission«, sagte sie und riss sich selbst aus den unzähligen Gedanken, die in ihrem Kopf herumschwirrten. »Wir wissen nicht, was genau seine Mission war, aber ich glaube, wir können uns darauf einigen, dass Cheryl davon wusste und sie aus irgendeinem Grund nicht bestritten hat. So verrückt das auch klingen mag, sie hat sie nicht hinterfragt.«

»Ich erkenne Wahnsinn, wenn ich ihn sehe«, sagte Elliot und lehnte sich in seinem Stuhl zurück. Er hob seinen Hut gerade lange genug, um sich mit den Fingern durch die Haare zu fahren, dann setzte er ihn sofort wieder auf den Kopf. »Oder höre, sollte ich vielleicht sagen. Und diese Leute hören sich für mich wie Wahnsinnige an.«

In dem Moment, als er das Wort aussprach, an das sie gedacht hatte, spürte sie ein Ziehen im Bauch, aber sie konnte nicht genau sagen, was es war.

»Denkst du, es ist eine dieser seltsamen Sekten?«, fragte er. »So eine gab es mal in Waco, falls du dich erinnerst. Sechsundsiebzig Menschen sind dabei ums Leben gekommen.«

»Da bin ich mir nicht so sicher.« Kay schraubte den Deckel von einer Wasserflasche ab, die sie aus der Schreibtischschublade gezogen hatte, und kippte durstig die Hälfte hinunter. Das half ihr, den Hunger zu vertreiben, wenigstens für eine Weile. »Weißt du, Sektenmitglieder dürfen nicht frei herumlaufen. Soweit wir das beurteilen können, war Cheryl frei. Sie hatte einen Job, in dem sie andere Leute traf. Sekten lassen ihre Mitglieder normalerweise nicht frei herumlaufen, weil sie Angst haben, dass ihnen die Kontrolle über ihre Opfer entgleiten könnte.« Sie sah ihn schnell an. »Ups, ich meinte Mitglieder.«

Er lächelte, und für einen Augenblick vergaß sie, wo sie war, und wünschte sich, sie würden gemeinsam essen und eine Flasche Wein trinken. Und was immer der Abend sonst noch zum Nachtisch bereithielt.

Dann fiel ihr Julie wieder ein und ihr Tagtraum wurde jäh in Stücke gerissen. Später würde es Zeit für dieses Abendessen geben. Später, nachdem sie Julie gefunden, in Sicherheit gebracht und zu ihren Schwestern zurückgebracht hätten. Sobald der Mörder ihrer Mutter hinter Gittern saß.

»Ta-da«, hörte sie Jacobs Stimme hinter sich, etwa eine Sekunde nachdem sie den verlockenden Geruch von heißer Peperoni-Pizza wahrgenommen hatte und sich gerade fragen wollte, von wem sie ein Stück erbetteln könnte. Sie sprang auf und umarmte ihn.

Er trug sein kariertes Lieblingshemd, das aufgeknöpft über einem weißen T-Shirt hing, und dazu Jeans. Wassertropfen klebten an seiner widerspenstigen Mähne, aber das schien ihn nicht weiter zu stören. Denn er schien etwas zu sein, was er schon sehr lange nicht mehr gewesen war. Glücklich.

»Igitt, du bist ja nass«, sagte Jacob scherzhaft und zog sich zurück, sichtlich verlegen über ihre Zuneigungsbekundung. »Und du stinkst.«

»Ach wirklich?«, fragte sie und ihre Wangen glühten. »Warum kaufst du nicht ein paar Anzeigen und veröffentlichst die Neuigkeiten in der Zeitung?« Aber sie war nicht wirklich sauer; sie hatte den Pizzakarton bereits geöffnet und sich das erste Stück geschnappt. Sie biss hinein und ihr lief so viel Wasser im Mund zusammen, dass sie gegen den Drang ankämpfte, es ganz hinunterzuschlucken. Sie ließ sich beim Kauen Zeit und genoss jeden Bissen. Dann winkte sie Hobbs zu sich, der die kleine Versammlung schon von Weitem beobachtete.

»Ich habe noch mehr für euch«, sagte Jacob und überreichte ihr und Elliot Einkaufstüten mit Kleidung. »Lynn hat mir geholfen, deine auszuwählen«, fügte er hinzu. Kays Kinnlade klappte herunter.

»Trockene Socken und ein Hemd«, kommentierte Elliot und schüttelte Jacob die Hand. »Und sieh dich doch nur mal an, wie du hier freiwillig das Revier betrittst.«

»Erinnere mich nicht daran – ich bekomme heute noch eine Gänsehaut, wenn ich Polizisten sehe.«

»Sieh mich nicht so an«, erwiderte Hobbs lachend und sprach mit vollem Mund, hielt sich aber die Hand davor. »Ich bin nicht mehr im Dienst.«

»Du kommst also nicht so bald nach Hause, Schwesterherz?«, fragte Jacob und senkte seine Stimme nur ein wenig. Ihr kleiner Bruder schien einen Plan zu haben, und der Name dieses Plans war Lynn. Schön für ihn.

»Nein, Brüderchen«, antwortete sie mit einem breiten Grinsen. »Heute Nacht hast du das Haus ganz für dich allein.«

Er gab ihr einen Kuss auf die Wange und eilte hinaus. Als er den Haupteingang erreichte, drehte er sich kurz zu ihr um und rief: »Du bist die Beste.«

Nein, er war der beste Bruder, den sich ein Mädchen wünschen konnte. Er hatte sie bei sich aufgenommen, als sie nach Mount Chester zurückgekehrt war, um dort zu leben. Obwohl sie jahrelang getrennt voneinander gelebt hatten, hatte sie sich nur selten gemeldet. Während dieser Zeit war sie eine Fremde gewesen, war sich nicht sicher, ob er an sie erinnert werden wollte, an die schwierige Zeit, in der sie zusammen aufgewachsen waren, und natürlich an den Vater, der sie missbraucht hatte. Dennoch hatte er sie mit offenen Armen empfangen und ihr nichts als Liebe und Unterstützung entgegengebracht. Sie hatte Glück. Daran hätte sie denken sollen, bevor sie seiner Freundin so misstrauisch begegnet war.

Elliot zog eine Serviette aus der Packung und wischte sich den Mund ab, dann trank er eine ganze Flasche Wasser, ohne Luft zu holen. »Und was jetzt?«

»Jetzt werde ich noch mal mit Heather sprechen. Vielleicht weiß sie etwas über deinen John Doe.«

SECHSUNDZWANZIG
ERINNERUNGEN

Kay hatte Heather seit dem Mittagessen nicht mehr gesehen, als sie ihre erste Hypnosesitzung ziemlich abrupt beendet hatte. Sie hatte sich Sorgen um das kleine Mädchen gemacht, aber Deputy Farrell hatte sie den ganzen Tag über per SMS auf dem Laufenden gehalten.

Erin ging es etwas besser – sie aß, schlief und kritzelte Monster, ohne dass sie es satt zu haben schien. Sie war wie in Trance in das, was sie tat, vertieft und schien nicht bereit, irgendetwas anderes zu zeichnen. Gesagt hatte sie nur sehr wenig.

Bei Heather hatte sich nicht viel verändert. Sie sprach nicht, rührte kaum Essen oder Wasser an und wenn sie schlief, hatte sie entsetzliche Albträume. Die Deputy hatte bemerkt, dass ihr ein paarmal Tränen über das Gesicht liefen und ihr leerer Blick etwas konzentrierter wurde, aber nur für kurze Zeit.

Das war ein gutes Zeichen. Vielleicht war sie bereit, wieder ins Leben zurückzukehren.

Kay sah auf die Uhr und schluckte einen Fluch herunter. Es war fast halb zehn. Sie hoffte, dass Heather noch wach war.

Bevor sie sich auf den Weg zum Ruheraum machte, wartete sie ungeduldig darauf, dass Hobbs mit seiner Pizza fertig wurde.

»Was hat denn die Überprüfung der Alibis ergeben?« Es war eigentlich sinnlos, danach zu fragen; wenn etwas an den Alibis der Montgomerys nicht gestimmt hätte, wäre sie sofort informiert worden. Trotzdem hatte sie irgendwie ein merkwürdiges Bauchgefühl, was die beiden betraf, und wollte sichergehen, dass Hobbs gründliche Arbeit leistete.

Noch immer auf dem letzten Bissen der Käsekruste kauend, streckte der Deputy seinen fettigen Daumen in die Luft. Er schluckte mühsam und beeilte sich. »Sie wurden beide bestätigt. Die Skihütte sagte, Avery Montgomery sei bis ...«, er zog seinen Notizblock hervor und blätterte ein paar Seiten durch, »null Uhr fünfundvierzig dort gewesen. Das ist der Zeitstempel auf seinem Parkticket.«

»Und haben Sie mit den Leuten dort gesprochen?«

»Ja, habe ich. Sie haben mir Überwachungsvideos gezeigt, auf denen er am Spieltisch zu sehen ist. Er war dort. Er hat sich nicht bewegt, er ist nur einmal aufgestanden, um auf die Toilette zu gehen, aber das kann ich ihm nicht verdenken. Er hatte eine Glückssträhne, er hat den Bürgermeister und die anderen beiden ausgenommen.«

Ein hieb- und stichfestes Alibi. »Und was ist mit Marleen Montgomery?«

»Ich habe mit drei Damen aus ihrem Buchclub gesprochen«, antwortete Hobbs und schaute wieder auf seinen Notizblock. »Sie war bis halb elf mit ihnen im Haus und hat über Harlan Coben gesprochen. Möchten Sie, dass ich die übrigen Mitglieder ebenfalls befrage?«

Das hatte keinen Sinn. »Nein, aber danke, Hobbs, ich weiß es zu schätzen.«

»Gern geschehen.«

Sie legte einen Zwischenstopp in der Küche ein, um sich die Hände zu waschen, die noch ein wenig fettig von der Pizza waren, und zog sich dann schnell in der Umkleide um, wobei sie bedauerte, dass sie keine Zeit zum Duschen hatte. Lynn wuchs ihr langsam ans Herz, auch wenn sie ihr nach wie vor mit gemischten Gefühlen gegenüberstand, denn Jacobs neue Freundin hatte ihr Deo und saubere Unterwäsche in die Tasche gepackt. Sie verdrängte den Gedanken, dass eine fremde Frau ihre Unterwäsche durchwühlt hatte, und freute sich lieber über das saubere und trockene Gefühl in ihren frischen Sachen.

Als sie mit einem Lächeln auf den Lippen aus der Umkleide kam, sah sie, dass Elliot, der Jacobs rotkariertes Hemd trug, das ihm unerwartet gut stand, vor dem Ruheraum auf sie wartete und bereit war, Wache zu halten, während sie ihre Sitzung durchführte.

Sie öffnete langsam die Tür und sah, dass Erin schlafend in ihrem Bett lag, während Heather noch wach war und wie immer auf der Bettkante saß, den Rücken gerade, die Schultern angespannt, den ganzen Körper starr. Neben ihr, auf dem Nachbarbett, war Farrell eingeschlafen. Die Deputy hatte ihre Aufgabe ernst genommen und war nicht bereit gewesen, für die Nacht nach Hause zu fahren und die Mädchen bei jemand anderem zu lassen. Als Mutter wusste sie sicher, wie wichtig jeder letzte Rest von Stabilität für die Mädchen war, und in dieser Situation waren wechselnde Betreuungspersonen einfach nicht das Richtige.

Sie berührte Farrell an der Schulter und weckte sie auf. Die Deputy nahm Erin in die Arme und verließ den Raum, während Kay mit Heather allein zurückblieb. Wenig später war das kleine Mädchen, auf Kissen gestützt und mit geschlossenen Augen, bereit für eine weitere Sitzung.

»Atme langsam mit mir und folge meiner Stimme in eine tiefe Entspannung. Du befindest dich jetzt in einer tiefen Trance.«

Kay beobachtete aufmerksam, ob Heather sich wohlfühlte.

Ihre Schultern hatten sich entspannt, die Anspannung in ihrem Gesicht war verschwunden, ihre Augen waren geschlossen, bewegten sich aber immer noch gelegentlich, doch die Gedanken, die ihr durch den Kopf gingen, schienen sie nicht allzu sehr zu quälen.

»Was du gleich siehst, kann dich nicht verletzen. Du bist in Sicherheit, hier bei mir. Du erzählst mir die Geschichte, die am Montagabend passiert ist. Es ist, als würden wir zusammen fernsehen. Sag mir, was du siehst.«

Ihr Kiefer krampfte sich leicht zusammen, bevor sie sprach. »Julie ist spät dran. Mom ist sauer. Sie will, dass wir wegfahren.«

»Wohin will sie fahren?«

»So weit weg von hier wie möglich«, antwortete sie und ihre Stimme klang erwachsener. Das mussten Cheryls Worte gewesen sein.

»Jemand ist an der Tür. Kennst du den Mann?«

Das Mädchen erschrak und ihre Augen bewegten sich schnell. Sie krümmte sich, als ob ihr ganzes Wesen sie drängte, wegzulaufen, aber sie war an Ort und Stelle und in der Zeit gefangen, in dieser schrecklichen Nacht.

»Du bist in Sicherheit und du bist stark. Nichts kann dir etwas anhaben.« Kay sprach langsam, ihre Stimme kaum mehr als ein Flüstern. »Atme ein, halte einen Moment lang die Luft an und atme wieder aus.« Sie sah zu, wie sich das Mädchen entspannte und ihre Augenbewegungen langsamer wurden. »Kennst du diesen Mann?«

Heather schüttelte leicht den Kopf und ein Wimmern kam über ihre Lippen. »Er wird Julie mitnehmen.«

»Kennt deine Mutter ihn?«

»Ja.«

Sie hielt einen Augenblick inne und überlegte, wie sie die nächste Frage so neutral formulieren konnte, dass sie die Antwort nicht beeinflussen würde. Heather kannte den Namen des Mannes nicht; sie hatte sie schon zweimal danach gefragt und dieselbe Antwort bekommen. »Was sagt deine Mutter, als sie ihn sieht?«

»*Ach du bist es*«, antwortete sie und ahmte dabei wieder die Stimme ihrer Mutter nach.

Wie interessant. Sie hatte zweifellos jemand anderen erwartet, trotzdem hatte sie den Mann, der ihr später das Leben nahm, eindeutig gekannt.

»Was ist mit dem Tag davor? War da ein anderer Mann zu Besuch bei deiner Mom?«

»Neeee«, murmelte sie und runzelte die Stirn.

»Und zwei Tage zuvor?«

»Ja.« Sie wurde wieder nervös.

»Lass uns die Geschichte zusammen anschauen«, flüsterte Kay. »Erzähl mir von diesem Mann.«

Heather knirschte mit den Zähnen, rutschte auf ihrem Platz hin und her und verschränkte die Hände im Schoß. An was auch immer sie sich gerade erinnerte, sie fühlte sich unbehaglich dabei.

»Mom hat uns nach oben in ihr Schlafzimmer gebracht.« Sie hielt zwischen den Worten inne, als ob sie sich nur schwer erinnern könnte. »Ohne sie dürfen wir da nicht rein, aber sie sagt, es ist okay.« Sie schluckte und leckte sich über die trockenen Lippen, dann klappte ihr Kiefer wieder zusammen. »Das macht sie immer, wenn er kommt.« Der Anflug eines Lächelns umspielte ihre angespannten Lippen. »Damit wir nicht hören, worüber sie reden. Aber das macht mir nichts aus, ich mag Zeichentrickfilme sowieso lieber.«

»Was hast du an dem Abend geschaut?«

Wieder ein kleines Lächeln. »*Cars*. Die kleine Ratte hasst den Film, aber Julie sagt mir die Namen der Autos und ich liebe Hook. Er ist lustig. Julie mag *Cars* auch.« Ein stoßweiser Atemzug verschluckte ihre letzten Worte, dann ging eine schnelle, heftige Bewegung durch ihren Körper, als ob sie etwas erschreckt hätte.

»Was ist gerade passiert?«

»*Peng*.« Sie schlug nervös die Hände zusammen und löste sie wieder. »Unten im Erdgeschoss. Aber Mom kommt zu uns nach oben.« Ihre Stimme wechselte die Tonlage. »*Ihr Mädchen bleibt hier, habt ihr verstanden? Kommt nicht runter.*«

Das musste der Moment gewesen sein, in dem John Doe erschossen worden war. Heather hatte nichts von Streit, Geschrei oder Gewalt gesagt. Einfach nur *Peng*.

»Was ist dann passiert?«

»Wir haben Mom durchs Fenster beobachtet.« Ihre Stimme war jetzt ein verschwörerisches Flüstern. »Wenn sie uns erwischt, ist es schlimm. Dann wird sie wütend.«

»Was habt ihr gesehen?«

»Ganz viel Regen. Sie hasst Regen. Julie hat Angst vor dem Regen.« Ein leises, angespanntes Kichern. »Mom trägt den Mann zurück zu seinem Pick-up. Er ist groß, wie Hook. Julie sagt, er sei eingeschlafen, weil er müde war, aber ich glaube, sie hat gelogen. Er ist ganz nass geworden in den Pfützen, weil Mom ihn fallen gelassen hat.« Sie gluckste leise. »Sie trägt mich auch, wenn ich müde bin. Sie sagt, jetzt bin ich dafür zu schwer.«

»Und was ist dann passiert?«

»Julie hat mich nicht zuschauen lassen. Sie hat Kekse und Milch mitgebracht und wir haben ferngesehen.« Ein schaudernder Seufzer entfuhr ihr. »Aber Mom ist weggefahren und kam erst wieder zurück, ähm, ich weiß nicht wann genau. Julie hat mir beim Zähneputzen zugesehen und sie war gemein zu mir. Sie hat mich gekniffen und das tat weh.«

»Warum war sie gemein?«

Wieder der Anflug eines Lächelns. »Ich habe sie beim Abendessen ausgelacht. Ich habe Mommy von Julies Freund erzählt und ihr gesagt, dass sie in Brent verliebt ist. Sie hat mich unter dem Tisch getreten. Dann hat sie mir an den Haaren gezogen, als Mommy nicht hingesehen hat.«

Kay schaute zur Tür und sah Elliots Gesicht im Fenster, er beobachtete und hörte aufmerksam zu. Also gab es auch einen Freund, jemanden, von dessen Existenz sie bisher keine Ahnung gehabt hatten. Jemanden, der möglicherweise Antworten hatte.

»Erzähl mir von dem Pick-up. Konntest du ihn genau sehen?«

»Ja, aber ich durfte ihn nicht sehen«, flüsterte sie mit angsterfüllter Stimme.

»Das ist schon in Ordnung. Welche Farbe hatte er?«

Sie zögerte einen Augenblick lang. »Weiß.«

»Stand etwas darauf geschrieben?«

Die Antwort kam nicht sofort. Ihre Augen bewegten sich etwas langsamer und sie legte immer wieder die Stirn in Falten. Sie versuchte, in ihr Gedächtnis zu sehen – die Bilder abzurufen, die sie vor ein paar Nächten durch den dichten Regen wahrgenommen hatte, ohne ihnen wirklich Aufmerksamkeit zu schenken. »Es war nicht geschrieben, aber die Buchstaben waren trotzdem da.«

Kay fragte sich, was das zu bedeuten hatte. »Kannst du die Buchstaben lesen?« Sie hielt den Atem an.

»Ähm, F, minus, eins, fünf, null.«

Meinte sie das Nummernschild?

Stirnrunzelnd schaute Kay zu Elliot. Er kritzelte etwas auf seinen Notizblock, dann riss er das Blatt ab und hielt es an die Scheibe. In dem Augenblick, in dem sie Elliots Notiz las, wurde ihr klar, dass sie die Antwort bereits kannte.

Sie beschrieb einen Ford F-150.

Der Schriftzug F-150 stand nicht auf der Rückseite des Pick-ups, sondern war in die Ladefläche eingraviert. Das war es, was sie meinte, als sie sagte: »Es war nicht geschrieben, aber die Buchstaben waren trotzdem da.« Schlaues kleines Mädchen.

Dann ließ ein Gedanke Kay das Blut in den Adern gefrieren. Die Wahrscheinlichkeit, dass zwei verschiedene Männer bei den Colemans vorbeigeschaut hatten, um Schaden anzurichten, war gerade noch weiter gesunken. Allem Anschein nach schienen sie auch ähnliche Pick-ups zu fahren. Und *diese* Wahrscheinlichkeit war verschwindend gering.

Hatte Heather die beiden Tage verwechselt?

Oder war es vielleicht derselbe Pick-up gewesen? Wo hatte Cheryl den Pick-up von John Doe abgestellt, nachdem sie seine Leiche am Rand der Interstate entsorgt hatte? Das sah immer weniger nach Selbstverteidigung aus.

Aber Heather hatte nichts darüber gesagt, dass John Doe Cheryl in irgendeiner Weise bedroht hatte. Im Gegenteil, sie erfuhr, dass John Doe sie schon mehr als einmal aufgesucht hatte. Nur hatte Cheryl ihn am letzten Samstag aus irgendeinem Grund in ihrer eigenen Küche erschossen, während ihre kleinen Mädchen oben im Schlafzimmer Zeichentrickfilme anschauten.

Während sie sich die Szene vorstellte, tauchte eine andere Frage auf, die genauso beunruhigend war.

Warum hat Julie in keiner Weise reagiert? Heather war vielleicht zu jung, um zu verstehen, was vor sich ging, obwohl die meisten Kinder in ihrem Alter so viele Filme gesehen und Videospiele gespielt hatten, dass sie mehr als genug über Schießereien, Tod und Verbrechen im Allgemeinen wussten. Aber Julie hätte schreien müssen, sie hätte etwas sagen müssen wie: »Mom, was hast du getan?« oder »Was ist passiert?« Oder so etwas. Sie hätte irgendetwas anderes tun müssen, als ihren Schwestern Kekse und Milch zu bringen und Zeichentrickfilme zu schauen, während sie wusste, dass ihre Mutter direkt vor ihrem Fenster eine Leiche in einen Pick-up lud.

Alles an diesem Fall war verrückt, als wäre sie in ein Paralleluniversum geraten, in dem sich die Dinge, Menschen und Ereignisse auf eine andere Art und Weise entwickelten.

Sie hatte noch eine weitere Frage an Heather, obwohl sie nicht unbedingt eine sinnvolle Antwort erwartete.

»Wie hat deine Mutter den Mann genannt, der am Samstag bei dir zu Hause eingeschlafen ist?«

Das gleiche Flackern eines Lächelns umspielte ihre angespannten Lippen. »Mom wollte, dass wir ihn Onkel nennen, aber sie hat ihn Baby genannt, so wie sie uns nennt. Aber er war nicht mein Bruder«, kicherte sie leise. »Er ist viel zu alt, um mein Bruder zu sein.«

»Wie alt?«

»Er hat weißes Haar«, antwortete sie mit jener bestimmenden Haltung, die Kinder gegenüber dem Alter hatten, wobei ein Hauch von Abneigung in ihrer Stimme lag. »Er ist alt.«

Kay wechselte einen kurzen Blick mit Elliot. John Doe hatte grau meliertes Haar, aber für ein Kind hätte das wie weiß aussehen können, und dann hätte es einen Mann im mittleren Alter für alt halten können.

Alles, was sie bisher herausgefunden hatten, schien darauf hinzudeuten, dass Cheryl Coleman John Doe, den Mann, mit dem sie vermutlich eine Affäre hatte, kaltblütig ermordet hatte.

SIEBENUNDZWANZIG

EIN NEUER TAG

Als der neue Tag anbrach, döste er in einem Sessel, den er vor das große Fenster geschoben hatte, und der weiße Voile berührte sanft sein Gesicht, während er durch den Mund atmete. Sein Kopf ruhte auf seinem angewinkelten Arm, er hatte ihn so platziert, dass das erste Licht seine Augen erreichen würde.

Die ganze Nacht über hatte es geregnet, ein bedrohliches Konzert aus Geräuschen, die er so gut kannte. Mutter wütete noch immer, ihr Schmerz war unerträglich, ihr Blut wurde noch immer vergossen.

Zuerst warf ein düsterer Grauton sein Licht auf die Gardinen, die erste Barriere zwischen dem anbrechenden Tag und der dichten Dunkelheit, die den Raum noch immer erfüllte. Dann kroch das diffuse Licht trübe und schwach in den Raum und berührte auf seinem Weg seine Augen.

Er fuhr hoch und verließ seinen bequemen Sessel, um zum Fenster zu gehen, von wo aus er den Himmel sehen konnte, die Hände auf die Fensterbank gestützt und den Kopf nach hinten geneigt. Er war aschfahl und im Westen fast dunkel, eingehüllt in watteartige Büschel schmutziger Wolken, schattig und bleiern und mit einem Hauch von elektrischem Silber überzogen, unendlich ruhelos, unruhig und zuckend auf dem Weg Richtung Norden, dicht gedrängt, um Platz für weitere Wolken zu machen.

Nirgendwo war ein Fleckchen Blau zu sehen.

Sobald das Licht die ersten Wolkenformationen in tiefem Schiefergrau skizziert hatte, eilte er von einem Fenster zum nächsten und starrte in den Himmel, auf der Suche nach einem Zeichen, dass die Sonne bald aufgehen würde.

Stattdessen öffnete der Himmel seine Schleusen und ließ den Regen wütend herunterprasseln, und Mutters Faust schlug mit einem bedrohlichen Donnerschlag gegen seine Tür. Sie hatte gesprochen; sie erwartete ihre Buße in frischem Blut. Morgen, wenn die Sonne am höchsten stand, würde er sie liefern.

Niedergeschlagen ging er zum Fenster hinter dem Bücherregal hinüber, das von der blassen Glühbirne, die von der Kellerdecke baumelte, schwach beleuchtet wurde, und betrachtete das Mädchen. Sie hatte sich schon eine ganze Weile nicht mehr bewegt, ihr tränenüberströmtes Gesicht war blass und wirkte gegen die dunklen Strähnen ihres Haares noch weißer. Manchmal bewegten sich ihre Lippen, aber er konnte keine Geräusche hören.

Mit sehnsüchtigem Herzen berührte er das Glas, dessen kühle Oberfläche ihn an den Tod erinnerte, an die Zerbrechlichkeit des Lebens, an den vergänglichen Traum, den alle lebenden Menschen teilten, obwohl es doch Mutter war, die darüber entschied, wer lebte und wer starb.

Eine Träne bildete sich in seinem Augenwinkel und kullerte langsam an seinem Gesicht herunter. Er sah das Mädchen immer noch an, aber seine Gedanken wanderten in die Vergangenheit und erinnerten sich an das erste Opfer, das er Mutter zu Füßen gelegt hatte, und wie die Qualen dieses Opfers ihn fast umgebracht hatten.

Ob es dieses Mal genauso sein würde?

Er lehnte seine Stirn gegen das kühle Glas, zog sein Medaillon heraus und atmete den Duft von warmer Erde, von Leben und Tod ein, der von ihm ausging. Er drückte seine Lippen sanft darauf und verfiel in ein endloses Murmeln, flehte, verteidigte und appellierte an Mutters gutes Herz, das Mädchen leben zu lassen und stattdessen sein Blut zu vergießen.

In der Nähe schlug ein Blitz in den Boden ein. Er hörte, wie die Elektrizität in der feuchten Luft explodierte, bevor der Donner laut grollte und das Haus in seinen Grundfesten erschütterte.

Sie hatte gesprochen; wegen seiner Unentschlossenheit, seinem ständigen Flehen und seiner Schwäche war ihre Geduld am Ende.

Morgen Mittag würde er ihr seine Treue beweisen, und sie würde ihm verzeihen, wie sie es schon oft getan hatte, indem sie ihm ihre unendliche Kraft verlieh.

Zwei Stockwerke tiefer, unten im Keller, wälzte sich das Mädchen hin und her und wimmerte leise. Er berührte das Glas mit den Fingerspitzen, als würde er ihr Gesicht streicheln.

»Bald ist es so weit, mein süßes, liebes Mädchen, bald. Das verspreche ich dir.«

ACHTUNDZWANZIG

DER ZAHNARZT

Nach einer weiteren Nacht, die sie auf einem Klappbett im Ruheraum neben Heather verbracht hatte, rieb sich Kay mit steifen Fingern den schmerzenden Nacken und war froh, dass sie nur drei Stunden geschlafen hatte. Hätte sie noch länger geschlafen, wäre sie jetzt völlig steif, könnte ihren Kopf nicht mehr drehen und hätte solche Schmerzen, dass nicht mal eine ganze Flasche Ibuprofen-Tropfen helfen würde. Sie setzte sich auf den Beifahrersitz von Elliots SUV und brachte sich in eine Position, in der ihr der Rücken nicht mehr wehtat.

Der letzte Gedanke, bevor sie in der Nacht zuvor in einen tiefen, aber unruhigen Schlaf gefallen war, war die Frage, was sie mit Heather und Erin anstellen sollte. Sie konnte sie nicht ewig dort behalten, nicht jetzt, wo jeglicher Verdacht gegen die Montgomerys ausgeräumt war und die beiden nachdrücklich verlangten, dass die Mädchen in ihre Obhut gegeben wurden, was jeder Richter, der bei klarem Verstand war, sowieso anordnen würde. Das war ihr Recht als unmittelbare Angehörige, wenn es kein Testament gab. Aber irgendetwas hinderte sie daran, den Hörer abzunehmen und anzurufen, etwas, das sie nicht genau einordnen konnte.

Es war offensichtlich, dass es dem unbekannten Täter egal gewesen war, ob er Zeugen zurückließ; dem Anruf bei der Notrufzentrale zufolge wusste er, dass sie im Haus waren, und es war ihm egal. Diese Gleichgültigkeit gegenüber den zurückgelassenen Zeugen war eines der vielen Dinge, die an diesem Fall merkwürdig waren.

Und was Heathers Fähigkeit anging, nützliche Informationen zu liefern, die ihnen helfen könnten, Julie zu finden, so war diese wahrscheinlich erschöpft. Ganz zu schweigen davon, dass alles, was sie bisher von Heather erfahren hatte, seltsam und rätselhaft war und zu mehr Fragen als Antworten geführt hatte, als ob Heather die Wahnvorstellungen der Gruppe geteilt hätte, die bei allen Ereignissen und Akteuren des Falls eine Rolle zu spielen schienen.

Mit einem frustrierten Seufzer klappte sie ihren Laptop auf und überprüfte die Fahndung, die sie gestern am späten Abend zu John Does Pick-up herausgegeben hatte. Die Beschreibung lautete lediglich: »Neues Modell eines Ford F-150 Pick-ups, weiß.« Sie machte sich keine großen Hoffnungen, denn auf den Highways des Bundesstaates wimmelte es von solchen Fahrzeugen. Es war der beliebteste Pick-up, der auf den Straßen Kaliforniens verkauft und gefahren wurde, denn in dem Bundesstaat, in dem die Sonne fast immer schien, war Weiß die bevorzugte Farbe

Nichts. Keine Neuigkeiten über die Fahndung und auch nichts Brauchbares über die Vermisstenmeldung über AMBER Alert.

»Das muss der langsamste Hurrikan sein, den ich je gesehen habe«, sagte Elliot und warf ihr einen kurzen Blick zu, wie er es schon ein paarmal getan hatte, seit sie das Revier verlassen hatten.

»Genau genommen ist es kein Hurrikan mehr.« Sie trank einen Schluck des bitteren Kaffees, den ein Deputy in doppelter Stärke aufgebrüht hatte. Wie alle anderen schob auch er eine Doppelschicht, aber hatte irgendwie die Kraft gefunden, sich zu Beginn einer neuen Schicht um die Bedürfnisse aller zu kümmern. »Es ist ein tropischer Wirbelsturm oder so etwas, so nennt man einen Hurrikan, nachdem er auf Land getroffen ist und sich langsam auflöst.«

Die Scheibenwischer surrten rhythmisch, wachsam, wurden schneller und schafften es gerade noch, die Windschutzscheibe für eine kurze Sichtweite klar genug zu halten. Er nahm die Ausfahrt und der SUV geriet ein wenig ins Schleudern, als er eine Stelle erreichte, an der die Fluten Schlamm mitgerissen und auf die Straße gespült hatten. Elliot brachte das Fahrzeug mit einer schnellen Bewegung und einem gemurmelten Fluch wieder unter Kontrolle. Über seinen blauen Augen lag ein Stirnrunzeln und seine fest zusammengepressten Lippen verrieten seine Anspannung.

»Wie auch immer du ihn nennen willst, ich habe es langsam satt. Dieser Sturm ist so willkommen wie ein Luftzug auf dem Plumpsklo«, murmelte er, hielt an einer Kreuzung und schaltete dann die Warnlichter ein, um auf die Landstraße in Richtung Westen abzubiegen. Er näherte sich einem Gebiet, in dem Erdrutsche gemeldet worden waren. Es handelte sich zwar nur um kleinere Erdrutsche, aber es konnte jederzeit zu einem weiteren kommen, und es war nicht abzusehen, wie gefährlich und lebensbedrohlich der nach so vielen Tagen endlosen Regens sein würde.

Es war dunkel, obwohl es schon nach neun Uhr war und die Sonne bereits vor einer ganzen Weile aufgegangen war, irgendwo hinter bedrohlichen, regengeladenen Wolken, die von Dunkelgrau und Silber durchzogen waren.

»Ein paar Tage noch«, sagte sie, um ihn aufzumuntern, aber ihre Stimme klang niedergeschlagen und deprimierend. Sie zwang sich zu mehr Optimismus und fügte beiläufig hinzu: »Ich glaube, das nennt man Sturmbänder. Noch ein paar davon und wir haben es geschafft. Dann scheint wieder die Sonne, zumindest so lange, bis die Schneesaison beginnt.« Sie warf dem Mount Chester einen langen Blick zu, als er beim Abbiegen vom Highway hinter majestätischen Tannen in der Landschaft auftauchte. Er war in dicke Wolken gehüllt, sein Gipfel unsichtbar, sein Fuß dunstig, er schien weiter entfernt zu sein als die rund zwanzig Meilen Luftlinie.

»Keine Minute zu früh«, erwiderte Elliot und hielt auf dem Schotterparkplatz einer kleinen Zahnarztpraxis, wobei die Reifen Kieselsteine gegen den Unterboden schleuderten, als er aufs Bremspedal trat.

Auf dem Schild über dem Gebäude stand DIE PRAXIS FÜR IHR PERFEKTES LÄCHELN in weißer Schrift auf blauem Hintergrund, daneben das traditionelle Bild eines perfekt weißen Zahns. Der Arbeitsplatz von Cheryl Coleman.

Sie kannte diesen Ort noch aus ihrer Kindheit, als sie panische Angst vor Zahnärzten gehabt hatte. Wie sehr hatte sie den Geruch von Desinfektionsmittel und Mundwasser und das knirschende Geräusch des Bohrers gehasst. Ihr Zahnarzt, ein älterer Mann mit zittrigen Fingern und einer permanenten Leidensmiene, hatte die Praxis schon vor langer Zeit an einen jüngeren Zahnarzt, Dr. Labarre, verkauft.

Die Zahnarztpraxis roch nicht mehr so, wie sie es in Erinnerung hatte – moderne Materialien beseitigten die gefürchteten Gerüche und ersetzten sie durch Düfte, die, wie sie zugeben musste, fast angenehm waren, obwohl das gleiche lästige Hochfrequenzsurren wie früher aus einem der Untersuchungsräume zu hören war. Bald würde sie sich auf die Patientenliste von Dr. Labarre setzen lassen müssen, denn ihre Zähne verdienten ab und zu eine Reinigung.

Elliot hatte der lächelnden Empfangsdame seine Dienstmarke gezeigt und sie war schnell mit schwingenden Hüften verschwunden, um den Arzt zu holen. Kay warf ihm einen kurzen Blick zu, um zu sehen, wie er auf die Rückkehr der lächelnden Schönheit, die kaum älter als dreiundzwanzig sein konnte, reagierte. Doch er schien sich nicht dafür zu interessieren und war damit beschäftigt, seine E-Mails zu lesen.

»Dr. Labarre wird Sie jetzt empfangen«, zwitscherte sie und stellte nur mit einem der Detectives Augenkontakt her, wobei ihre Vorliebe in dieser Sache ebenso glasklar war wie ihre wohlklingende Stimme. Bevor sie das Hinterzimmer des Zahnarztes betrat, musste Kay sich beherrschen, die junge Frau, die sie bewusst ignorierte, nicht anzugrinsen.

»Detectives, was kann ich für Sie tun?« Dr. Labarre war groß und hatte einen leichten Buckel, der wahrscheinlich davon kam, dass er sich ständig über all die offenen Münder beugte. Er sah eher wie ein Buchhalter als wie ein Zahnarzt aus, obwohl Kay spontan keine genaue Vorstellung davon hatte, wie ein Zahnarzt aussehen sollte. Er hatte eine dünnrandige Brille, die seinem runden Gesicht, das auf drohendes Übergewicht hindeutete, Klasse verlieh, und ein nettes Lächeln, das seine eher kleinen Augen umspielte. »Ich nehme an, es geht um Cheryl.«

»Ja«, erwiderte Kay und weigerte sich, Platz zu nehmen, da ihr Rücken trotz zwei Ibuprofen, die sie mit einer halben Tasse schwarzen Kaffees heruntergespült hatte, immer noch schmerzte. »Wissen Sie, ob sie sich mit jemandem getroffen hat?«

»Sie meinen, ob sie in einer festen Beziehung war?«, fragte der Arzt und kratzte sich an der Stirn. »Ja, sie war mit einem Mann zusammen.« Er runzelte ein wenig die hohe Stirn, sodass parallele Linien darauf erschienen. »Ich glaube nicht, dass sie seit dem Tod ihres Mannes viele Verabredungen hatte. Sie war am Boden zerstört, als es passierte. Ich weiß noch, wie sie den Anruf hier in der Praxis bekam.« Er hielt einen Augenblick inne und schaute geistesabwesend aus dem Fenster, scheinbar in Gedanken versunken. »Ich habe mir tatsächlich ein paar Monate lang Sorgen um sie gemacht, nachdem Calvin, ihr Mann, gestorben war. Sie war mit den drei Mädchen ganz allein und hat versucht, irgendwie über die Runden zu kommen.«

»Sind die Montgomerys nicht ziemlich wohlhabend?«, fragte Elliot. »Waren sie zerstritten oder so?«

Dr. Labarre presste einen Moment lang die Lippen aufeinander und überlegte wohl, wie viel er erzählen sollte. »Sie hielt sich von der Familie fern. Einmal – als sie noch trauerte und ich sie in jeder freien Minute weinend im Vorratsraum fand – sagte sie mir, sie wolle nichts mit dieser Schlangengrube zu tun haben; das waren ihre Worte, nicht meine.« Er räusperte sich, während sich die Falten auf seiner Stirn vertieften. »Ich glaube nicht, dass sie das wörtlich gemeint hat, Detective. Sie hatte den Verdacht, dass am Tod ihres Mannes etwas faul war. Sie hat sogar bei der Arbeitsschutzbehörde angerufen und sie um eine Untersuchung gebeten.«

»Und?« Elliot lehnte sich gegen die Tür und steckte die Hände in die Taschen.

»Die Firma wurde von jeglichem Fehlverhalten freigesprochen. Cheryl war eine Zeit lang verzweifelt und meinte, die Familie müsse die Arbeitsschutzbehörde bestochen haben, aber sie hatte keine Beweise, rein gar nichts. Es war nur ihr Kummer, der da aus ihr sprach.«

»Was haben Sie damals gedacht?«, fragte Kay und trat einen Schritt vor. »Ich wette, die Leute reden in Ihrer Praxis genauso viel wie überall. Wissen Sie noch, ob Sie etwas darüber gehört haben?«

»Weniger, Detective.« Er lächelte, wahrscheinlich bemerkte er, wie verwirrt sie schien. »Die Leute reden hier weniger, weil ich in ihren Mündern arbeite. Aber nein, niemand hat etwas gesagt oder in irgendeiner Weise erwähnt, dass etwas daran faul war. Wie ich schon sagte, kannte ich Cheryl als meine Angestellte sehr gut; es war nur ihr Kummer, der aus ihr sprach.«

»Wie lange hat sie schon für Sie gearbeitet?«, erkundigte sich Elliot.

»Sie war meine erste Angestellte, nachdem ich die Praxis gekauft hatte, also waren das jetzt, ähm, elf Jahre.«

»Erzählen Sie mir von dem Mann, mit dem sie sich getroffen hat«, bat Kay. »Wissen Sie, wie er hieß?«

»Nein, ich fürchte nicht.«

Elliot rief das Foto von John Doe auf seinem Handy auf und hielt es dem Arzt hin. »Ist er das?«

»Nein«, kam die Antwort sofort, verbunden mit einer unausgesprochenen Frage, wahrscheinlich weil er gesehen hatte, dass der Mann auf dem Foto ebenfalls tot war. »Aber ich glaube mich zu erinnern, dass sie mir mal erzählt hat, dass ihr Freund Lehrer an der Schule ist oder war, die auch ihre Töchter besuchen.«

Elliot blätterte durch die Fotos, bis er auf einem Bild den Nachbarn Frank Livingston fand. »Er?«

»Ja, das ist er«, bestätigte der Arzt.

»Und Sie sind sicher, dass die beiden wirklich eine Beziehung hatten?«, fragte Kay.

»Soweit ich das beurteilen kann, ja. Eines Abends hat er ihr Blumen mitgebracht. Dann saßen sie nach Feierabend im Wartezimmer, die Köpfe zusammengesteckt, Händchen haltend und sie flüsterten miteinander, als ob sie sich nahestünden.«

Dieser verlogene Mistkerl, dachte Kay. *Ich wusste es.* »Wann war das?«

»Vor etwa sechs Monaten.«

»Eine Frage noch, Doktor.«

»Sicher.«

»Wissen Sie, ob sie verreisen wollte, und wenn ja, wohin?«

Er seufzte und zögerte einen Augenblick. »Sie hat um einen längeren Urlaub gebeten. Sie sagte, sie wolle mit den Mädchen für eine Weile verreisen.« Er beugte sich vor und verschränkte die Hände vor sich auf einer Patientenakte, die offen auf seinem Schreibtisch lag. »Mein Gefühl sagte mir, dass sie vor etwas davonlief. Ich habe sie sogar darauf angesprochen und ihr meine Hilfe angeboten, aber sie hat mir nicht gesagt, was sie zur Flucht getrieben hat.« Seine Augen blinzelten die Traurigkeit weg. »Im Nachhinein wünschte ich, ich hätte etwas gesagt, irgendetwas unternommen.« Er senkte seinen Blick.

»Danke, Dr. Labarre, Sie haben uns wirklich sehr geholfen.«

Sie wandte sich zum Gehen, aber er holte sie ein und berührte kurz ihren Arm. Ein Ausdruck der Besorgnis stand ihm ins Gesicht geschrieben. »Sagen Sie, Detective, glauben Sie, dass Sie Julie finden werden?«

»Wir tun, was in unserer Macht steht«, erwiderte sie und verließ das Gebäude mit einem einzigen Gedanken im Kopf.

Endlich hatte jemand nach Julie gefragt.

NEUNUNDZWANZIG

PUNKTE AUF EINER LANDKARTE

Elliot fuhr schweigend, ab und zu warf er Kay einen Blick zu und fragte sich, was in ihr vorging. Sie schien angespannt zu sein, aufgebracht über irgendetwas. Sie sah auch müde aus, was wenig überraschend war, aber er war klug genug, ihr das nicht zu sagen oder sie zu fragen, warum sie Ibuprofen wie Pfefferminzbonbons schluckte. Dieser ganze Fall hatte sie völlig aus der Bahn geworfen und das musste sie fertigmachen. Und Julie war seit fast drei Tagen verschwunden. Er wusste auch ohne danach zu fragen, dass seine Partnerin fast die ganze Zeit darüber nachgrübelte. Würden sie sie noch lebend finden, und wenn ja, wann? Und wie, wo sie doch die ganze Zeit nicht eine einzige brauchbare Spur entdeckt hatten?

Sie hatte aus dem Fenster gestarrt und angestrengt nachgedacht. Er kannte diesen Blick: eine tiefe Falte auf ihrer Stirn und gelegentlich eine leichte Bewegung ihrer Lippen, so als ob die Worte aus ihrem Mund sprudeln wollten, aber sie hielt sie unter Verschluss.

Und dann der blöde Regen, der einfach nicht aufhören wollte. Alle auf dem Revier waren durchnässt und schlecht gelaunt, alle waren mit Verkehrsunfällen und Sicherheitseinsätzen beschäftigt. Die Notrufe gingen schneller ein, als irgendjemand sie abarbeiten konnte, vor allem seit die Erdrutsche angefangen hatten. Durch die Windschutzscheibe, die trotz der auf Hochtouren laufenden Scheibenwischer nur eine verschwommene Sicht bot, warf er Ash Brook Hill einen besorgten Blick zu. Er sah, wie sich der Boden an der Seite zu spalten begann und drohte, einen Teil der Interstate mit sich zu reißen. Und wenn das passierte, wären sie aufgeschmissen, von der Außenwelt abgeschnitten und hätten keine Möglichkeit, die Krankenhäuser und Rettungsdienste in Redding zu erreichen.

Aber Kay schien das nicht zu bemerken.

»Wenigstens wissen wir jetzt, wer mein Opfer getötet hat«, sagte er und seine Stimme klang angespannt, fast erstickt, obwohl er versuchte, unbekümmert zu klingen.

»Mhm.«

»Wir wissen zwar nicht, warum sie es getan hat oder wer er war, aber für einen John Doe ist das ein ziemlich gutes Ergebnis.«

Dann Schweigen, schwer und angespannt bis auf das Geräusch des Motors und das Surren der Scheibenwischerblätter auf dem nassen Glas. Ab und zu schlugen in der Ferne Blitze ein, der begleitende Donner war weit entfernt und grollte kaum hörbar.

»Was denkst du über Cheryls Mörder?«, fragte er. Sie las immer mehr aus Zeugenaussagen und Beweisen heraus als jeder andere, mit dem er je gearbeitet hatte.

Nach einem langen Moment antwortete sie, drehte sich nach vorne und blickte auf die verlassene Straße vor ihr. »Irgendetwas stimmt an diesem ganzen Fall nicht, Elliot. Es ist, als ob wir alle in den Kaninchenbau gefallen und in einem Paralleluniversum gelandet wären. Die Menschen verhalten sich ganz normal, sind völlig unbeeindruckt von Dingen, die meilenweit von der Normalität entfernt sind.« Sie senkte kurz den Blick und runzelte noch tiefer die Stirn. »Ich habe mich noch nie so hilflos gefühlt, was einen Fall angeht.« Ihre Stimme stockte. »Hat Cheryl dein Opfer kaltblütig erschossen? Oder war es Selbstverteidigung? Die Wahrheit ist, dass wir das vielleicht niemals erfahren werden.«

»Fass das Ganze doch noch mal für mich zusammen«, schlug er vor. »Es sieht so aus, als hätte ich die interessantesten Punkte verpasst.«

»Also erst mal dieser Notruf. Es wurden die seltsamsten Dinge gesagt, du hast es ja selbst gehört. Als ob Cheryl und der unbekannte Täter eine gemeinsame Wahnvorstellung gehabt hätten. Und wie groß ist die Wahrscheinlichkeit, dass bei einem solchen Anruf keine Einheiten entsandt werden? Gleich null. Ich habe in den Datenbanken nachgesehen.« Sie warf ihm einen kurzen Blick zu, als ob sie sich für ihre Aussage entschuldigen müsse. »Das ist noch nie passiert, solang die Notrufzentrale in Redding in Betrieb ist.«

»Ich lese etwas in den Aussagen, die Heather bei diesem Anruf gemacht hat. Sie sagte etwas wie: ›Er wird Julie mitnehmen‹, richtig? Deshalb dachte die Disponentin, es sei ein Streich.«

»Sprich weiter.«

»Es sieht so aus, als ob das stimmte und Cheryl und die Mädchen irgendwie wussten, dass Julie Gefahr lief, entführt zu werden. Warum haben sie dann keine Hilfe gerufen? Warum sind sie nicht geflohen?«

»Das hatte sie doch vor, erinnerst du dich? Es standen gepackte Koffer im Flur und du hast ja gehört, was Dr. Labarre gesagt hat.«

»Aber warum war sie dann noch da?« Er drehte die Klimaanlage auf; die Windschutzscheibe begann zu beschlagen. »Wenn ich wüsste, dass jemand hinter einem meiner Kinder her ist, würde ich mit wehenden Fahnen und gezückten Waffen fliehen.«

»Nun, das bringt es auf den Punkt«, antwortete sie und rieb

sich aufgeregt die Hände. Er liebte es, diesen Funken in ihren Augen zu sehen, wenn ihr fantastischer und furchteinflößender Verstand anfing, die Dinge zusammenzufügen. »Ihre Waffe war gezückt, stimmt's? Sie hat deinen John Doe getötet.«

»Du willst also damit sagen ...«

»Ich will damit sagen, dass sie vielleicht noch dort war, weil sie dachte, sie hätte die Gefahr, die Julie drohte, bereits beseitigt. Vielleicht hatte sie die Koffer schon gepackt, als John Doe vorbeikam und sie daran hinderte, zu gehen. Dann hat sie ihn erschossen und die Leiche entsorgt. Warum hätte sie also fliehen sollen?« Sie rümpfte die Nase. »Nein ... das klingt für mich immer noch ein wenig nach Wahnvorstellung. Ich würde trotzdem fliehen. Schließlich habe ich gerade einen Mann getötet, und aus irgendeinem Grund kann ich mich weder auf Notwehr berufen, noch Hilfe holen. Ich buckle mich damit ab, den 115 Kilo schweren John Doe zur Interstate zu schleifen, anstatt die Polizei zu rufen.« Sie verbiss sich in eine weitere Erzählung, während sie Szenarien entwarf und in ihrem Kopf durchspielte. »Und dann ist da noch die merkwürdige Geschichte mit diesen Montgomerys und dass sie sich nicht mal die Mühe gemacht haben, nach Julie zu fragen. Wissen sie etwas, oder sind sie Teil der gleichen verrückten Spinnerei, die die Leute hier in den Wahnsinn treibt?«

»Ein gutes Argument.« Das ganze Gerede über Wahnvorstellungen erinnerte ihn an Dr. Edgell. »Die Seelenklempnerin von John Doe hat übrigens gesagt, er habe unter Wahnvorstellungen gelitten. Da frage ich mich, ob ...«

»Frank Livingstons Mutter ebenfalls.«

»Tatsächlich? Den Teil habe ich wohl verpasst.«

»Als Frank Livingston mir ins Gesicht gelogen hat?«

Er lächelte. »Ich kann es dem Mann nicht übel nehmen, dass er seine Affäre vor seiner Frau nicht zugegeben hat, Kay. Vielleicht will er den morgigen Tag noch erleben.«

»Ja, okay«, räumte sie ein und schien über seine Bemerkung

ein wenig amüsiert zu sein. »Jedenfalls sagte die alte Mrs Livingston immer wieder Dinge, die keinen Sinn ergaben, und ihr Sohn meinte, sie hätte Wahnvorstellungen wegen ihrer Alzheimererkrankung. Jetzt frage ich mich ...«

»Was?«

»Weißt du, eine Person kann selbst so wirken, als litte sie unter Wahnvorstellungen, wenn sie die Handlungen oder Worte von Menschen mit Wahnvorstellungen beschreibt. Was mich sehr verwirrt hat und mich letztlich von der Alzheimer-Erklärung überzeugt hat, war, dass sie die Geister des Tals erwähnte.«

»Die was?«

»Sie hat behauptet, die Geister des Tals hätten Cheryl heimgesucht und seien für Julies Entführung verantwortlich, und dass Frank schon vorher von ihrer Absicht gewusst und nichts unternommen habe.«

Er lachte. »Also spätestens zu diesem Zeitpunkt hätte ich auch an die Alzheimer-Theorie geglaubt. Was ...«

Sie hatte den Laptop hochgefahren und führte eine Datenbanksuche durch. »Es war etwas, das sie gesagt hat. Was wäre, wenn – Geister hin oder her – sie irgendeiner Sache auf der Spur war?«

»Was genau hat sie gesagt?«

»Dass nur die erstgeborenen Töchter aus der Gegend geholt wurden, schon seit sie denken kann, und dass keines der Mädchen je gefunden wurde.« Sie tippte schnell, ihre flinken Finger tanzten über die Tastatur. »Ich bin in dieser Gegend aufgewachsen und habe noch nie gehört, dass die Geister des Tals die erstgeborenen Töchter entführt haben ...« Sie verstummte für einen Moment. »Ich glaub, mich laust der Affe«, murmelte sie.

»Ernsthaft?« Dieser Fall wurde von Minute zu Minute verrückter. »Du hast noch andere gefunden?«

»Insgesamt siebenunddreißig, Elliot.« Ihre Aufregung war

verflogen, an ihre Stelle war jetzt eine düstere Anspannung getreten, die er von anderen Fällen kannte, an denen sie zusammen gearbeitet hatten. Seine Partnerin hatte Blut geleckt.

»Hier steht, dass in den letzten fünfzig Jahren siebenunddreißig Mädchen in der Gegend als vermisst gemeldet oder entführt wurden, und keiner dieser Fälle wurde aufgeklärt. Fünf davon waren Morde mit Kindesentführung, genau wie in unserem Fall.«

Er bremste heftig und fluchte leise. Er war so in das Gespräch vertieft gewesen, dass er beinahe die Ausfahrt verpasst hätte. Der SUV geriet ins Schleudern und rutschte über das Wasser, das sich auf der Straße staute, doch als Elliot wieder auf das Gaspedal trat, gelang es ihm, den Wagen wieder in die Spur zu bringen. »Gibt es irgendwelche abgeschlossenen Fälle mit denselben Eckdaten?«

»Das war das Erste, was ich überprüft habe, und es gibt keine. Ich hätte erwartet, dass es zumindest zufällig welche gibt, aber es gibt keinen einzigen.« Sie klickte auf ein paar Tasten und drehte dann den Bildschirm zur Seite. »Elliot, schau dir die Karte an. All diese Fälle konzentrieren sich hier auf Mount Chester, auf einen Umkreis von etwa fünfundzwanzig Meilen.« Sie hielt einen Augenblick lang inne. »Mädchen, die auf die gleiche Art und Weise entführt wurden wie Julie, hat man in den letzten fünfzig Jahren nie wieder gesehen.«

Für den Bruchteil einer Sekunde wandte er die Augen von der Straße ab, um einen Blick auf die Ansammlung roter Punkte in der Umgebung zu werfen. Auch in anderen Gegenden des Bundesstaates tauchten rote Punkte auf, einige in L. A. und ein paar in San Francisco, beides Städte, die als Zentren für Entführungen und offene Vermisstenfälle bekannt waren. Von den vielen offenen Vermisstenfällen waren nur einige die erstgeborenen Töchter gewesen. »Warum fünfzig Jahre?«

»Ein interessanter Einwand. Lass uns mal hundert Jahre

zurückgehen.« Ein paar weitere farbige Stecknadeln leuchteten auf der Karte auf. »Jetzt sind es dreiundvierzig Fälle in dieser Gegend.« Sie wechselte zwischen den Bildschirmen und kniff die Augen ein wenig zusammen, um das Kleingedruckte im Datumsbericht zu lesen. »Der älteste Fall liegt siebenundfünfzig Jahre zurück.«

Elliot bog nach Angel Creek Pointe ein und ließ dabei das Wasser aus den Pfützen in einer Welle aufspritzen, die auf dem verlassenen Bürgersteig landete.

»Das ist kein einfacher Mord mit Entführung mehr«, sinnierte sie und tippte gleichzeitig eine E-Mail. »Wir müssen jetzt von einem Serienmörder ausgehen. Ich bringe Logan kurz auf den neuesten Stand.« Sie hörte kurz auf zu tippen, als ob sie ihre Gedanken ordnen müsse. »Es könnte vielleicht doch etwas mit irgendeiner Sekte zu tun haben. Wer sonst entführt und tötet seit siebenundfünfzig Jahren?«

DREISSIG
GEFLÜSTER

Julie hatte schon seit einer Weile nicht mehr geschlafen, wenigstens nicht tief. Sie war auch nicht wach gewesen, sondern hatte immer wieder das Bewusstsein verloren. Sie lag mit dem Rücken zur Tür auf dem Boden, eingewickelt in die Decke, die sie vom Bett gezogen hatte, aber ihr war immer noch nicht warm. Kalt war ihr auch nicht, sie fühlte sich nur taub, schwach und schläfrig.

Sie hatte auch aufgehört, Wasser zu trinken, denn sie war zu schwach, um aufzustehen und ins Bad zu gehen, wo sie ihren Durst an dem kleinen Waschbecken löschen konnte. Sie hatte auch keinen Durst. Sie schwebte einfach weg, weit weg von ihrem eigenen, gequälten Körper, während ihre Mutter an ihrer Seite war.

Sie blutete nicht mehr. Das Gesicht ihrer Mutter war heiter und freundlich. Sie lächelte sanft, während sie ihr übers Haar strich, wie sie es immer tat, und dann mit den Fingern durch ihr Haar fuhr, während ihr Daumen über ihre Augenbraue strich und die widerspenstigen Strähnen glättete.

»Bist du böse auf mich, Mom?«, flüsterte sie, Worte, die nur sie hören konnte, als sie über ihre ausgetrockneten Lippen kamen.

Sie war nicht böse. Sie lächelte und sagte ihr, dass sie sie liebte. Julie konnte ihre Stimme nicht hören, aber sie konnte die Worte an der Bewegung ihrer blassen Lippen ablesen. War sie wirklich da? Sie wusste es nicht ... sie konnte sich nicht sicher sein.

Wieder glitt sie in die Bewusstlosigkeit hinüber, und als sie wieder wach wurde, war ihre Mutter immer noch da. Die Erinnerung an ihre Leiche, die in einer Blutlache auf dem Küchenboden lag, war verblasst, als wären Jahrtausende vergangen, als wäre das alles nie wirklich passiert.

Sie musste für eine Weile eingeschlafen sein, denn sie schreckte auf, fragte sich dann aber, ob sie wirklich wach war oder nicht. Sie hatte die warme Hand ihrer Mutter gespürt, die ihr über das eiskalte Gesicht strich, doch jetzt war sie verschwunden.

»Mom?«, rief sie, aber es antwortete niemand. »Bist du da?«

Sie war nicht da, aber ihre Worte, die schwächer als ein Seufzer waren, konnten nicht allzu weit zu hören gewesen sein. Vielleicht würde sie zurückkommen. Sie würde einfach hier auf sie warten. Sie war dankbar, dass sie sich schläfrig fühlte und ihr nicht kalt war, und das Einschlafen schien ihr leicht zu fallen, leichter als je zuvor.

Als sie wieder hochschreckte, lauschte sie auf Geräusche, irgendeinen Beweis dafür, dass sie noch am Leben war, irgendeine Aussicht darauf, dass sie diese Tortur überleben würde. Sie hörte nur den Regen, der gegen die Metallrinnen trommelte, und einen fernen, bedrohlichen Donner, als ob die Erde selbst zornig zurückblickte.

Sie hatte keine Angst mehr vor der Zukunft. Sie wünschte sich, dass sie ihrem Schicksal endlich begegnen würde, solang sie noch einen Funken Energie in den Adern hatte. Denn sie wollte eine Chance haben und gegen ihren Peiniger kämpfen, gegen den Mann, der sie entführt hatte, solang sie noch aufrecht stehen konnte. Aber konnte sie das wirklich?

Als wollte sie sich selbst testen, stützte sie sich auf dem Boden ab und zog ihren schwachen Körper langsam hoch, es schmerzte und ihre Arme zitterten vor Anstrengung. Ihr wurde schwindelig und übel. Sie musste aufhören und stützte sich auf ihrem rechten Arm ab, während sie die Beine unter ihrem zitternden Körper verschränkte. Doch lieber würde sie bei dem Versuch, sich zu befreien, im Kampf sterben, als langsam in diesem Keller zu verrotten wie wahrscheinlich schon andere Mädchen vor ihr.

HILF MIR

Die beiden Worte, die sie in das Mauerwerk neben der Tür eingeritzt gefunden hatte, kamen ihr schlagartig in den Sinn und verbreiteten eine Welle von Angst und Schrecken, aber sie schaffte es immer noch nicht, aufzustehen, nicht einmal, wenn sie den Türgriff packte und sich daran festhielt.

»Pssst, Kleines«, sagte ihre Mutter und streichelte ihre Wange.

Sie ließ sich zurück auf den Betonboden fallen und brachte ein schwaches Lächeln zustande, das ihre trockenen Lippen aufplatzen ließ. »Mom.« Sie war da und sie war ihr nicht böse. »Es tut mir so leid«, flüsterte sie, »alles, was ich getan habe.« Sie wollte sich ein wenig bewegen, um ihren tauben Arm unter sich wegzuziehen, aber sie fand nicht die Kraft dazu. Als die Dunkelheit über sie hereinbrach, hatte sie keine Angst mehr, sondern war nur noch traurig. »Oh Mom, du hattest Recht, am Tag meiner Geburt zu weinen.«

Frank Livingston fuhr gerade aus seiner Einfahrt, als sie sich dem Haus näherten, und Elliot schaltete kurz die Warnlichter ein, um seine Aufmerksamkeit zu erregen. Mit sichtlich frustrierter Miene legte Livingston an seinem weißen Toyota Tacoma den Rückwärtsgang ein und blieb kurz vor der Einfahrt in die Garage stehen. Dann schloss sich das Garagentor und er stieg aus seinem trockenen Pick-up und eilte unter das schützende Dach seiner Veranda.

Angesichts des heftigen Regens war das eine interessante Entscheidung. Kay hätte an seiner Stelle den Rückwärtsgang eingelegt und sich für trockene Kleidung entschieden. Vielleicht hatte er etwas in seiner Garage zu verbergen oder schämte sich einfach für das Chaos darin, das typisch für kalifornische Garagen war, die oft zu Lagerräumen umfunktioniert wurden.

Livingston wartete mit einem strengen Gesichtsausdruck auf sie, die Arme vor der Brust verschränkt, trotz des Regenmantels, den er trug und der offen im Wind flatterte.

»Wegen Ihnen komme ich zu spät zur Arbeit, Detectives. Was gibt es denn?«

Kay rannte zur Veranda, aber als sie dort ankam, quietschten ihre Schuhe und ihre Jacke war völlig durchnässt. Sie schluckte einen langen Fluch hinunter; diese Regenzeit war möglicherweise ein Rekord oder so was Ähnliches; sie hätte schon längst vorbei sein müssen.

»Keine Sorge, Mr Livingston, die wissen, dass wir Sie aufsuchen wollten. Wir haben zuerst in der Schule angerufen.«

Das brachte ihn prompt zum Schweigen und sein Gesicht wurde aschfahl. »Worum geht es?«

»Ihre Lügen«, antwortete sie kalt. Instinktiv wich er einen kleinen Schritt zurück. »Beispielsweise die Tatsache, dass Sie es versäumt haben, uns über die wahre Natur Ihrer Beziehung zu Cheryl Coleman zu informieren.«

Panik ließ das Blut aus seinem Gesicht weichen. Seine erweiterten Pupillen waren auf Kay gerichtet, flehend, verängstigt. »Bitte, Detective, ich habe es nicht böse gemeint. Es ist nur so, dass meine Frau«, fügte er mit gesenkter Stimme hinzu, »nichts davon weiß. Und es ist ja auch nicht so, dass Cheryl und ich uns noch treffen. Das ist vorbei, seit fast sechs Monaten.« Er schlug die Hände zusammen, fest, die Knöchel weiß. »Bitte, Detectives, können wir dafür sorgen, dass das unter uns bleibt?«

Er warf erst einen kurzen Blick auf Elliot und dann wieder auf sie. Ihr Partner reagierte in keiner Weise. Er schien mehr daran interessiert zu sein, den Mann zu studieren, zu hören, was er zu sagen hatte.

»Das kommt darauf an, Mr Livingston. Wenn Sie mit uns kooperieren, kooperieren wir auch mit Ihnen.«

»Danke«, antwortete er schnell und atmete erleichtert aus. »Fragen Sie einfach, was Sie wissen wollen.« Er sah sich schnell um. »Es ist besser, wenn wir hier draußen bleiben. Ich hoffe, Sie verstehen das.«

In der Garage stand kein anderes Auto, und sein Auto war das einzige in der Einfahrt. Seine Frau musste bereits zur Arbeit gefahren sein.

»Ist Ihre Frau zu Hause?«, fragte Kay ungerührt.

»Nein, aber meine Mutter ... ähm, sie kann Geheimnisse nicht so gut für sich behalten, wissen Sie. Das liegt an ihrem Alzheimer.«

»In Ordnung, wir bleiben hier draußen und sprechen leise«, beruhigte ihn Kay. »Erzählen Sie mir von Ihrer Affäre mit Cheryl.«

Er zuckte leicht mit den Schultern. »Sie dauerte nicht lange, nur ein paar Monate. Sie war nach Calvins Tod allein, trauerte und kämpfte. Dann bat sie mich eines Tages, ihr dabei zu helfen, die Leuchtstoffröhre an der Küchendecke auszuwechseln. Eines führte zum anderen und ...« Er drehte den Kopf zur Seite, seine Wangen erröteten. »Ich weiß wirklich nicht, wie es passiert ist oder wer damit angefangen hat. Aber ich weiß noch, dass ich ihr gesagt habe, dass meine Ehe vorbei ist.«

Kay hörte ihm zu, sie wollte ihn auf keinen Fall unterbrechen und war gespannt darauf, was er ihnen zu erzählen hatte.

»Cheryl war eine wunderschöne Frau, Detective. Charmant, witzig und verletzlich. Aber auch stark und manchmal dickköpfig, stur wie nur was.«

»Wie hat Ihre Beziehung geendet? Wer wollte die Trennung?«

»Sie wollte die Trennung«, antwortete er und senkte für einen kurzen Moment den Blick. In seiner Stimme lag ein Hauch von Traurigkeit, der sich in den Falten um seinen Mund und in den hängenden Augenwinkeln widerspiegelte. »Sie sagte, sie hätte einen anderen Mann kennengelernt, und kurz darauf kam ein anderer Mann zu ihr.« Er seufzte gequält. »Ich vermute, es war ihr unangenehm, neben mir zu wohnen, neben meiner Frau. Und ich war ... zu feige, Diane zu sagen, dass ich die Scheidung wollte.« Er holte tief Luft und schwieg lange, während er den Blick auf seine Schuhe senkte. Er wirkte niedergeschlagen, innerlich leer. »Weil ich Cheryl von ganzem

Herzen geliebt habe, Detective. Sie war meine zweite Chance, mich wieder jung und lebendig zu fühlen. Sie war erst fünfunddreißig und ich gehe auf die fünfzig zu.« Er schluckte mühsam und wich immer noch Kays Blick aus. »Sie hatte völlig recht, mich hinter sich zu lassen.«

»Waren Sie traurig, als sie mit Ihnen Schluss gemacht hat?«, fragte Elliot. »Ich wette, da haben Sie sich richtig beschissen gefühlt.«

»Ich war am Boden zerstört«, gab er offen zu. »Aber wenn Sie mich fragen, ob ich einen Groll gegen sie hegte oder so was, dann lautet die Antwort nein. Ich habe Cheryl geliebt und wollte, dass sie glücklich ist. Deshalb ...« Er stockte mitten im Satz und biss sich auf die Lippe. »Wie auch immer, haben Sie sonst noch irgendwelche Fragen? Ich muss langsam los.«

»Deshalb was, Mr Livingston?«, fragte Kay.

»Nichts, wirklich nicht, ich fühle mich nur schuldig, weil ich die schreckliche Tat verschlafen habe, das ist alles«, antwortete er für Kays Geschmack ein wenig zu schnell. Er verheimlichte eindeutig etwas und fast hätte er es verraten. Er bewegte seine Augen, als würde er die Spur einer Fliege durch die Luft verfolgen, konnte aber Kays intensivem, forschenden Blick nicht ausweichen. »Sie hat etwas gesagt, das ist alles, aber ich glaube nicht, dass ...«

»Was hat sie gesagt?«

»Als sie mich bat, nicht traurig zu sein, als wir uns trennten, sagte sie, dass es da einen anderen gebe und dass sie die Wahrheit herausfinden müsse.«

»Das hat sie gesagt? Dass sie die Wahrheit herausfinden müsse? Und worüber?«

Er schüttelte den Kopf. »Das war alles, ich schwöre es. Ich habe sie ein paarmal gefragt, aber sie hat sich zurückgezogen, als ob sie es bedauern würde, überhaupt so viel gesagt zu haben.« Er presste für einen Augenblick den Kiefer zusammen. »Ich erinnere mich, dass ich sie gefragt habe, weil sie so kühl war, sachlich, sogar traurig. Sie klang nicht wie eine Frau, die eine neue Liebe gefunden hatte, aber ich dachte, sie hätte nicht mehr erzählt, keine Gefühle gezeigt, weil sie mich nicht verletzen wollte.«

Kay schlug eine andere Richtung ein. »Kennen Sie den Namen von Cheryls neuem Freund?«

Er schüttelte entschieden den Kopf. »Nein. Ich bin ihm nie begegnet, ich habe ihn nur ein paarmal von der Auffahrt aus gesehen, und beide Male war es schon fast dunkel.«

Elliot zeigte ihm das Foto von John Doe auf seinem Handy. »Könnte er das sein?«

Frank sah sich das Foto an, scheinbar verwirrt und besorgt zugleich, während sich seine Stirn in Falten legte. »Ja, das könnte er gewesen sein; ich erkenne sein Haar wieder. Aber dieser Mann ist ebenfalls tot. Was läuft hier, Detective?«

»Genau das versuchen wir gerade herauszufinden«, erwiderte Kay. »Eine Sache noch, Mr Livingston. Könnten wir mit Ihrer Mutter sprechen?«

»Mit meiner Mutter? Warum das denn?« Er steckte die Hände in die tiefen Taschen seines Regenmantels. Kay konnte sehen, dass er die Fäuste geballt hatte.

»Vielleicht weiß sie mehr, als sie sagt. Schaut sie oft aus dem Fenster?«

Er wirkte unruhig, zögerlich, als ob er sich mit dem, was er als Nächstes sagen würde, selbst belasten könnte. »Sie verbringt den ganzen Tag am Fenster und träumt vor sich hin. Ihr Verstand ist nicht mehr das, was er einmal war.«

»Wohin zeigt ihr Fenster?«

Ein kurzer Seufzer entfuhr ihm. »In diese Richtung«, sagte er und zeigte auf Cheryls Einfahrt, dann ließ er seine Hand wieder in die Tasche gleiten, als wolle er das leichte Zittern verbergen, das Kay bereits bemerkt hatte.

»Dann könnte sie etwas wissen, Mr Livingston. Bitte, es dauert auch nicht lange.«

Zögernd schloss er die Haustür auf und bat sie herein. Kay warf einen kurzen Blick in das vertraute Wohnzimmer und bemerkte, was sich verändert hatte. Der Esszimmertisch war sauber und für das Abendessen gedeckt, mit einem Tischläufer mit Gewürzen und einer Vase mit frisch geschnittenen Wildblumen. Alles war perfekt aufgeräumt – die Sofakissen waren symmetrisch angeordnet und aufgeplustert, alle Oberflächen glänzend und staubfrei. Diane Livingston war vielleicht nicht länger die Geliebte ihres Mannes, aber sie versuchte definitiv, weiterhin eine gute Ehefrau zu sein.

Die alte Mrs Livingston sah sie erwartungsvoll an und kam zu Kays Überraschung mit einem unsicheren, aber energischen Schritt auf sie zu und drückte ihr zwei herzliche Schmatzer auf die Wangen. »Liebes Mädchen, kommen Sie, setzen Sie sich zu mir.« Sie ergriff Kays Hand mit knochigen Fingern und zog sie zum Tisch hinüber. Sie setzte sich, während Frank seiner Mutter half, ihren Platz einzunehmen. »Wissen Sie, mich kommt nie jemand besuchen. Was für eine Freude!«

»Die Freude ist ganz meinerseits«, erwiderte Kay. »Ich wollte Sie nach Cheryl fragen und danach, was in der Nacht geschah, als Julie verschwand.«

»Ach das«, antwortete sie, streckte dann eine zitternde Hand aus und kniff Kay mit einer liebevollen Geste, die normalerweise kleinen Kindern vorbehalten war, ins Kinn. »Sind Sie eine erstgeborene Tochter, meine Liebe?«

Kay schaute Elliot einen kurzen Moment lang in die Augen. In seinem Blick lag eine Mischung aus Belustigung und Ungläubigkeit. »Ja, das bin ich«, antwortete sie und spürte, wie ihr bei dieser Antwort plötzlich ein Schauer über den Rücken lief.

»Wie alt sind Sie?«, fragte sie, und Elliot verkniff sich ein Lächeln. Dann berührte Betty ihren Arm mit einer beruhigenden Geste. »Keine Sorge, meine Liebe, und verzeihen Sie die Frage. Ich erinnere mich, dass Sie Polizeibeamtin sind, und das bedeutet, dass Sie zu alt sind.«

Kay runzelte die Stirn. »Zu alt für was?«

»Um von den Geistern geholt zu werden«, erwiderte sie, und Elliot wandte sich ab, damit niemand sein Lächeln sah. Aber die Frau schien fest an das zu glauben, was sie sagte. Was, wenn sie doch nicht unter Wahnvorstellungen litt? Wenn Kay für einen seltsamen, verdrehten Moment annehmen würde, dass Betty zurechnungsfähig war, welche Fragen würde sie ihr dann stellen?

»Wie alt müsste man denn sein, um geholt zu werden?«

»Unter zwanzig, nehme ich an«, antwortete sie ruhig, als wäre sie der vernünftigste Mensch, der je auf der Erde gelebt hatte. »Ich habe nie wirklich darauf geachtet. Die Geister wollen sie jung – fünfzehn oder sechzehn, selten älter. Ich war froh, dass ich einen Sohn hatte, keine Tochter, und er hatte auch Söhne.«

Kay biss sich auf die Lippe und ärgerte sich, dass sie dem Bericht nicht mehr Aufmerksamkeit geschenkt hatte, in dem das Alter der Opfer klar angegeben war. Erfahren zu müssen, dass es so viele waren, war beunruhigend. In ihrer gesamten Laufbahn hatte sie noch nie von einem Serienmörder gehört, der siebenundfünfzig Jahre lang ohne Unterbrechung mordete, ohne je gefasst zu werden. Und was bedeutete das für Julie? Von jemandem entführt zu werden, der so viel Erfahrung im Entführen und wahrscheinlich auch im Töten von Frauen hatte? Sie hatte keine Chance ... wahrscheinlich war sie schon tot. Ohne es zu merken, biss sie die Zähne zusammen und schob ihr Kinn nach vorne. Solang sie Julies Überreste nicht gefunden hatte, würde sie nicht aufhören, nach ihr zu suchen.

»Erzählen Sie mir mehr über diese Geister.«

»Schon seit ich denken kann, haben sie Mädchen entführt, die dann nie wieder aufgetaucht sind. Wissen Sie, die Geister des Tals sind gnadenlos, sie lassen sich nicht besiegen. Cheryl hat es versucht, zweimal sogar, und sie ist trotzdem gestorben. Sie haben das süße junge Mädchen trotzdem mitgenommen.« Sie wandte sich an Frank und fragte: »Wo sind deine guten Manieren? Bring uns ein Glas Limonade oder so was.« Dann wandte sie sich wieder an Kay. »Sie sind unsterblich.«

»Haben Sie je beobachtet, ob Cheryl Männerbesuch hatte?«

Sie warf ihrem Sohn einen kurzen, forschenden Blick zu. Die alte Frau wusste viel mehr, als ihr Sohn ihr zutraute. »Nein«, antwortete sie besonnen. »Nur die Geister haben sie aufgesucht. Zweimal«, fügte sie hinzu, hob ihre brüchige Stimme ein wenig und streckte zwei knorrige Finger in die Luft.

Frank Livingston holte einen Krug mit kalter Limonade aus dem Kühlschrank und füllte mit leicht zitternden Händen drei Gläser. Was auch immer seine Mutter wusste, es machte ihm Angst – dasselbe Unbehagen, das sie schon einmal bei einem Gespräch mit den Livingstons erlebt hatte, war immer noch da, obwohl seine Affäre aufgeflogen war. Es musste also um etwas anderes gehen.

Weder sie noch Elliot rührten ihre Gläser an, doch Betty führte ihres mit beiden Händen zum Mund und trank ein paar Schlucke.

»Wie sehen die Geister aus? Können Sie sie beschreiben?«

»Ich sehe nicht besonders gut«, sagte sie mit einem Anflug von Traurigkeit in der Stimme, »aber ich werde es versuchen.«

Kay verzog keine Miene, obwohl sie am liebsten laut geflucht hätte. Verschwendete sie hier ihre wertvolle Zeit mit einer Frau, deren Aussagen absolut keinen Sinn ergaben?

»Zuerst wirbelt die Dunkelheit um die Häuser, in denen die erstgeborenen Töchter leben. Dann, wenn die Geister kommen, um sie zu holen, wird das Haus in völlige Dunkelheit gehüllt und man sieht nur noch weiße Nebelschwaden, die immer näher kommen.« Sie senkte ihre Stimme zu einem Flüstern, gerade als Kay aufstehen wollte, um zu gehen. Widerstrebend musste sie sich eingestehen, dass ihre Zeit zu wertvoll war, um sie hier zu vergeuden.

Mit einem entschuldigenden Lächeln erhob sie sich von ihrem Platz und Frank folgte ihrem Beispiel, sichtlich erleichtert.

»Dann nehmen sie menschliche Gestalt an«, flüsterte sie. Kay ließ sich zurück in ihren Stuhl gleiten. »Aber ich habe ihre Gesichter nie gesehen.«

»Und was passiert dann?«

»Blutspuren, leuchtendes, grelles Rot, das durch die Dunkelheit fließt, wenn sie gehen und die armen Mädchen mitnehmen.«

»Haben Sie sie schon einmal gesehen, diese Geister?«

»Nein.« Betty schüttelte den Kopf. »Nicht bis vor ein paar Nächten, ich weiß nicht mehr genau, wann. Aber ich habe schon mein ganzes Leben lang Geschichten über sie gehört.«

Kay stand auf, bereit zu gehen. Hier gab es nichts, was ihr helfen würde. Doch bevor sie ging, wollte sie noch eine letzte Sache überprüfen. »Könnten Sie mir bitte Ihr Fenster zeigen, von dem aus Sie die Geister gesehen haben?«

Sie erhob sich und lehnte sich an den Tisch, während Frank ihren Stuhl zurückzog und ihr seinen Arm anbot, dann führte er sie in ein kleines Schlafzimmer, das mit alten Büchern, Makramee und mehreren Porzellanballerinas dekoriert war, die in den Bücherregalen standen. Der Raum roch nach Antiquitäten, nach vergilbtem Papier und muffigem Stoff, der Staub angesetzt hatte. Nach längst vergangenen Zeiten.

Vor dem Fenster stand ein großer Sessel, auf dem eine verblichene Decke lag. Betty setzte sich hinein und legte die Beine auf eine kleine Ottomane, dann drehte sie sich zu Kay und lächelte, ihre vertrockneten Lippen spannten sich dünn über zwei Reihen alternder Zähne, die immer noch ihre eigenen waren. »Hier verbringe ich meine Tage, Liebes.«

Das Fenster bot einen Blick auf die Einfahrt zum Haus der

Colemans und den Seiteneingang, den der unbekannte Täter benutzt hatte. Am Ende der Einfahrt stand ein hoher Laternenpfahl. Nachts hätte er das Grundstück in helles gelbes Licht getaucht. Woher kam also diese Vorstellung von der Dunkelheit, die um das Haus herumschwirrte? Was hatte sie gesehen?

Sie drehte sich zu Betty um, um sie danach zu fragen, blieb aber mit offenem Mund stehen. Jetzt, im hellen Tageslicht, konnte sie die alte Frau deutlicher sehen.

Sie hatte auf beiden Augen einen Grauen Star.

Alles, was sie möglicherweise gesehen hatte, konnte sie nur durch einen dicken Schleier wahrgenommen haben.

Sie bedankte sich bei Frank Livingston und verließ das Haus, froh, draußen die frische, feuchte Luft atmen zu können. Ohne ein Wort zu sagen, das die Livingstons noch hören könnten, packte sie Elliot am Ärmel und zog sanft daran. »Komm mit.«

»Na klar«, antwortete er, während sie bereits durch den dichten Regen über den Rasen zum Haus der Colemans eilte. Dort angekommen, blieben sie unter dem Dach der Veranda stehen.

»Ich frage mich, was dieser ganze Unsinn mit der wirbelnden Dunkelheit soll«, sagte sie und betrachtete den Laternenpfahl. »Dieses Ding hätte das Grundstück richtig gut beleuchten müssen. Aber wir haben den Tatort nur bei Tag gesehen, also frage ich mich ...«

»Sie leidet an Grauem Star, Kay, sie ist praktisch blind.«

»Ja, ich weiß. Sie kann nicht Auto fahren oder lesen, aber sie kann immer noch zwischen Dunkelheit und Licht unterscheiden.«

»Und sie hat Alzheimer. Du weißt besser als ich, was das mit dem Verstand eines Menschen macht.«

»Ja, das weiß ich alles, aber ich glaube immer noch, dass etwas an diesem ganzen Wahnsinn dran ist. Frank Livingston scheint Angst zu haben, dass wir etwas erfahren, was er zu verbergen versucht, dann die Überzeugungen seiner Mutter über diese Geister, was auch immer das sein soll – und vergiss nicht, dass es die blinde, an Alzheimer erkrankte Frau war, die uns geholfen hat, dem Serienmörder auf die Spur zu kommen, Elliot. Was mich betrifft, hat Betty einen großen Vertrauensvorschuss, und ich bin bereit, ihr alles zu glauben, was sie sagt, wie verrückt es auch klingen mag.«

»In Ordnung«, erwiderte er und beobachtete stirnrunzelnd, wie sie ihre Schuhe und Socken auszog und den Saum ihrer Hose hochkrempelte. »Was machst du da?«

»Ach, hör auf zu grinsen, Cowboy. Komm nicht auf dumme Gedanken.« Er versteckte sein breites Grinsen für einen kurzen Moment unter der Krempe seines Hutes, dann hob er ihn von seinem Kopf und setzte ihn ihr auf, immer noch lächelnd, während sie durch den starken Regen auf den Laternenpfahl zulief.

Sie umrundete ihn und spürte das Klirren der eisigen Rasierklingen in jedem schweren Regentropfen, der auf ihre Haut prasselte. Am Sockel des Laternenpfahls war das Gehäuse so schief aufgesetzt worden, dass sie es mit bloßen Händen problemlos entfernen konnte.

Im Inneren hatte jemand alle Drähte durchtrennt.

ZWEIUNDDREISSIG

IM REGEN

Er trug eine gelbe, wasserdichte Outdoorjacke und Jeans, die bis zum Knie schon völlig durchnässt waren. Er hatte die Hosenbeine über seine wadenhohen Stiefel gezogen und war achtlos in Pfützen und Schlamm getreten, während er nur an sie dachte.

Er wandte sein Gesicht nach oben und kniff zwischen den Regentropfen die Augen zusammen, um den Himmel zu sehen, um unermüdlich weiter nach dem schwer fassbaren blauen Fleck zu suchen, der für sie beide zusammen das Leben bedeuten würde. Stattdessen erschien ihm die Dunkelheit schwerer als je zuvor und die Windböen stachen wie vom Regen gefrorene Klingen auf seiner Haut.

Er genoss die kalten, erfrischenden Nadelstiche auf seinem Gesicht. Sie belebten ihn und erinnerten ihn an Mutters Zorn und ihren ungestillten Durst nach Blut.

Seinem Blut.

»Liebe Mutter, vergib mir, vergib deinem schwachen, zaudernden Kind«, flüsterte er und schmeckte das Wasser auf seinen Lippen, während er sprach. Die Regentropfen schienen auf ihn zuzueilen und immer schneller zu werden, angetrieben von einer Kraft, die er noch nie zuvor gesehen hatte – wie weiße, glänzende Klingen, die durch die Luft schnitten und gnadenlos auf den Boden schlugen, eine nach der anderen, millionenfach in jeder Sekunde. Ihre Stärke lag in ihrer unendlichen Anzahl und ebenso unendlichen Grausamkeit.

Das Wasser schmeckte ein wenig salzig, als ob der riesige Ozean von dem Sturm mitgerissen und in die Tiefen des Himmels gehoben worden wäre, nur um später auf den Boden zu stürzen.

Er stand am Rande einer solchen Wunde, fast auf der Kuppe des Hügels. Der Flachhang hatte sich unter der Kraft des fallenden Wassers aufgetan, ein Stück des Hügels rutschte nach unten, getragen von der Schwerkraft und ihrem Schmiermittel, dem Wasser. Wo einst grüne Böschungen gewesen waren, lag nun das dunkle Braun der Erde frei, und schlammige Rinnsale ergossen sich in die Talsohle wie Blut aus dem Körper einer sterbenden Verwundeten.

Seine liebe Mutter blutete und konnte erst heilen, wenn er das Richtige tat.

Er war entschlossen; trotz des brennenden Schmerzes in seinem Herzen bei dem Gedanken an das Opfer, das ihn morgen erwartete, würde er dieses Mal nicht um Mutters Gnade flehen, das Mädchen zu verschonen, und er würde auch nicht wieder zögern. Er hatte mit eigenen Augen gesehen, wie groß und tief ihre Wunden waren und welche Schmerzen sie litt.

Er breitete seine Arme weit aus und nahm die Kraft des Regens in sich auf, begrüßte ihn und wünschte, sein Körper wäre groß genug, um Mutter davor zu schützen. Der reinigende und gleichzeitig mörderische Regen kümmerte sich nicht darum ... er fiel einfach immer weiter zu Boden, begleitet von Donnergrollen, mal nah, mal weit entfernt, dort, wo der Wald am Horizont auf den Himmel traf.

Seine Gedanken schweiften ab und die Sorge hielt sein Herz in einem eisernen Schraubstock gefangen.

Diesmal hatte er zwei kleine Mädchen zurückgelassen. Zwei kleine Mädchen, die jetzt bei der Polizei waren und ihr alles erzählten, was sie gesehen hatten und damit ihn und seine Arbeit in Gefahr brachten. War es sein Schicksal, in Schande zu sterben, eingesperrt in einem Käfig wie ein Tier? Oder würde sein Werk ihn überdauern und seine Existenz und die vielen Opfer, die er für Mutter gebracht hatte, verherrlichen, sodass sein Name den Menschen für alle Zeiten in Erinnerung blieb und sie ehrfürchtig von ihm sprachen?

»Liebe Mutter, höre dein Kind an«, rief er so laut er konnte, denn nur sie konnte ihn jetzt hören. Der Regen floss in Strömen über ihn hinweg, ließ ihm die Haare am Gesicht kleben und füllte seinen Mund, während er sprach. »Beschütze mich, so wie ich dich beschützen werde. Verteidige mich und halte mich in deinen Armen, während ich dir das allergrößte Opfer bringe, mein eigenes Blut.« Er lachte und tanzte und ließ seine Arme hoch durch die Luft wirbeln wie ein Derwisch, der vor lauter Begeisterung fast in Hysterie verfiel.

Während er so dastand – ihren Halt unter seinen Füßen spürte, ihren Schutz vor dem Wind, der seinen Körper umhüllte – wusste er, dass sie und ihr irdisches Kind eins waren, verbunden, so wie es immer schon sein sollte, und es gab kein Opfer, das ihrer nicht würdig war.

Ganz egal, wie schmerzhaft dieses Opfer auch sein mochte.

DREIUNDDREISSIG

DAS MONSTER

Als Kay durch die Tür des Reviers stürmte, war sie immer noch barfuß, trug ihre Schuhe in der einen und ihren Laptop in der anderen Hand, fest an ihre Brust gepresst, und ihre nassen Füße hinterließen Abdrücke auf dem Teppich. Sie hatte Elliot seinen Hut zurückgegeben, hatte ihn selbst auf seinen Kopf gesetzt und sie erinnerte sich immer noch an das strahlende Lächeln, mit dem er ihn genommen hatte, und an den Funken zwischen ihnen, als sich ihre Augen unter der breiten Krempe trafen.

Das Revier roch muffig und streng, als ob der Regen von draußen irgendwie durch die Wände oder den Boden gesickert wäre. Den ganzen Tag über waren Beamte in durchnässten Jacken und Stiefeln, von denen das Wasser auf den Teppich getropft war, ein- und ausgegangen und die Luft war so feucht, dass es nicht mehr verdunsten konnte. Die Räume würden wahrscheinlich eine Zeit lang müffeln, vielleicht bis die Luftfeuchtigkeit nach dem ersten Schneefall wieder sank.

Drinnen wartete ein unerwartetes Empfangskomitee auf sie. Sheriff Logan, der offensichtlich vor Wut kochte, kam in dem Moment aus seinem Büro, als Elliot vor dem Gebäude hielt. Deputy Farrell eilte von hinten herbei und brachte mehrere Flipchartblätter mit Erins Kritzeleien mit. Ohne eine wirkliche Wahl zu haben, drehte sie sich zum Sheriff um, kam aber nicht dazu, den Mund aufzumachen.

»Ich bin froh, dass Sie einen E-Mail-Account haben, Detective. So können Sie eine Bombe platzen lassen, ohne mir dabei in die Augen schauen zu müssen.« Er stand da und hatte die Hände in die Hüften gestemmt, eine Haltung, die er bevorzugte, seit er ein paar Pfund zugelegt hatte. Sein vorgewölbter Bauch bedrohte die Unversehrtheit einiger seiner Hemdknöpfe, von denen einer nur noch an ein paar Fäden hing. »Haben Sie eine Ahnung, wie diese Dienststelle jetzt dastehen wird, bei so einer Serie aus dreiundvierzig unaufgeklärten Entführungen, möglicherweise auch Morden? Wie können wir das unter Verschluss halten?«

Natürlich nahm er die Sache persönlich, vor allem, weil ihm die Menschen, die zu schützen er geschworen hatte, sehr am Herzen lagen. Er war ein guter Mann, der fast immer vernünftige Entscheidungen traf, aber in einem Wahljahr hatte er jedes Recht, sich Gedanken darüber zu machen, wie das bei den Wählern ankommen würde.

»Ich würde sagen, dass sie gut dastehen wird«, antwortete sie gelassen. »Immerhin geht das schon seit siebenundfünfzig Jahren so, und erst unter Ihrer Leitung wurde das Ganze aufgedeckt.«

»Da haben Sie verdammt Recht«, antwortete er schnell, griff nach dem Rettungsring und preschte damit vor. »Also, was werden wir in dieser Sache unternehmen?«

»Ich werde diese Fälle durchgehen, auch die alten, und sie nach dem Lehrbuch abarbeiten. Ich werde Muster aufdecken, Opferforschung betreiben und die Familien der jüngsten Opfer befragen. Wir werden ein Profil erstellen und ihn schnappen«, versprach sie und hoffte, dass sie ihr Versprechen halten konnte. Die Tatsache, dass der unbekannte Täter schon so lange agierte, beunruhigte sie. Einen vergleichbaren Fall hatte es noch nie gegeben.

In seinen Augen blitzten Zweifel auf, die jedoch schnell derselben trotzigen Empörung Platz machten, die Kay nur für einen kurzen Moment hatte überwinden können. »Wollen Sie damit sagen, dass wir unseren Job nicht gemacht haben? Denn genau das werden alle denken. Dreiundvierzig Opfer, meine Güte ...« Sichtlich verzweifelt hielt er sich die Hand vor den Mund. »Die Leute werden ausflippen, und dazu haben sie auch allen Grund.«

»Eine Entführung zu untersuchen ist etwas ganz anderes, als einen Serienmörder zu fangen.« Ihre Stimme klang beruhigend und war von einer Zuversicht getragen, die sie nur teilweise spürte. Ja, sie hatte acht Jahre lang Serienmörder gejagt, nachdem sie zum FBI gekommen war, und konnte eine perfekte Fallbilanz vorweisen, aber dieser Fall war anders. Dieser unbekannte Täter hatte es geschafft, in all den Jahren nicht gefasst zu werden, aber es gab noch etwas anderes an ihm, das ebenso ungewöhnlich war: er war nie eskaliert. Die große Mehrheit der Serienmörder eskalierte, dann wurde der Zeitraum zwischen den einzelnen Opfern immer kürzer. Einmal süchtig nach dem Nervenkitzel des Tötens, waren sie stets auf der Suche nach mehr, wie Blutjunkies auf der Suche nach dem nächsten Schuss.

Alle Täter, bis auf diesen.

Sie schaltete ihren Laptop ein und stellte ihn auf einen nahegelegenen Schreibtisch. Sie war so begierig darauf, die Daten zu durchforsten, dass sie sich nicht einmal die Zeit nahm, ihre Socken und Schuhe wieder anzuziehen. Sie rief die Vermisstenmeldungen auf und sortierte sie nach Datum, beginnend mit den aktuellsten.

»An dem Fall habe ich gearbeitet«, sagte Elliot bedrückt. »Ich stehe immer noch mit den Eltern in Kontakt; sie haben die Hoffnung nie aufgegeben. Lauren Costin war fünfzehn, als sie auf dem Heimweg von der Schule verschwand.« Er hielt einen Augenblick inne und starrte auf ihren Namen auf dem Bildschirm, der an zweiter Stelle stand, direkt unter Julies Namen. »Ich hatte nichts, woran ich mich orientieren konnte. In einem Moment war sie noch da, im nächsten war sie verschwunden, und niemand hatte etwas gesehen. Es war, als ob die Erde sie bei lebendigem Leib verschluckt hätte. Das war vor zwei Jahren.«

»Und an *ihrem* Fall habe ich gearbeitet«, sagte Logan und tippte auf dem Bildschirm neben den dritten Namen auf der Liste, Stephanie Guerrero. Er schüttelte den Kopf, seine anfängliche Angst war einer frustrierten Hilflosigkeit gewichen. »Schnappen Sie sich diesen Scheißkerl, Kay. Wir haben eine Menge Familien, die auf einen Abschluss warten, und ein Mädchen, das vielleicht noch lebt.«

Sie hob ihren Blick vom Bildschirm und blickte den Sheriff ernst an. »Wir werden den Mistkerl kriegen.«

»Detective ...« Farrell drängte sich zwischen Logan und Elliot hindurch, immer noch mit dem Blatt Papier in der Hand. »Sehen Sie sich das mal an.« Sie legte ein Stück Papier auf den Schreibtisch und drückte es mit den Händen dort flach, wo sich die Ecken aufrollten.

Die Zeichnung war etwas detaillierter geworden, aber sie zeigte immer noch das Gleiche. Einen offenen Mund, schwarz gezeichnet, vereinfacht dargestellt durch eine abgerundete, nach unten weisende Dreiecksform mit Zickzacklinien, die wie Zähne aussahen. Aus der Mitte des von Zähnen flankierten Dreiecks tropfte grünes Blut.

»Ich habe alles mögliche versucht«, sagte Farrell. »Ich habe ihr den grünen Stift weggenommen und ihr nur den blauen und den roten gegeben, da hat sie nichts gezeichnet. Als ich ihr den schwarzen Stift gegeben habe, hat sie nur den Mund mit den Zähnen gezeichnet. Was auch immer sie da zeichnet, es muss grün gewesen sein.« Sie seufzte. »Ich bin mir nicht sicher, ob uns das wirklich weiterhelfen ...«

»Zeigen Sie mal her«, sagte Elliot und trat näher an den Schreibtisch heran. Stirnrunzelnd studierte er die Zeichnung und murmelte dann: »Ich frage mich, ob das nicht ...« Er zog sein Handy hervor und tippte hastig etwas in sein Browserfenster ein. Kurz darauf zeigte er Kay das Display seines Handys, auf dem ein stilisierter Schlangenkopf zu sehen war.

Ihr gefror das Blut in den Adern.

»Es ist grün, weil es kein Blut ist, sondern die Zunge einer Schlange«, sagte er. »Es ist das Logo eines Sportteams aus Austin, Texas, den Vipers Lacrosse.«

»Wie stehen die Chancen, dass das wirklich stimmt?«, fragte Logan ungläubig. »Sie ist vier Jahre alt, um Himmels willen. Das Letzte, was wir jetzt brauchen, ist eine weitere Schnitzeljagd.«

Kay legte den Kopf leicht schief und verglich die beiden Bilder. Die Ähnlichkeit war eindeutig, wenn sie das Alter der Künstlerin berücksichtigte. Sie drehte sich um und wollte Farrell gerade bitten, Erin zu holen, aber die Deputy kam bereits mit dem Mädchen im Schlepptau aus dem Verhörraum zurück. Erin wirkte ein wenig verängstigt. Ihre runden Augen huschten von einem zum anderen, während sie eine weiche Decke hinter sich herzog, die wohl eine weitere Leihgabe von Deputy Farrell war.

Elliot hockte sich vor sie und nahm seinen Hut ab. »Hallo, junge Dame«, sagte er mit einem Lächeln, dem Erin nur schwer widerstehen konnte. Sie griff nach seinem zerzausten blonden Haar und ließ die Decke fallen. »Würdest du dir etwas für mich ansehen?«

Erin lächelte mit offenem Mund, so entspannt hatte Kay sie noch nie gesehen, seit sie schlafend neben dem kalten Leichnam ihrer Mutter gefunden worden war. Wenn es darum ging, Kinder zu beruhigen, hatte der Mann Fähigkeiten, die mit denen von Farrell durchaus konkurrieren konnten – eine ziemlich unerwartete Eigenschaft für einen jungen Polizisten aus Austin, Texas.

Er nahm Kay das Handy ab, hielt es aber einen Moment lang mit dem Display nach unten. »Ich zeige dir jetzt ein Bild. Kannst du mir sagen, ob du das Tier auf dem Bild erkennst? Es wird dir nicht wehtun, das verspreche ich dir. Ich schwöre es sogar.«

Das kleine Mädchen nickte und steckte sich die Kuppe ihres Daumens in den Mund, während ihre Augen auf Elliots Hand fixiert waren, der ihr das Display seines Handys hinhielt.

Ihr Gesichtsausdruck veränderte sich, während sie das Bild betrachtete, ihr Lächeln verschwand und wurde durch eine Fratze der Angst und des Schmerzes ersetzt. Ihr Finger zeigte auf das Display und mit brüchiger Stimme sagte sie: »Monster.«

VIERUNDDREISSIG
DER PLAN

»Wer entführt Mädchen und tötet sie womöglich, und das ununterbrochen seit mehr als fünfzig Jahren?«, fragte Kay, ohne wirklich eine Antwort zu erwarten. Die Frage war vor allem an sie selbst gerichtet, obwohl sie stets Wert auf Elliots Meinung legte.

Sie waren zu ihrem Schreibtisch zurückgekehrt, wo er sich einen Stuhl geholt hatte und auf den Monitor blickte, der Informationen über die neuesten Fälle lieferte, die ihm bekannt vorkamen. Er war vor sechs Jahren nach Mount Chester gezogen, lange nachdem Kay nach San Francisco gezogen war, hatte aber selbst nur an einem der Entführungsfälle gearbeitet.

Es gab eine Sache, die sie störte, nervtötend wie eine Mücke, die im Dunkeln sirrte. Sie war in dieser Stadt aufgewachsen und sie war eine erstgeborene Tochter. Dennoch hatte sie nie von diesen Entführungen gehört, und ihre Mutter hatte sie auch nie gewarnt und ihr gesagt, sie müsse auf sich aufpassen – nicht mehr als eine Mutter es üblicherweise tun würde. Sie hatte nie von den Geistern des Tals oder anderen Legenden gesprochen, die damit zusammenhingen. War irgendetwas davon real?

Kay war in ihrer ganz eigenen Hölle aufgewachsen. Bevor ihre Mutter die Zeit gehabt hätte, sich um übersinnliche Wesen und die regionale Legende Gedanken zu machen, hatte sie sich mit einem gewalttätigen, ständig betrunkenen Ehemann und zwei Kindern herumschlagen müssen, die sie regelmäßig vor seinen Wutausbrüchen schützen musste. Die Legende – selbst wenn ihre Mutter davon gehört hätte – war viel zu weit weg, während die Wut von Kays Vater ganz nah war, roh und unverdünnt.

»Denise, haben Sie einen Augenblick Zeit?«, rief sie, als sie Deputy Farrell mit dem Haferbrei für die Mädchen in zwei kleinen Schüsseln, die sie in der Mikrowelle erwärmen wollte, vorbeikommen sah. Denise war ebenso wie Kay hier in der Gegend aufgewachsen, in einer großen Familie, die in dieser Region tief verwurzelt war.

Farrell, die immer noch die Schüsseln in beiden Händen hielt, blieb an Kays Schreibtisch stehen. »Was ist los?« Ein Hauch von Besorgnis schwang in ihrer Stimme mit.

»Ich habe mich gefragt, ob Sie schon von dieser Geschichte mit den erstgeborenen Töchtern gehört haben. Sie sind doch hier aufgewachsen, stimmt's?«

»Ja«, lächelte Farrell wehmütig. Ihre Augen wurden weicher. Sie musste eine angenehme Kindheit voller schöner Erinnerungen gehabt haben. »Meine Mutter sagte immer, dass die Feen am Bett der Gebärenden weinten, wenn das erstgeborene Kind eine Tochter war. Ich war eine, aber niemand hat mich je geholt. Aber ich weiß noch, dass ich jedes Mal traurig wurde, wenn meine Mutter das sagte. Ich dachte, dass sie mich vielleicht nicht haben wollte oder so.« Sie lächelte sanft. »Zumindest so lange, bis ich älter wurde und es besser wusste. Meine Mutter war eine großartige Frau.« Sie wartete einen Augenblick lang geduldig, aber Kay erwiderte nichts. »Gibt es sonst noch etwas? Ich habe die Mädchen allein gelassen.«

»Nein, das war's, danke«, sagte Kay und Farrell eilte in die

Küche, um den Haferbrei aufzuwärmen.

Es war also nicht nur Betty Livingston mit ihrem Alzheimer, die sich solche unglaublichen Geschichten ausdachte; die Legende war irgendwo in der Vergangenheit der Kleinstadt Mount Chester verwurzelt. Wahrscheinlich war sie entstanden, als verzweifelte Eltern versucht hatten, die Tragödien zu verarbeiten, nachdem ihre Töchter spurlos verschwunden waren. Vor fünfzig Jahren – ohne die ständigen Ablenkungen durch das Internet, das Fernsehen und die sozialen Medien – hatten die Menschen mehr Zeit zum Nachdenken, zum Reden, zum Zusammensetzen der Dinge und zum Erkennen von Mustern gehabt, zu denen beispielsweise die erstgeborenen Töchter als gemeinsamer Nenner in der Opferforschung zählten.

»Wie alt müsste er jetzt sein? Um die achtzig?«, fragte Elliot und starrte konzentriert auf den Bildschirm. Während sie mit Deputy Farrell geplaudert hatte, hatte er sich die Liste der Opfer angesehen und die Details der neuesten Fälle gelesen.

»Oder älter«, erwiderte sie trocken. »Er wäre achtzig, wenn er mit dreiundzwanzig angefangen hätte, diese Mädchen zu entführen, was relativ jung ist. Aber das ist nicht einmal das größte Problem, das ich bei diesem Profil sehe.« Sie nahm einen Schluck des heißen, bitteren Kaffees aus dem Pappbecher neben ihr, nachdem sie ihn eine Weile zwischen ihren eiskalten Händen gehalten hatte, um sie aufzuwärmen. Sie dachte flüchtig an Avery Montgomery, seine vornehme Haltung, sein weißes Haar und seine Clubabende mit dem Bürgermeister. Aber nein … er passte nicht ins Bild, hätte auch dann nicht ins Bild gepasst, wenn er kein wasserdichtes Alibi gehabt hätte. Er war zu ruhig, zu gefasst, und Julie war seine Urenkelin. Sie hatte ihm direkt in die wässrigen Augen geschaut und nicht eine Spur von Schuld oder Angst oder das kleinste Aufflackern von Sorge gesehen. Abgesehen davon, dass er dreiundachtzig Jahre alt war, hatte sie keinen Grund, ihn für den unbekannten Täter zu halten. Außerdem war er schwach und gebrechlich, unfähig, jemanden wie Julie in seinen Pick-up zu laden. »Was mich stört, ist, dass er sich nicht weiterentwickelt hat«, sagte sie. »Soweit ich das beurteilen kann, ist seine Vorgehensweise über Jahrzehnte stets gleich geblieben. Und auch die Zeiträume zwischen den einzelnen Taten sind nicht kürzer geworden.«

»Warum ist das ein Problem?«, fragte Elliot.

»Die meisten Serienmörder haben ein sexuelles Motiv, auch wenn Lust nicht der einzige Antrieb für den Tötungsdrang ist. Aber dieses Motiv können wir getrost aus dem Profil streichen. Sexuell motivierte Sadisten schlagen in immer kürzeren Abständen zu, da sie auf ihrer Suche nach dem ultimativen Nervenkitzel immer mehr brauchen und sie fast immer durchdrehen. Außerdem verlieren sie das Interesse am Töten, sobald sie älter werden und ihr Sexualtrieb nachlässt.« Sie starrte auf den Bildschirm mit den Namen und sah, dass zwischen den Entführungen immer ein Jahr oder mehr lag. »Aber nicht dieser Täter. Wir müssen ihn einfach als Täter betrachten, der in einer bestimmten Mission unterwegs ist.«

»Wenn wir keine Leichen gefunden haben, wie kannst du dann sicher sein, dass es keine sexuelle Komponente bei den Morden gab?«

»Ich kann es nicht mit Sicherheit sagen, aber ich könnte darauf wetten«, antwortete sie, während sie ihre Argumente in Gedanken noch einmal durchging. Wie immer hatte Elliots treffende Frage eine weitere Analyserunde ausgelöst. War sie zu voreilig, weil sie annahm, dass der unbekannte Täter seine Opfer nicht vergewaltigte? Aber welchen Sinn würde es ergeben, wenn ein Lustmörder zwischen seinen Taten jeweils ein ganzes Jahr lang abkühlte? »Es sei denn, dieser Täter hatte schon immer die Libido eines Achtzigjährigen.« Sie trank noch einen Schluck Kaffee und dachte weiter nach. »Nein, ich denke, wir müssen einfach davon ausgehen, dass er eine bestimmte Mission hat, die ihn antreibt.«

Sie hielt kurz inne und überdachte ihre Theorie. Passte sie?

Nicht ganz. Die meisten Serienmörder, die auf einer Mission waren, wollten ein vermeintliches Übel aus der Welt oder zumindest aus ihrem Teil der Welt schaffen. Manche wollten ihre Städte von Obdachlosen, Prostituierten oder Drogensüchtigen befreien. Jede gesellschaftliche Gruppe, die der kranke Verstand des Mörders als unerwünscht ansah, konnte ein potenzielles Ziel werden. Aber was könnte junge Mädchen aus einfachen Familien aus der Vorstadt zu einer unerwünschten Zielgruppe machen? Das war der Teil, der nicht passte. Sie musste sich erst mit der Opferkunde befassen, bevor sie sicher sein konnte. Die einzige Alternative, die ihr blieb, waren macht- und kontrollbesessene Sadisten, aber die meisten von ihnen benutzten Sex als Druckmittel, um die Opfer zu kontrollieren, und Sex passte einfach nicht zu der Beharrlichkeit und Akribie, mit der der unbekannte Täter seit fast sechs Jahrzehnten perfekt organisierte Entführungen durchführte.

Mit einem Anflug von Bedauern stellte sie den warmen Kaffeebecher auf dem Schreibtisch ab und scrollte durch einige Bildschirme, bis sie bei der Kartenansicht der Fälle landete.

»Siehst du, dass Mount Chester das Zentrum all dieser Fälle ist?« Die roten Punkte waren auf der Karte bis zur Pazifikküste und gut fünfundzwanzig Meilen landeinwärts von der Stadt entfernt verstreut. Dennoch war das Muster eindeutig. »Er kommt hier aus der Gegend, anders kann es gar nicht sein.«

»Was ist mit den anderen Fällen in L. A. und San Francisco und dem in Bakersfield?«

»Sie könnten damit zusammenhängen, genauso wie einige der dreiundvierzig Fälle hier vielleicht nicht damit zusammenhängen. Es macht einfach mehr Sinn, sich auf diese Gegend zu konzentrieren und herauszufinden, was diese Fälle gemeinsam haben. Wir sollten uns aufteilen, um der Sache Herr zu werden.«

Elliot stand auf und schob den Stuhl vom Schreibtisch weg. »Wie erklärst du dir seine Langlebigkeit?«

Einen Augenblick lang ließ sie ihre Gedanken frei schweifen, während sie aus dem Fenster auf den herabfallenden Regen blickte, der von wütenden Böen gegen die Scheibe gedrückt wurde. »Ich weiß es nicht«, erwiderte sie schließlich. »Der erfolgreichste Serienmörder, den wir kennen, ist Samuel Little mit dreiundneunzig Opfern innerhalb von fünfunddreißig Jahren in zwölf Bundesstaaten. Die Ermittlungen des FBI dauern an und werden wahrscheinlich nicht so bald abgeschlossen sein.« Sie rieb sich langsam die Hände, eine Geste, die ihr beim Nachdenken half. »Fünfunddreißig Jahre, Elliot, so lange wie noch nie. Siebenundfünfzig Jahre, so was hat es noch nie gegeben. Wir befinden uns in einem rekordverdächtigen Bereich.« Sie stand auf, klappte den Deckel ihres Laptops zu und zog ihre Jacke an. Sie fühlte sich immer noch feucht und kalt auf ihrer erhitzten Haut an, sodass sie zu frösteln begann. »Unmöglich ist es nicht, denke ich mal. Vielleicht haben wir es aber auch mit mehr als einem Täter zu tun.«

»Du meinst wie Partner? Ein Team?«

Sie nickte. »Solche Teams sind extrem selten und entwickeln sich immer weiter. Aber sie sind nie so ordentlich, so präzise wie in diesem Fall und haben auch nicht so viel Ausdauer.« Sie zog zwei Blätter Papier aus dem Drucker. »Es macht Sinn, wenn du mal drüber nachdenkst. Was auch immer den ersten Mörder antreibt – welches Trauma, welche Genetik, welches hormonelle Ungleichgewicht oder welche Psychose auch immer seinen Trieben zugrunde liegt – wird bei seinem Partner genetisch und umgebungsbedingt anders sein. Der Drang zu töten und zu foltern ist nicht der gleiche. Es dauert nicht lange, bis das Gewebe, das das Serienmörderteam zusammenhält, aus den Fugen gerät.«

»Oh Mann«, murmelte er. »Kannst du dir das vorstellen, da rauszugehen und einen anderen Mörder zu finden, der genauso tickt wie du, und dich mit ihm zusammenzutun? Wie stellt man das an?« Seine Miene verriet so viel Abscheu, dass sie beschloss, ihm nicht zu sagen, was sie über einige dieser Fälle wusste. »Aber wenn die Mädchen getötet wurden, was du zu glauben scheinst, wo sind sie dann? Wie kommt es, dass sechs Jahrzehnte lang niemand ihre Leichen gefunden hat?«

»Alles gute Fragen«, antwortete Kay, die das Gefühl nicht loswurde, dass sie irgendwas übersah.

»Warum glaubst du überhaupt, dass er sie tötet?«

Seine Frage machte sie traurig. »Statistisch gesehen ist es das, was passiert, mit sehr wenigen Ausnahmen. Menschen gefangen zu halten ist ein tückisches und teures Geschäft. So entmutigend es auch klingen mag, diese Ausnahmen sind nicht das wünschenswerte Ergebnis, nicht einmal annähernd, nicht für die Mädchen, die in endloser Gefangenschaft gehalten werden, ohne jede Hoffnung, jemals gefunden zu werden.« Bei dem Gedanken an die dreiundvierzig Mädchen, die so lange in Gefangenschaft gehalten wurden, lief es ihr kalt den Rücken hinunter. Hatte man sie getötet? Hatten sie sich den Tod gewünscht, um wer weiß welchem schrecklichen Schicksal zu entgehen? »Ich vertraue darauf, dass wir Julie lebend finden werden. Hoffen wir, dass unser unbekannter Täter es nicht eilig hat, sie zu töten.«

Sie verdrängte die beunruhigenden Gedanken und konzentrierte sich stattdessen auf die Geschichte der Entführungen. Vielleicht würde ihr die Entwicklung, die der Täter im Laufe der Zeit durchgemacht hatte, mehr über seinen Aufenthaltsort, seine Komfortzone verraten. Sie fuhr ihren Laptop wieder hoch, immer noch im Stehen und über den Schreibtisch gebeugt, anstatt sich zu setzen, und rief die Karte mit den roten Punkten auf, die die Vermisstenfälle in der Gegend markierten. Dann stellte sie die Reichweite des Berichts in Zehnjahresschritten ein und schaute sich an, wo die Punkte auf der Karte auftauchten.

Es gab kein erkennbares Muster in der zeitlichen Abfolge der Entführungsfälle. Die Fälle waren zwar lokal begrenzt, aber die Reihenfolge, in der sie auf der Karte erschienen, lieferte keine neuen Erkenntnisse.

Mit einem lauten Stöhnen blätterte sie durch einige weitere Bildschirme und lud dann die Datenbank der Zulassungsstelle. Dort gab sie die Parameter für den weißen Ford F-150 ein und suchte nach Fahrzeugen, die nicht älter als fünf Jahre waren. Ein Schuss ins Blaue, denn sie hatte keine Ahnung, wie alt das Fahrzeug tatsächlich war, aber irgendwo musste sie ja anfangen.

»Versuch doch mal, Texas in die Historie der Zulassungsstelle einzugeben«, schlug Elliot vor. »Eventuell könnten wir die Suche auf Leute eingrenzen, die vielleicht in Austin aufs College gegangen sind und für die Vipers Lacrosse gespielt haben.«

Die Liste der weißen Ford Pick-ups, die auf Besitzer im Bundesstaat Kalifornien zugelassen waren, war sogar noch länger, als sie erwartet hatte, und ergab Tausende von Treffern. Als sie Texas als Filter hinzufügte, wurde die Suche drastisch eingegrenzt und es blieben nur noch achtundsiebzig Namen aus dem gesamten Bundesstaat übrig – samt eines großen Problems.

Keiner von ihnen kam hier aus der Gegend.

Der nächste registrierte Besitzer eines weißen Ford F-150, der bei der Zulassungsstelle in Texas registriert gewesen war, lebte zweihundert Meilen entfernt in Marin County. Er war ein dreiundvierzigjähriger, in Peking geborener Architekt.

Sie hatten nichts.

Seufzend klappte sie ihren Laptop zu. »Also gut, ich spreche mit den Familien und du übernimmst Brent, Julies Freund.«

»Zu wem fährst du zuerst?«, fragte er, ging neben ihr zügig den Korridor hinunter und steuerte auf den Ausgang zu.

Sie warf einen kurzen Blick auf die Ausdrucke. »Zur Familie Costin. Deinem ehemaligen Fall.«

FÜNFUNDDREISSIG
LÜGEN

Julie hatte nie glauben wollen, dass es wahr war.

Als eine alte Nachbarin ihr von dem uralten Aberglauben und der Geschichte ihrer Geburt erzählt hatte – nachdem sie bei der Beerdigung ihrer Großmutter mütterlicherseits eine unbekannte Anzahl von Gläsern Wein getrunken hatte – dachte sie, die alte Schreckschraube würde sich über sie lustig machen. Mit ihren sieben Jahren hatte sie es geschafft, nicht zu weinen, obwohl sie zuvor den ganzen Vormittag lang geweint hatte, nachdem sie den Körper ihrer Großmutter still und dünn und unwirklich in dem offenen Sarg gesehen hatte. Sie hatte sich die Augen getrocknet und war von der Frau weggegangen, um die Worte der Alten zu verdrängen, bis sie später ihre Mutter danach fragen konnte.

Doch das Gewicht dieser Worte war zu einer regelrechten Besessenheit geworden, die ihren kindlichen Verstand überwältigte. Auf der Rückfahrt vom Friedhof konnte sie nicht länger darüber schweigen.

»Stimmt es, dass du am Tag meiner Geburt geweint hast, Mom?«, hatte sie gefragt und damit das lebhafte Gespräch zwischen ihren Eltern unterbrochen. Sie erinnerte sich noch gut an das eisige Schweigen, das daraufhin geherrscht hatte. »Liegt das daran, dass ich ein Mädchen bin?«

»Wer hat dir das erzählt?«, hatte ihr Vater gefragt und seine gerunzelte Stirn verhieß nichts Gutes. Er hatte für den Bruchteil einer Sekunde den Kopf gedreht, um sie anzusehen, und dann den Blick wieder auf die Straße gerichtet, aber sie konnte immer noch ab und zu seine Blicke im Rückspiegel sehen.

»Ist es wahr?«, fragte sie und ihre zitternde Stimme verriet die Tränen, die sie so krampfhaft zurückhielt.

Ihre Mutter hatte sich über die Rückenlehne ihres Sitzes gebeugt und ihre Hand ergriffen. »Ach, Schatz, das ist nur ein dummer Aberglaube, nichts weiter.« Sie lächelte sie durch frische Tränen hindurch an. »Ich habe vor Freude geweint, mein liebes Mädchen. Der Tag, an dem du geboren wurdest, war der schönste Tag meines Lebens.«

Diese Worte kamen ihr immer wieder in den Sinn, wie eine kaputte Schallplatte, die ein Lied spielte, das sie so gerne hörte, dass sie es nicht abstellen konnte. Sie wollte so gerne glauben, dass es so war ... so sehr, dass sie sich selbst eingeredet hatte, dass es die Wahrheit war. Sie hatte nie wieder mit der alten Nachbarin gesprochen und der Frau auf der Straße, bei Versammlungen, Beerdigungen und anderen Veranstaltungen einfach den Rücken zugekehrt. Die Frau musste eine Lügnerin sein, die nichts Gutes im Schilde führte. Ihr Vater hatte ihr gesagt, sie solle sich von ihr fernhalten, und genau das hatte sie auch vor.

Erst neun Jahre später erfuhr sie, dass ihre Mutter ihr dieses Geheimnis vorenthalten hatte. Julie wollte es einfach nicht glauben. Nicht damals, als sie ein kleines Mädchen war, nicht als sie hörte, wie ihre Mutter unter Tränen erklärte, warum sie über diesen alten Aberglauben gelogen hatte, und auch nicht jetzt, als sie fast leblos auf dem gefrorenen Boden lag und die Geister ihrer Vergangenheit um sie herum versammelt waren, redeten, stritten und vielleicht immer noch logen.

Sie waren nicht real. Es musste ihre Einbildung gewesen sein, die sie zum Leben erweckt hatte, wahrscheinlich hatte sie vor Hunger und Durst Wahnvorstellungen, sagte sie sich in einem seltenen Anflug von rationalem Denken. Aber sie fühlten sich real an – so real wie die warmen Finger ihrer Mutter, die ihre Wange streichelten, ihre leise Stimme, die ihr versprach, dass alles gut werden würde, weil sie nicht allein war.

»Wir sind da, Schatz«, sagte ihre Mutter und spielte mit einer ihrer Haarsträhnen. »Dein Vater und ich sind da.«

»Ist es wahr?«, fragte sie, oder zumindest dachte sie, sie würde fragen. »War das mein Schicksal, seit ich geboren wurde, so wie Betty es gesagt hat?«

Niemand antwortete, aber ihre Mutter lächelte weiter, ihre Augen waren von einem Licht erfüllt, das Julie nie zuvor bemerkt hatte, während sie damit beschäftigt gewesen war, ihr nicht zu gehorchen.

Diese Nachbarin von nebenan ... Sie wünschte, sie könnte sie jetzt fragen, was sie sie vor all den Jahren hätte fragen sollen. Wer waren die Geister, die die erstgeborenen Töchter entführten? Denn sie konnte der alten Frau versichern, dass ein Mann – ein Mann aus Fleisch und Blut – sie entführt hatte, kein Geist. Vielleicht kannte sie den Grund.

»Oh Mom, warum bist du nicht geflohen?«, fragte sie, aber niemand antwortete. »Wenn du wusstest, dass sie mich holen würden, warum bist du geblieben?« Dann fiel es ihr wieder ein, wie durch einen dichten Nebel, während das Bild ihrer Mutter langsam verblasste.

Sie war nicht geflohen, weil sie darauf gewartet hatte, dass Julie nach Hause kam.

Eine frische, warme Träne kullerte über ihre Wange.

In ihrem immer schwächer werdenden Geist, dort, wo die Dunkelheit sich eingenistet hatte, stellte sie sich vor, dass die warmen Finger ihrer Mutter ihre Haut streichelten.

SECHSUNDDREISSIG

DIE COSTINS

Sherman und Virginia Costin lebten auf einer kleinen Ranch am nördlichen Stadtrand. Das Grundstück zeugte von einer Tragödie, vor allem der vernachlässigte Vorgarten und der Teil des Hinterhofs, den Kay sehen konnte, als sie am Bordstein hielt. Der Rasen war von hartnäckigem Unkraut überwuchert, dessen Ausdauer durch das kalte Wetter bedroht war. Ein alter Reifen lag verlassen neben der Einfahrt, in seiner Mitte wucherte ungestört ein hoher Distelstrauch. Der Zustand des Grundstücks erinnerte sie auf seltsame Weise an ihr eigenes Elternhaus, als sie aus San Francisco zurückgekehrt war, nur dass die Gründe dafür ganz andere gewesen waren. Das Haus, in das sie nach jahrelanger Abwesenheit zurückgekehrt war, trug noch immer die Spuren der Tragödie, genau wie das Haus der Costins, aber wenigstens hatte ihre Familie einen Abschluss gefunden. Im Gegensatz zu den Costins.

Es wurde bereits dunkel, als sie den Motor abstellte und die Scheibenwischer endlich aufhörten, rhythmisch über die Scheiben zu gleiten. Ohne auf die Uhr zu schauen, konnte sie nicht sagen, ob die Sonne bereits untergegangen war. Ihre Strahlen waren machtlos gegen die dicke Wolkendecke, die unablässig Wasser in großen, schweren Tropfen herabregnen ließ, die laut gegen das Dach ihres Wagens platschten.

Sie eilte zur Haustür und nahm sich einen Augenblick Zeit, um die Regentropfen, die an ihrer Jacke klebten, abzuschütteln, bevor sie läutete. Ein müde wirkender, hagerer Mann öffnete die Tür, nur Sekunden nachdem sie den Klingelknopf gedrückt hatte. Die Hoffnung, die in seinen Augen aufleuchtete, als sie ihm ihren Ausweis hinhielt, traf Kay mitten ins Herz.

»Hätten Sie einen Augenblick Zeit für mich? Ich habe einige Fragen an Sie.«

Der Hoffnungsschimmer verblasste und wich der Angst. »Ja, natürlich.« Mit schlurfenden Füßen trat er zur Seite und bat sie herein.

Das Wohnzimmer war klein und schummrig, schwach beleuchtet von einer Deckenlampe mit zu schwachen Glühbirnen, als könnten die beiden Costins nicht gegen die Dunkelheit ankämpfen, die ihr Haus verschlang. Mrs Costin saß auf dem Sofa, blass wie ein Gespenst, ihr langes, schütteres blondes Haar seit Tagen ungewaschen und zu unansehnlichen Strähnen verknotet. Sie trug einen Hausmantel, der mit unzähligen alten und neuen Flecken übersäht war, die wahrscheinlich durch Missgeschicke in der Küche entstanden waren. Ein schwacher Geruch nach abgestandenem Essen und verrottenden Abfällen lag in der Luft, aber niemand schien es zu bemerken oder sich daran zu stören. Auf dem Wohnzimmertisch verstaubte ein Stapel ungeöffneter Post neben einer billigen, dickrandigen Lesebrille. Mit einem Seitenblick konnte Kay feststellen, dass die Küchenspüle vor schmutzigem Geschirr überquoll, ebenso wie die Arbeitsflächen.

»Danke, dass Sie sich die Zeit nehmen«, sagte sie und sah sich nach einem Platz zum Sitzen um, entschied sich dann aber dafür, stehen zu bleiben.

Mr Costin ließ sich neben seiner Frau auf dem Sofa nieder. Ihre Hände fanden sofort zueinander und verschränkten sich wie Lianen, die nach Halt suchten. »Haben Sie Neuigkeiten von Lauren?«

»Nein, leider nicht«, antwortete sie und riss mit einem Schaudern das Pflaster ab. »Aber wir ermitteln weiter und haben einige neue Fragen.«

Der Mann forderte sie mit einer Handbewegung auf, fortzufahren, und umklammerte dann sofort wieder die Finger seiner Frau.

»Ich weiß, dass Sie die Geschichte dieses schrecklichen Tages wahrscheinlich schon oft erzählt haben, aber könnten Sie es noch einmal tun? Erzählen Sie mir bitte ganz genau, was passiert ist.«

Sie sahen sich an, als ob sie sich einigen wollten, wer von ihnen das Wort ergreifen sollte.

»Aber warum ...«, setzte Mrs Costin an, doch ihre Stimme wurde leiser, als ob ihr der Atem ausgegangen wäre.

Sie entschied sich für die Wahrheit, zumindest teilweise. »Bevor ich letztes Jahr hierher zurückkam, wo ich geboren wurde und aufgewachsen bin, habe ich beim FBI in San Francisco als Profilerin gearbeitet. Ich hoffe, dass ich etwas sehen oder aufdecken kann, was mein Kollege Detective Young möglicherweise übersehen hat.«

»Sie haben wirklich nichts von Lauren gehört«, sagte Mrs Costin und eine Träne rollte über ihre blasse Wange. Es war, als hätte sie gehofft, Kay würde sie anlügen. Es war erstaunlich zu sehen, welche Macht die Hoffnung hatte und wie verbissen sich die Menschen entgegen aller Vernunft und aller Beweise an sie klammerten.

»Ich fürchte nicht«, antwortete Kay mit plötzlich belegter Stimme.

Mrs Costin drückte die Hand ihres Mannes. »Lauren ist auf dem Heimweg von der Schule verschwunden«, sagte sie mit zitternder, schwacher Stimme, eine Ankündigung der aufsteigenden Tränen. »Das war im September, vor zwei Jahren.« Sie löste ihre Finger aus dem Griff ihres Mannes und führte ihre Hand an ihre Brust, dann umklammerte sie den Kragen ihres Hausmantels. »Als sie an diesem Abend nicht zum Abendessen auftauchte, wusste ich, dass etwas nicht stimmte. Noch bevor ich ihre Freundinnen, ihre Lehrer und die Polizei anrief, wusste ich es. Es war, als hätte mir jemand das Herz aus der Brust gerissen und stattdessen ein Loch hinterlassen.«

»Ist sie an diesem Tag mit dem Schulbus nach Hause gefahren?«

Mrs Costin schüttelte den Kopf und starrte auf den abgenutzten Orientteppich unter ihren Füßen.

»Nein, obwohl es geregnet hat«, sagte Mr Costin. »Das hat sie manchmal gemacht, sie ist zu Fuß nach Hause gegangen. Sie sagte, sie liebe die Bergluft im Herbst. Sie war aktiv, eine Sportlerin.« Er hielt einen Augenblick lang inne und wirkte verloren. »Detective Young war jeden Tag hier und erzählte uns, was er herausgefunden hatte. Er hat an jede Tür geklopft, den ganzen Weg von der Schule bis hierher, auf dem Weg, den sie normalerweise genommen hat. Dann haben wir das Gleiche getan.« Mr Costin starrte Kay an, eine unausgesprochene Frage lag in seinem Blick. »Sie war einfach verschwunden. Niemand hatte etwas gesehen. Wie kann jemand einfach ...«

»Die meisten Leute waren bei der Arbeit, ihre Kinder in der Schule«, unterbrach Mrs Costin ihn mit schwacher Stimme. »Detective Young hat uns gesagt, dass das schlechte Wetter der Grund gewesen sein muss, warum niemand gesehen hat, wie meine Kleine ...«, sie suchte nach dem Wort, »entführt wurde. Niemand war draußen, nicht einmal, um die Mülltonnen an den Bordstein zu rollen. Die Müllabfuhr kam erst am nächsten Morgen.«

»Wir haben die Behörden angefleht, weiterzusuchen, aber ich glaube, sie haben zu früh aufgegeben. Wir waren sogar beim Bürgermeister, aber ich weiß nicht, ob er etwas unternommen hat.« Mr Costin ließ widerwillig die andere Hand seiner Frau los, stand auf und begann, im Zimmer auf und ab zu gehen und alle paar Sekunden aus dem Fenster zu schauen. »Wir haben Anzeigen im Fernsehen geschaltet, bis wir das Geld für unsere Altersvorsorge aufgebraucht hatten. Jetzt warten wir. Virginia arbeitet nicht mehr.«

»Ich kann einfach nicht«, schluchzte sie und hielt sich die Hand vor den Mund. »Was ist, wenn sie nach Hause kommt und ich bin nicht da? Was ist, wenn jemand nach uns sucht, um uns Neuigkeiten von Lauren zu erzählen?«

Kay biss sich auf die Lippe. Der extreme Druck hatte die Costins zu irrationalen Handlungen veranlasst, obwohl sie verstehen konnte, dass es Laurens Mutter nicht möglich war, das Haus zu verlassen, in das ihre Tochter möglicherweise eines Tages zurückkehren würde. Der fehlende Abschluss forderte einen schrecklichen Tribut von der Familie Costin. Sie spürte ihren Schmerz, auch wenn sie sich nicht einmal ansatzweise vorstellen konnte, wie sie sich fühlten.

»Erzählen Sie mir von Lauren«, bat sie. »Was für ein Mädchen war sie?«

Mrs Costin stand langsam auf, dann ging sie zum Sims eines staubigen Kamins, der wahrscheinlich nie benutzt worden war, und nahm ein Foto in einem silbernen Rahmen herunter. Mit zitternder Hand zeigte sie es Kay. »Sie ist so schön, mein kleines Mädchen. Und klug ist sie auch. Sie hat gute Noten, nur Einsen.« Sie lächelte leicht verlegen und wandte für einen kurzen Moment den Blick ab. »Auch ein paar Zweien, aber meistens Einsen. Sie will Tierärztin werden.« Sie drückte das Foto mit beiden Händen fest an ihre Brust, als ob sie ihre Tochter umarmen würde. »Ich habe Collegebewerbungen für sie verschickt. Wenn sie zurückkommt, wird das kein großes Problem sein.«

Kays Sicht verschwamm ein wenig, während sie beobachtete, wie sich die Costins zusammenkauerten, gemeinsam zerbrachen, warteten und gegen alle Vernunft gemeinsam hofften. Sie wünschte, es gäbe etwas, das sie sagen könnte, um ihnen die Last zu nehmen, aber es gab nichts, nicht in den Statistiken über Entführungen und vermisste Mädchen im Teenageralter in den Archiven des FBI, nicht in der lokalen Legende, nichts. Ihre bloße Anwesenheit in ihrem Haus hatte ihnen Hoffnung gemacht, die einzig und allein auf ihrem Glauben beruhte, dass noch ein Wunder geschehen könnte und dass man ihre Tochter eines Tages finden und zu ihnen zurückbringen würde.

»Eine Frage noch«, sagte Kay, die davor zurückschreckte, das Thema anzusprechen. »Haben Sie jemals von einem Aberglauben gehört, der besagt, dass hier in der Gegend die erstgeborenen Töchter verschwinden?«

Sie rückten enger zusammen, als hätten sie sich vor ihren Worten erschrocken. »Was? So etwas gibt es hier?« Mrs Costins Augen waren weit aufgerissen, als hätte sie Angst vor etwas, einer unbekannten Bedrohung. Dann sah sie ihren Mann für einen kurzen, belastenden Augenblick an. »Es war wegen seiner Arbeit ... Wir sind ursprünglich nicht von hier. Sherman wurde die Position des Filialleiters angeboten, als die neue California Star Credit Union vor zwei Jahren in Mount Chester eröffnete.« Ihr stockte der Atem und sie lehnte sich an seinen Arm, um dort Halt zu finden. »Wenn wir nicht hierhergezogen wären, wäre sie vielleicht noch bei uns.«

»Sie sind hergezogen, kurz bevor sie verschwunden ist?« Das war ein unerwarteter, neuer Aspekt.

»Nein«, sagte Mr Costin, führte seine Frau zum Sofa und setzte sich neben sie. »Sie haben mich von Anfang an hierher bestellt, noch bevor der erste Spatenstich für das neue Gebäude gemacht wurde. Ich habe den Standort ausgewählt, die Bauunternehmer eingestellt, die Möbel gekauft, alles erledigt. Ich habe jeden einzelnen Mitarbeiter eingestellt. Als Lauren verschwand, war das Gebäude noch nicht einmal fertig.«

»Wann genau sind Sie hergezogen, und von wo?«

»Diesen August ist es fast drei Jahre her.« Er hielt einen Moment inne und runzelte die Stirn, als ob er versuchen würde, sich an etwas zu erinnern. »Aus San Francisco. Ich arbeite bei dieser Kreditgenossenschaft, seit ich mein Studium abgeschlossen habe. Dort befindet sich die Zentrale.« Er sah Kay an, wieder stand ihm die Sorge ins Gesicht geschrieben. »Meinen Sie, das hat etwas mit meiner Arbeit zu tun?«

Sie dachte kurz über ihre Antwort nach. Dreiundvierzig Mädchen waren in fast sechzig Jahren entführt worden. Wahrscheinlich war er der einzige Vater, der wegen einer neuen Stelle hergezogen war. Die Opferforschung würde das bestätigen. »Nein, das glaube ich nicht, aber ich versuche, alle Aspekte zu berücksichtigen.«

»Ich danke Ihnen von ganzem Herzen«, sagte Mrs Costin und streckte ihre Hand aus. Kay drückte sie sanft. Sie fühlte sich trocken, warm und zerbrechlich an. »Wir verlassen uns darauf, dass Sie unsere Kleine nach Hause bringen.«

Sie verließ das Haus mit der Last dieser Worte und einem entfernten, unscharfen Gedanken, bei dem sich ihr Bauchgefühl meldete. Was hatte sie übersehen?

Sie blieb einen Augenblick lang unter dem Vordach der Veranda stehen, bevor sie zu ihrem SUV lief, der an der Straße stand. Sie schloss die Augen und ließ die Höhepunkte des Gesprächs noch einmal Revue passieren, konnte aber immer noch nicht sagen, was ihr im Kopf herumschwirrte, wie ein Wort, das ihr auf der Zunge lag und in ihrem Gehirn Verstecken spielte. Dann sah sie auf die Uhr und stellte fest, dass sie es immer noch schaffen könnte, die Familie Guerrero aufzusuchen, wenn sie sich beeilte.

Was auch immer das für ein schwer fassbarer Gedanke war, irgendwann würde sie ihn schon zu fassen kriegen.

SIEBENUNDDREISSIG

BRENT

Brent Barcenas hielt sich für so cool, dass er Eiswürfel hätte pinkeln können. Er verkörperte alles, was mit der jungen Generation nicht stimmte. Ein paar Tage vor seinem achtzehnten Geburtstag lehnte der junge Mann lässig am Heck eines teuren Pick-ups voller Optionen und Sonderausstattungen, stellte seinen nackten Fuß auf die Stoßstange und stützte sich mit dem Ellbogen auf seinem Knie ab. Der breitschultrige und muskulöse Typ spielte mit Sicherheit irgendwo College-Basketball. Aber diese Frisur brachte Elliot fast zum Lachen. Sie war gebleicht, stachelig und voller Gel, während die Seiten kurz geschnitten waren, ein Trend, der an einen modernen Irokesen erinnerte.

Das Haus, aus dem er gerade herauskam, war eines der teuersten in diesem Stadtteil, seine Eltern lebten offensichtlich recht gut. Nachforschungen über die Familie Barcenas hatten ergeben, dass sie Anteile an einem großen Weingut im Napa Valley besaßen und ihr Buchhaltungsunternehmen in Mount Chester florierte, wobei Mrs Barcenas als beste Wirtschaftsprüferin in der Region galt. Außerdem hatte Mr Barcenas ein strategisches Finanzberatungsbüro, das wahrscheinlich die

Leasingraten für den BMW X7 zahlte, den Elliot durch die beleuchteten Fenster der familieneigenen Garage sehen konnte.

»Gehört dieses Baby da dir?«, fragte Elliot und zeigte auf den nagelneuen Ram Pick-up.

»Jepp«, antwortete Brent mit einem amüsierten, selbstgefälligen Lächeln und warf einen Seitenblick auf Elliots SUV. Er trug keine Kennzeichen, die darauf hindeuteten, dass es sich um ein Polizeifahrzeug handelte. Nur zwei hinter dem Kühlergrill versteckte Warnlichter verrieten, wozu er tatsächlich genutzt wurde. »Ich wette, das ist Ihr Dienstwagen, stimmt's?«

Der Bengel war unglaublich. Seine Freundin war entführt worden und er redete über Autos, stand entspannt und barfuß in der regennassen Einfahrt, während seine Eltern sich nicht im Geringsten dafür interessierten, warum die Polizei abends um halb acht an ihre Tür geklopft hatte, um mit ihrem Sohn zu reden.

Elliot grinste. Er würde das Spiel mitspielen, das der Bengel spielen wollte, solang er nicht nach seiner Pfeife tanzen musste. »Klar. Der ist auch nicht schlecht.« Seine Jacke und sein Hut hielten den Regen ab, aber seine Jeans war völlig durchnässt.

»Ja, aber ein Ford?« Er war offensichtlich kein großer Fan der Marke.

»Wurde speziell für die Polizei gebaut. Nennt sich Interceptor.« Brent schlenderte um Elliots Fahrzeug herum, ohne sich um den Regen zu kümmern, studierte es scheinbar unbeeindruckt. »Sieht der nicht genauso aus wie der Explorer?« Das Haargel, das er so großzügig aufgetragen hatte, musste wasserfest sein.

»Auf Crack«, lachte Elliot. Er riss einen nassen Halm vom Rand des englischen Rasens der Barcenas aus und kaute darauf herum. Er stand hier völlig durchnässt in diesem Sauwetter und hätte darauf gewettet, dass der Bengel das absichtlich machte, nur um sich hinterher mit seinen Freunden über ihn lustig zu machen. Er zog sich unter das Verandadach zurück. »Ich habe ein paar Fragen an dich.«

»Darf ich mal reingucken?«, fragte Brent und drückte sein Gesicht gegen das Fenster der Fahrertür.

»Tu dir keinen Zwang an«, erwiderte Elliot und schluckte einen Fluch herunter, als Brent die Tür öffnete. »Nein, hinters Lenkrad kann ich dich nicht lassen, tut mir leid.«

Frustriert knallte der Junge die Autotür etwas fester als nötig zu und ging zu Elliot hinüber, der auf der Veranda stand. Wahrscheinlich hatte den ganzen Monat lang noch niemand Nein zu ihm gesagt. »Was brauchen Sie? Ich habe zu tun.«

»Erzähl mir von Julie Montgomery. Sie ist deine Freundin, stimmt's?«

Das selbstgefällige Grinsen kehrte zurück. »Jedenfalls eine von ihnen. Was wollen Sie wissen?«

»Alles, was du mir sagen kannst, damit wir herausfinden können, wer sie entführt und ihre Mutter getötet hat.«

Er zuckte mit den Schultern, dann holte er eine E-Zigarette hervor und nahm einen schnellen Zug, der die Spitze in elektrischem Blau erstrahlen ließ. Offensichtlich hatte er nicht die geringste Sorge, dass seine Eltern ihn sehen könnten. Ein süßlicher Duft von Zimt und Vanille erfüllte die Luft, der zum Glück schnell von einer Windböe weggeblasen wurde. »Sie war ruhig und zurückgezogen, hat nicht viel geredet. Mit mir treiben wollte sie es auch nicht. Für mich wäre es kein großer Verlust gewesen, wenn sie weggezogen wäre.«

»Weggezogen wohin?«

»Nach San Francisco.« Er kräuselte die Lippen, sichtlich verärgert über irgendetwas. Elliot wartete ab. Brent hatte die Selbstbeherrschung eines Geysirs; früher oder später würde er mit Sicherheit explodieren. »In dieser Nacht, am Montag, wollte ihre Mutter sie alle nach San Francisco bringen, um ein neues Leben anzufangen oder so was. Und Julie war nicht besonders helle. Sie war untröstlich darüber, als ob jemand tatsächlich in dieser beschissenen Stadt leben *wollte*.«

»Warum die Vergangenheitsform?«

»Hä?«

»Du hast die Vergangenheitsform benutzt, als du von Julie gesprochen hast.« Elliots Geduld war langsam am Ende. Warum jemand den Wunsch haben sollte, mit ihm auszugehen, war ihm ein Rätsel. »Ich wüsste gerne, warum?«

»Glauben Sie etwa, dass sie zurückkommt? Ernsthaft? Gucken Sie nie *Criminal Minds* oder so etwas, um sich über diese Dinge zu informieren?«, fragte er spöttisch und drehte Elliot für einen langen Augenblick den Rücken zu. Eine weitere Wolke aus süßem Dampf umhüllte sie kurz. »Das Mädchen ist am Arsch, Mann. Irgendein Typ vergnügt sich mit ihr und besorgt es ihr, so oft er kann.« Das schiefe, lüsterne Grinsen, das sich auf seinem Gesicht ausbreitete, weckte in Elliot den Wunsch, ihn bewusstlos zu schlagen.

»Weißt du, warum sie nicht nach San Francisco ziehen wollte?«

»Ich habe sie gefragt, aber sie hat mir nichts gesagt, nur irgendetwas davon, dass sie hier zu Hause ist und so ein verrückter Scheiß.« Er nahm einen weiteren Zug aus seiner Zigarette. »Eine verrückte Tussi, das muss ich schon sagen. Kam ganz nach ihrer Mutter. Das war bisher die Verrückteste von allen.«

»Cheryl?«

»Sie hat ihre Freunde gewechselt wie andere die Unterhosen. Ich hätte sie selbst flachgelegt«, sagte er mit einer Stimme, die er zu einem verschwörerischen Flüstern gesenkt hatte, »wenn Sie wissen, was ich meine. Die Schlampen waren verdammt heiß, alle beide.«

»Erzähl mir von den Männern, mit denen sie zusammen war«, verlangte er mit zusammengebissenen Zähnen.

»Julie und ich waren begeistert, als sie es mit dem Lehrer

für Naturwissenschaften getrieben hat. Wir starrten den Kerl im Unterricht so lange an, bis er sich schuldig fühlte und uns eine glatte Eins gab. Ein Kinderspiel. Er hatte wohl Angst, dass wir es seiner Frau erzählen würden oder so.« Er blickte in die Ferne, die nun von der Dunkelheit verschlungen wurde. Die Regenstreifen reflektierten das Licht auf der Veranda und fielen in einem Winkel, der an einen Meteoritenschauer erinnerte, der nur für sie gedacht war. »Ganz ehrlich, wenn er mir auch nur ein einziges Mal eine Zwei plus gegeben hätte, hätte ich es ihr erzählt.« Er lachte, scheinbar begeistert von seiner eigenen Verschlagenheit. »Aber nein, die gute alte Cheryl musste den Kerl ja abservieren und fing an, mit einem anderen zu f...« Elliot starrte ihn an. »Äh, sich mit jemand anderem zu treffen.«

»Weißt du auch, mit wem?«

»Julie sagte, er sei möglicherweise ein entfernter Verwandter oder so. Ich habe mich gefragt, ob das überhaupt legal ist, aber sie waren nicht wirklich verwandt. Jedenfalls nicht blutsverwandt.« Er paffte erneut und Elliot drehte sich der leere Magen um. »Natürlich war dieser Kerl auch verheiratet, soweit ich gehört habe. Nicht besonders schlau, die verstorbene Mrs Coleman.« Er lachte leise, ein kaltes, herzloses Lachen, das Elliot das Blut in den Adern gefrieren ließ. »Oder vielleicht wollte sie die Typen genau so, um die Action zu bekommen, aber nicht den ganzen Alltagskram.«

»Wollte Cheryl vor diesem Mann oder seiner Frau fliehen?«

Er steckte die Hände in die Taschen seiner Jeans und stellte einen nackten Fuß auf einen gelben Gartensessel. »Ich weiß es nicht. Ich weiß nur, dass Julie nicht aus diesem Loch rauskommen und an einen coolen Ort wie San Francisco ziehen wollte, und das macht sie wirklich zu einer kompletten Idiotin. Ich meine, wir sind hier in Mount Chester, irgendwo im Nirgendwo. Hallo?« Er machte eine dramatische Geste und breitete seine Arme aus, als ob er sich an eine unsichtbare Menschenmenge wenden wollte. »Was habe ich übersehen?«

»Wann hast du Julie das letzte Mal gesehen?«

»Montagabend, als ich sie nach dem Kino nach Hause gebracht habe. Es hat noch heftiger geregnet als jetzt, falls das überhaupt möglich ist.« Er antwortete, ohne auch nur eine Sekunde zu zögern. »Sie hat die ganze Zeit geweint, als ob ich darauf aus wäre, ihr Gejammer zu hören. Ich will mich amüsieren, Mann. Deshalb bezahle ich auch das Kino, das Abendessen und den ganzen Scheiß. Sie wissen doch, worum es geht«, sagte er und knuffte Elliot mit einem leisen, dreckigen Lachen in die Rippen. »Ich wollte an diesem Abend bis zur dritten Position kommen. Und was habe ich stattdessen bekommen? Das verdammte Geheule und das ganze Gequatsche über Schuldgefühle wegen dem, was sie getan hat. Vielleicht ist sie weggelaufen, wer weiß das schon.«

Brent Barcenas war ihm nicht geheuer, aber vielleicht war da tatsächlich was dran. Hatte Julie etwas getan, das schreckliche Konsequenzen nach sich gezogen hatte?

»Hat sie gesagt, was genau sie getan hat? Weshalb fühlte sie sich schuldig?«

Der Junge zuckte mit den Schultern, der Stoff seines T-Shirts spannte über seinen breiten Schultern. Es war schwarz mit einem braun-weißen Aufdruck mit dem Wortlaut: MEINE UMGANGSFORMEN SIND IN ORDNUNG. NUR AN MEINER TOLERANZ GEGENÜBER IDIOTEN MUSS ICH NOCH ARBEITEN.

»Keine Ahnung«, höhnte er und steckte die Hände wieder in die Taschen. Barfuß im kalten Regen musste ihm eiskalt sein, aber er war zu stolz, es zuzugeben. Seine Zehen hatten sich bläulich weiß verfärbt. »Glauben Sie, das interessiert mich? Scheiß drauf, Mann«, er entfernte sich von Elliot, als würde ihn seine Nähe wütend machen. »Ich habe keine Zeit zu verlieren.« Er zückte sein Handy und gestikulierte damit herum. »Da, wo Julie herkommt, gibt es noch mehr, und einige sind bereit, diesen kleinen Mann glücklich zu machen.« Er tätschelte sich den Schritt und zwinkerte Elliot zu. »Sonst noch was? Ich verpasse meine Show.«

»Nein, wir sind fertig, danke.« Er reichte ihm eine Karte. »Falls dir später noch etwas einfällt.«

Er steckte sie in die Gesäßtasche seiner Jeans und ging ins Haus, wobei er die Tür hinter sich zuschlug, ohne ihn auch nur eines Blickes zu würdigen. So wie er sich verhielt, gab Elliot ihm mit seinen fast achtzehn Jahren nicht mehr als fünf Jahre, bevor er in seinen Handschellen enden würde – oder in denen eines Kollegen. Die Frage, die sich stellte, war, für welches Verbrechen? War Brent Barcenas ein Mörder? Das war höchst unwahrscheinlich; auch wenn er eine große Klappe mit nichts dahinter hatte. Aber er war ein Nichtsnutz, der unter beklagenswerten Umständen geboren und unter noch schlimmeren Umständen aufgewachsen war. War es möglich, dass er in Zukunft als Vergewaltiger, Stalker oder Frauenschläger endete? Konnte schon sein. Er schien die richtige Kombination aus Genen und Erziehung dafür zu besitzen, es sei denn, seine Eltern wachten plötzlich auf und brachten dem jungen Mann etwas Verstand und einige Grundwerte bei.

Während er durch den Regen zu seinem SUV rannte, fragte sich Elliot, was Kay wohl zu Brent sagen würde. Beim Gedanken an sie stahl sich ein Lächeln auf seine Lippen, das noch eine Weile anhielt, auch während er den Motor anließ und die Liste der Namen im Media Center durchblätterte, bis er denjenigen fand, nach dem er suchte, einen alten Kollegen aus seiner ehemaligen Wache in Austin, Texas.

Der Mann meldete sich nicht, aber Elliot hinterließ ihm eine Sprachnachricht.

»Hey, Kollege, Sie müssen mir einen Gefallen tun, und zwar schneller als der Klatsch in einer Kleinstadt weitergetragen wird. Können Sie College-Kids aus Kalifornien ausfindig machen, die im Lacrosse-Team der Austin Vipers gewesen sein könnten?«

ACHTUNDDREISSIG

DIE GUERREROS

Es regnete immer noch, als Kay das Haus der Guerreros erreichte. Nachdem es ein paar Stunden lang relativ ruhig gewesen war, grollte der Donner erneut durch das Tal und hallte dumpf von den Hügeln wider, während grelle Lichtblitze den pechschwarzen Himmel durchzuckten.

Die Guerreros lebten weitab vom Highway, ihre alte Ranch schmiegte sich an den Hang und war die einzige nördlich der kurvenreichen Straße. Kay war auf ihrem Weg von der Interstate über mehrere kleine Brücken gefahren – einige davon befanden sich nur noch wenige Zentimeter über dem anschwellenden Fluss. Das waren die ersten, die nachgeben würden, wenn diese Sturzfluten weiter anhielten. Hurrikan Edward musste der wohl langsamste Sturm der Geschichte sein, seine Bänder erneuerten endlos ihre Wasserlast über dem Pazifik, während der vierhundert Meilen breite Sturm sich drehte und wirbelte, langsam und bedrohlich.

Sie sah auf die Uhr, bevor sie an der Tür klingelte. Es war schon spät, aber das Licht im Wohnzimmer brannte noch und sie konnte den Fernseher hören, es lief ein Fußballspiel mit einem spanischen Kommentator.

Eine Frau in den Vierzigern öffnete die Tür und fuhr sich schnell mit der Hand über das Haar und die Kleidung, als ob sie prüfen wollte, ob sie vorzeigbar genug war, um Gäste zu empfangen. Sie hatte freundliche Augen mit dunklen Ringen darunter und langes, glattes, schwarzes Haar, das von einem Haarreif zurückgehalten wurde, der an einen Flechtzopf erinnerte.

»Ja, bitte?«, fragte sie und schien bereit zu sein, zurück ins Haus zu eilen, um sich in Sicherheit zu bringen, als hätte Kay sie mit ihrer Anwesenheit erschreckt.

Sie zeigte der Frau ihre Dienstmarke. »Detective Kay Sharp von der Polizei. Mrs Guerrero?« Die Frau nickte. »Dürfte ich Ihnen vielleicht einige Fragen stellen?«

Sie trat zur Seite und ließ Kay eintreten.

Im Gegensatz zu den Costins waren die Guerreros eine große Familie, drei Generationen lebten unter einem Dach. Der Esstisch war groß, mit acht Stühlen drumherum, auf einem Platz stand ein unberührter Teller, während die anderen benutzt worden waren. Ein Mädchen im Teenageralter räumte ab, trug immer nur ein paar schmutzige Teller auf einmal und achtete darauf, sie nicht fallen zu lassen, dann kratzte sie die Reste ab und spülte sie im Becken vor, bevor sie sie in die Spülmaschine stellte. Der Geruch nach Guacamole, Fajitas und köstlichen Gewürzen lag in der Luft.

»Isela, *quien es ella?*«, fragte ein älterer Mann. Er saß auf einem Sessel vor dem Fernseher, die gepolsterten Armlehnen waren bis auf das Gewebe abgenutzt.

»*Es policía, papa*«, antwortete sie und lächelte dann entschuldigend. »Mein Vater spricht nicht so gut Englisch.«

Der Mann sprang aus seinem Sessel auf, als wäre er nicht älter als zwanzig, und kam mit entschlossenem Schritt auf Kay zu. »Haben Sie unsere Stephania gefunden?« Er schien Mühe zu haben, selbst die einfachsten Worte auszusprechen.

»Nein, leider nicht, aber wir suchen nach neuen Beweisen.«

Ein Déjà-vu. Es kam ihr vor, als würde sie noch einmal mit den Costins sprechen, dieselben Hoffnungen zerstören, dieselben Ängste schüren und dafür sorgen, dass dieselben Tränen vergossen wurden. Nur dass dieses Mal noch mehr Enttäuschungen drohten.

»Wir decken immer den Tisch für sie mit«, sagte Isela, die sah, wohin Kays Blick wanderte. »Vielleicht werden unsere Gebete eines Tages erhört und sie wird wieder mit uns zu Abend essen.« Sie wischte sich mit ihrer Schürze über den Augenwinkel.

»Welche neuen Beweise?«, fragte ein anderer Mann, wahrscheinlich Stephanies Vater Mauricio. Er hatte im Flur gestanden, als wäre er durch Kays Erscheinen wie erstarrt. Jetzt näherte er sich langsam und nervös, sein Blick war flüchtig wie der eines ängstlichen Rehs im Visier des Jägers, das beim kleinsten Blätterrascheln bereit zur Flucht war. Er nahm Kays Hand zwischen seine beiden Hände. »Glauben Sie, dass ich mein kleines Mädchen jemals wiedersehen werde?« Kay erkannte, dass er keine Angst vor ihr hatte. Was ihm Angst machte, war der Gedanke an schlechte Nachrichten, daran, den schlimmsten Schmerz zu ertragen, den ein Vater jemals durchleben konnte.

Der Wasserhahn der Küchenspüle wurde abgestellt, und eine drückende Stille legte sich über den Raum. Das Mädchen verhielt sich völlig still, hielt einen Teller zwischen Spüle und Geschirrspüler in der Luft und lauschte mit offenem Mund.

Kay senkte für einen kurzen Moment den Blick. »Das können wir nicht wissen, Mr Guerrero, aber wir tun unser Bestes.«

Er ließ ihre Hand los und schien in einer Sekunde um zehn Jahre gealtert zu sein. Sein Rücken krümmte sich und seine Arme hingen schlaff neben seinem dünnen Körper herunter. Seine Augen wanderten ins Leere, während sein Kinn leicht zu zittern begann. »Was möchten Sie wissen?« Unsägliche Traurigkeit lag in seiner Stimme.

»Erzählen Sie mir alles von diesem Tag, woran Sie sich erinnern.«

»Woran ich mich erinnere?«, spottete er verbittert. »Ich werde nie auch nur einen einzigen Augenblick dieses verfluchten Tages vergessen.« Er schlug die Hände ineinander und knetete sie kräftig. »Wir haben darauf gewartet, dass Stephanie von der Arbeit nach Hause kam. Sie hatte in dem Jahr gerade die Schule beendet. Martinez, ein Freund von uns, gab ihr einen Job als Kellnerin in seinem Restaurant. Sie war glücklich, sparte ihr Geld fürs College und war stolz darauf, dass sie erwachsen war und ihren ersten richtigen Job hatte.« Er schniefte und wandte sein Gesicht für einen kurzen Augenblick von Kay ab. »Dann kam sie eines Tages nicht mehr nach Hause. An *diesem* Tag.« Er presste seinen Unterarm auf seinen Mund, als wolle er ein Schluchzen unterdrücken. Isela war näher gekommen, berührte seine Schulter und versteckte sich hinter ihm, als wäre Kay bedrohlich, gefährlich. »*El día en que dios nos abandonó.* Der Tag, an dem Gott uns im Stich gelassen hat.«

»*Sí, sí*«, sagte der alte Mann, dann bekreuzigte er sich schnell.

»Sie ist einfach verschwunden, auf dem Rückweg vom Restaurant, am letzten Samstag vor genau drei Jahren«, fuhr Mauricio fort. »Sie war neunzehn, mein kleines Mädchen. Jetzt ist sie zweiundzwanzig«, fügte er hinzu, und in seinen Augen leuchtete der unerschütterliche Glaube, der seine Hoffnung auf ihre Rückkehr nährte. »Drei Jahre«, schluchzte er und bedeckte seinen Mund mit zittrigen Händen. »*Ay, Dios mío.*«

Kay hatte die Fallakten gelesen, aber sie war auf der Suche nach mehr, nach den Dingen, die normalerweise nicht in Akten und Berichten dokumentiert wurden. Nach Gefühlen, Wahrnehmungen, Klatsch und Tratsch, Rückblicken, die selten falsch waren.

»Was haben Sie damals gedacht? Gab es jemanden, den Sie in Verdacht hatten? Haben Sie eine Ahnung, wer Ihrer Tochter etwas antun wollte?« Mauricio starrte einen Augenblick lang auf die Kratzer auf dem Boden. »Wir haben jeden gefragt, wir haben an jede Tür geklopft. Ich habe in meinem Büro Flugblätter gedruckt und sie an jeden Baum zwischen unserem Haus und dem Restaurant gehängt. Martinez hat das Flugblatt immer noch bei sich an der Wand hängen.«

»Hat irgendjemand etwas gesehen?«

Er schüttelte niedergeschlagen den Kopf. »Es war, als hätten wir Gott irgendwie verärgert. Es hat an dem Tag so stark geregnet, ich ...«

Kay hörte nicht mehr zu, ihr lief ein Schauer über den Rücken. Schon wieder Regen? Sie hatte sich nicht viel dabei gedacht, als die Costins den Regen erwähnt hatten. Im Herbst regnete es in Mount Chester häufig, bevor sich der Regen in Schnee verwandelte und die Hänge mit perfekt weißem Pulverschnee überzog, der wie unzählige Diamanten schimmerte, der Art von Schnee, für die Skifahrer aus aller Welt anreisten. Wie hoch waren die Chancen für eine weitere Entführung im Regen? Die nordkalifornische Küste war bekannt für ihre Trockenheit. Es gibt selten mehr als zehn Regentage im Jahr, aber die kamen immer im Herbst, ausgelöst durch Ausläufer von Hurrikanen, während der Zeit, die von den Einheimischen Regenzeit genannt wurde.

»Tut mir leid, Mr Guerrero, bitte sagen Sie das noch mal. Sie sagten, es hat an diesem Tag stark geregnet?«

»Genau wie jetzt, vielleicht sogar noch schlimmer«, sagte er.

»Noch schlimmer«, mischte sich Isela ein. »Ich weiß noch, dass wir Angst hatten, unser Haus würde von den Fluten, die vom Berg herunterkamen, mitgerissen werden.«

War Regen eine forensische Schutzmaßnahme für den Täter? Hatte er absichtlich auf den Regen gewartet, um sich seine Opfer zu schnappen, weil er wusste, dass die Zeugen kaum etwas sehen würden, weil sie unter Regenschirmen steckten, sich auf den schwierigen Verkehr konzentrieren mussten oder einfach nur hinter geschlossenen Vorhängen saßen? War das vielleicht Teil seines Modus Operandi? Sie runzelte die Stirn, während sie über die Konsequenzen und ihre nächsten Schritte nachdachte. Sie musste sich vergewissern, dass es sich nicht nur um einen Zufall handelte, aber wenn andere Entführungen auch bei starkem Regen stattgefunden hatten, musste sie den Regen als ein entscheidendes Element des Profils in Betracht ziehen. Irgendwie schien das Wetter eine wichtige Rolle bei seiner sehr präzisen Ausführung zu spielen. Er wartete nicht nur geduldig auf das richtige Wetter – wenn das denn überhaupt der Fall war –, sondern hatte auch genügend Selbstkontrolle über seinen Tötungsdrang, um auf die richtigen Umstände zu warten, die sich seiner Kontrolle entzogen, und die Gelegenheiten zu ergreifen, sobald sie sich boten. Die Tatsache, dass sich die Umstände jeder Entführung ganz offensichtlich der Kontrolle des unbekannten Täters entzogen, sprach nicht für das Szenario eines macht- oder kontrollbesessenen Sadisten, denn jeder machtbesessene Sadist war schon per Definition ein extremer Kontrollfreak. Alle Fakten, auch wenn einige noch überprüft werden mussten, deuteten auf einen Täter hin, der in einer bestimmten Mission unterwegs war, auch wenn sie noch so sehr glaubte, dass das nicht wirklich ins Bild passte.

Kay drückte Isela und Mr Guerrero je eine Visitenkarte in die Hand. »Falls Ihnen noch etwas einfällt, würde ich mich über einen Anruf freuen.« Sie bedankte sich bei den Guerreros, verließ das Haus und setzte sich schnell hinter das Lenkrad ihres Autos. Bei laufendem Motor, der warme, trockene Luft gegen die beschlagenen Scheiben blies, tippte sie eine SMS an Elliot.

Wir treffen uns zum Abendessen im Hilltop.

Dann legte sie den Gang ein und konnte es kaum erwarten, dorthin zu kommen und weitere Nachforschungen anzustellen – dieses Mal über den Witterungsverlauf.

Noch bevor sie vom Bordstein runterfahren konnte, erregte ein Piepsen ihre Aufmerksamkeit, das über das hypnotische Geräusch des Scheibenwischers hinweg kaum zu hören war. Die Antwort von Elliot war kurz:

Bin unterwegs.

NEUNUNDDREISSIG
DAS RITUAL

Er erinnerte sich an sein erstes Opfer, dasjenige, das ihm das Herz aus der Brust gerissen hatte, dasjenige, das Mutter sich selbst ausgesucht hatte, obwohl er sich verpflichtet hatte, ihr ein reines und unschuldiges Leben zu Füßen zu legen, das ihr mit jeder Faser ihres makellosen Körpers würdig war.

Er erinnerte sich noch gut daran, wie er damals ihren Zorn ebenso sehr gefürchtet hatte wie heute, wie sehr er sich vor ihr fürchtete, wie sehr er sie bewunderte, wie genau er ihren Schmerz kannte; ihre klaffenden Wunden konnten alles zerstören, alles verschlingen und ihn lebendig begraben.

Genau wie heute hatte sich der Regen auch damals tief in Mutters Fleisch gegraben, ganze Hänge waren abgerutscht, wurden von Sturzfluten bergab getragen und rissen Menschen mit sich, *Kinder*, die von den tosenden, anschwellenden Wassermassen auf Nimmerwiedersehen verschluckt wurden, während die Natur um sie herum mit Donner und dem Gebrüll wütender Winde tobte.

Er hatte sich bemüht, Mutters Willen zu verstehen, ihre Gedanken zu lesen, aber er war gescheitert, hatte sich Tag und Nacht bemüht, aber es war ihm nicht gelungen. Er hatte sie angefleht, es ihm leicht zu machen, seine Pflicht zu tun, ihr zu gehorchen, ihr zu geben, was sie brauchte, um zu heilen, aber seine Gebete waren nicht erhört worden.

Bis sie gekommen war und Mutter sie nahm. Sie hatte mit dem Finger auf die Liebe seines Lebens gezeigt und sie als das Opfer gewählt, das ihr zustand, vor allen anderen, so wie er dieselbe Frau vor allen anderen gewählt hatte, um sie zu haben und zu besitzen.

Er erinnerte sich daran, wie er nicht hatte glauben können, was geschah, wie Mutter seine Willenskraft mühelos unterdrückt hatte. So schön war sie gewesen, so glücklich ... der Stolz seines Lebens. Und dann war sie fort. Indem Mutter sie mitnahm, sorgte sie dafür, dass man sie niemals vergessen würde, dass ihr Leben einen Sinn haben würde, einen würdigen Sinn, von dem die meisten Menschen nur träumen konnten.

Sie war unsterblich geworden, würde bis in alle Ewigkeit an Mutters Busen ruhen, als Buße für die Sünden der Menschen gegen die Natur.

Jetzt, nur wenige Stunden vor dem neuen Opfer, fühlte er sich ermutigt und konnte es kaum erwarten, Mutters Dankbarkeit zu erfahren. Sobald die Opfergabe angenommen wurde, würden ihre Wunden heilen und die Sonne wieder scheinen. Sie würde ihr Kind wieder anlächeln, das einzige, das sie wirklich verstand, so wie sie es in der Vergangenheit so oft getan hatte. Und für dieses Lächeln lohnte sich alles andere.

Seine Gedanken wanderten zu den vielen, die im Laufe der Jahre geopfert worden waren. Jedes Mal war das Opfer schmerzhaft gewesen und hatte ihm Angst gemacht, aber kein Opfer war so quälend gewesen wie dieses. Es hing so viel davon ab, was morgen zur Mittagszeit geschehen würde. Diesmal musste das Ritual perfekt ausgeführt werden.

Er war bereit.

ABENDESSEN

Kay konnte nicht glauben, dass sie mittlerweile einen Lieblingstisch im Hilltop Bar and Grill hatte. In dem Jahr, seit sie nach Mount Chester zurückgekehrt war, hatte sie dort viele schöne Erinnerungen gesammelt. Die meisten davon hatten mit ihrer Arbeit zu tun, zumindest dachte sie das gern, wenn sie sich nicht eingestehen wollte, dass sie in Wahrheit alle mit ihrem Partner zu tun hatten.

Elliot. Er war der Grund, weshalb sie lächelte, als sie die alte Bar betrat und sich zu ihrem Lieblingstisch begab, der zum Glück frei war. An diesem Abend waren keine anderen Deputies hier. Alle waren im Dauereinsatz, um die tückischen Straßen zu sichern und den Menschen zu helfen, aus ihren Häusern zu fliehen, die von Erdrutschen bedroht waren, und das bei einem der schlimmsten Stürme des Jahrzehnts.

Sie spürte auch ein Gefühl der Vorfreude, der Aufregung, weil sie regelrecht darauf brannte, ihre Theorie zu bestätigen, dass die Verbrechen des unbekannten Täters in irgendeiner Weise mit dem Wetter zusammenhingen. Es wäre der erste echte Einblick in die Persönlichkeit dieses Mannes, das erste erkennbare Merkmal in seinem Profil. Und so fing es fast immer an, mit einem einzigen, eindeutig definierten Merkmal, das ihnen verriet, wer der unbekannte Täter war, warum er tötete oder entführte, was seine Triebe anstachelte.

Kay stellte ihren Laptop auf den klebrigen Tisch und schob den Speisekartenständer, den Serviettenspender und den Salzstreuer beiseite. Sie schaltete ihn ein und trommelte ungeduldig mit dem Absatz auf den Boden, während ihr Blick über die rauchgeschwärzten Wände wanderte, die mit alten Fotos bedeckt waren, die in billigen Rahmen hingen oder einfach ohne Rahmen dicht aneinandergeklebt waren. Es war, als würde sie sich eine illustrierte Geschichte von Mount Chester ansehen. Hochzeiten, Geburtstage, lächelnde, glückliche Gesichter, aber auch ein Bild des Bürgermeisters, mehrere der Sheriffs, aktuelle und ehemalige. Jäger und ihre Hunde, Skifahrer und ihre Trophäen, sogar ein Hundeschlitten-Rennteam. Fast wie ein Familienalbum, denn schließlich war die Stadt Mount Chester genau das: eine Familie.

Und irgendjemand entführte die Kinder dieser Familie.

Sie tippte hastig etwas in den Browser, um im Internet nach historischen Wetterdaten zu suchen, und fand sofort heraus, dass Weather Underground tadellose Aufzeichnungen über die Messwerte ihrer Wetterstationen geführt hatte. Sie rief den Dienst auf und wählte die Wetterstation in Redding aus. Mount Chester hatte keine eigene Station, aber Redding war ziemlich nahe, nur zweihundert Meilen entfernt.

Sie blätterte schnell zwischen dem Bericht und den Wetterdaten hin und her und begann, die Entführungsdaten zu überprüfen, eines nach dem anderen, indem sie die dreiundvierzig Namen auf der Liste durchging. Und einer nach dem anderen bestätigte ihre Theorie – mit jedem Namen wurde ihr ein wenig kälter und sie bekam eine Gänsehaut.

»Was darf ich Ihnen bringen, Liebes?«

Irgendwie schaffte sie es, die Kellnerin anzulächeln, die

zwar ihren Namen kannte, aber dennoch alle Kundinnen so ansprach.

»Nur ein paar Salzbrezeln und ein Mineralwasser. Ich warte auf ...«

»Auf Ihren hinreißenden Cowboy?« Sie lachte mit mädchenhafter Vertrautheit, zwinkerte ihr zu und klopfte ihr auf die Schulter. »Ich weiß gar nicht, worauf Sie da noch warten.«

Kay lächelte ein wenig verlegen, ihre Augen waren auf den Bildschirm geheftet. Die Kellnerin begriff den Wink und ging davon. Wenig später standen eine Schüssel mit salzbestreuten Brezeln und ein Glas kühles Mineralwasser auf dem Tisch. »Bitte sehr, Liebes. Lassen Sie es sich schmecken.«

»Danke.« Während sie geistesabwesend vor sich hin knabberte, ging sie die gesamte Liste durch, prüfte die Wetterdaten und verglich die Niederschlagsmenge mit der, die in der Region in der letzten Woche gefallen war, und insbesondere mit dem Tag von Julies Entführung.

Jedes Mal, wenn eine der erstgeborenen Töchter entführt worden war, hatte es heftig geregnet, und in vierundzwanzig Stunden waren mehrere Liter Niederschlag pro Quadratmeter gefallen. Auch wenn das bedeutete, dass der unbekannte Täter drei Jahre auf seine nächste Gelegenheit warten musste, wie damals im Jahr 1984.

Ihre Aufregung schwand, als sie die nächsten Ergebnisse des Online-Wetterdatenarchivs aufrief: *Keine Daten aufgezeichnet*, für alle Jahre vor 1973. Es gab nicht viele Entführungen, die länger zurücklagen, nur einige wenige. Nachdem sie eine Telefonnummer der Zentrale gefunden hatte, rief sie an und erklärte, wonach sie suchte.

»Das liegt daran, dass diese Archive noch nicht digitalisiert wurden, Detective«, erklärte der diensthabende Meteorologe in einem angenehmen Bariton. »Vielleicht wurde die Wetterstation in Redding auch erst 1973 gebaut; wenn Sie möchten, können wir das herausfinden. Aber wenn Sie mir sagen, nach welchen Daten Sie suchen, kann ich die Angaben aus den Papierarchiven heraussuchen und Sie dann zurückrufen.«

»Das wäre super, danke.« Sie scrollte durch die letzten Namen und las ein Datum nach dem anderen, während sie eine bohrende Frage quälte. Was, wenn die Wetteraufzeichnungen nicht die einzigen waren, die vor einem bestimmten Datum nicht digitalisiert worden waren? Was, wenn die Entführungen der erstgeborenen Töchter weiter als siebenundfünfzig Jahre zurückreichten?

Sie las das Datum des letzten Namens auf der Liste und erstarrte. »Ich rufe Sie zurück.« Sie legte auf und starrte gebannt auf den Namen auf dem Bildschirm. Wie hatte sie das nur übersehen können?

Der älteste Name auf der Liste der offenen Fälle war Anna Montgomery, dreiundzwanzig Jahre alt.

Der unbekannte Täter hatte schon einmal ein Montgomery-Mädchen entführt.

»Hallo«, hörte sie Elliots Stimme und ihr gefrorenes Blut begann wieder durch ihre Adern zu rauschen.

Sie blickte auf und lächelte, ohne sich dessen bewusst zu sein. Dann runzelte sie leicht die Stirn, fühlte sich plötzlich schmerzlich verunsichert. Er hatte es geschafft, nach Hause zu fahren, zu duschen und sich frische Kleidung zu besorgen, und jetzt roch er nach Duschgel, Aftershave und Trocknertüchern, während sie einen beißenden Geruch nach regennassen Klamotten verströmte, die immer wieder von ihrer Körperwärme getrocknet worden waren. Sogar einen anderen Hut hatte er aufgesetzt, einen dunkelbraunen, den sie noch nie an ihm gesehen hatte. Die weiße Jeans und das blaukarierte Hemd passten perfekt dazu und betonten das Blau in seinen Augen.

Noch bevor er sich setzen konnte, kam die Kellnerin mit einem Notizblock in der Hand und einem breiten, einladenden Lächeln auf den Lippen an den Tisch. Er nahm seinen Hut ab und legte ihn auf einen Stuhl, dann nahm er sich den Stuhl gegenüber von Kay.

»Wir brauchen noch einen Moment«, sagte Elliot, und die Kellnerin entfernte sich. »Wie ich sehe, steckst du bis über beide Ohren in Arbeit. Hast du etwas Interessantes herausgefunden?«

Sie brauchte eine halbe Sekunde, bevor sie antwortete. Sie klammerte sich an das Bild ihres lächelnden Partners, bevor sie in die Abgründe der Gedanken eines Serienmörders eintauchte. »Ja«, antwortete sie, wobei ihr bewusst war, dass ein bedauernder Unterton in ihrer Stimme lag. Sie wünschte, sie könnte sich die Zeit nehmen und ihr Abendessen genießen und den unbekannten Täter vergessen, so wie sie schon ihre muffigen Klamotten und ihre zerzausten Haare vergessen hatte. Aber Julie war immer noch irgendwo da draußen in der nassen Dunkelheit und jede Sekunde zählte. »Jedes Mal, wenn er ein Mädchen entführt hat, hat es geregnet. So wie jetzt, als würde die Welt mit der Arche Noah und der großen Flut untergehen.«

»Was?«, fragte er erstaunt. »Damit habe ich nicht gerechnet.«

»Das ist noch nicht alles. Sein erstes Opfer – oder zumindest das erste, von dem wir wissen – war auch eine Montgomery, Anna Montgomery.« Sie warf sich eine Brezel in den Mund und kaute sie schnell, das salzige Knuspern war zutiefst befriedigend und machte süchtig. »Es hat sich herausgestellt, dass sie Averys Frau war. Er war derjenige, der sie vor siebenundfünfzig Jahren als vermisst gemeldet hat.«

»Was meinst du mit dem ersten Opfer, von dem wir wissen?«

»Was ist, wenn es noch mehr gab, bevor die Akten digitalisiert wurden?«

»Ach so, verstehe.« Mit einem tiefen Stirnrunzeln griff er nach der laminierten Speisekarte, die sie beide auswendig kannten. »Averys Frau? Wie hoch ist die Wahrscheinlichkeit dafür?«

»Gleich null. Wir müssen diese Familie unter die Lupe nehmen.« Sie winkte der Kellnerin, die strahlend herbeieilte.

»Ich nehme einen Hilltop-Burger, mit allem außer Zwiebeln, und dazu eine doppelte Portion Pommes.« Sie brauchte diese arterienverstopfende Köstlichkeit, um ihrem Körper Energie zu geben. Die nächsten Stunden waren entscheidend.

»Für mich auch«, sagte Elliot und steckte die Speisekarte an ihren üblichen Platz zurück, in den schmiedeeisernen Halter, den Kay zur Seite geschoben hatte, um Platz für ihren Laptop zu schaffen.

»Wie ist es mit Brent gelaufen?«, fragte Kay, sobald die Kellnerin außer Hörweite war.

»Oh, wir haben mit dem jungen Mann einen angehenden Ehrenbürger«, antwortete er.

Sie lachte. »Wirklich so schlimm?«

»Schlimmer. Ich habe mich schon gefragt, was du von ihm halten würdest.« Als sie hörte, dass er an sie gedacht hatte, wurde ihr plötzlich heiß. »Aber er ist nicht unser Täter. Er hat ein großes Maul und keine soliden Wertvorstellungen. Eines Tages wird er uns wieder über den Weg laufen, du wirst schon sehen.«

»Hat er dir etwas Nützliches erzählt? Oder hast du dir nur einen Eindruck von seiner charmanten Persönlichkeit verschafft?«

Elliot schüttelte den Kopf. »Nichts, was wir nicht schon wussten.« Er nahm eine Brezel aus der Schüssel, aber seine Hand schwebte damit in der Luft. »Bis auf die Tatsache vielleicht, dass Julie wegen irgendwas sehr aufgewühlt war. Sie hatte Schuldgefühle und war definitiv nicht begeistert davon, die Stadt zu verlassen. Brent hat gesagt, dass die Familie nach San Francisco ziehen wollte. Nichts von dem, was der kleine Widerling gesagt hat, deutet darauf hin, dass Julie und ihre Mutter *vor* etwas weglaufen wollten.«

»Seltsam«, sagte Kay gedankenverloren.

Die Kellnerin brachte das Essen und der Duft von brutzelndem Speck, geschmolzenem Schweizer Käse und salzigen Pommes lag in der Luft.

»Guten Appetit«, sagte sie und ging schnell davon, wobei sie mit den Hüften wackelte.

»Findest du?«, fragte er scherzhaft. »Mir fällt eigentlich nichts ein, was an diesem Fall nicht seltsam wäre.«

»Nein, ich meinte, dass Cheryl zu dem Zeitpunkt, als Julie mit Brent ausging, deinen John Doe bereits erschossen hatte. Doch Julie sagte nichts darüber, sondern gab sich anscheinend selbst die Schuld. Für was, wissen wir nicht.« Sie nahm eine Pommes und kaute sie hungrig. Sie hätte gerne noch mehr genommen, aber sie waren noch zu heiß. »Stell dir das vor: Ein Mädchen im Teenageralter wird – zumindest indirekt – Zeuge, wie ihre Mutter einen Mann in ihrem Haus erschießt. Trotzdem geht sie zwei Tage später zu einem Date, weinend zwar, aber immerhin. Was zum Teufel übersehen wir da?«

Er nahm einen großen Bissen von seinem Burger und seine halbgeschlossenen Augen leuchteten zufrieden, als er mit seinen makellos weißen Zähnen hineinbiss. »Nach dem, was Brent gesagt hat, hat sie geweint, weil sie nicht von hier wegziehen wollte.«

Das ergab nicht den geringsten Sinn. Ihre Mutter hatte jemanden erschossen, aber ihre größte Sorge war der Umzug?

Der Charme des gemeinsamen Abendessens schwand, als würde die Dunkelheit des Falles sie verschlingen. Es regnet immer. Ein jahrzehntealter Aberglaube, der durch die statistische Fallgeschichte bestätigt wurde. Und ein Opfer, dessen Familie auf mehr als nur eine Weise involviert zu sein schien. Eine Familie, die sich nicht die Mühe machte, nach Julie zu fragen, als wäre ihre Entführung längst beschlossene Sache gewesen. Und das erste Mädchen, das vor siebenundfünfzig Jahren entführt worden war, Anna Montgomery, selbst eine erstgeborene Tochter, gehörte ebenfalls zur Familie.

Sie nahm einen Bissen von ihrem Burger, mittlerweile war ihr der Appetit vergangen und sie stellte fest, dass er nach nichts schmeckte. Auch die Pommes schmeckten irgendwie fade. Sie spülte die wenigen, die sie in den Mund gesteckt hatte, mit einem kräftigen Schluck Mineralwasser herunter und schob ihren Teller beiseite.

»In dieser Familie finden wir alle Antworten, Elliot«, sagte sie und sah ihn zum ersten Mal seit seiner Ankunft an, weil sie Angst davor hatte, das Feuer in seinen Augen zu sehen, weil sie Angst davor hatte, welche Wirkung es auf sie hatte. »Genau da müssen wir suchen.« Sie schaute auf die Uhr; es war fast halb elf, also würden noch etliche lange Stunden vergehen, bis sie die Montgomerys wieder befragen konnte. Eine weitere Nacht, die Heather und Erin auf ihrem improvisierten Nachtlager verbringen mussten. Eine weitere lange Nacht für Julie in Gefangenschaft, falls sie noch am Leben war.

Elliot verlangte mit einer Handbewegung die Rechnung, als ihre beiden Handys zeitgleich lospiepsten. Sie zog ihres hervor und fand eine Nachricht von Dr. Whitmore, die lautete:

John Doe hat 12,5 cMs mit der vermissten Julie gemeinsam, aber keine mit der Mutter. Das bedeutet, dass er ein Großonkel väterlicherseits ist. Daraufhin habe ich mir die Einträge der Zulassungsstelle angesehen. Der Name eures John Doe ist Dan Montgomery.

Die Nachricht endete mit einem Emoji, das die Daumen drückte.

»Aha, schon wieder Montgomery«, sagte Kay fasziniert. »Was wissen wir bis jetzt? Er war Marleens Ehemann.« Sie fragte sich, wie dieses Puzzleteilchen in das Gesamtbild passte und welche neuen Perspektiven es eröffnete.

»Was zum Teufel sind cMs?«, fragte Elliot mit einem schüchternen Lächeln und kratzte sich am Kopf.

Sie grinste breit. Er wirkte verlegen wie ein Schuljunge, den man ohne Hausaufgaben erwischt hatte, obwohl das gar nicht nötig war. Der Begriff gehörte zum Fachjargon der Gerichtsmediziner. »Centimorgan. Das ist eine Einheit zur Messung der genetischen Verwandtschaft. Sie ist definiert als die Distanz zwischen zwei Positionen auf einem Chromosom …«

Er hielt seine Hand in die Luft, um sie zu unterbrechen, und winkte dann über seinem Kopf, dazu pfiff er leise, als wolle er damit ausdrücken, dass die Information seinen Horizont weit überstieg. »Okay, ich glaube, das genügt mir schon.« Sein Lächeln wurde breiter und seine Augenwinkel wurden weicher, da es auch seine Augen erreichte. Der Funke, den sie vorhin in ihrem endlosen Blau bemerkt hatte, war wieder aufgetaucht, als er sie ansah. Errötend schaute sie zur Seite.

Sie erhob sich, sah ihn aber immer noch nicht an. »Jetzt, da unser John Doe einen Namen hat, müssen wir mehr über diese Familie herausfinden und wie sie in den Fall verwickelt ist.«

Als Kay im frühen Morgengrauen erwachte, lag Heather schlafend mit dem Rücken an ihren Körper gekuschelt. In den drei Stunden, in denen sie geschlafen hatte, musste das kleine Mädchen zu ihr gekrochen sein, um in ihrer Nähe Wärme und Geborgenheit zu finden, auch wenn sie dafür auf den harten Kanten der zusammengeschobenen Stockbetten schlafen musste. Zu fühlen, dass sich das Kind in seinem unruhigen Schlaf an ihren Körper schmiegte, weckte aus irgendeinem Grund Gefühle in ihr, Sehnsüchte, von denen sie bisher nicht einmal etwas geahnt hatte.

Sie erhob sich so behutsam wie möglich, entfernte sich langsam, um Heather nicht zu wecken, und zog die weiche Decke mit den Motiven aus König der Löwen, die ihnen Deputy Farrell geliehen hatte, über ihren Körper. Heather wachte trotzdem auf. Sie öffnete ihre Augen und sah Kay verschlafen an. »Hallo«, flüsterte sie, das erste Wort, das sie seit dem Tod ihrer Mutter außerhalb der Hypnose gesprochen hatte. Kays Herz wurde weich. Sie bettete das Mädchen bequem auf ihr Kissen und strich ihr über das Haar. »Schlaf noch ein bisschen, okay? Ich hole uns etwas zu essen und bin bald wieder da«, flüsterte sie, aber das Mädchen war schon wieder eingeschlafen.

Sie sah nach Erin, die tief und fest schlief, den Daumen in den Mund gesteckt, und schlich dann auf Zehenspitzen aus dem Zimmer, wo sie im dunklen Flur auf Sheriff Logan traf.

Sie schnappte nach Luft. »Oh, guten Morgen«, murmelte sie und wünschte, sie hätte Zeit gehabt, sich die Haare zu bürsten und den Mund auszuspülen.

»Für Sie vielleicht, Detective«, antwortete er düster. Er roch nach Aftershave, sah aber nicht so aus, als hätte er mehr als ein paar Stunden geschlafen. Den Falten auf seinem Hemd nach zu urteilen, hatte er diese Stunden möglicherweise in seinem Dienstwagen verbracht, und die Rasur mit einem elektrischen Rasierapparat erledigt, den er über den Zigarettenanzünder im selben Fahrzeug betrieb.

Nach dem Grund brauchte sie ihn nicht zu fragen; es war der fünfte Tag, seit Julie entführt worden war, der sechste, seit das Unwetter begonnen hatte, der dritte seit dem ersten Erdrutsch, der Menschenleben gekostet hatte. Alles, was sie während der Fahrt im Radio gehört hatte, waren Meldungen über wetterbedingte Todesopfer und Julies Verschwinden gewesen, unterbrochen von gelegentlichen zynischen Kommentaren von Moderatoren, die sich fragten, was die Polizei eigentlich den ganzen Tag trieb und warum es noch keine Antworten gab.

»Was ist los?«, fragte sie stattdessen misstrauisch.

»Die Tante ist wieder da, dieses Mal mit einer gerichtlichen Verfügung. Ich lasse sie die Mädchen jetzt mitnehmen.« Er machte noch einen Schritt auf die Tür zum Ruheraum zu, aber sie stellte sich ihm entschlossen in den Weg.

»Die gerichtliche Verfügung ist mir egal, Sheriff«, sagte sie, mäßigte aber sofort ihren Ton, als sie sah, wie sich die Augenbrauen ihres Chefs zusammenzogen. »Alle Beweise deuten darauf hin, dass die Familie darin verwickelt ist, und kein Richter, der weiß, was ich mittlerweile weiß, hätte diese Verfügung unterschrieben.«

Mit einem frustrierten Stöhnen stemmte er die Hände in die Hüften. »Und warum weiß ich nicht, was Sie mittlerweile wissen?« Sein Tonfall war bedrohlich und ungeduldig. Er musste ihr Zögern als Absicht, vielleicht sogar als böswillige Absicht, empfunden haben.

»Weil ich von diesen Fakten erst gestern Abend erfahren habe, als Sie schon weg waren.«

»Und?«

»Auf die Gefahr hin, dass ich jetzt defensiv klinge: Sie haben doch gesagt, dass ich meine Bomben nie wieder per E-Mail platzen lassen soll. Ich hatte vor, heute persönlich mit Ihnen zu sprechen.«

Er verschränkte die Arme vor der Brust und runzelte immer noch die Stirn. »Ich bin ganz Ohr.«

Sie holte tief Luft, um sich zu beruhigen. Hier war kein Platz für Emotionen und schwache Nerven. »Also erstens: unser John Doe ist Marleens Ehemann«, sagte sie und deutete mit dem Kopf in Richtung des Eingangs, wo sie die vertraute Silhouette in der Ferne sehen konnte, die unermüdlich auf und ab ging. »Ich hatte noch keine Zeit, die Angehörigen zu benachrichtigen. Als wir von seiner Identität erfuhren, war es schon fast Mitternacht.« Sein Stirnrunzeln hatte sich ein wenig geglättet. »Aber das ist noch nicht alles.«

»Was noch? Ich sehe da noch keine Bombe, Detective.«

»Denken Sie mal darüber nach. Er hatte eine Affäre mit Cheryl, die ihn schließlich erschossen hat. Ich sage Ihnen, diese Familie ist irgendwie darin verwickelt.«

»Dafür sehe ich keine Beweise, nur die Umstände.« Er hielt kurz inne und presste die Lippen aufeinander. »Wir können diese Verfügung nicht ignorieren, Kay. Sie wird sie mitnehmen, wir können nichts dagegen tun.«

»Sie sind in die Entführung verwickelt, Chef. Wir können nicht zulassen, dass sie die Mädchen mitnehmen.«

»Sie sagten doch, dass wir es mit einem Serienmörder zu tun hätten, stimmt's?«

Kay nickte.

»Wollen Sie damit sagen, dass die Montgomerys in dreiundvierzig Entführungsfälle verwickelt sind?«

Sie unterdrückte einen Seufzer. »Von dreiundvierzig weiß ich im Moment nichts, aber ich weiß, dass sie in diesen Fall verwickelt sind.«

»Aber haben Sie nicht gesagt ...«

»Ja, ich sagte, dass es sich um einen Serienmord handelt, und ich habe weitere Beweise, die in diese Richtung deuten, aber ...«

»Was für Beweise?« Seine Hände fanden wieder den Weg zu seinen Hüften und er machte einen weiteren Schritt auf sie zu, als wolle er sich mit Gewalt durchsetzen.

»Alle Entführungen fanden bei solchen Wetterlagen statt.« Dieses letzte Argument musste sein Ziel erreicht haben, denn seine Schultern sackten ein wenig nach unten und er trat zur Seite, um ihr Platz zu machen, damit sie durch den engen Flur gehen konnte. »Na gut, nehmen Sie sie noch ein wenig in die Mangel. Ich nehme an, das hatten Sie ohnehin vor?«

»Das und noch mehr«, erwiderte sie und konnte sich ein Lächeln nicht verkneifen.

Da Erin mit ihrer Schwester im Ruheraum schlief und zu dieser frühen Stunde noch keine Verdächtigen in Gewahrsam waren, war der vordere Vernehmungsraum frei, und dorthin brachte sie Marleen Montgomery. Die Frau wirkte verärgert, sie ging mit vorgestrecktem Kinn und geradem Rücken und ihre behandschuhte Hand wedelte die gerichtliche Verfügung wie einen Fächer.

Sie trug ein anderes Halstuch, diesmal eines mit einem

orientalischen Blumenmuster in Burgunder-, Gold- und Dunkel-
blautönen, das fest um ihren Hals gewickelt und verknotet war,
als ob etwas Schreckliches passieren könnte, wenn es sich löste.
Die Farben des Tuchs passten perfekt zum eleganten, dunkel-
blauen Hosenanzug und ihren feinen bordeauxroten Samthand-
schuhen mit passender Handtasche und Pumps.

Kay bat sie in den Vernehmungsraum und schloss dann
die Tür.

»Ich verstehe nicht, was die Verzögerung soll, Detective«,
sagte sie und erhob die Stimme. »Ich habe hier eine gerichtliche
Verfügung ...«

»Bitte, nehmen Sie doch Platz«, sagte Kay und setzte sich
ihr gegenüber.

Zögernd zog die Frau den Metallstuhl vom Tisch weg und
musterte ihn mit einem kritischen Blick. »Stört es Sie, wenn ich
stehen bleibe? Ich habe nicht vor, allzu lange zu bleiben.«

Das werden wir ja sehen, hätte Kay beinahe laut gesagt.
Vielleicht will ich Sie ja lebenslänglich einsperren. »Ganz wie
Sie wollen«, antwortete sie stattdessen.

Sie stellte sich vor Kay, ohne auf und abzugehen, ohne ein
Knie zu beugen, sie stand einfach gerade. »Worum geht es
hier?«

»Wo ist Ihr Mann, Mrs Montgomery?«

Sie runzelte leicht die Stirn, ein flüchtiger Anflug von
Verwirrung trübte ihren starren Blick. »Er ist auf Geschäftsreise. Warum?«

»Was für eine Art von Geschäft ist das?«

»Wie Sie vielleicht schon gehört haben, führt unsere
Familie ein Bauunternehmen«, antwortete sie, wobei ihre
Stimme vor Sarkasmus triefte. »Er besucht die Händler, um die
Lieferungen für das kommende Jahr zu planen.«

»Erzählen Sie mir mehr, bitte. Welche Händler genau?
Und wo?«

Sie seufzte und verdrehte die Augen. »Mein Mann und ich

verwalten die Lieferkette für unser Geschäft. Ich kümmere mich um den Versand, den Papierkram und die Zahlungen, aber er fährt raus und wählt Granit, Trockenbauwände, Bodenbeläge und so weiter aus. Nochmals, warum fragen Sie danach?«

Wieder ignorierte Kay ihre Frage. Marleen wurde langsam unruhig, genau wie Kay es beabsichtigt hatte. »Welche Händler besucht er dieses Mal genau?«

Die Mimik der Frau wechselte von verärgert zu misstrauisch. Sie sprach langsam und wählte ihre Worte mit Bedacht. »Letzte Woche war er bei einem Händler in New Mexico, um Arbeitsplatten aus Granit zu kaufen. Dann war er in Texas bei einem Großhändler für Haushaltsgeräte und Beleuchtungskörper. Und schließlich wollte er sich ein Stück Land im Norden von Marin County ansehen; Avery hat ihn dorthin geschickt. Er will auf das Land bieten und dort Einfamilienhäuser bauen.« Sie hielt einen Augenblick inne und beobachtete Kay aufmerksam, als wolle sie ihr sagen, dass sie ihr Spiel durchschaut hatte. »Wenn Sie die Namen wissen wollen, kann ich sie Ihnen geben.«

»Wann haben Sie das letzte Mal mit Ihrem Mann gesprochen?«

Diese einfache Frage brachte sie aus dem Konzept. Eine Wolke der Besorgnis verdunkelte ihr Gesicht. Schnell wandte sie den Kopf, aber nicht schnell genug, als dass Kay die Panik hätte übersehen können, die ihr ins Gesicht geschrieben stand. »Ähm, am Wochenende, nehme ich an.«

»Sie telefonieren normalerweise nicht, während er unterwegs ist?«

Sie kümmerte sich nicht mehr um den Zustand der Möbel und knallte ihre lederne Handtasche auf den verbogenen, fleckigen Tisch, direkt neben die Handschellen.

»Was geht Sie das an, Detective?« Die Worte waren kaum mehr als ein bedrohliches Flüstern.

»Mrs Montgomery, es tut mir wirklich leid, Ihnen mitteilen zu müssen, dass Ihr Mann letzten Samstag erschossen wurde.« Sie hatte ihre Stimme gesenkt, schließlich war sie immer noch eine Ehefrau, die gerade die schlimmste Nachricht ihres Lebens erhielt. Trotz ihres Verdachts hatte Kay Mitgefühl.

Sprachlos und blass geworden unter ihrem sorgfältig aufgetragenen Make-up, zog Marleen den Stuhl vom Tisch weg, seine Beine quietschten laut auf dem Betonboden. Dann ließ sie sich auf den Stuhl sinken. Sie suchte Kays Blick und fragte flüsternd: »Wie ist das passiert?«

»Das untersuchen wir noch«, erwiderte Kay zurückhaltend. Marleen war schließlich nicht nur die Ehefrau des Opfers, sondern auch eine Verdächtige.

In den Augen der Frau sammelten sich Tränen, aber ihre Lippen waren zu einem festen, wütenden Strich zusammengepresst. »Warum erzählen Sie mir das jetzt? Wenn ich nicht damit gekommen wäre«, sie schlug mit der Handfläche auf die gerichtliche Verfügung, »hätten Sie es mir dann nicht gesagt?«

»Es tut mir leid, Ma'am, aber wir haben ihn erst spät in der Nacht identifiziert. Wir wollten Sie heute Morgen aufsuchen, aber Sie sind uns zuvorgekommen.« Kay sah sie einen Augenblick lang an. Trauer, Schock und Wut prallten auf dem Gesicht der Frau aufeinander und wechselten sich ab, aber die Wut behielt die Oberhand. »Ich fürchte, ich habe noch mehr schlechte Nachrichten für Sie.«

Ihr Mund öffnete sich leicht, aber es kam kein Ton heraus. Sie wappnete sich.

»Wir haben Grund zu der Annahme, dass Ihr Mann eine Affäre mit Cheryl Coleman hatte.«

»Was? Nein, das kann ich nicht glauben!«, rief sie, scheinbar geschockt von der Vorstellung.

»Sagen Sie mir, Mrs Montgomery, wie haben Sie Cheryl getötet? Denn jetzt wissen wir, warum Sie es getan haben.«

Die Frau schoss ruckartig hoch, ließ den Stuhl nach hinten

kippen und war bereit, wie ein geölter Blitz aus dem Zimmer zu rennen. Sie ging ein paar Schritte auf die Tür zu, dann blieb sie stehen. »Was fragen Sie mich da? Sind Sie geistesgestört oder was? Sie haben doch mein Alibi bereits überprüft. Vielleicht sind Sie einfach nur faul und versuchen, die Tat dem Erstbesten in die Schuhe zu schieben.«

Kay blieb ruhig und beobachtete ihre Reaktionen genau. Sie verbarg immer noch etwas, obwohl sie nicht herausfinden konnte, warum. Aber sie schien keine Schuldgefühle oder Angst zu zeigen, als Cheryls Tod zur Sprache kam, nur Überraschung. »Es gibt Wege, wie Menschen töten können, ohne sich selbst die Hände schmutzig zu machen«, erwiderte Kay und überprüfte eine weitere Theorie. Vielleicht hatte sie von der Affäre ihres Mannes erfahren und einen Auftragskiller angeheuert, obwohl Kay angesichts des Verschwindens von Julie und der zurückgelassenen Zeugen nicht wirklich an ein solches Szenario glaubte. Kein Auftragskiller, der etwas auf sich hielt, würde Zeugen zurücklassen.

Marleen schüttelte so heftig den Kopf, dass sich der Knoten ihres Seidentuchs löste. »Ich weiß nicht, wovon Sie reden. Ich hatte keine Ahnung«, ihre Stimme brach, »dass Dan eine Affäre mit ... ihr hatte.« Ein Hauch von Abneigung, von bereits vorhandener Verachtung gegenüber der jungen Mutter. Ungebetene Tränen stiegen ihr in die Augen und liefen ihr über das Gesicht. Sie bedeckte ihren offenen Mund mit ihrer behandschuhten Hand. »Oh, lieber Gott, nein.«

Kay ließ ihr einen Augenblick Zeit, um ihre Fassung wiederzuerlangen. Das ging schneller als erwartet. In weniger als einer Minute waren ihre Augen trocken, ihre Lippen fest aufeinandergepresst und ihr Kopf hoch erhoben.

»Ich glaube, wir sind dann hier fertig, oder?«

»Was haben Sie mit Julie gemacht?«, fragte Kay, lehnte sich in ihrem Stuhl zurück und schlug die Beine übereinander.

»Wie bitte?« Ihre Reaktion schien echt zu sein.

»Sie haben sich nie nach ihr erkundigt, also wissen Sie es sicher bereits. Wo ist sie?«

Marleen schüttelte wieder den Kopf, nur einmal. »Ich weiß nicht, wovon Sie reden. Ich glaube, es ist Zeit ...«

»Erzählen Sie mir von den letzten vierundzwanzig Stunden mit Ihrem Mann«, unterbrach Kay. »Was ist passiert? Schritt für Schritt, jedes noch so kleine Detail.«

Die Frau seufzte und wägte offensichtlich ihre Optionen ab. Wahrscheinlich dachte sie daran, ihren Anwalt anzurufen, aber das hätte einige Zeit gedauert, und sie schien es eilig zu haben, gehen zu dürfen. »Das war Freitag«, sagte sie schließlich. »Wir sind um fünf Uhr dreißig aufgestanden, wie immer. Wir haben geduscht, gefrühstückt, er hat seine Tasche gepackt und sich auf den Weg gemacht.«

»Mit dem Auto oder mit dem Flugzeug?«

»Mit dem Auto«, erwiderte sie sofort. »Er wollte erst den Dachziegelhändler besuchen und dann nach Marin fahren.«

»Sie haben keinen Dachziegelhändler erwähnt, als ich vorhin danach gefragt habe.«

Sie neigte spöttisch den Kopf in Kays Richtung. »Ich habe es vergessen, verklagen Sie mich doch. Oder besser noch, werfen Sie mich ins Gefängnis.«

»Was ist dann passiert?«

»Er ist gefahren und ich bin ins Büro gegangen, wo ich den ganzen Tag über geblieben bin. Dafür gibt es Zeugen.«

»Und es hat Sie nicht beunruhigt, dass sich Ihr Mann die ganze Woche lang nicht gemeldet hat?«

Ihr Brustkorb hob sich mit einem gepressten Atemzug. Sie sah kurz weg. »Wir hatten einige Schwierigkeiten. Ich wusste nichts von der Affäre mit, ähm, Cheryl, aber ich hatte den Verdacht, dass er eine andere hatte.« Sie senkte verlegen den Blick. »Es ist nicht sonderlich schwer, das herauszufinden, wenn Geschäftsreisen freitags beginnen und der erste Termin mit dem Verkäufer erst am folgenden Montag ist.« Ihre Stimme war bitter geworden, giftig. Als sie den Kopf hob, sah sie Kay mit neuer Wut an, als ob die Affären ihres Mannes irgendwie ihre Schuld wären. »Sofern Sie nicht vorhaben, mich zu verhaften, ist dieses Gespräch beendet.«

Sie nahm ihre kostbare Verfügung vom Tisch und ging aus der Tür. Kay begleitete sie zum Eingang.

Dann blieb sie stehen und starrte Kay direkt in die Augen. »Sie verschwenden Ihre Zeit, Detective, und das bisschen Zeit, das die arme Julie vielleicht noch hat, indem Sie mich und meine Familie wegen dieser Sache verfolgen. Sie sollten stattdessen lieber herausfinden, wer meinen Mann getötet hat.«

Kay spürte, wie etwas ihr Bein berührte. Als sie nach unten blickte, sah sie Heather, die ihre König-der-Löwen-Decke über den Boden hinter sich herzog und ihre Hand mit zitternden Fingern umklammerte. Sie musste sich rausgeschlichen haben. Instinktiv schob sie das Mädchen schützend hinter ihren Rücken.

»Ich glaube, die ist immer noch gültig«, sagte Mrs Montgomery und wedelte mit der gerichtlichen Verfügung. »Ich werde die Mädchen jetzt mitnehmen.«

Heather wimmerte. Zu ihren Füßen bildete sich eine Pfütze, die immer größer wurde, während das kleine Mädchen seine Großtante mit vor Angst weit aufgerissenen Augen anstarrte.

Hinter ihr eilte Deputy Farrell mit entschuldigender Miene aus dem Ruheraum herbei. Kay legte Heathers Hand in die von Farrell. »Bringen Sie sie bitte wieder nach drüben. Ich komme gleich nach.« Dann wandte sie sich an Marleen Montgomery und sagte: »Wenn Sie unbedingt darauf bestehen, dann lassen Sie uns diesen Richter aufsuchen.«

ZWEIUNDVIERZIG

WEISS

Julie fühlte sich, als würde sie durch die Luft schweben, angehoben von starken Armen, die sie fortbrachten.

»Mom?«, rief sie, doch ihre Worte waren nur ein leises Flüstern, das niemand hören konnte.

Sie wurde auf eine weiche Unterlage gebettet, scheinbar sanft, aber sie konnte nicht mehr viel spüren. Sie war fest entschlossen, aufzuwachen, aufzustehen und zu kämpfen, sich einen Weg nach draußen zu bahnen, so wie sie es sich vorgenommen hatte. Wie durch einen Schleier sah sie einen Mann, der neben ihr an etwas arbeitete. Sie kannte diesen Mann; sie hatte ihn schon ein paarmal gesehen, konnte sich aber nicht an seinen Namen erinnern.

Schluchzend versuchte sie, seine Hand zu ergreifen, um ihn dazu zu bringen, sie anzuschauen. Wenn sie nur sein Gesicht sehen könnte, würde ihr vielleicht auch sein Name wieder einfallen. Aber es schien ihn nicht zu interessieren, als ihre schwachen Finger durch die Luft flogen, seinen Arm verfehlten und schlaff an ihrem Körper heruntersanken.

Die Hände des Mannes bewegten sich schnell und entfernten ihre Kleidung mit geschickten Gesten. Er stützte ihren Kopf, als er ihr die Bluse auszog, und zerrte vorsichtig an ihrer Jeans. Verängstigt zappelte sie herum, aber gegen die starken Arme des Mannes konnte sie nichts ausrichten. Erst wurde ein Jeansbein ausgezogen, dann das andere, und schließlich war ihre Unterwäsche an der Reihe.

Sie wollte schreien, aber alles, was ihr über die Lippen kam, war ein schwaches Wimmern. Verzweifelt wandte sie ihren verschwommenen Blick in alle Ecken des Zimmers, um zu sehen, ob es dort noch jemanden gab, der ihr helfen konnte.

Ob ihre Mutter noch da war.

Oder hatte sie sich das alles nur eingebildet? War sie die ganze Zeit über allein gewesen? Bei diesem Gedanken brach die Panik wie eine Welle über sie herein, die alles zu ersticken drohte.

Sie versuchte aufzustehen, aber ihre schwachen Arme wollten sie nicht stützen. Wortlos schob der Mann seinen Arm unter ihren Rücken und legte sie wieder hin.

Mit einer plötzlichen Stärke und einem Bewusstsein, das sie dem Adrenalinschub zu verdanken hatte, der ihren Körper durchströmte, wurde ihr bewusst, dass sie auf dem Bett lag, das sie gemieden hatte, seit sie dorthin gebracht worden war. Der Mann musste sie dorthin bugsiert haben, als er den Raum betreten hatte, in dem er sie gefangen hielt, und sie war nicht einmal aufgewacht, um sich zu wehren. Alles war vergeblich gewesen.

»Warum ...«, flüsterte sie, aber er hörte sie nicht oder wollte nicht antworten. Er hatte ihr den Rücken zugewandt. Sie holte Luft und versuchte, lauter zu sprechen. »Warum tun Sie das?«

Er drehte sich um und kam näher, er trug etwas Weißes in seinen Armen, ein Kleid, das wie Seide raschelte und wie leuchtende Funken glänzte.

»Alles geschieht so, wie es geschehen muss, meine Kleine«, antwortete er ruhig, seine Stimme klang düster und auf unheimliche Weise beruhigend.

Er legte das Kleid neben sie auf das Bett und begann, sie herauszuputzen. Alles, was er ihr anzog, war weiß, und seine Hände waren sanft und schnell. Am Rande ihres Bewusstseins tauchte ein Gedanke auf. Er hatte das schon einmal getan ... mehr als nur einmal.

»Wasser ... bitte«, flüsterte sie, als er nahe genug war, um sie hören zu können.

Er schüttelte langsam den Kopf, seine Augen waren traurig. »Das ist jetzt nicht mehr wichtig. Es wird bald vorbei sein.« Er berührte ihre Hand und streichelte sie sanft. »Es tut mir leid, dass es so lange gedauert hat.«

Dann richtete er ihren Körper auf und zog ihr das Kleid über den Kopf. Er strich ihr Haar über den Kragen und richtete die Ärmel, bis sie an ihren Platz fielen, dann half er ihr, sich mit dem Rücken in die Kissen zu legen. Er arrangierte den Rock, zog ihn herunter und strich ihn glatt, bis er ihr bis zu den Knöcheln reichte.

Er kämmte ihr Haar und trug einen weichen, cremigen Pflegestift auf, indem er ihn zuerst mit seinem Finger verrieb und dann auf ihren Lippen verteilte.

Er beugte sich über sie, strich ihr eine Haarsträhne hinter das Ohr und flüsterte: »Du bist bereit. Und du bist die Schönste von allen.«

In diesem Moment, bevor alles dunkel wurde, erkannte sie ihn endlich wieder. Als er sie vom Bett hochhob und mit ihr auf den Armen aus dem Keller ging, fragte sie ihn noch einmal: »Warum?«

Sie erhielt keine Antwort.

DREIUNDVIERZIG
BEI GERICHT

Die frühmorgendliche Fahrt nach Redding war angespannt verlaufen. Marleen Montgomery hatte darauf bestanden, selbst nach Redding und wieder zurück zu fahren, aber Kay war damit nicht einverstanden gewesen. Wenn sie selbst fuhr, könnte sie eine Menge Zeit sparen, indem sie die Warnlichter nutzte und trotz des heftigen Regens auf der Interstate Vollgas gab – aber sie wollte nicht die Sicherheit einer Zivilistin gefährden, die mit ihr Schritt halten müsste, oder wertvolle Zeit verlieren, indem sie sich an das Tempolimit hielt. Stattdessen hatte sie darauf bestanden, dass Mrs Montgomery – wenn auch widerwillig – in ihrem Zivilfahrzeug, einem SUV, Platz nahm.

Als sie endlich unterwegs waren, klagte Marleen pausenlos darüber, welche Bedingungen sie ertragen musste, welche Behandlung ihr zuteilgeworden war, indem man sie gegen ihren Willen auf den Rücksitz eines Polizeiautos gezerrt hatte, in dem vor ihr schon alle Schlägertypen und der gesamte Abschaum dieser Welt gesessen hatten.

»Das ist ein brandneues Polizeifahrzeug«, erklärte Kay, die mit ihrer Geduld am Ende war, aber immer noch Mitleid mit der Frau empfand, die gerade erfahren hatte, dass ihr Mann ermordet worden war. »Da hat noch kein Abschaum dieser Welt dringesessen.«

»Aber was ist, wenn mich jemand sieht?«, hatte sie weiterprotestiert, wobei ihre Stimme eine irritierend hohe Tonlage annahm, die Kay an Fingernägel erinnerte, die über eine Tafel kratzten.

»Das ist ein Zivilfahrzeug, Mrs Montgomery. Niemand würde es ahnen, es sei denn, Sie sagen es ihnen. Ich benutze nicht einmal die Warnlichter.«

»Ich glaube immer noch, dass Sie irgendwie gegen meine Rechte verstoßen haben, und ich werde meinen Anwalt fragen, wie ich Sie dafür zur Rechenschaft ziehen kann, damit Sie dafür bezahlen. Es wäre nicht fair, wenn Sie damit durchkommen würden, wirklich nicht fair.«

Kay unterdrückte ein frustriertes Stöhnen. »Das ist der schnellste Weg, wie wir beide dieses Problem aus der Welt schaffen und es hinter uns lassen können.«

»Nein«, fauchte sie. »Am schnellsten wäre es gewesen, wenn Sie dieser Verfügung einfach nachgekommen wären und mir die Mädchen überlassen hätten. Mein Anwalt wird ...«

Das war's. Die plötzliche Witwe hatte durch ihre unausstehliche Art jegliche Sympathie bei Kay eingebüßt, obwohl sie glaubte, dass sie wichtige Informationen zurückhielt, die ihr hätten helfen können, Julie zu finden. »Ab diesem Punkt muss ich Ihnen dringend raten, zu schweigen.« In Kays Worten schwang die Botschaft, von der sie wusste, dass die Frau sie als unausgesprochene Drohung auffassen würden, nur allzu deutlich mit. Endlich herrschte Stille. Eingeschüchtert und wütend lehnte sich Mrs Montgomery mit vor der Brust verschränkten Armen zurück und schwieg tatsächlich für den Rest der Fahrt.

Bei der Ankunft stellten sie fest, dass Richter Drysdale immer noch in seinem Büro saß, weil er für heute alle Hände voll zu tun hatte, aber Kay war nicht bereit zu warten. Sie fand den Weg zu seinem Büro und klopfte an die verkratzte Tür.

Der ehrenwerte Richter schlüpfte gerade in seine Robe und war über das Eindringen sichtlich erzürnt. Er war ein gut gebauter Mann, der mindestens fünfzig Pfund zu viel auf den Rippen hatte, und sein Gesicht zeigte Anzeichen von gewohnheitsmäßigem Alkoholkonsum. Rote, fast violette Flecken im Gesicht und am Hals, direkt über dem engen Kragen seines weißen Hemdes, waren ein deutlicher Hinweis darauf, dass er seinen Blutdruck hätte überprüfen lassen sollen. Diese Hautverfärbung so früh am Morgen konnte nur bedeuten, dass er in der Nacht zuvor reichlich gebechert hatte und es an diesem Morgen nur mit Hilfe von starkem Kaffee schaffte, sich wachzuhalten. Offensichtlich kippte er einen Starbucks-Venti-Pappbecher nach dem anderen hinunter, wie der bereits leere, der im Mülleimer neben der Tür lag, und der andere auf seinem Schreibtisch verrieten. Ein feiner Schuppenschleier bedeckte die Schultern seiner Robe, und noch mehr Schuppen flogen von seinem Kopf, als er sich verärgert mit den Händen durch sein kurzes weißes Haar fuhr.

»Wenn ich um fünf Uhr morgens geweckt werde, um eine gerichtliche Verfügung zu erlassen, weil Polizisten, niemand Geringeres als genau die Leute, die dafür bezahlt werden, das Gesetz durchzusetzen, dagegen verstoßen und sich weigern, das Sorgerecht an die rechtmäßigen Familienmitglieder zu übertragen, dann erwarte ich eigentlich nicht, dass diese Verfügung ignoriert wird.«

»Euer Ehren, ich bin Detective Kay Sharp von der Wache Mount Chester. Wenn Sie mir gestatten zu erklären ...«

»Ich habe schon viel von Ihnen gehört, Detective.« Er schrie beinahe, während er auf die beiden Stühle vor seinem Schreibtisch deutete. »Sie sind doch diejenige, die zwei Kinder als Geiseln hält, eingesperrt im Hinterzimmer einer Wache, nicht wahr?«

»Nun, ich ...«

»Ich will Ihnen mal was sagen, Detective. Ich habe mich für das Familienrecht *entschieden*, weil mir nichts auf dieser Welt mehr am Herzen liegt als das Wohlergehen von Kindern«, brüllte er, stand hinter seinem Schreibtisch, beugte sich vor und ragte bedrohlich über Kay empor. »Und doch gefährden Sie das Wohlergehen dieser Kinder, obwohl es eine respektable Familie gibt, ihren Großvater und ihre Tante, die bereit sind, sie aufzunehmen und ihnen ein gutes Leben zu bieten.« Er sah sie an, als wäre sie so verachtenswert, dass ihm die Worte fehlten. »Wie können Sie mit sich selbst leben?« Er lockerte seinen Kragen und die roten Flecken in seinem Gesicht färbten sich mehr und mehr violett. »Machen Sie sich keine Illusionen, ich *werde* Sie wegen Missachtung des Gerichts anklagen. Was haben Sie zu Ihrer Verteidigung zu sagen?«

Sie schluckte heftig, ihre Kehle war plötzlich zugeschnürt und trocken. »Euer Ehren, wir haben Grund zu der Annahme, dass Mrs Montgomery und möglicherweise andere Mitglieder der Familie Montgomery direkt in den Tod von Cheryl Coleman und die Entführung von Julie Montgomery verwickelt sind.«

Er runzelte seine weißen, ungetrimmten Brauen. »Inwiefern verwickelt?«

»Die Ermittlungen laufen noch«, sagte sie und war sich schmerzlich bewusst, wie dürftig das klang, aber in Anwesenheit von Marleen Montgomery konnte sie einfach nicht mehr preisgeben, ohne ihren Fall zu gefährden. »Wir wissen jetzt, dass der verstorbene Ehemann von Frau Montgomery vor dem Tod von Cheryl Coleman das Haus der Colemans aufgesucht hat. Wir haben außerdem herausgefunden, dass Mrs Montgomerys Ehemann eine Affäre mit Cheryl Coleman hatte, und das spricht für ein mögliches Motiv.«

»Euer Ehren, ich habe den Strafverfolgungsbehörden ein Alibi für den Zeitraum von Cheryl Colemans Tod und Julies

Entführung geliefert. Sie haben keine Beweise gegen mich, sonst würde ich Handschellen tragen«, erklärte Marleen und streckte die Hände aus, um zu zeigen, dass sie keine Fesseln trug.

Richter Drysdale richtete seine dunkelbraunen Augen auf Kay. »Ist das wahr, Detective?«

Sie nickte widerwillig. »Ja, wir haben ihr Alibi überprüft, aber es gibt auch noch andere Möglichkeiten, wie ...«

»So wie ich das sehe, haben Sie nichts in der Hand, und ich habe zu tun. Die gerichtliche Verfügung bleibt bestehen.«

Marleen grinste breit und warf Kay einen triumphierenden Blick zu. »Vielen Dank, Euer Ehren.«

»Euer Ehren, unseren Ermittlungen zufolge ist Julies Entführung Teil einer Entführungsserie, die sich über fünfzig Jahre erstreckt«, platzte sie heraus, weil sie befürchtete, dass er sie wieder unterbrechen würde. Aber er war von ihren Worten überrascht, hörte schweigend und mit offenem Mund zu. »Wir haben es mit einem Serientäter zu tun. Wir brauchen nur ein wenig mehr Zeit. Und diese Mädchen spielen bei unseren Ermittlungen eine entscheidende Rolle. Ihre Sicherheit ist uns ein großes Anliegen, denn sie waren Zeugen des Mordes an ihrer Mutter und der Entführung ihrer Schwester.« Er starrte sie an, ohne sie zu unterbrechen. Seine Aufmerksamkeit war so groß, dass sich seine frühere Frustration förmlich in Luft aufgelöst hatte. »Ich schwöre Ihnen, dass wir uns gut um sie kümmern.«

Marleen starrte den Richter an, sichtlich entsetzt, mit offenem Mund und starr vor Empörung.

Kay hörte auf zu sprechen, hielt den Atem an und wartete auf seine Entscheidung. Sie hatte bereits mehr gesagt, als sie hätte sagen sollen, und war sich schmerzlich bewusst, wie Sheriff Logan darüber denken würde, falls er jemals davon erfahren würde. Nur Fakten, die durch solide Beweise untermauert waren, durften vor Gericht vorgetragen werden, ganz gleich unter welchen Umständen. Spekulationen und unbewiesene Theorien schadeten lediglich Leuten und Karrieren.

Richter Drysdale griff über seinen Schreibtisch hinweg und nahm Mrs Montgomery die Verfügung aus der Hand. Ihr klappte die Kinnlade herunter. »Sie haben achtundvierzig Stunden Zeit, Detective.« Seine Stimme war wieder normal, und die violetten Flecken auf seiner Haut nahmen ihren normalen, weinroten Farbton an. »In achtundvierzig Stunden werden Sie Mrs Montgomery entweder eines Verbrechens anklagen oder sie erhält das alleinige Sorgerecht für diese Kinder. So lautet meine Entscheidung.«

Eine Welle der Erleichterung überspülte sie, während Mrs Montgomery protestierte, ihre Stimme schwach und demütig, mit einem verzweifelten Unterton. »Aber Euer Ehren ...«

»Mrs Montgomery, fangen Sie gar nicht erst an«, unterbrach sie der Richter und steuerte mit großen Schritten auf die Tür zu, sodass seine Robe wie ein Umhang hinter ihm her flatterte. »Sie haben einige wichtige Fakten ausgelassen, zum Beispiel, dass diese Mädchen als Zeugen eines Verbrechens in Schutzhaft genommen wurden. Verschwenden Sie nicht länger meine Zeit.« Er öffnete die Tür und hielt sie ihnen mit einem ungeduldigen Gesichtsausdruck auf. »Worauf warten Sie noch? Mein Gerichtsschreiber wird die neue Verfügung aufsetzen und dieses Mal, Detective, sollten Sie sich lieber daran halten.« Er sprach diese Worte mit strenger Stimme aus, als Kay gerade sein Büro verließ. Er schlug die Tür hinter ihr zu und ging zügig in Richtung der Gerichtssäle davon.

Die Rückfahrt begann schweigend, nur unterbrochen durch das gelegentliche Schniefen von Kays Beifahrerin. Irgendwann brach sie zusammen und schluchzte unkontrolliert. Die emotionale Situation forderte letztlich doch ihren Tribut. Als sie Mount Chester erreichten, hatte sie sich wieder gefangen, zumindest äußerlich.

Kay hielt direkt neben ihrem eigenen Wagen und wartete.

Es regnete immer noch heftig, aber die Blitze hatten etwas nachgelassen, nur noch selten erhellte ein Flackern die fernen Wolken. Der Parkplatz der Wache war eine einzige große Pfütze, die von den fallenden Regentropfen immer wieder aufgewühlt wurde, aber Kay konnte nichts dagegen tun. Die Pumps ihres widerspenstigen Fahrgastes würden gleich völlig durchnässt sein.

»Das hier ist noch nicht vorbei«, verkündete Mrs Montgomery, bevor sie aus dem SUV stieg. »Sie hören von meinem Anwalt.« Sie schlug die Tür hinter sich zu und Kay wartete, bis sie in ihren S-Klasse-Mercedes geklettert war, denn sie wollte sich ungern von ihr mit Pfützenwasser bespritzen lassen, falls sie zu schnell losfuhr.

Dann rollte sie langsam los und beobachtete Marleen im Rückspiegel. Die Frau schluchzte heftig, sie hielt das Lenkrad mit den Armen umklammert, ihr Kopf war dazwischen eingeklemmt, und ihre Schultern zuckten krampfhaft.

Einen Ehemann zu verlieren war nie leicht. Herauszufinden, dass er fremdgegangen war, musste unerträglich gewesen sein, geradezu herzzerreißend. Doch Kay musste sich diese Familie genauer ansehen, denn für sie stand felsenfest, dass sie an ihrem Fall beteiligt war. Ihr fehlten zwar noch einige wichtige Puzzleteilchen und sie konnte noch nicht das ganze Bild erfassen, aber wenn sie den richtigen Leuten die richtigen Fragen stellte, würde sich das wahrscheinlich ändern.

Sie fuhr um das Gebäude herum, auf der Suche nach einem Platz, an dem sie ein paar Minuten Ruhe finden würde. Sie wollte einige Hausaufgaben über die Montgomerys machen, bevor sie anfing, an Türen zu klopfen; es lohnte sich immer, vorbereitet zu sein. Als sie in den Parkmodus schaltete, kündigte ein Piepsen ihres Handys eine neue Textnachricht an.

Sie war von Dr. Whitmore, der Kay und Elliot bat, in die Leichenhalle zu kommen. Er hatte neue Beweise.

Hin- und hergerissen zwischen den Prioritäten zögerte sie

einen Augenblick, entschied sich dann aber, Elliot zu bitten, den Gerichtsmediziner allein aufzusuchen, während sie schon mal damit anfing, die Familie zu befragen.

Die Zeit wurde knapp. Für Julie war sie vielleicht schon abgelaufen.

VIERUNDVIERZIG

DIE VORGESCHICHTE

Der Regen prasselte laut auf das Dach ihres SUV, was sie dazu veranlasste, ihn unter einen Baum zu stellen, wo der Lärm etwas nachließ und es nur die schwersten Tropfen durch das dichte, flatternde Laub schafften. Gelegentlich fielen ein abgerissener Ast oder eine Eichel mit einem lauteren Knall zu Boden, aber Kay bemerkte es kaum.

Sie hatte sich das Profil von Montgomery Construction angesehen. Das Unternehmen war kurz nach dem Ende des Zweiten Weltkriegs gegründet worden und befand sich seither im Privatbesitz der Familie Montgomery. Der Gründer, William Montgomery, ein angesehener Kriegsveteran, war nach Hause zurückgekehrt und hatte festgestellt, dass die Nation schneller wieder aufgebaut wurde, als Bauunternehmer gefunden werden konnten. Also beschloss er, selbst einer zu werden.

Das Unternehmen hatte zunächst mit der Rezession von 1945 zu kämpfen gehabt, da sich viele Menschen so kurz nach dem Krieg keine neuen Unterkünfte leisten konnten, aber William hatte seinen Veteranenstatus genutzt, um sich einige Aufträge direkt von der Regierung zu sichern. Er hatte mehrere lokale, staatliche und bundesstaatliche Gebäude gebaut, von denen einige inzwischen durch neuere ersetzt worden waren, die meisten aber immer noch existierten.

Avery war sein einziger Sohn.

Das erste Mal, dass Averys Name in den offiziellen Unterlagen auftauchte, war relativ kurz nach der Gründung des Unternehmens, als Avery gerade einmal zweiundzwanzig Jahre alt war. Ein weiterer Eintrag drei Monate später zeigte, dass Avery das Unternehmen von seinem Vater übernommen hatte, der laut einem Zeitungsartikel, der tief in den Archiven des örtlichen Rathauses vergraben war, gegen Bauchspeicheldrüsenkrebs kämpfte. Ein paar Monate später folgte eine kleine Notiz mit seiner Todesanzeige; er hatte den Kampf verloren. Wiederum einige Monate später folgte ihm seine Frau, Averys Mutter, auf den Valley Rose Friedhof.

Danach gab es nichts mehr, keine Artikel und keine nennenswerten Eintragungen, außer derjenigen, die die Geburt von Averys jüngstem Sohn Raymond bekannt gab. Wahrscheinlich waren die früheren Anzeigen für seine beiden älteren Söhne und für seine Heirat verloren gegangen, da diese alten Aufzeichnungen nie richtig digitalisiert worden waren. Sie stammten aus einer Bibliothek, die darum kämpfte, dass das Licht nicht erlosch.

Doch dann, etwa ein Jahr nach Raymonds Geburt, wurde Averys Frau als vermisst gemeldet.

Anna Montgomery, damals dreiundzwanzig Jahre alt, war eine atemberaubend schöne Blondine. Falls das verblasste Foto, das Kay gerade betrachtete, kurz vor ihrem Verschwinden aufgenommen worden war, hatten die drei Schwangerschaften keine Auswirkungen auf ihren Körper gehabt. Das Schwarz-Weiß-Foto mit einem Hauch von Sepia war ein Scan der Original-Vermisstenanzeige, die Avery wahrscheinlich in seiner Brieftasche bei sich trug. Die Ecken waren durch die Abnutzung abgerundet und es war von zahlreichen Knitterfalten durchzogen, die davon zeugten, wie oft das Foto zur Hand genommen worden war. Das Porträt zeigte Anna fröhlich lächelnd. Sie trug ein weißes Sommerkleid, das in der Sonne fast durchsichtig schien. Sie wirkte glücklich, heiter und voller Leben.

Kays Blick verweilte auf dem Gesicht der Frau – ihren schönen Gesichtszügen – und wünschte sich, sie könnte mehr über die Person herausfinden, die sie gewesen war. Es war immer das erste Opfer eines Serientäters, das die größte Bedeutung hatte. Sie war sich noch nicht ganz sicher, dass es vor siebenundfünfzig Jahren keine weiteren Entführungen von erstgeborenen Töchtern gegeben hatte, die irgendwie aus den Archiven verschwunden waren. Bis das Gegenteil bewiesen wurde, betrachtete sie Anna als das erste Opfer auf der Liste des unbekannten Täters, und sie unterschied sich in mindestens einem Punkt von allen anderen.

Sie war eine Ehefrau.

Im Gegensatz zu den anderen zweiundvierzig Opfern, allesamt Mädchen, die noch bei ihren Eltern lebten, war Anna Ehefrau und Mutter gewesen.

Alle Opfer waren weißer, indianischer oder lateinamerikanischer Abstammung, aber nur Anna und eine Handvoll der übrigen Opfer waren blond. Für den unbekannten Täter schienen Rasse und Aussehen keine große Rolle zu spielen, denn die Auswahl seiner Opfer entsprach in nahezu perfekter Weise der Bevölkerungszusammensetzung der Region. Was auch immer sie gemeinsam hatten, es waren nicht ihre körperlichen Merkmale, und das schien ihre Theorie über missionsgesteuerte Tötungen zu bestätigen.

Sie schloss das Stadtarchiv und öffnete Annas Vermisstenanzeige. Avery hatte sie selbst aufgegeben, weniger als einen Tag nach ihrem Verschwinden. Laut seiner Aussage hatte er den ganzen Tag auf der Baustelle gearbeitet und war erst nach Sonnenuntergang zurückgekehrt. Dort hatte er festgestellt, dass die Tür offen und seine Frau verschwunden war. Seine Kinder, die zu diesem Zeitpunkt alle unter vier Jahre alt waren, wurden unverletzt im Haus gefunden.

Aha, dachte Kay, *noch ein Fall, in dem er Zeugen am Leben gelassen hat. Es scheint, dass er sich nur für seine erstgeborenen Töchter interessiert und sonst für niemanden.* Denn ja, laut den Aufzeichnungen aus dem Stadtarchiv war Anna ebenfalls eine erstgeborene Tochter, ein Einzelkind.

Es gab keine Anzeichen für ein gewaltsames Eindringen und keine Fingerabdrücke, die nicht zum Haus gehörten. Der Detective, der den Fall untersucht hatte, hatte es für nötig befunden, in seinem Bericht zu vermerken, dass Mrs Anna Montgomery das Haus offenbar freiwillig verlassen hatte, obwohl kein Gepäck, kein Reisepass und kein Geld fehlten. Ihr gesamter Schmuck war noch da, ein Beweis, der gegen einen missglückten Einbruch sprach. Kay las zwischen den Zeilen seines Berichts und schlussfolgerte daraus, dass er wenig motiviert gewesen war, Nachforschungen anzustellen. Er hatte angenommen, dass die junge Mutter einfach ihren Mann und ihre kleinen Jungen verlassen hatte und nach San Francisco gegangen war, allein oder mit einem unbekannten Liebhaber, auf der Suche nach einem besseren Leben in der Stadt an der Bucht.

Ein entscheidendes Detail fehlte in der Fallakte, und das war das Wetter, das eigentlich nie erwähnt werden musste. Kay scrollte durch ihre letzten Anrufe und rief Weather Underground unter der gleichen Nummer an, die sie am Abend zuvor gewählt hatte. Sie erkannte den angenehmen Bariton sofort wieder, als der Mann abnahm.

»Hier spricht Detective Kay Sharp, wir haben gestern telefoniert.«

»Ach ja, Detective, ich habe Ihre Liste fast fertig«, antwortete der Mann freundlich. »Ich habe eine Weile gebraucht, um die Daten auszugraben, wissen Sie.«

Kay vermutete, dass ihre Liste der Grund dafür war, dass er noch ans Telefon ging, obwohl seine Schicht längst vorbei war. »Mit welchem Fall haben Sie angefangen?«

»Mit dem ältesten. Ich dachte, die Daten wären am schwierigsten herauszufinden.«

»Perfekt. Könnten Sie mir bitte sagen, wie das Wetter an dem ältesten Datum war, dem 29. August ...«

»Ja, ich habe die Daten hier vorliegen. Fünf Liter Regen pro Quadratmeter, Böen bis zu fünfundvierzig Meilen pro Stunde, ein Temperatursturz von zwanzig Grad. Die typischen Ausläufer eines Wirbelsturms, die vom Hurrikan Elba stammten.« Der Meteorologe hörte einen Augenblick lang auf zu sprechen, nur das Rascheln von Papier drang durch die Leitung. »Mir ist gerade aufgefallen, dass alle Daten, die Sie mir gegeben haben, große tropische Stürme waren, die von pazifischen Hurrikanen ausgelöst wurden.«

»Wie kommt es, dass die so häufig auftreten? Wir sind hier nicht gerade auf den Bahamas.«

»So häufig sind sie auch nicht«, antwortete er, wobei das Lächeln in seiner Stimme offensichtlich war. Ihre Unwissenheit musste unterhaltsam für ihn sein. »Normalerweise gibt es jedes Jahr etwa sechzehn Stürme mit Namen im Pazifik. Zehn von ihnen entwickeln sich im Durchschnitt zu Hurrikanen und ziehen in der Regel nach West-Nordwest wie alle Hurrikane der nördlichen Halbkugel. Die meisten von ihnen lösen sich über dem Meer auf, einige wenige erreichen Mexiko. Wir erleben nur selten, dass ein Hurrikan in Nordkalifornien landet; das passiert fast nie. Wir bekommen gelegentlich die Überbleibsel eines Wirbelsturms zu spüren, wenn Sie so wollen, meist nur einen tropischen Sturm. Es kann zwei, drei Jahre dauern, bis wir wieder einen Sturm erleben, und sie kommen immer im Herbst.«

Der Mann liebte es, über das Wetter zu sprechen. Sie

merkte, dass er seinen Beruf mit Leidenschaft ausübte. »Und wie schlimm sind sie normalerweise?«

»Wenn sie uns erreichen, sind diese Sturmsysteme weit weniger gefährlich als ein Hurrikan, obwohl manchmal der Name des Sturms, der den posttropischen Zyklon oder die Überreste hervorgebracht hat, noch nachwirkt.«

Damit hatte sie nicht gerechnet. »Und was ist das dann?«, fragte sie und deutete auf den Regen vor ihrem Auto, als ob der Meteorologe sie sehen könnte.

»Dieses Wetter, das wir jetzt im Moment haben? Nur ein Sturmsystem, das von Hurrikan Edward angeheizt wird. Sehen Sie, ein Hurrikan ist ein riesiger Sturm, dessen mittlerer Druck so niedrig ist, dass er Feuchtigkeit aus einer Entfernung von hunderten von Meilen ansaugt.« Er hielt inne, aber sie konnte ihn leise lachen hören. »Ich nehme an, Sie haben noch nie einen Hurrikan erlebt, Detective?«

»Nein, ich hatte noch nicht das Vergnügen«, antwortete sie. Sie starrte auf den heftigen Regen, der auf ihr Auto niederprasselte, und fragte sich, wie viel schlimmer ein Hurrikan wohl sein konnte.

Sie bedankte sich bei ihm und legte auf. Das Einzige, was zählte, war das Wetter an dem Tag, an dem Anna Montgomery verschwunden war, und das war genauso schlimm gewesen, wenn nicht sogar noch schlimmer. Und diese Tatsache warf mehr Fragen auf als Antworten.

Welche Bedeutung hatte der Sturm für den unbekannten Täter? Sah er ihn als forensische Gegenmaßnahme der Natur? Oder hatte er eine geheime Bedeutung, die nur er verstand? Ließ er ein früheres Trauma wieder aufleben, das er möglicherweise während eines Sturms erlitten hatte? So oder so, alles deutete auf Montgomery Construction hin, und dort wollte sie Antworten finden.

Sie schaltete das Radio ein und fuhr los, wobei sie das Wasser aus den Pfützen in einer meterhohen Welle aufspritzen ließ. Sie war auf dem Weg zur Firmenzentrale, einem Gebäude, das sie gut kannte, da sie jeden Morgen auf dem Weg zur Arbeit daran vorbeikam.

Sie schaltete das Radio ein und achtete kaum auf die Musik, die gespielt wurde. Nachdem Imagine Dragons ihren Song über Lügner und deren Unvermögen, ihre Partner glücklich zu machen, beendet hatten, erwähnte der Sprecher etwas über Regenfälle, die weitere Erdrutsche entlang der Küstenstraßen verursachten und die Interstate an zwei der Brücken über den Blackwater River bedrohten.

Sie trat aufs Gaspedal, schaltete die Scheibenwischer auf höchste Stufe und blinzelte angestrengt, um zu sehen, wohin sie fuhr. Ein entferntes Donnern hallte seltsam in ihrem Herzen wider und jagte ihr einen Schauer über den Rücken.

FÜNFUNDVIERZIG

DIE MORDWAFFE

Es war gut, dass Kays Textnachricht Elliot erreichte, bevor er einen Bissen von seinem Sandwich nahm. Schon als er den Namen des Gerichtsmediziners auf dem Display seines Handys las, hatte er das Gefühl, der köstliche Geruch des mit Honig gebackenen Schinkens sei plötzlich mit Formaldehyd verpestet. Er spürte, wie sich sein Magen umdrehte, packte das Sandwich ein und legte es auf seinen Schreibtisch, um sich stattdessen einen schwarzen Kaffee zu gönnen.

Er hatte sich in den letzten zwölf Stunden ausschließlich von Kaffee ernährt, seit Kay und er gemeinsam zu Abend gegessen hatten, ein Abend, der ihm nicht mehr aus dem Kopf ging. Er hatte die ganze Nacht wachgelegen, sich hin und her gewälzt, Fragen über John Doe alias Dan Montgomery gingen ihm durch den Kopf, verwoben mit anderen Fragen, die sich um Kay drehten. Um das Bild von ihr mit den beiden kleinen Mädchen, das sich für immer in sein Gedächtnis eingebrannt hatte und Szenarien in seinem Kopf entstehen ließ, für die ihm die Worte fehlten.

Er bewunderte sie und das machte alles nur noch komplizierter. Sie war so schlau wie ein Fuchs. Schon wenn er neben ihr saß, wusste er nicht mehr, wo ihm der Kopf stand, und das bei so ziemlich jedem Thema. Zu allem Überfluss war sie auch noch seine Partnerin, und er wusste, dass er nie wieder so über eine Partnerin denken sollte. Das letzte Mal war er gezwungen gewesen, Texas den Rücken zu kehren, als seine persönliche Beziehung zu seiner ehemaligen Partnerin vor Gericht dazu verwendet wurde, einen Täter laufen zu lassen. Das war eine verdammt harte Lektion gewesen, die er nie vergessen würde.

Doch der Gedanke an Kay Sharp hielt ihn nachts wach und ließ ihn grübeln. Was, wenn sie die Richtige war? Was, wenn er nie wieder derselbe sein würde, falls es ihm irgendwie gelang, von ihr loszukommen? Und warum um alles in der Welt sollte er das Glück haben, dass diese schöne Frau ihn auch nur eine Sekunde lang so ansah?

Er verdrängte diese Frage, während er zur Leichenhalle fuhr und sich auf einen weiteren qualvollen Termin vorbereitete.

Als er die Leichenhalle betrat, war seine Nase dick mit WICK VapoRub eingeschmiert, so dick, dass er ein verrottendes Wildschwein selbst dann nicht gerochen hätte, wenn es tot vor seiner Nase gelegen hätte.

Zum Glück waren die beiden Untersuchungstische aus rostfreiem Stahl leer, ihre Oberflächen sauber und glänzend, der gesamte Pathologiesaal makellos. Und was die Gerüche anging, so roch er mit all dem WICK unter seinen Nasenlöchern nichts davon.

»Ah, da sind Sie ja«, begrüßte ihn Dr. Whitmore. Sein Laborkittel war frisch gereinigt und gebügelt, aber er sah nicht so aus, als wäre er gerade erst zur Arbeit gekommen. Er trug das Hemd und die Hose von gestern, ein wenig zerknitterter, als Elliot es in Erinnerung hatte, fast so, als hätte er auf der Kunstledercouch in der Ecke neben der Tür ein Nickerchen gemacht.

Er schüttelte dem Arzt die Hand und war etwas verwirrt über dessen amüsiertes Grinsen.

»Das ganze Menthol ist heute nicht nötig«, bemerkte er mit einem kurzen Lachen. »Alle meine Mieter sind ordentlich in ihren Kühlfächern verstaut.« Er drehte sich zur Seite und zeigte auf eine große Kaffeedose auf einem Labortisch. »Die wollte ich Ihnen zeigen.« Er runzelte leicht die Stirn, dann wanderte sein Blick zur Tür. »Wo ist Kay?«

»Sie befragt einen Verdächtigen. Heute müssen Sie mit mir vorliebnehmen, Doc.«

»Okay.« Dr. Whitmore klopfte mit den Fingernägeln gegen die Kaffeedose aus Metall. »Die wurde bei den ersten beiden Tatortuntersuchungen übersehen.« Er lächelte und in seinen Augenwinkeln bildeten sich kleine Fältchen. »Es hat sich gelohnt, sie zurückzuschicken, um eine weitere Suche durchzuführen.« Eine Spur von Aufregung erhellte seine Augen und sein Lächeln wurde breiter. »Wir haben die Mordwaffe gefunden.« Er ging zu einem weiteren Labortisch auf Rollen hinüber und zog ihn näher heran. Darauf lag eine neun Millimeter Glock auf einem Blatt Papier. »Sie war komplett zerlegt und in Chlor eingelegt, sodass wir weder Fingerabdrücke noch DNA sichern konnten, aber ich konnte sie mit der Kugel abgleichen, die wir aus Dan Montgomerys Leiche geborgen haben.«

»Das bedeutet, dass mein Opfer ohne jeden Zweifel im Haus der Colemans erschossen wurde, oder?«

»Ja, genau.«

»Wie zum Teufel konnten sie das übersehen?«

»Das hier«, er zeigte auf die Dose, »war unter der Küchenspüle versteckt, offen und voller schmutziger Flüssigkeit, als ob sie dazu da wäre, das Abwasser aus einem undichten Abfluss aufzufangen.« Er legte den Kopf schief und fuhr sich mit der Hand durch sein weißes Haar. »Eins muss man Cheryl lassen, das war wirklich clever.«

»Stimmt.« Elliot verlagerte sein Gewicht von einem Bein auf das andere und fragte sich, ob das alles war. Gerüche hin oder her, er wollte trotzdem so schnell wie möglich wieder von hier verschwinden.

»Dann sind da noch die Fasern an Dan Montgomerys Leiche – sie stammen mit Sicherheit von einem Ford Pick-up.« Er setzte sich vor seinen Computer und rief sein Profil bei der Zulassungsstelle auf. »Als ich ihn identifiziert hatte, hatten wir das Baujahr und das Modell seines F-150, und das passt zu den Fasern, die wir gefunden haben.« Er hielt einen Augenblick inne, schaute auf den Bildschirm, schien aber an etwas anderes zu denken. »Es handelt sich um eine *generische* Übereinstimmung, d. h. die Fasern passen zu allen Fords aus diesem Modelljahr und mit dieser Farbe. Ich muss mir den konkreten Wagen ansehen, um zu prüfen, ob ich auch andere Partikel auf der Kleidung des Opfers finden kann. Dann könnte ich die Übereinstimmung von einer generischen auf eine *spezifische* erhöhen.

»Ich habe die Kennzeichen heute Morgen zur Fahndung hinzugefügt«, erwiderte Elliot. »Wenn der Wagen irgendwo da draußen ist, finden wir ihn.«

Doc Whitmore lächelte erneut, dieses Mal schüchtern und zögerlich. »Das ist ein ziemlich merkwürdiger Zufall, nicht wahr?«

»Was genau meinen Sie?«

»Die Pick-ups. Dan fuhr einen weißen Ford F-150 Diesel und das Fahrzeug des unbekannten Täters war vermutlich die gleiche Marke und das gleiche Modell, wie die Analyse des Anrufs bei der Notrufzentrale zeigt.«

»Ja«, antwortete Elliot. Das war wirklich ein merkwürdiger Zufall. Wie bei allem anderen in diesem Fall, wie groß war die Wahrscheinlichkeit?

»Was meinen Sie, könnte es derselbe Pick-up sein?«

»Sie meinen, der unbekannte Täter hat Dans Pick-up gefunden und ist dann zu Cheryl gefahren – um was zu tun? Den Job zu beenden, den Dan vielleicht begonnen hatte? Sich für seinen Tod zu rächen? Aber wenn er von Dans Tod gewusst hätte und es ihm wichtig gewesen wäre, hätte er ihn dann in einem Graben an der Interstate verrotten lassen?« Elliot schüttelte den Kopf. »Wir werden es schon bald herausfinden, Doc, und dann werden diese Dinge einen Sinn ergeben. Kay wird nicht ruhen, bis alles perfekt ins Bild passt.«

»Kay und Sie, meinen Sie?«

Er spürte, wie ihm eine Hitzewelle ins Gesicht schoss. »Ja, das habe ich gemeint. Obwohl sie bei Weitem besser für Fälle dieser Art gerüstet ist, als ich es je sein werde.« Die Worte sprudelten wie ein Wasserfall aus seinem Mund, sobald die Schleusen geöffnet waren. »Ich habe Einbrecher und Drogendealer gefangen, ein paar Entführer festgenommen und hatte mit mehr Kleinkriminellen, Vergewaltigern und Frauenschlägern zu tun, als mir lieb ist. Aber wenn ich an den Abschaum denke, den sie hinter Gitter gebracht hat ... Ich kann mir nicht mal ansatzweise vorstellen, wie jemand beschließen kann, das beruflich zu machen. Und sie lässt die Zügel nicht locker, nicht einen Zentimeter.«

Doc Whitmores Lächeln wurde noch breiter, als er Elliot musterte, bis dieser seinen Blick senken musste, weil er befürchtete, der Doc würde ihn durchschauen. »Sie ist fantastisch, unsere Kay, nicht wahr?«

Elliot nickte und hielt seine Augen unter der Krempe seines Hutes versteckt. »Verdammt richtig, das ist sie. Was macht man mit so einer Frau als Partner?«, fragte er und bereute sofort, dass er die Worte laut ausgesprochen hatte.

»Man lernt von ihr, das ist alles«, antwortete der Doc, seine Stimme klang nachdenklich und warm, fast väterlich. »Nach dem, was ich gesehen habe, lässt sie sich von Ihnen nur allzu gern in die Karten schauen.«

»Ja, das stimmt«, erwiderte Elliot hastig, er war verunsichert und wollte unbedingt das Thema wechseln. »Haben Sie noch etwas für mich, Doc? Ich muss los.«

»Für Sie weniger, eher für Kay, aber das spielt wohl keine Rolle mehr, jetzt, wo Sie beide Fälle gemeinsam bearbeiten, oder?«

»Worum geht es?«

Der Doc klickte und tippte kurz, dann erschienen mehrere Bilder auf dem Wandmonitor. »Es geht um Cheryl. Ich habe meine Obduktion so gut wie abgeschlossen und es gab etwas, das ich bei der Voruntersuchung übersehen hatte.« Er stand auf und ging zum Bildschirm hinüber, dann zeigte er auf zwei Fotos von Cheryls Gesicht und Hals. »Diese waren wegen der Blutlachen und der Leichenflecke nicht sofort sichtbar und sie sind schon etwas älter. Sehen Sie hier und hier?« Er zeigte auf ihre Lippen und dann auf ihren Hals, wo die Hautverfärbung nur eine Spur dunkler war. »Daran erkenne ich, dass jemand versucht hat, sie zu erwürgen und ihr sogar den Mund mit seinen Fingern zugehalten hat, so wie hier.« Er demonstrierte es ohne Berührungen an einem Skelett, das auf einem Ständer in der Ecke seines Labors stand. »Von hinten. Er bedeckte ihren Mund und versuchte dann, sie mit seinem Arm zu erwürgen, wie beim Militär, aber es gab keine punktförmigen Hauteinblutungen. Aus irgendeinem Grund hielt er inne und wendete nicht die volle Kraft an, die er hätte anwenden können. Es war nicht kräftig genug, um es ohne Fluoroskop zu sehen, also sind nur subdermale Hämatome zurückgeblieben.«

»Wie alt sind denn diese, ähm ...«

»Blutergüsse? Sie wurden ihr etwa achtundvierzig Stunden vor ihrem Tod zugefügt.«

»Das war ungefähr die Zeit, als Dan Montgomery dort war, richtig?«

»Ganz genau« Er schaltete den an der Wand befestigten Bildschirm aus und setzte sich mit einem lauten, gequälten Stöhnen an seinen Schreibtisch. »Das ist alles, was ich für Sie habe.«

Elliot tippte sich dankend an die Hutkrempe. »Wann gehen

Sie nach Hause, Doc? Sie sehen aus wie durchgekaut und ausgespuckt.«

Er brach in schallendes Gelächter aus, das unheimlich von den Wänden der Leichenhalle widerhallte. »*Das* hat auch noch nie jemand zu mir gesagt, mein Sohn. Wenn das so ist, werde ich mir umgehend eine Mütze Schlaf gönnen.« Er zog seinen Laborkittel aus und fuhr seinen Computer herunter. »Sie haben beide Berichte in Ihrem Posteingang – Sie und Ihre wunderbare Partnerin.«

Im Gegensatz zu vorhin, als er es kaum erwarten konnte, hier rauszukommen, stellte Elliot nun fest, dass er herumtrödelte und darauf wartete, bis der Doc alles herunterfuhr und die Tür verschloss.

»Es ist diese Familie, Doc, es muss einfach so sein«, sagte er und fragte sich, was er übersehen hatte.

Der Doc beendete das Herunterfahren seines Computers und rief das Profil von Dan Montgomery auf dem Bildschirm auf.

»Was ist mit der Familie?«, fragte er und setzte sich mit einem aufgeregten Gesichtsausdruck auf seinen vierbeinigen Hocker auf Rollen. »Es ist schon eine Weile her, dass ich meine Fähigkeiten als Spürhund unter Beweis gestellt habe.«

»Es ist wegen etwas, das Kay gesagt hat.« Elliot schaute über die Schulter des Docs auf das Zulassungsfoto von Dan Montgomery. Er war ein gutaussehender Mann gewesen, mit einer gewissen Härte in seinen Zügen, in seinen Augen. Er wirkte kalt, entschlossen, und die Bräune, die ihm an dem Tag aufgefallen war, als er ihn fand, war auch vor vier Jahren da gewesen, als er seinen Führerschein verlängert hatte. Jetzt, da er wusste, dass der Mann auf dem Bau arbeitete, ergab das einen Sinn. Er war den ganzen Tag der kalifornischen Sonne und den Winden an der Küste ausgesetzt gewesen und hatte wahrscheinlich einen Schutzhelm getragen, der sein Gesicht nicht vor der UV-Strahlung geschützt hatte.

Dr. Whitmore ließ seine Hände über der Tastatur schweben, bereit, direkt loszutippen. Er wartete darauf, dass Elliot seinen Gedanken zu Ende führte.

»Sie sagte, dass kein Serienmörder in der Geschichte siebenundfünfzig Jahre lang getötet hat und dass wir es möglicherweise mit einem Serienmörder der nächsten Generation zu tun haben.« Er hielt inne, weil er befürchtete, dass er sich nicht richtig erinnerte. »Zumindest glaube ich, dass sie das gesagt hat.«

»Ah, interessant.« Der Doc tippte schnell und rief auf dem kleinen Bildschirm die Profile der männlichen Mitglieder der Montgomery-Familie auf, eines nach dem anderen. »Schalten Sie bitte mal den großen Bildschirm ein, ja?«

Er gehorchte, auch wenn das bedeutete, dass er an einem Regal mit Präparaten in Gläsern vorbeigehen musste und dabei einer Leber viel näher kam, als er je gewollt hatte.

»Dan war Averys Sohn«, sagte Dr. Whitmore. »Aber wir können ihn von unserer Liste streichen, denn er war zu der Zeit bereits tot. Und Avery? Ich habe gehört, Sie selbst haben ihn bereits als Täter ausgeschlossen.«

»Ja, das haben wir tatsächlich. Er hat ein wasserdichtes Alibi.«

»Da ist noch Mitchell, er ist einundsechzig Jahre alt. Er ist der Vater von Calvin, Cheryls verstorbenem Ehemann.« Er seufzte tief. »Irgendwie finde ich das Szenario mehr als widerlich – dass der Großvater des Mädchens in irgendeiner Weise darin verwickelt war. Das widerspricht allem, was ich in meinem ganzen Leben hinter dem Autopsietisch gesehen habe, und ich mache den Job seit fünfundvierzig Jahren.«

Aber Elliot hörte schon seit einer ganzen Weile nicht mehr zu, seine Augen klebten förmlich an Raymonds Foto. Er war der Jüngste von Averys Söhnen und derjenige, der vor Jahren die Stadt verlassen hatte und nach San Francisco gezogen war, wie aus seinen Einträgen bei der Zulassungsstelle hervorging.

Wenn er sich entschieden hatte, dem Familienunternehmen den Rücken zu kehren und einen anderen Beruf zu wählen, dann könnte es sich lohnen, mit ihm zu reden.

Vielleicht war es gar nicht seine Leidenschaft für Modefotografie gewesen, die ihn vertrieben hatte ... vielleicht waren es Familiengeheimnisse. Oder er hatte selbst etwas Schreckliches zu verbergen.

SECHSUNDVIERZIG

LYNN

Der Hauptsitz von Montgomery Construction war ein dreistöckiges, würfelförmiges Gebäude, das auf der Kuppe eines sanften Hügels errichtet worden war, hoch genug, um dem Gebäude ein imposantes Aussehen zu verleihen, das die Interstate überragte. Das Logo – ebenfalls ein perspektivischer Würfel, dessen vier Linien den Buchstaben »M« in kalifornischem Himmelblau bildeten – war geschmackvoll an der vertikalen Kante des Gebäudes angebracht worden, sodass man es aus allen vier Richtungen vom Highway aus erkennen konnte.

Der Parkplatz hatte ein leichtes Gefälle, sodass sich kein Wasser staute. Anstatt sich wie überall sonst in Pfützen zu sammeln, floss das Regenwasser zu den mit Gittern abgedeckten Abflüssen, die frei von Schmutz und in perfektem Zustand gehalten wurden. Der Eingang des Gebäudes befand sich unter einem riesigen Vordach, das an ein Luxushotel erinnerte. So konnte Kay ihren SUV abstellen und das Gebäude betreten, ohne dass ein einziger Tropfen Regen ihre Kleidung berührte.

Sie achtete auf die Schwelle, als sie den weißen Marmorboden betrat, die Türen öffneten sich, nur um sich mit einem gedämpften Zischen sofort wieder hinter ihr zu schließen. Sie war gerade zwei Schritte auf den großen Empfangstresen zugegangen, als das Mädchen dahinter abrupt aufstand und so nervös wirkte, als wolle sie davonlaufen.

Lynn.

Jacobs neue Freundin, die Frau, die ihre im Gefängnis tätowierte Hand in Kays Unterwäscheschublade versenkt und saubere Kleidung zum Wechseln eingepackt hatte, für die sie immer noch dankbar war. Die Frau, deren Akte sie nie die Gelegenheit gehabt hatte, sich anzusehen.

Kay zwang sich, das aufkommende Stirnrunzeln zu unterlassen und lächelte. »Ach, Sie sind es.« Ihr Lächeln wurde noch eine Spur breiter. »Was für eine Überraschung. Ich wusste nicht, dass Sie für die Montgomerys arbeiten.«

Lynn errötete und blickte zur Seite. Sie verbarg ihre Augen für einen kurzen Moment, bevor sie sich Kay zuwandte. »Ich *bin* eine Montgomery.« Ihre Worte wurden von einem entschuldigenden Achselzucken begleitet, als wolle sie damit sagen, dass sie in dieser Sache keine Wahl gehabt hatte.

»Ich hatte keine Ahnung. Ich dachte eigentlich ...«

Sie legte ihre tätowierte Hand auf den Tisch. Sie hatte lange, elegante Finger und perfekt manikürte Nägel. »Ach, die Geschichte? Jacob hat es mir erzählt. Ich bin noch nie verhaftet worden«, sagte sie und wandte den Blick wieder ab, wobei ihre Wangen einen dunkleren, verlegenen Farbton annahmen. »Aber das wissen Sie vielleicht schon. Jacob hat darauf gewettet, dass Sie das sofort überprüfen würden, wenn Sie ins Büro kommen.«

Ihr Bruder kannte sie genau, aber sie war zum Tatort in Angel Creek Pointe gerufen worden, bevor sie die Gelegenheit dazu gehabt hatte. »Was hat es dann mit dem Gefängnis-Tattoo auf sich?«

»Ich war auf dem College mit dem falschen Typen zusammen – Biker, Leder, Hardrock, alles was dazugehörte – und er hatte eines. Er hat mich überredet, mir auch so ein Tattoo stechen zu lassen und ich wusste nicht, dass es eine versteckte Bedeutung hat. Bis ich es herausfand, mieden mich bereits alle, die wussten, was es bedeutet, und ich hatte keine Ahnung, warum.« Sie zuckte mit den Schultern und starrte immer noch nach unten. »Was soll ich sagen? Ich war wirklich dämlich. Wenigstens hat Jacob offen darüber geredet.«

»Er ist eher direkt, nicht wahr?«

Ihr Lächeln erhellte ihre Augen, als sie Kay ansah. »Er ist großartig. Ehrlichkeit ist heutzutage bei Männern so selten.« Sie nahm hinter dem Empfang Platz und Kay lehnte sich lässig gegen den Tresen. Das Mädchen ignorierte absichtlich einen Anruf, der ihr modernes Handy aufleuchten und leise klingeln ließ.

»Müssen Sie da rangehen?« Jemanden zu finden, den sie persönlich kannte und der eine bequeme Position mitten im Zentrum des Familienunternehmens der Montgomerys hatte, war ein unerwarteter Vorteil, und den wollte sie auf keinen Fall verspielen. Das war sie Julie ebenso schuldig wie ihrem Bruder, dessen Beziehung sie auf keinen Fall ruinieren wollte.

Lynn wischte ihre Bedenken beiseite. »Der Anruf kann ruhig auf die Mailbox gehen. Ich rufe später zurück. Was kann ich für Sie tun, Detective?«

Kay lachte. »Ich denke, über den Punkt sind wir doch hinaus. Sie haben meine ganze Unterwäsche gesehen. Bitte nennen Sie mich Kay.«

Sie errötete noch etwas mehr und stimmte schüchtern in Kays Lachen ein, wobei sie ihrem Blick auswich.

»Vielen Dank dafür, übrigens. Sie haben mir das Leben gerettet.«

»Ich habe Jacob gebeten, es Ihnen nicht zu sagen«, räumte sie ein. »Ich dachte, Sie würden wütend werden. Er sagte, die Alternative wäre schlimmer. Er hat mir erzählt, wie Sie ihn

einmal dabei erwischt haben, wie er Ihre Schubladen durchwühlt hat.«

Das hatte sie fast vergessen. »Wir waren Kinder, er war
noch ein kleiner Junge und wusste nicht, was er tat. Er rannte
mit meinem Höschen weg, spielte damit im Garten und hängte
es an seinen Lieblingsbaum. Können Sie sich das vorstellen?«
Kay lachte herzlich über die Erinnerung. »Ich habe ihm gesagt,
dass ich ihm den Hals umdrehen würde, wenn er meinen
Sachen jemals wieder zu nahe käme.«

»Er hat Ihnen geglaubt«, sagte Lynn und wurde ernst. »Er
würde weder diese Schublade noch irgendetwas anderes in
Ihrem Zimmer anrühren. Er hat großen Respekt vor Ihnen,
wissen Sie?«

Kay wusste das sehr genau. Es war Lynn, die Fremde in
ihrem Leben, die ein wenig lästig war, eine dritte Person, die die
beiden Geschwister auf ihrer Reise durchs Leben begleitete.
Dann tauchte ein überraschender Gedanke in ihrem Kopf auf.
Was wäre, wenn es genau andersherum wäre und sie Elliot in
ihr Leben lassen würde? Würde Jacob sich dann wie ein
Riesenarsch benehmen? Oder würde er der liebevolle und hilfs-
bereite Bruder bleiben, auf den sie sich immer verlassen
konnte? Die Antwort lag auf der Hand.

»Ich bin froh, dass er jemanden wie Sie gefunden hat«,
sagte sie und merkte, dass sie tatsächlich so empfand. Lynn war
freundlich, sympathisch und konnte klar denken. Sie hatte
Grips, stand gerne für ihre Überzeugungen ein und sagte ihre
Meinung, selbst gegenüber jemandem, der so einschüchternd
sein konnte wie eine Polizistin mit Kays Ruf. Jacob hatte Glück.
Aber musste er sich ausgerechnet mit einer Montgomery treffen? Wirklich? Von all den langweiligen Namen in den örtlichen Telefonbüchern hatte er sich ausgerechnet diesen
aussuchen müssen.

Statt Kay zu danken, lächelte Lynn und nickte.

»Sagen Sie, kannten Sie Cheryl?«

Lynns Augen verfinsterten sich und ihr Lächeln wurde schwächer. »Sie war meine Schwägerin. Calvin, ihr Mann, war mein Bruder.«

»Was haben Sie von ihr gehalten?«

Sie schaute kurz aus dem Fenster in die Ferne und dachte nach. »Sie hat meinen Bruder sehr geliebt. Sie war ihm eine gute Ehefrau, sie hatten die perfekte Romanze«, fügte sie mit einem traurigen Lächeln hinzu. »Sie waren seit der Highschool zusammen. Selbst als Calvin auf dem College war, blieb ihre Beziehung bestehen und wurde durch die Entfernung sogar noch stärker.«

»Sie hat ihren Namen geändert, nachdem Calvin gestorben ist, nicht wahr?«

»Ja, sie nahm wieder ihren Mädchennamen an, Coleman.«

»Wissen Sie, warum sie das getan hat?«

Sie zögerte und fühlte sich sichtlich unwohl. »Hier geht es um meine Familie. Ich möchte nicht ... bitte genießen Sie das, was ich Ihnen jetzt sage, mit Vorsicht.« Wieder entstand eine Pause. »Sie sind gute Menschen.«

»Natürlich«, antwortete Kay und ihre Augenbrauen verzogen sich zu einem leichten Stirnrunzeln.

»Ähm, kurz vor seinem Unfall hatte Calvin einen Streit mit Avery und Mitchell, unserem Vater. Es war eine Routineangelegenheit, etwas, worüber sie sich oft stritten.«

»Worum ging es dabei?«

Ein weiteres Zögern, dann veränderte sich ihr Gesichtsausdruck, als ob sie beschlossen hätte, zu lügen oder weniger preiszugeben, als es Kay lieb gewesen wäre. »Irgendein Betonierverfahren oder Fundamente oder so etwas in der Art. Nur, ähm, Bauarbeiten, aber es konnte laut werden. Calvin war ein junger Heißsporn, und Avery, nun ja, er ist alt und kann ziemlich stur sein. Er will, dass die Dinge so gemacht werden, wie er es will.« Sie seufzte und ihre Augen wurden feucht. »Dann ist das Gerüst eingestürzt, während Calvin darauf war, und er war auf der Stelle tot.« Lynn schlug die Hände zusammen und rang sie nervös. »Cheryl wollte nie glauben, dass es ein Unfall war. Sie war außer sich und erzählte jedem, der es hören wollte, dass Avery den Enkel, der sich nicht an die Regeln hielt, loswerden wollte. Aber die Firma wurde von jedem Verdacht freigesprochen.«

Kay beugte sich näher zu ihr herüber, die Ellbogen auf den glänzenden Tresen gestützt. »Und was denken Sie darüber?«, fragte sie und senkte ihre Stimme zu einem verschwörerischen Flüsterton.

Lynn wandte ihren Blick für einen kurzen Moment ab. »Ich habe Calvin sehr geliebt, er war mein einziger Bruder. Ich glaube nicht, dass an seinem Tod irgendwas faul war, er hatte einfach nur Pech. Alle Sicherheitsvorkehrungen waren vorhanden, das Gerüst war neu und korrekt montiert, das hat der Arbeitsschutz in seinem Bericht festgehalten.«

»Was ist dann passiert?«

»Es war einfach nur Pech«, wiederholte sie und blickte aus dem Fenster. »Das Wetter war noch schlimmer als jetzt gerade. Ich weiß noch, wie heftig es an dem Tag geregnet hat. Unglaublich ... Avery hätte die Arbeiten stoppen müssen, aber er kann stur sein.« Sie seufzte und stieß einen zittrigen Atemzug aus. »Es war wirklich nicht seine Schuld, auch wenn man es leicht denken könnte. Calvin hätte an diesem Tag nicht auf das Gerüst steigen dürfen. Es hat einfach nachgegeben«, schniefte sie und wischte sich mit einer schnellen Handbewegung eine Träne aus dem Augenwinkel. »Also nicht das Gerüst, sondern die Erde.«

»Sie meinen, es war ein Erdrutsch?«

»Ein kleiner«, fügte sie leise hinzu. »Aber er muss genau unter dem Gerüst passiert sein, als mein Bruder dort oben war, bei diesem Regen.« Schon wieder das Wetter. Kay nahm sich vor, das Datum von Calvins Tod mit jeder offenen Vermisstenanzeige abzugleichen. Sie wusste nicht wirklich, warum oder was die beiden Ereignisse gemeinsam haben könnten, aber es war einen Versuch wert.

»Ja, ich kann mir vorstellen, dass das einfach nur Pech war«, sagte sie, um Lynns Ängste zu zerstreuen. Sie sah sich einen Moment lang um, in der dreistöckigen Lobby mit dem riesigen, modernen Kronleuchter, der von der Decke hing, den großen Fenstern, gegen die der Regen unaufhörlich prasselte, den bedrohlichen Wolken, die sie in der Ferne sehen konnte, unruhig zusammengeballt und gelegentlich von Blitzen erhellt. »Ein Großteil der Familie arbeitet für die Firma. Herrscht hier ein gutes Arbeitsklima?«

»Jeder in der Familie arbeitet für die Firma«, lachte Lynn verlegen. »Na ja, bis auf Ray. Avery hat es so gewollt. Aber es ist ein gutes Betriebsklima. Und er zahlt mir mehr, als jeder andere einer Empfangsdame zahlen würde. Wenn Marleen in den Ruhestand geht, übernehme ich das Lieferantenmanagement. Das ist meine große Chance.«

»Das Unternehmen wird also ausschließlich von der Familie geführt?« Das war an sich nicht außergewöhnlich, aber für jemanden mit Averys Ehrgeiz eine einschränkende und seltsame Entscheidung. Um das Unternehmen zum größten Bauunternehmen in Kalifornien zu machen, musste er das Geschäft vergrößern, und das bedeutete, ein paar Fremde in wichtige Führungspositionen zu bringen.

»Ja«, antwortete sie. »So ist es schon immer gewesen.«

»Was ist mit Dan und Marleen? Sind sie glücklich in diesem Geschäft?« Kay fragte sich, ob Lynn von Dans Tod wusste.

Sie zuckte leicht mit den Schultern. »Sie scheinen zumindest zufrieden zu sein, wenn auch nicht glücklich. Marleen ist manchmal, ähm, sie kann manchmal ein Miststück sein«, fügte sie hinzu und senkte ihre Stimme. »Wenn die Dinge nicht so laufen, wie sie will.«

»Was ist mit Raymond? Er ist auch Averys Sohn, nicht

wahr?« »Ja, aber er ist weggegangen, schon vor langer Zeit. Ich ging damals noch zur Schule.« Sie trank einen Schluck aus einem unbeschrifteten Pappbecher, der vielleicht aus der Cafeteria des Gebäudes stammte, die Kay ein Stück den Flur runter sehen konnte. »Ich weiß noch, wie schlimm es war. Avery hat es persönlich genommen, wollte ihn enterben, was für ein Schlamassel.«

»Warum ist er gegangen?« Kay lächelte aufmunternd. »Wenn das Betriebsklima hier doch so gut war ...«

»Er wollte etwas anderes machen, etwas Künstlerisches. Das Baugewerbe gefiel ihm nicht. Er hasste es und er hasste Avery dafür, dass er ihn gezwungen hatte, dafür zur Schule zu gehen, einen nutzlosen Abschluss zu machen und all das. Was war das für ein Gezeter«, kicherte sie mit einem schuldbewussten Gesichtsausdruck. »Können Sie sich vorstellen, wie diese Fenster geklappert haben?«

»Sehen Sie ihn noch ab und zu? Raymond?«

»Nein, Onkel Ray ist nie zurückgekommen. Nicht zum Thanksgiving-Essen oder zu Weihnachten, nicht seit er weg ist. Ich habe gehört, dass es ihm in San Francisco gut geht, aber wir dürfen seinen Namen nicht erwähnen, nicht wenn Avery dabei ist.«

»Wenn man vom Teufel spricht«, witzelte sie, »könnten Sie mich bitte anmelden? Ich würde gerne mit Avery sprechen.«

»Oh, er ist nicht hier«, erwiderte Lynn sofort. »Und ich glaube nicht, dass er heute noch mal reinkommt.« Sie warf einen enttäuschten Blick auf das Wetter draußen vor dem Fenster.

»Was ist mit Mitchell, Ihrem Vater? Ist er da? Ich habe nur ein paar Fragen.« Sie beschloss, ein wenig mehr zu erzählen, in der Hoffnung, dass sich dadurch einige Türen öffnen würden. »Ich weiß nicht, ob Sie davon gehört haben, aber Dan Montgomery wurde ermordet.«

Lynn schnappte nach Luft und hielt sich die Hände vor

den offenen Mund. »Oh mein Gott ... Wann ist das denn passiert?« Die Nachricht schien sie zutiefst zu bestürzen, ja sogar zu erschüttern, und ein Hauch von Angst schimmerte in ihren Augen.

»Letzten Samstag wie es aussieht. Wir ermitteln noch.«

»Er war mein Onkel, Dads jüngerer Bruder.« Ihre Stimme wurde leiser und tränenerstickt. »Sie haben sich sehr nahegestanden. Weiß Marleen davon?«

»Ja. Haben Sie sie heute gesehen?«

»Nein, sie war noch nicht hier. Ich habe mich gefragt ...« Sie hielt inne, aber dann fiel ihr wohl Kays ursprüngliche Bitte wieder ein. »Nein, Dad ist auch nicht hier. Sie sind alle auf der Baustelle.«

»Bei diesem Wetter?«

Lynn zuckte wieder mit den Schultern und warf ihr langes, seidiges Haar mit einer raschen Bewegung über die Schulter. »Es ist zwar nicht so, dass sie heute Beton gießen, aber auf der Baustelle wird trotzdem gearbeitet. Sie haben da drüben Bauwagen, mobile Büros.« Sie hielt einen Augenblick inne und runzelte die Stirn. »Avery könnte auch dort sein. Ich weiß, dass Victor dort ist.« Sie bemerkte Kays verwirrten Blick. »Er ist mein Cousin, Dans Sohn. Obwohl, jetzt wo Dan weg ist ... Ich weiß es nicht, wirklich nicht, es tut mir leid.« Ein langer, zittriger Atemzug verließ ihre Lunge und endete in einem unterdrückten Schluchzen. Sie zog ein Taschentuch aus der Schachtel auf ihrem Schreibtisch und tupfte sich damit die Augen trocken.

»Wo ist diese Baustelle, von der Sie sprechen?«

Sie wurde ein wenig lebhafter, aber ihre Augen waren immer noch voller Tränen. »Oh, die ist auf dem Ash Brook Hill. Sie können es nicht verfehlen. Wir bauen dort das größte Krankenhaus, das je in dieser Gegend errichtet wurde«, fügte sie mit stolzer Stimme hinzu.

»Oh, ich weiß, wo es ist«, antwortete Kay. »Das ist wirklich groß.« Riesig wäre ein besserer Ausdruck dafür gewesen. Sie hatten die Hügelkuppe abgetragen, um das Fundament zu gießen.

»Wenn Sie dort ankommen, bitten Sie Dad, Ihnen den Grundriss zu zeigen. Es wird fantastisch. Ich habe gehört, wie Avery sagte, dass es unser bisher größtes Projekt ist, mit dreihundert Betten.«

»Oh wow«, erwiderte Kay und fragte sich beiläufig, warum jemand ein Krankenhaus mit hunderten von Betten in einer Stadt bauen sollte, in der es gerade einmal dreitausendachthundert Einwohner gab. Das hatte sie zumindest das letzte Mal gesehen, als sie an der Stadtgrenze auf das grüne Ortsschild geschaut hatte. Wahrscheinlich hatte es etwas mit dem prognostizierten Zustrom von Rentnern und Ferienhausbesitzern zu tun, der die Einwohnerzahl in den nächsten Jahren auf fast zehntausend ansteigen lassen würde. Und trotzdem war es riesig. Vielleicht sollte es eine weitere schicke Reha-Einrichtung für die überarbeiteten Kokainsüchtigen des Silicon Valley werden, oder so etwas in der Art.

»Danke«, sagte Kay und schenkte ihr ein freundliches Lächeln. »Sie waren eine große Hilfe. Mein Bruder ist wirklich ein Glückspilz.« Lynn wurde rot. Kay breitete ihre Arme in einer einladenden Geste weit aus und Lynn eilte mit jugendlichem Enthusiasmus hinter dem Tisch hervor und in ihre Arme, die Umarmung war warmherzig und endete mit einem Kuss auf Kays Wange. Sie bedankte sich und ging, dankbar dafür, dass sie wieder auf trockenem Asphalt zu ihrem Auto gehen konnte.

Kay fuhr so schnell, wie es der starke Regen zuließ. Sie erreichte den Ash Brook Hill in nur fünf Minuten und nahm die unbefestigte Zufahrtsstraße zum Gelände, wobei ihr Allradantrieb kaum in der Lage war, den Hang mit seinen fußtiefen Spurrillen zu überwinden, die mit rötlichem, bröckeligem Schlamm gefüllt waren. Die der Interstate zugewandte Seite des Hügels war ins Rutschen geraten und bedrohte das Fundament, das noch im Bau war. Die Grenze des freiliegenden Bodens war nur noch wenige Meter vom Rand des Betons entfernt.

Sie folgte der kurvenreichen Straße zum Bauwagen, bog ab und erschrak, als er in Sichtweite kam. Drei identische weiße Ford F-150 Pick-ups waren gegenüber vom Bauwagen nebeneinander geparkt. Derjenige, der ihr am nächsten war, trug das Power-Stroke-Emblem an der Seite. Von ihren Kollegen, die sich mit Pick-ups besser auskannten, wusste sie, dass es sich dabei um Dieselfahrzeuge handelte.

Sie stellte ihr Fahrzeug neben den drei Pick-ups ab, stieg im starken Regen aus und sah sich um.

Das Krankenhaus befand sich auf dem Ash Brook Hill und würde nach seiner Fertigstellung die Gegend auf majestätische Weise dominieren. Aber die Arbeiten waren noch nicht abgeschlossen; es war noch lange nicht fertig. Sie hatten die Hügelkuppe planiert und erst vor Kurzem damit begonnen, das Fundament zu gießen, aber wie sie anhand eines Labyrinths aus provisorischen Pfosten und gelben Absperrbändern erkennen konnte, hatten sie ein Problem mit einer Seite des Hügels, wo das Gelände instabil geworden war und sich bergab bewegte – der Erdrutsch, den sie vorhin beim Hinauffahren gesehen hatte.

Bis auf die drei Ford F-150 Pick-ups waren keine anderen Fahrzeuge zu sehen, nur Baumaschinen. Ein paar Bulldozer, ein Frontlader, mehrere Schwerlasttransporter. Anscheinend waren alle Arbeiter wegen des schlechten Wetters, das Kay so bis auf die Knochen durchnässt hatte, dass ihre Zähne klapperten, nach Hause geschickt worden.

Sie wollte gerade zum Bauwagen gehen, weil sie unbedingt mit den Montgomerys sprechen wollte, und fragte sich, ob sie von Dan wussten, ob Marleen es ihnen bereits erzählt hatte. Vielleicht saßen sie deshalb an einem Tag, an dem so schlechtes Wetter herrschte, hier oben auf dem Ash Brook Hill zusammengekauert.

Eine Böe jagte ihr einen Schauer über den Rücken, der sich in ihrem Bauch festsetzte und ihr die Haare zu Berge stehen ließ, als würde sie den Atem von jemandem in ihrem Nacken spüren. Als sie sich umdrehte, um hinter sich zu schauen, traf sie ein harter Schlag, bei dem ihr schwarz vor Augen wurde. Ein brennender, unerträglicher Schmerz ließ Sterne vor ihren Augen explodieren. Bevor ihr Gesicht auf dem schlammigen Boden aufschlug, waren die Sterne bereits verschwunden und nur noch die Dunkelheit blieb übrig.

Er starrte einen Augenblick lang auf die Frau, die auf dem Metallstuhl zusammengesackt war. Ihre Hand- und Fußgelenke waren mit Kabelbindern gefesselt, die so festgezurrt waren, dass sie ihr ins Fleisch schnitten. Ihr Kopf hing nach vorne, ihr blondes Haar verdeckte ihr Gesicht fast vollständig. Er konnte immer noch den Blutfleck auf ihrer Wange sehen, vermischt mit Schlamm, der langsam trocknete. Am Hinterkopf war ihr Haar an der Stelle gescheitelt, an der der Schlag ihre Kopfhaut gespalten hatte. Das Blut dort war geronnen und hatte die Strähnen zu einem unansehnlichen Haufen verklumpen lassen.

Mitchell und seine harte Hand. Er hatte so einen Rüpel großgezogen ... Mutter würde nicht erfreut sein.

Er hob seinen stechenden Blick und starrte seinen Sohn an. Mitchell trug immer noch seinen Schutzhelm und hatte einen Blutfleck auf der Stirn, genau dort, wo er sich mit dem schmutzigen Handrücken die Regentropfen weggewischt haben musste. Er hatte die Hände tief in die Taschen seiner Jeans gesteckt und hielt den Blick trotzig geradeaus gerichtet, stand ein paar Meter vor ihm. Die winzige Andeutung eines Lächelns zerrte an seinem rechten Mundwinkel.

»Du hast es so gewollt«, sagte Mitchell, »und ich war dumm genug, auf dich zu hören. Sie ist diese FBI-Agentin oder Polizistin oder was auch immer, und du wusstest, wer sie war, als du mich auf sie angesetzt hast.« Er lief nervös im Zimmer auf und ab. »Wir hätten sie gehen lassen sollen. Sie hätte ein paar Fragen gestellt, und dann wäre sie verschwunden. Warum zum Teufel machen wir uns alle die Mühe, uns Alibis zu besorgen, wenn wir solche Dummheiten machen?« Seine Worte waren voller Angst und Wut, die sich schnell entluden.

»Ja, Opa, warum zum Teufel haben wir uns einen Cop geschnappt?«, fragte Victor spöttisch. Er saß halb auf der zerkratzten Schreibtischoberfläche, die normalerweise mit Blaupausen, aufgerollten Plänen und technischen Zeichnungen bedeckt war. »Hast du Lust auf den elektrischen Stuhl? Denn ich für meinen Teil bin dafür viel zu jung.«

Sein arroganter, unverschämter Ton erinnerte ihn an Dan. Allein der Gedanke an seinen toten Sohn versetzte ihm einen Stich ins Herz und er würgte, konnte eine Zeit lang nicht atmen, erstickte an einer Trauer, die er nie für möglich gehalten hatte. Sein Sohn, sein eigenes Fleisch und Blut, in den Rücken geschossen und auf dem Asphalt abgeladen wie ein wertloses Stück Vieh ... Wie hatte er nicht spüren können, als es passierte? Wie hatte Mutter zulassen können, dass sein Sohn auf diese Weise ermordet wurde?

Es musste diese dürre kleine Schlampe Cheryl gewesen sein, dieser undankbare, nichtsnutzige Abschaum aus einem Wohnwagen, den Calvin eines verfluchten Tages bei ihnen angeschleppt hatte. Mitchell, sein erstgeborener Sohn, hatte ihm mit Calvin seinen ersten Enkel geschenkt, und er war unendlich stolz auf den Jungen gewesen, bis zu dem Tag, an dem er sie in die Familie brachte. Trotzdem hatte er sie wie ein braver Großvater in der Familie willkommen geheißen, aber sie hatte sich gegen ihn gewandt und ihn des Mordes an seinem Enkel beschuldigt. Sie hatte *seinen Namen* aufgegeben und ihm verboten, die Mädchen, seine eigenen Enkelinnen, zu sehen. Sie erzählte jedem, der es hören wollte, dass Avery Montgomery seinen Enkel aus einem erfundenen Grund getötet hatte, den nur sie verstand. Nur Cheryl konnte etwas so Abscheuliches tun, wie einem Mann in den Rücken zu schießen und ihn an der Interstate verrotten zu lassen; wahrscheinlich war das die Art und Weise, wie ihre Leute im Trailerpark solche Dinge handhabten. Aber sie musste Hilfe gehabt haben, und er würde nicht eher ruhen, bis er herausgefunden hatte, wer das war.

»Es war Cheryl«, flüsterte er und starrte aus dem Fenster in den düsteren Himmel hinaus, der sich über ihnen entlud. »Sie muss es gewesen sein.«

»Da kannst du dir nicht sicher sein, Dad«, widersprach Mitchell.

»Doch, das kann ich. Ich kann es spüren«, antwortete er mit brüchiger Stimme und schlug sich mit der Faust gegen die Brust. Sie klang genauso hohl, wie sie sich anfühlte. »Dan sollte Julie an dem Abend mitbringen. Er fuhr hin, um sie zu holen und kam nicht zurück. Dieses Flittchen, diese Schlange«, stammelte er, »ich könnte ihr mit meinen eigenen Händen das Genick brechen wie einen Zweig.« Er streckte seine Hände aus und drückte Cheryls imaginären Hals zu, während eine hasserfüllte Grimasse seine Lippen verzog und seine Zähne entblößte.

»Sie hat schon bekommen, was sie verdient hat, Opa«, unterbrach Victor ihn nüchtern. »Und was zum Teufel machen wir jetzt mit *ihr*?« Er gestikulierte verächtlich in Kays Richtung. Dann drehte er sich zu Mitchell um und feixte. »Verdammt, Mitchell, was hast du dir nur dabei gedacht?«

»Sie ist zu uns gekommen!«, brüllte Avery so laut, dass Mitchell einen Schritt zurückwich. »Genau wie meine süße Anna zu meinem ersten Gebäude kam und mir das Herz zerriss. Mutter Erde hatte gesprochen! Es ist ihre Entscheidung, und sie will diese Frau. Sonst wäre sie nicht hier. Sie wäre nicht gekommen.« Er seufzte, nicht vor Erleichterung, sondern vor Frustration. »Habt ihr gesehen, wie schwer es heute Morgen war, hierherzukommen? Die Straße ist fast unterspült, die schlammigen Spurrillen sind achsentief, und ihr fahrt starke Pick-ups. Ohne Mutters Hilfe hätte sie es niemals bis hierher geschafft, genau wie Anna damals.«

»Das ist doch lächerlich«, erwiderte Victor. »Sie fährt einen ...«

Noch bevor er den Satz beenden konnte, landete ein harter Schlag auf seiner Wange. Ein Schlag, der Averys Hand pochen und sein arthritisches Handgelenk schmerzen ließ, aber das war ihm egal. »Ich werde in dieser Familie keine Respektlosigkeit mehr dulden! Noch einmal und ich bringe dich höchstpersönlich unter die Erde.«

Schließlich senkte Victor den Blick, der immer noch vor Wut und Demütigung glitzerte. »Es tut mir leid, Großvater, ich wollte dich nicht beleidigen.«

»Und warum hast du mir *dann* widersprochen?« Victor würde eines Tages das Geschäft übernehmen. Da Dan und Calvin nun beide tot waren, blieb nicht mehr viel Zeit, und bis dahin sollte er lieber wissen, wie die Dinge zu laufen hatten. Er sollte besser lernen, Mutter den Respekt zu erweisen, der ihr gebührte, sonst würde ihre Rache schnell kommen und die Früchte eines ganzen Lebens harter Arbeit würden von den Fluten ihrer Wut weggespült.

Schweigen war die einzige Antwort, die er erhielt. Zufrieden, dass er Victor endlich zur Vernunft gebracht hatte, ging er zu Kay hinüber und packte ihr blutgetränktes Haar mit einer Hand. Er zog es nach hinten, um ihr Gesicht freizulegen, und stöhnte auf.

»Bist du sicher, dass sie noch lebt?«, fragte er Mitchell.

»Ja, sie ist nur bewusstlos, aber das wird nicht lange so bleiben. Und es ist fast Mittag.«

»Verdammt«, murmelte Avery und ging auf den Zeichentisch zu, wo Julie auf dem Rücken lag, die Hände vor der Brust gefaltet. »Uns läuft die Zeit davon. Bringen wir es hinter uns.«

Mitchell warf einen besorgten Blick nach draußen. »Hast du gesehen, wie stark es regnet? Wir können bei dem Wetter keinen Beton gießen, der würde nie aushärten, und am Montagmorgen, wenn die Arbeiter zurückkommen, wird sie einfach offen daliegen und gefunden werden.« Er ging wütend auf Avery zu, blieb aber ein paar Meter von ihm entfernt stehen, die geballte Faust zu einer empörten Geste erhoben. »Du wirst uns alle mit deinem Wahnsinn noch ins Verderben stürzen.«

»Sie beide«, sagte Avery ruhig und blickte aus dem Fenster. Es regnete heftig, aber das war es, was Mutter wollte. Wenn er ihr das Opfer zu Füßen legte, würden sich die Himmelsschleusen schließen, wenn auch nur für einige wenige Augenblicke, lange genug, damit der Beton langsam aushärten konnte. Sie würde das Opfer gerne annehmen.

»Hä?«, fragte Mitchell verwirrt. »Was meinst du damit?«

»Sie beide, nicht nur das Mädchen«, erklärte Avery, sein Tonfall lässig und ruhig, als würde er seinem Sohn nur beibringen, wie man Beton goss, ohne ein Menschenopfer zu bringen. Dieser Teil war Avery völlig egal; es musste eben erledigt werden.

»Du willst also die Polizistin *und* Julie darunter begraben?«, erwiderte Victor, der sich den beiden Männern näherte, nachdem er einen Blick auf den regungslosen Körper des Mädchens in dem perfekten weißen Kleid geworfen hatte. »Mutter hat nie zwei Opfer gleichzeitig verlangt. Und sie gehört zur Familie, ist dein eigen Fleisch und Blut.«

Avery ballte seine Faust und führte sie dann zum Mund, wo er seine Zähne in den Finger grub. Der Schmerz, den er dabei empfand, minderte die Intensität der Trauer, die sein Herz zerriss. Tränen drohten zu fließen, ungebetene Tränen, nichts als ein Zeichen von Schwäche angesichts von Mutters

Forderungen. »Es ist schon einmal passiert«, sagte er schließlich und sprach gegen seine geballte Faust, sodass seine Worte kaum verständlich waren. »In dem Jahr, als sie mir meinen Enkel Calvin wegnahm, gleich nachdem wir ihr das rothaarige Mädchen Lauren geschenkt hatten.« Er seufzte, der lange, schmerzerfüllte Atemzug riss ab, als ob er gleich zusammenbrechen und weinen würde. Doch er kämpfte gegen den Knoten in seiner Kehle, das Brennen in seinen tränengefüllten Augen und schaffte es, das Schluchzen zu unterdrücken. Später würde er in seinem eigenen Arbeitszimmer trauern, in den blauen Himmel blicken und Mutter anflehen, ihr verlorenes und untröstliches Kind nicht zu verstoßen.

Victor feixte. »Wie ungeheuer praktisch«, murmelte er. Mitchell drehte sich um und blickte ihn an, als wolle er ihn auffordern, den Mund zu halten.

»Nein, lass ihn ausreden«, zischte Avery und war kurz davor, Victor erneut zu ohrfeigen. Sein Verhalten könnte die Firma schneller zu Fall bringen als Mutters Wut. Wenn in dem Jungen Hass schwelte, dann wollte er ihn aufdecken und aus seiner Seele herausschneiden, so wie ein Chirurg einen Tumor freilegte, bevor er ihn entfernte.

Victor verdrehte die Augen und schloss den Reißverschluss seiner Regenjacke, als ob er gleich gehen wollte, dann steckte er die Hände in die Taschen. »Ich sage ja nur, dass Calvin zu dieser Zeit anfing, die falschen Fragen zu stellen, nicht wahr?«

Avery starrte ihn wortlos an und forderte ihn auf, weiterzureden, sein Kinn war vorgestreckt und zitterte vor Wut.

»Seien wir ehrlich«, fügte Victor mit einem arroganten Kichern hinzu, »er hatte nie wirklich den Mut für das, was wir tun. Ihr wolltet seine Initiation, aber er war zu weich dafür. Er, seine Albträume und sein verdammtes Gewissen hätten uns alle hinter Gitter gebracht.« Er zuckte gleichgültig die Achseln. »Ich will damit nur sagen, dass *Mutter* ihn zu einem günstigen

Zeitpunkt geholt hat.« Er hatte das Wort auf sarkastische Weise betont.

Avery machte einen Schritt nach vorne, er durchbohrte Victor mit seinen Blicken. Der junge Mann wandte seine grauen, stählernen Augen nicht ab. »Hast du noch etwas hinzuzufügen, mein lieber Junge?«, flüsterte er.

Mitchell wich einen Schritt zurück und fluchte leise vor sich hin.

Victor blieb ruhig und unerschütterlich. »Ich will damit nur sagen, dass Julie zur Familie gehört und im Gegensatz zu Calvin hat sie nichts falsch gemacht. Es gibt keinen Grund ...«

»Sie ist mein Fleisch und Blut! Glaubst du, ich wüsste das nicht? Das ist es, was Mutter verlangt. Sie wählt immer die erstgeborenen Töchter aus, die wir opfern. Das ist es, was wir brauchen, um dieses Haus der Heilung zu bauen!«, brüllte Avery und seine Stimme erzeugte in dem kleinen Bauwagen ein merkwürdiges Echo. Wie um seine Worte zu unterstreichen, donnerte es draußen, der Bauwagen erzitterte und ein ängstliches Funkeln schlich sich in Victors rebellische Augen.

Avery eilte zur Tür und öffnete sie. Ein Windstoß wirbelte herein wie eine unsichtbare Hand, bewegte den Stoff von Julies Rock, griff nach Papieren, ließ sie in die Luft fliegen und brachte den Regen ins Innere. Doch er stand in der Tür, gleichgültig gegenüber dem Wasser, das sein Haar durchnässte und auf sein Gesicht klatschte. Sein fanatischer Blick hob sich zum dunklen Himmel, als er rief: »Ich habe dich gehört, Mutter! Dein Wunsch ist mir Befehl!«

ACHTUNDVIERZIG

WACH

Das Erste, was Kay spürte, war ein unerträglicher, pochender Schmerz an ihrem Hinterkopf. Sie merkte schnell, dass sie gefesselt war und die Kabelbinder an ihren Hand- und Fußgelenken in ihre Haut schnitten. Ihr Kopf hing tief und sie wünschte sich, sie könnte ihn anheben, um den Schmerz in ihrer gespaltenen Kopfhaut zu lindern, aber sie hörte Stimmen um sich herum, die viel zu nah waren.

Also blieb sie regungslos sitzen, ertrug den Schmerz und atmete flach, während sie lauschte.

Sie erkannte Averys Bariton und öffnete langsam die Augen, um die Szenerie auf sich wirken zu lassen. Sie konnte sein Gesicht nicht sehen und nur wenig von der Umgebung erkennen. Ihr Haar fiel ihr wie ein Vorhang vors Gesicht und schirmte sie ab, schränkte aber gleichzeitig auch ihre Sicht ein.

Es waren noch zwei Männer anwesend, die sich mit Avery darüber stritten, was mit ihr passieren sollte, und über das richtige Betonieren. Doch noch etwas anderes hatte ihre Aufmerksamkeit erregt, etwas, das Avery über seine süße Anna gesagt hatte, die zu seinem ersten Gebäude gekommen war, so wie Kay zu Besuch gekommen war, ein ungebetener Gast, der sofort zum Tode verurteilt worden war.

Ihre Sicht war verschwommen, vielleicht wegen des Schlags auf den Kopf, und die Haarsträhnen vor ihrem Gesicht waren auch nicht besonders hilfreich. Durch das Fenster neben ihr sah sie den Himmel, ein dunkles, bedrohliches Grau, die Wolken rollten und rasten darüber, während sie ihre Regenlast entluden. Durch das Fenster erkannte sie außerdem die Ford F-150 Pick-ups, die die Männer fuhren, die Marke und das Modell der Wahl für ihre Baufirma. Dieser Pick-up zählte für Bauunternehmen zu den beliebtesten Modellen.

Doch dann, während Avery immer wieder von der Respektlosigkeit des jüngsten Mannes sprach, wurde ihr klar, dass sie die Pick-ups gar nicht wirklich erkannte. Sie wusste, dass sie da waren, weil sie sie vorhin gesehen hatte, das laute, metallische Klopfen der Regentropfen auf dem Dach bestätigte ihr, dass sie sich im Bauwagenbüro befand. Nein, durch ihre verschwommene Sicht und mit ihrem Haar, das alles noch schlimmer machte, konnte sie die Pick-ups kaum erkennen.

Nur weiße Nebelschwaden sind zu sehen, die immer näher kommen. Bettys brüchige Stimme hallte in ihrer Erinnerung nach. Mit ihrem grauen Star hätte ein weißer Pick-up genau so ausgesehen: wie weiße Nebelschwaden vor ihrem Fenster. Da der Laternenpfahl außer Betrieb war, musste die Einfahrt in Dunkelheit gehüllt gewesen sein, und alles, was sie möglicherweise gesehen hatte, war die weiße Karosserie des Pick-ups gewesen, vielleicht noch die Scheinwerfer, falls der unbekannte Täter die nicht ausgeschaltet hatte.

Und was hatte sie wenig später über die Geister des Tals gesagt? Irgendetwas über Blutspuren, helles, grelles Rot in der Dunkelheit, wenn sie wieder gingen. Was, wenn das ihre Bremslichter waren, als sie davonfuhren? Nachdem der unbekannte Täter aus Cheryls Einfahrt gefahren war, hatte Betty möglicherweise einen verschwommenen Blick auf etwas Rotes erhascht, das in der Nacht verschwand, und ihre vom Alzheimer beflügelte Fantasie hatte den Rest erfunden.

Die alte Frau war also doch nicht verrückt.

Kay hätte beinahe gelächelt, als ihr etwas auffiel, worüber sich die Männer stritten. Nach dem, was der Jüngste von ihnen sagte, hatte Calvin sich gegen Avery gestellt und war dabei irgendwie ums Leben gekommen. Das eröffnete eine neue Perspektive auf Cheryls Handeln, die Kay bisher völlig entgangen war.

Was auch immer der Grund für Calvins Unmut gewesen war, er musste seiner Frau davon erzählt haben. Deshalb war Cheryl fest davon überzeugt, dass er getötet worden war. Deshalb hatte sie ihren Namen geändert und damit die Kluft zwischen ihr und dem alten Mann weiter vertieft.

Aber wenn sie die Familie Montgomery so sehr verachtete, warum war sie dann mit Dan zusammen gewesen?

Kay erinnerte sich sofort daran, was Frank gesagt hatte, damals hatte das für sie wenig Sinn ergeben. Er hatte etwas darüber gesagt, dass Cheryl die Wahrheit herausfinden musste oder wollte.

Ihr Herz weinte um die Witwe, die nur in der Hoffnung, dass sie den Mörder ihres Mannes entlarven würde, bereit war, mit einem Montgomery zu schlafen. Sie musste von der Legende gewusst haben, oder vielleicht sogar mehr als das, Calvin musste es ihr erzählt haben. Sie musste sich sicher gefühlt haben, weil sie dachte, sie gehöre zur Familie und Julie würde nie entführt werden, sicher genug, um in der Stadt zu bleiben, in der sie geboren worden war. Bis eines Tages Dan zu Besuch kam, der andere Pläne hatte.

Das letzte Puzzleteilchen fügte sich an seinen Platz und das gesamte Bild wurde klar, auch wenn noch einige Fragen offen waren. Calvin war gestorben, als das Gerüst aufgrund eines Erdrutsches bei schlechtem Wetter eingestürzt war. Aber wer konnte schon sagen, was er auf dem Gerüst gemacht hatte?

Vielleicht hatte Avery ihn dort hinaufgeschickt oder jemand anderes, der ihn für immer zum Schweigen bringen wollte. Ein paar Stunden mit einem dieser Männer in ihrem Verhörraum und sie würde es wissen.

Avery kam auf sie zu, packte sie an den Haaren, riss ihren Kopf nach hinten und fragte sich, ob sie noch am Leben war. Beinahe hätte sie laut aufgeschrien, schaffte es aber, ihre Augen geschlossen zu halten. Kurz darauf ließ er ihren Kopf los und schickte dabei erneut einen pochenden Schmerz durch ihren Schädel, der so stark war, dass sie fast ohnmächtig wurde. Sie kämpfte darum, bei Bewusstsein zu bleiben, während die drei Männer darüber stritten, ob sie Kay und Julie bei diesem Regen unter einer Betondecke begraben sollten.

Julie ... sie musste hier irgendwo sein, ganz in der Nähe.

Langsam öffnete sie die Augen und achtete sorgfältig darauf, dass niemand es bemerkte. Zum Glück verdeckten ihre Haare noch immer ihr Gesicht und sie konnte zwischen den Strähnen hindurchschauen. Das Mädchen lag vollkommen regungslos auf einem großen Zeichentisch, die Arme vor der Brust verschränkt, als wäre sie gestorben, und sie trug ein weißes Kleid. Kays Sicht war immer noch verschwommen – sie konnte keine Details erkennen – aber sie glaubte zu sehen, wie sich der Brustkorb des Mädchens ganz langsam hob.

Julie war noch am Leben.

Avery sagte wieder etwas über Anna, und der Schmerz in seiner Stimme machte Kay stutzig. War Annas Tod der Auslöser für seinen Drang gewesen, Frauen zu entführen und zu töten und, wenn es stimmte, was sie gehört hatte, sie unter einer Betonschicht zu begraben? Oder hatte er Anna selbst getötet, getrieben von einem psychotischen Anfall, ausgelöst durch wer weiß welchen Faktor?

Das Wetter.

Das war der Faktor gewesen. Deshalb hatte er die Abstände zwischen den einzelnen Taten nie verkürzt, sich nie weiterentwickelt. Seine Triebe waren nicht sexueller Natur. Seine Psychose erinnerte Kay an einen religiösen Fanatiker, der Stimmen hörte, die ihn zum Töten anstachelten. Nur dass Averys Dämonen verlangten, die Mädchen einzubetonieren oder einzumauern, um das Wetter zu besänftigen, das sein psychotischer Verstand als übernatürlich ansah.

Die Antwort war die ganze Zeit über direkt vor ihrer Nase gewesen. Seine Vorliebe für Gebäude, die stolz auf Hügeln thronten, wie seine Firmenzentrale und dieses Krankenhaus und einige andere, die sie aus dem Portfolio des Unternehmens kannte. Der Erdrutsch, der das Fundament des Gebäudes bedrohte, das er gerade errichtete. Erdrutsche gab es überall in der Gegend, ausgelöst durch die rücksichtslose Abholzung der Wälder im letzten Jahrhundert, die die Erde schutzlos den Elementen auslieferte, ohne schützende Baumwurzeln, die den Boden stabilisierten. Das war es, worum es bei seinen Worten über Mutter Erde gehen musste.

Sie erinnerte sich an Annas Vermisstenanzeige, als ob die Seiten noch vor ihr liegen würden. Der Inhalt hatte sich Wort für Wort in ihr Gedächtnis eingebrannt. Die Kinder waren unversehrt zurückgeblieben. Die Seitentür hatte offen gestanden. Und Anna war spurlos verschwunden und niemand hatte sie je gefunden, weil sie unter Gott weiß was für einem Gebäude begraben worden war, an dem er damals gearbeitet hatte. Einem Gebäude, das ebenso vom Wetter bedroht gewesen war wie das Krankenhaus jetzt.

Es wurde Zeit für sie, »aufzuwachen«.

Sie hob langsam den Kopf und biss die Zähne zusammen, als der Schmerz wie eine pochende Klinge durch ihren Schädel schoss. Gleich nachdem Avery die Tür zum Bauwagen geschlossen hatte, waren die Männer in einen heftigen Streit darüber geraten, wie man bei diesem Sturm Beton gießen konnte. Von den Fotos der Zulassungsstelle, die sie sich vorher angesehen hatte, erkannte sie Mitchell, Lynns Vater, und Victor, Dans Sohn.

Drei Generationen von Mördern.

Sie räusperte sich leise und fragte dann: »Ihre Frau war Ihr erstes Opfer, nicht wahr?«

NEUNUNDVIERZIG

ANNA

Die letzten Jahre waren für den jungen Avery Montgomery nicht leicht gewesen. Großes Glück mischte sich mit Herzschmerz und Trauer, immer und immer wieder, bis sein Herz abgestumpft war. Er hatte seinen Vater verloren, einen Mann, den er sehr geliebt hatte, nach einem entsetzlichen Kampf gegen den Krebs, den er machtlos und zunehmend wütend mitangesehen hatte. Dann, einige Monate später, hatte seine wunderschöne Frau Anna seinen ersten Sohn Mitchell zur Welt gebracht. Doch die Freude in der Familie Montgomery war nur von kurzer Dauer gewesen.

Averys Mutter Hope hatte zusehends abgebaut und war innerhalb weniger Monate nach dem Tod ihres Mannes nur noch ein Schatten ihrer selbst. Bis zum Tod seines Vaters hatte Avery kaum jemals daran gedacht, dass er eine ältere Schwester hatte, Grace. Sie war sehr jung gestorben, noch bevor er geboren wurde. Hopes verheerende Trauer nach dem Verlust ihres Mannes hatte Erinnerungen an Grace mit sich gebracht. Die beiden geliebten Menschen, die sie verloren hatte, waren in ihrem Kopf für immer miteinander verbunden, so wie sie glaubte, dass sie im Himmel miteinander verbunden sein würden.

Avery war sich nicht sicher, wie Grace gestorben war. Es hatte etwas mit einem Erdrutsch oder vielleicht auch mit einem Erdbeben zu tun gehabt, denn Hope sprach von »dem Tag, an dem sich die Erde auftat und mein kleines Mädchen mitnahm« und berührte immer das Medaillon, das sie um den Hals trug, wenn sie von ihrer Tochter sprach. Vielleicht war die Beerdigung des kleinen Mädchens für Hope aber auch so erschütternd gewesen, dass sie sich nur an diesen Moment erinnerte, als sich die Erde öffnete, um ihren Leichnam aufzunehmen, und nicht an den eigentlichen Augenblick, in dem ihre Tochter gestorben war. Trotzdem erwähnte sie sie nur noch selten; sie sprach überhaupt kaum noch.

Sie hatte aufgehört zu essen und konnte bald nichts mehr bei sich behalten, selbst wenn sie es versuchte. Die einzigen Momente, in denen sie ihr Zimmer verließ und aufhörte zu trauern, waren die Zeiten, in denen sie die Mahlzeiten für die Familie zubereitete.

Sie trug schwarze Kleidung, die ihr nicht mehr passte, weigerte sich aber beharrlich, ihre Trauer hinter sich zu lassen, und wanderte wie ein Geist ziellos durch das Haus, als ob sie nach ihrem verstorbenen Ehemann suchte. Das Medaillon, das sie Tag und Nacht trug, war für Avery ein großes Geheimnis, denn sie erzählte nie, was sich darin befand. Manchmal, wenn sie glaubte, dass niemand sie hörte, sprach sie mit ihrem Mann und mit Grace, als ob sie noch da wären. Ein klein wenig besser schien es ihr nur zu gehen, wenn sie das Abendessen zubereitete. Sie kostete weder ihr eigenes Essen noch aß sie, obwohl Avery darauf bestanden hatte, dass sie sich wenigstens zu ihnen an den Tisch setzte, weil er dachte, dass sie vielleicht ein wenig Appetit bekäme, wenn sie sah, wie sie ihre köstlichen Mahlzeiten vertilgten. Widerwillig hatte sie ein paarmal zugestimmt, dann war sie wütend geworden und hatte Avery angeschrien, er solle sie in Ruhe lassen.

Und genau das hatte er dann getan, zu müde war er gewesen, um sich mit ihr zu streiten, nach schlaflosen Nächten mit einem schreienden, von Koliken geplagten Säugling und einem schwierigen und anspruchsvollen Job als Verantwortlicher für das Vermächtnis seines Vaters, die Baufirma. Manchmal schaute er im Schlafzimmer seiner Mutter vorbei und steckte seinen Kopf hinein, nachdem er geklopft und vergeblich darauf gewartet hatte, hereingebeten zu werden. Er fand sie immer an der gleichen Stelle, in ihrem Sessel sitzend, den Blick auf ihre Schlafzimmertür gerichtet, als ob sie auf die Rückkehr ihres Mannes warten würde, während sie geistesabwesend das Medaillon berührte, das um ihren Hals hing. Sie hatte nie ein Lächeln für ihn übrig, auch kein gutes Wort, nur harte Worte, wenn er versuchte, sie aus ihrer alles verzehrenden Trauer herauszuholen.

Dann, eines Tages, während sie das Abendessen kochte, fiel sie einfach zu Boden, leblos, ohne ein Zeichen von Schmerz und ohne einen Laut von sich zu geben. Nichts, was Avery tat, brachte sie zurück. Die Ärzte hatten ihm gesagt, sie sei an einem gebrochenen Herzen gestorben; Avery sagte, sie habe so dringend bei ihrem Mann sein wollen, dass sie ihren Sohn ohne zu zögern zurückließ.

Er war untröstlich über ihren Tod, aber auch wütend und gab Hope die Schuld daran, als hätte sie es absichtlich getan, denn Avery war fest davon überzeugt, dass es genau so war. Sonst hätte sie wenigstens versucht, das Leben ein bisschen zu genießen, ihren neuen Enkel kennenzulernen oder ab und zu mit ihrem Sohn und seiner Familie einen Happen zu essen. Indem sie sich für ihre Trauer anstelle des Lebens entschied, das er ihr bot, hatte sie sich praktisch umgebracht, und das nahm er ihr übel, weil sie ihn im Stich gelassen und zurückgewiesen hatte.

Ohne eine einzige Träne zu vergießen und mit steifer Oberlippe nahm er an Hopes Beerdigung teil und betrachtete ihren zerbrechlichen, ausgemergelten Körper in dem offenen Sarg, ohne dabei etwas anderes als tiefen Groll zu empfinden. Sie wirkte fast lebensecht, trug ein schwarzes Kleid und dasselbe Medaillon, das er an ihrem Hals gesehen hatte, seit er denken konnte. In einem unüberlegten Impuls trat er an den offenen Sarg und riss ihr das Medaillon vom Hals. Später, am Grab, öffnete er es, als niemand hinsah, und fand darin das verwitterte Schwarz-Weiß-Foto eines wunderschönen kleinen Mädchens in Weiß. Beim Anblick dieses Mädchens zerriss etwas in ihm, als ob er plötzlich Hopes Trauer verstand – als ob er begann, sie auch zu fühlen, eine Trauer um die Schwester, die er nie kennengelernt hatte. Er kniete am Grab nieder, nahm das Foto heraus und legte es auf den Sarg. Dann nahm er ein paar Krümel Erde und streute sie über das Foto des Mädchens, um die Erinnerung an sie zu begraben. Ein paar dieser Krümel, die nach Regentropfen im Frühling, nach Grashalmen und Wildblumen dufteten, fanden ihren Weg in das Medaillon, das er verschloss und unter sein Hemd schob.

Etwa eine Woche nach ihrem Tod, kurz nachdem die Beerdigung vorbei war und nach der ganzen Hektik endlich etwas Ruhe eingekehrt war, hatten die Träume von ihr angefangen. Er träumte von ihr, wie sie in ihrer schwarzen Trauerkleidung auf ihn zukam, manchmal bedrohlich, dann wieder warmherzig und freundlich, aber immer hatte sie einen Rat für ihn gehabt. Was er zu einem verärgerten Kunden sagen sollte, um die Situation zu verbessern. Wie er mit einem Mitarbeiter umgehen sollte, der ihm Probleme bereitete. Wie er Anna helfen konnte, die nach der Geburt ihres zweiten Sohnes Dan an einer Wochenbettdepression litt.

Die Mutter in seinen Träumen war ganz anders gewesen als in der Realität. Als junge Frau, die vorzeitig verbittert war, weil sie Avery allein großziehen musste, während ihr Mann im

Krieg war, war sie nie besonders sanft mit dem kleinen Jungen umgegangen, und es war ihr nie in den Sinn gekommen, ihm eine fröhliche Kindheit zu bieten. In dunkler, düsterer Kleidung und mit leiser, strenger Stimme hatte sie Averys jungen Verstand mit ihrer Meinung über das ewige Elend des Lebens und darüber, wie schwer alles sei, gefüttert. Als sie noch lebte, hatte sie nur selten Ratschläge gegeben, denn sie kannte nur die Widrigkeiten, die es mit sich brachte, in einer vom Krieg verwüsteten Wirtschaft ein Kind allein großzuziehen, sich jede Nacht in den Schlaf zu weinen und sich zu fragen, ob ihr Mann noch am Leben war.

Aber er befolgte jeden Rat, den sie ihm in seinen Träumen gab, und es funktionierte. Nach und nach lösten sich seine lästigsten Probleme in Luft auf, und er verließ sich so sehr auf die nächtlichen Besuche seiner Mutter, dass er mitten am Tag ein Nickerchen machte, wenn er ein dringendes Problem zu lösen hatte, und sie zu sich einlud. Er vermisste sie sehr, war aber immer noch wütend auf sie. Manchmal überschritt diese Wut die Grenze des Unterbewusstseins und er träumte von sich selbst, wie er seine Mutter wütend anschrie und sie fragte, warum sie ihn verlassen hatte, gerade als er sie am dringendsten brauchte, kleine Kinder großziehen und ein Geschäft leiten musste, von dem er wenig verstand. Doch das Gespenst in seinen Träumen antwortete nicht, sondern sagte ihm nur, was er tun sollte, und ihr Rat war immer richtig, auch wenn die Lösungen, die sie vorschlug, manchmal ungewöhnlich waren.

Als sein dritter Sohn geboren wurde, begann sein Geschäft zu laufen – der Name Montgomery war in der Gegend bekannt genug, um ihm gelegentlich einen Auftrag zu verschaffen, für den er sich nicht abbuckeln musste. Meist waren es Wohnhäuser, nur einige wenige, die weit auseinanderlagen. Die Haupteinnahmequelle blieben die Geschäfte mit der Landes- und der Bundesregierung, die sein Vater in die Wege geleitet hatte. William Montgomerys alte Kontakte hatten die Stirn ein wenig gerunzelt, bevor sie mit dem Sechsundzwanzigjährigen Verträge abschlossen, aber ein ganzes Unternehmen mit kompetenten Mitarbeitern stand hinter ihm, außerdem hatte er sein Studium mit Auszeichnung abgeschlossen.

So bekam er den Auftrag für das neue Rathaus, ohne sich überhaupt darum bemüht zu haben. Der Auftraggeber war ein alter Freund seines Vaters, ein großer, knochiger Mann namens Nestor Carson. Mit der Stimme eines Marktschreiers und einem nach Zigarre riechenden Atem klopfte er dem jungen Avery auf die Schulter und erteilte ihm dann den Auftrag für den Bau eines neuen Sitzes für die Stadtverwaltung.

Carson hatte sich bereits die Pläne für das neue Gebäude gesichert. Das Rendering zeigte das stolze, knapp 2.400 Quadratmeter große Gebäude auf einem sanft abfallenden Hügel, das Grundstück hatte er von Eigentümern vor Ort erworben.

Als Avery das Gelände besichtigt hatte, das noch mit Grünpflanzen und wild wachsenden Sträuchern überwuchert war, hatte er sich in das Gebäude verliebt, das dort entstehen sollte. Es wirkte aus der Nähe und vom nahe gelegenen Highway aus so majestätisch, dass er sich sicher war, dass es zu einem berühmten Wahrzeichen werden würde, das den Menschen schnell ans Herz wachsen würde.

Zu stolz und zu ehrgeizig, um dem Bauherrn zu sagen, dass er kein Geld hatte, um mit den Arbeiten an dem neuen Gebäude zu beginnen, verpfändete Avery das Haus der Familie, ohne Anna ein Wort zu sagen. Es gab keinen Grund, seine wunderschöne Frau zu beunruhigen. Da er wusste, dass der Kredit kaum die Kosten für Material und Ausrüstung deckte, bot er seinen Arbeitern eine zehnprozentige Lohnerhöhung an, wenn sie sich bereit erklärten, eine aufgeschobene Vergütung zu akzeptieren, die erst nach der achtzigprozentigen Fertigstellung des Gebäudes ausgezahlt wurde. Die Gesetze für Bauverträge und Vorschusszahlungen waren streng und erlaubten nur einen zehnprozentigen Vorschuss vor Beginn der Arbeiten. Der nicht verhandelbare Standardvertrag sah stufenweise Zahlungen nach Baufortschritt vor, aber der größte Teil des Geldes, fünfundvierzig Prozent, war erst fällig, nachdem das Gebäude die Endabnahme bestanden hatte.

Der Vorschuss deckte kaum die Kosten für die Vermessung des Grundstücks, die Rodung und die Vorbereitung des Fundamentes. Die Betonmischer waren teure Mietfahrzeuge, die ihm ein Konkurrent, den er bei demselben Projekt überboten hatte, widerwillig stundenweise vermietet hatte. Aber einer nach dem anderen fuhren die Mischer den Hügel hinauf, ihre Ladung drehte sich langsam, dann reihten sie sich auf, um das Fundament für das wertvollste Gebäude der Stadt zu gießen.

Dann begann es zu regnen.

Zuerst war er nicht beunruhigt, sondern nur verärgert. Anna machte gerade eine besonders schwere Zeit durch, denn sie litt unter einer Wochenbettdepression, weinte nachts, das Gesicht im Kissen vergraben, und es gab nichts, was er tun konnte, um sie zu beruhigen. Er war oft von zu Hause weg, arbeitete jeden Tag sechzehn Stunden und überließ ihr die Erziehung von drei kleinen Jungen. Nachdem er mit dem Gießen des Fundaments fertig war und die zweite Rate kassiert hatte, wollte er eine Hilfe für seine süße Anna einstellen, auch wenn er ein bisschen Angst hatte, dass die Arbeiter davon erfahren und die Stirn runzeln würden, weil der Chef zwar Geld für eine neue Haushälterin oder ein Kindermädchen hatte, ihnen aber keinen Lohn zahlte.

Jedes Mal, wenn der Donner grollte oder ein Blitz den Raum erhellte, wachte er auf und fand Annas tränenüberströmtes Gesicht auf dem Kissen, ihre Augen sahen ihn an, voller Liebe und Sehnsucht und unendlicher Traurigkeit. Er hielt sie fest, flüsterte ihr Versprechen und Entschuldigungen ins Ohr und schlief ein, noch bevor er den Satz beendet hatte.

Am ersten Tag, als der Regen heftiger wurde und den

noch nicht ausgehärteten Beton bedrohte, deckten die Arbeiter ihn mit einer Plane ab und hörten auf zu gießen. Mit einem zufriedenen Grinsen hatte sein Konkurrent Avery gewarnt. Falls er sich dazu entschied, die Mischer für die Dauer des Unwetters zurückzugeben, könnte er sie nicht wieder anmieten, wenn das Wetter umschlug. Da ihm nichts anderes übrig blieb, nahm er die zusätzlichen Kosten in Kauf, denn er hatte das Ziel vor Augen: ein Gebäude, das ihn und alle anderen stolz machen würde, genug Geld, um die Größe seines Unternehmens zu verdoppeln und alles zu kaufen, was Anna sich wünschte, um ein Lächeln auf ihre liebevollen, bebenden Lippen zu zaubern.

Drei Tage später begannen die Erdrutsche und trugen die nordöstliche Ecke des Fundaments mit sich. Innerhalb weniger Minuten zerbröselte der Beton unter seinem versteinerten Blick wie ein Keks und wurde vom Regen in einer Flut aus Schlamm, Schmutz und zerbrochenen Träumen an den Fuß des Hügels gespült.

Es brauchte viel Überzeugungskraft, um eine zweite Hypothek auf das Haus aufzunehmen, aber er schaffte es irgendwie, indem er den Vertrag vorlegte, den er für das Rathaus unterschrieben hatte, und sich mehrmals auf den guten Namen seines Vaters berief. Er gab an, dass er das Geld nicht wegen irgendeiner Notlage brauchte, sondern wegen der Verzögerungen durch schlechtes Wetter, aber schlechtes Wetter hielt ja nicht lange an, oder? Besonders nicht in Kalifornien.

Als die Regenfälle nachließen, deckte der zweite Kredit kaum die Kosten für die Bodenstabilisierung und den neuen Beton ab. Er war gerade damit fertig, den gesamten Abschnitt zu betonieren, als ein langer, unheilvoller Donner ihm sagte, dass seine Schulden noch nicht beglichen waren. Innerhalb weniger Minuten setzte der sintflutartige Regen ein und er beeilte sich mit seinem Team, das noch nicht ausgehärtete Fundament und die Seiten des Hügels mit einer Plane abzudecken. Als er damit fertig war, war die gesamte Hügelkuppe mit blauem Plastik bedeckt, während der heftige Regen weiterging.

Nachdem die Arbeiter nach Hause gegangen waren, sank er im Schlamm auf die Knie und sah sich an, was er gebaut hatte, und erkannte, dass es wieder zusammenbrechen würde, wenn sich der Boden auch nur einen winzigen Zentimeter bewegte. Mr Carson und seine Tochter würden am nächsten Tag zu Besuch kommen und erwarteten, dass das gesamte Fundament bis dahin gegossen und ausgehärtet war. Stattdessen würde die blaue Plastikplane dem Mann, der das Risiko für Avery Montgomery auf sich genommen hatte, verraten, dass der Boden unter seinem neuen Gebäude nicht stabil genug war, um es zu tragen – etwas, das Avery hätte wissen müssen.

Sein Leben war vorbei.

Da er weder das Gebäude übergeben noch die enormen Kosten begleichen konnte, die er verursacht hatte, würde er ins Gefängnis wandern und seine arme Frau obdachlos zurücklassen, während sich drei hungrige Jungs an ihren Rock klammern würden.

Er hob die Augen zum Himmel, blinzelte gegen das Wasser an und brüllte: »Was willst du von mir? Was muss ich tun, um dieses Gebäude fertigzustellen? Sag mir einfach, was du willst, bitte!« Dann, als er es leid war zu flehen, ohne eine Antwort zu erhalten, hob er seine Faust und sprach Drohungen aus, von denen er wusste, dass er sie nicht einhalten konnte. Er schrie und schluchzte, bis er keine Luft mehr bekam. Erschöpft und gebrochen fiel er mit der Seite voran in den Schlamm, die Hände vor der Brust verschränkt, und zitterte unter dem Regen, der heftig auf seinen müden Körper trommelte.

Vielleicht war er zuerst ohnmächtig geworden und dann in den Schlaf hinübergeglitten, denn er konnte nicht glauben, dass man unter diesen Umständen einschlafen konnte, aber er hatte es getan und von seiner Mutter geträumt. In seinem Traum war sie wütend und beschimpfte ihn wegen der Risiken, die er eingegangen war, aber sie schien ihm zu verzeihen und hatte gesagt, dass manche Gebäude jedes Opfer wert seien, um sie zu errichten.

»Ich komme ins Gefängnis, Mom«, weinte er in seinem Traum. »Anna und die Kinder werden allein sein, mittellos und hungrig, nur wegen mir.«

»Eine erstgeborene Tochter muss geopfert werden«, hatte seine Mutter geantwortet und war dabei unheimlich ruhig geblieben. »Lebendig. Nur dann wird das Fundament halten und das Gebäude vollendet werden. Ihr Leben wird diesem Gebäude Leben einhauchen, und es wird leben, mein Sohn. Es wird in den kommenden Jahren stolz leben.«

Sein Traum machte ihn unruhig, denn er hatte sich in einen Albtraum verwandelt. Immer noch träumend dachte er an die einzige Tochter des Kunden, die am nächsten Tag die Baustelle besuchen würde. Er schmiedete Pläne, wie er sie packen und ihren Körper im frisch gegossenen Beton versenken könnte.

»*Ich* werde dein Opfer wählen«, sprach Mutter und las seine Gedanken. Das Bild, das er so gut kannte, veränderte sich ein wenig und wurde zu einem anderen, ihre Tränen wurden zu Regentropfen, ihre Haare zu üppigen grünen Ranken und ihr Körper nahm die dunkle Farbe des nackten Bodens nach einer Überschwemmung an. Sie roch nach nasser Erde, nach Wiesen im Sturm und frisch gespaltenem Boden, wo das Wasser eine Klinge in den Körper der Erde getrieben hatte. Als sie wieder sprach, ähnelte ihre Stimme immer noch der, die er seit seiner Geburt kannte. »Ich werde dein Opfer wählen, und sobald ich meine Wahl getroffen habe, musst du es mir überbringen. Die erste Frau, die auf diesen Hügel kommt, wird eine erstgeborene Tochter sein und sie ist das Opfer, das ich verlange.«

In seinem Traum atmete er erleichtert auf. Carsons Tochter war die einzige Frau, die am nächsten Tag kommen sollte. Mutters Entscheidung ergab Sinn; das Opfer sollte mit dem

Eigentümer des Gebäudes geteilt werden, und so würde sie auch im Tod ihren Lieben nahe bleiben können. Es würde ein Sonntag sein, die Arbeiter würden frei haben und nur er würde dort sein.

»Nun geh und lebe dein Leben, mein Sohn«, befahl die Frau in seinen Träumen und berührte sein Gesicht kurz mit nassen, kalten, schlammigen Fingern. Er schreckte auf. Später in der Nacht, nachdem er kaum ein Wort mit Anna gewechselt hatte, legte er sich ins Bett, um wieder von seiner Mutter zu träumen oder von dem neuen Geist, in den sie sich verwandelt hatte. Um sie noch einmal zu fragen, ob sie wirklich von ihm verlangte, ein Leben zu nehmen. Alles, was er hörte, war Donner, bedrohlich und gespenstisch.

Am nächsten Tag hatte der Regen ein wenig nachgelassen und er nahm das als ein Zeichen. Mutter Erde, wie er sie inzwischen nannte, ließ ihrer Wut freien Lauf, bis er das Opfer bringen konnte, das sie verlangte. Er kämpfte immer noch mit der Vorstellung, ein Leben zu nehmen, hob die blaue Plane an und begutachtete den neu gegossenen Beton an der nordöstlichen Ecke des Gebäudes. Schließlich war es nur ein Traum, vielleicht war das Fundament in Ordnung und er würde es schaffen.

Ein großer Riss begann vier Meter von der Ecke entfernt auf der Nordseite und breitete sich zur Ostseite hin aus. Er setzte seinen Fuß auf die Kante und sie gab unter seinem halben Gewicht mühelos nach.

In diesem Sekundenbruchteil, als das Eckstück herunterfiel, fasste er einen Entschluss. Er würde Mutter geben, was sie verlangte. Er hatte keine andere Wahl.

Hektisch schaffte er drei Betonmischer herbei, um neue Ladungen vorzubereiten, und stellte sie in der Nähe ab. Er entfernte die blaue Plane und bereitete die Oberfläche für einen weiteren Guss vor, formte die Schalung und bereitete alles für Miss Carsons Besuch vor.

Als er fertig war, blieben noch zwei Stunden bis zu ihrer Ankunft. Erschöpft und atemlos setzte er sich auf den Rand des Fundaments, stützte den Kopf in die Hände, starrte auf seine Füße und dachte darüber nach, was er gleich tun würde ... das Unvorstellbare.

Als er schließlich aufblickte, sah er eine Frau, die in einem weißen Kleid dem Wind und dem Regen trotzte und den Hügel zu Fuß erklomm. Sie winkte ihm zu und rief seinen Namen.

Anna.

»Nein, nein«, rief er, schaute in den Himmel und hob die Faust. »Tu mir das nicht an. Nein!«, schrie er, aber nur der Donner antwortete. Dann versuchte er, Anna zu sagen, sie solle weggehen, umkehren und wieder gehen. Immerhin hatte sie die Hügelkuppe noch nicht erreicht, oder?

Als Mr Carson und seine Tochter später am Tag ankamen, war an der nordöstlichen Ecke des Fundaments frischer Beton gegossen worden. Der Regen hatte aufgehört und im Westen war ein Stück blauer Himmel zu sehen, nur ein Riss in der Wolkendecke, der Vorbote für gutes Wetter.

Und Avery stand vor dem Gebäude, durchnässt und voller Schlamm, und lauschte den lobenden Worten von Nestor Carson mit leerem, gequältem Blick.

FÜNFZIG

RAY

Raymond Montgomerys Studio lag im Sunset District von San Francisco und der nachmittägliche Berufsverkehr war anstrengend, trotz der Warnlichter und der Sirene, die er gelegentlich aufheulen ließ. Einige Straßen waren so mit Fahrzeugen vollgestopft, dass man gar keine andere Wahl hatte, als mit den anderen Autofahrern festzusitzen und zu warten.

Das Studio war geschmackvoll eingerichtet und befand sich in einem Stadthaus, die Farben der Fassade leuchtend und ungewöhnlich, rosa und karminrot und marmorgrau. Es stach etwas hervor, obwohl die meisten Häuser in dieser Straße um die originellste Fassade wetteiferten. Es herrschte bereits dichter Nebel, der in tiefliegenden Wolkenfetzen durch die Straßen zog, aber die fröhlichen Häuser stemmten sich gegen die Düsternis dieses hartnäckigen, salzig schmeckenden Meeresnebels.

Elliot stieg die Treppe hinauf, die zum Eingang führte, und wollte gerade klingeln, als sich die Tür öffnete. Eine junge Frau mit einem durchsichtigen Oberteil und dem wohl kürzesten Rock, den er je gesehen hatte, schenkte ihm ein strahlendes

Lächeln, schlang ihre dünnen Arme um seinen Hals und drückte ihr Becken nach vorne.

»Hallo, Texas«, flüsterte sie so nah an seinem Gesicht, dass er ihren Atem auf seinen Lippen spürte und den fruchtigen Duft ihres Lipglosses roch. Er stieß sie entschlossen von sich und hielt ihr seine Dienstmarke vor die Nase. »Ich sollte Sie wegen eines tätlichen Angriffs gegen einen Beamten anzeigen«, sagte er, ohne eine Spur von Humor in seiner Stimme. Irgendwie fühlte er sich durch die Interaktion weniger geschmeichelt oder sogar erregt, sondern vielmehr benutzt und wertlos.

Er verdrängte den Gedanken und grinste, als er sah, wie die junge Frau eilig auf dem Absatz kehrtmachte, um ihm zu entkommen, und die Treppe schneller hinunterstieg als eine Katze, die sich die Pfoten verbrannt hatte.

»Es gibt Leute, die würden richtig viel Geld bezahlen, um mit Ihnen zu tauschen«, sagte ein Mann und seine Stimme klang belustigt. »Das war Janessa, das *Vogue*-Covergirl des nächsten Monats.«

Elliot zuckte die Achseln. »Deswegen bin ich nicht hier. Sie sind Raymond Montgomery, stimmt's?«, fragte er, obwohl er den Mann bereits an seinem Zulassungsfoto erkannt hatte. »Ich bin Detective Young von der Wache Mount Chester.«

»Ah«, erwiderte der Mann. Eine Wolke aus Sorge und Traurigkeit huschte über sein Gesicht, als er zur Seite trat und Elliot hereinbat.

Ray war groß und gut gebaut wie seine Brüder, er verströmte die Aura des Erfolges, das Selbstvertrauen, das den Menschen eigen ist, die ihre Ziele erreicht haben und ihr Leben genießen, die tun, was für sie einen Sinn hat und sie glücklich macht. Mit hoch erhobenem Kopf, einem Ausdruck der Ruhe und einem warmen Lächeln auf den Lippen. Teure, aber unauffällige Kleidung, nur ein marineblaues Strickhemd mit Knopfleiste und eine graue Hose, die neu zu sein schien, ebenso wie seine schlichten, weißen Turnschuhe.

Diese ganze Aura der Freude und des Selbstbewusstseins löste sich in dem Augenblick in Luft auf, in dem Elliot Mount Chester erwähnte.

»Was kann ich für Sie tun, Detective?« Er zog die Tür hinter Elliot zu und schloss sie mit einer geschmeidigen Bewegung, indem er nach dem Riegel griff und die Tür zudrückte. Ein Verhalten, das ihm sicher die Nachbarschaft diktiert hatte. »Hier, nehmen Sie bitte Platz.« Er führte Elliot zu einer Sesselgruppe, die geschmackvoll um einen kleinen Couchtisch herum gruppiert war. Der Geruch von neuem Leder und teuren Lufterfrischern erfüllte den Raum.

Das Studio war groß und befand sich in einem Bereich, bei dem es sich um das Wohnzimmer handeln musste. Die Wände waren weiß und stilvoll mit einigen gerahmten Fotos dekoriert.

»Was kann ich für Sie tun, Detective?«, fragte er noch einmal mit einem angedeuteten Lächeln, das gezwungen wirkte, als ob sich dahinter eine unausgesprochene Angst verbarg.

»Es wird ein Mädchen aus Mount Chester vermisst. Ihre Nichte, Julie Montgomery.«

Er legte die Stirn in Falten. »Cheryls Tochter?«

Elliot nickte.

Ray senkte kurz den Blick, als würde er überlegen, was er sagen sollte. Dann sah er Elliot mit ausdrucksloser Miene an. »Ich habe nichts von ihr gehört, fürchte ich. Wie Sie vielleicht wissen, habe ich keinen Kontakt mehr zu meiner Familie.« Er blickte wieder kurz zu Boden und rutschte in seinem Sitz hin und her. »Ich fürchte, Sie hätten sich den Weg hierher sparen können, Detective.« Er schlug die Beine übereinander und legte den linken Knöchel über das rechte Knie, seine entspannte Haltung wirkte gekünstelt und einstudiert.

»Ich glaube, Sie wissen mehr, als Sie zugeben wollen, Mr

Montgomery«, sagte Elliot, in seiner Stimme lag eine düstere Warnung. »Das Leben eines jungen Mädchens steht auf dem Spiel. Alles, was Sie uns sagen, könnte uns helfen, sie zu retten.« Er hielt einen Moment inne. »Alles, was Sie uns vorenthalten, könnte Sie ins Gefängnis bringen. Bevor Sie entscheiden, wie es weitergeht, sollten Sie die Konsequenzen sorgfältig überdenken.«

Rays Schultern strafften sich und seine entspannte Haltung verwandelte sich in eine vorsichtige Anspannung. »Wie ist sie verschwunden?«, fragte er mit einem leisen Zittern in der Stimme.

Volltreffer. »Das ist genau die richtige Frage, die Sie da stellen, Mr Montgomery«, sagte Elliot. »Sie wurde aus ihrem Haus entführt, nachdem Cheryl getötet wurde, als sie versuchte, den Angreifer abzuwehren.«

»Oh«, erwiderte Ray verblüfft. »Ich hatte keine Ahnung, dass Cheryl ... ähm, wann ist es passiert?«

»Letzten Montag, am späten Abend.« Elliot beobachtete die Reaktionen des Mannes sehr genau. Als er das Wort Montag erwähnte, warf Ray aus irgendeinem Grund einen kurzen Blick zum Fenster, wo der Nebel von einem kalten Nieselregen durchzogen wurde, der bei Weitem nicht so heftig und windig war wie der sintflutartige Regen, der Mount Chester heimgesucht hatte. »Und ich fürchte, das waren noch nicht alle schlechten Nachrichten. Ihr Bruder, Dan Montgomery, wurde letzten Samstag erschossen.«

»Was?« Er stand auf und begann, im Zimmer auf und ab zu gehen, als könne er die Antwort irgendwo in diesen Wänden finden. »Dan auch?« Auf seinem Gesicht las Elliot nicht viel Trauer, nur Schock und noch viel mehr von der Angst, die er schon vorhin bemerkt hatte. Angst, die seine Pupillen weit werden ließ und tiefe Furchen auf seine Stirn zeichnete.

»Ich nehme an, dass niemand Sie informiert hat, Mr Montgomery?«

»Bitte«, sagte er barsch, »nennen Sie mich Ray. Mein *Vater* ist Mr Montgomery.« Er spuckte das Wort aus, als würde es ihm auf den Lippen brennen. »Ray also«, bekräftigte Elliot. »Was verschweigen Sie mir?« Er beugte sich nach vorne, die Hände auf die Knie gestützt. Aber Ray lief weiter durchs Zimmer, in ihm tobte ein Sturm, der seine Gesichtszüge manchmal verzerrte, als ob er mit jemandem in seinem Kopf streiten würde, vielleicht mit sich selbst. »Warum kehrt jemand dem Familienunternehmen den Rücken, ohne sich je umzuschauen? Von Brüdern, Nichten und Neffen mal ganz zu schweigen?«

Er erstarrte, steckte die Hände tief in die Hosentaschen und sah Elliot an, als würde er versuchen, den Detective einzuschätzen, um herauszufinden, ob man ihm trauen konnte. Dann seufzte er und bei dem tiefen Atemzug hob sich sein Brustkorb, als ob er von einer unausgesprochenen Last erdrückt würde. »Also gut, ich werde es Ihnen erzählen. Vielleicht wird es langsam Zeit.« Er biss sich auf die Lippe, immer noch zögernd, aber Elliot drängte ihn in keiner Weise, obwohl ihm jede Minute, die verging, schmerzlich bewusst war. »Ich habe es vorgezogen, mich von dem fernzuhalten, was ich als gemeinsame Wahnvorstellungen bezeichnen würde.«

Schon wieder dieses Wort. »Was meinen Sie damit?«

Er lachte verbittert. »Julie ... Sie werden sie nie wiedersehen.« Er zuckte die Achseln und verschränkte die Arme vor der Brust. »Wenn Sie schon so weit sind, *mir* Fragen über sie zu stellen, dann wissen Sie es ja. Keine von ihnen ist je zurückgekommen.«

Elliot schüttelte den Kopf. »Ich *weiß* es eben nicht. Genau deshalb bin ich ja hier. Ich hoffe, dass Sie mir sagen können, was andere nicht sagen wollen oder können.« Er sah Ray aufrichtig direkt in die Augen.

Als wäre er gerade um zwanzig Jahre gealtert, ging Ray zu dem Sessel hinüber und setzte sich, seine Haltung war angespannt, die Schultern waren nach vorne gebeugt. »Als ich mit dem College fertig war, waren ein paar Mädchen aus der Gegend verschwunden. Die Leute sprachen von einem Fluch, von den Geistern des Tals, aber ich habe diesen ganzen Unsinn nie geglaubt.« Er lachte leise, in seiner Stimme lagen Traurigkeit und Scham, seine Augen klebten förmlich am glänzenden Parkettboden. »Ich habe einfach beschlossen, wegzugehen.«

»Welchen Verdacht hatten Sie?«, fragte Elliot, doch Ray antwortete nicht, er schien in schwierigen Erinnerungen versunken zu sein. »Wovor sind Sie weggelaufen?«, fügte er nach langem Schweigen hinzu.

Ray warf ihm einen Blick zu, der voller Traurigkeit war. »Ich dachte, dass mein Vater etwas damit zu tun hatte ... möglicherweise.« Er schlug die Hände zusammen und löste sie wieder, nervös und verunsichert. »Ich habe mich nie getraut, mich dem zu stellen, ihn damit zu konfrontieren, ihn bloßzustellen, aus Angst, ich würde mit dem Finger auf einen Mann zeigen, der sein Bestes getan hatte, um mich gut zu erziehen, zumindest nach seinen Maßstäben und Überzeugungen.« Er presste seine Lippen zu einem schmalen Strich zusammen. »Wie kann man einzig und allein aufgrund eines Verdachts die Polizei auf einen guten Elternteil ansetzen, den einzigen, der einem noch geblieben ist?« Er verschränkte wieder die Hände. »Ich bin einfach gegangen und habe nie zurückgeblickt. Ich habe gebetet, dass mein Verdacht falsch war und dass ich das Richtige tat, indem ich meinen Mund gehalten habe.« Seine Mundwinkel verzogen sich zu einem traurigen Lächeln. »Er hat mir nie verziehen, dass ich gegangen bin. Dass ich ihn im Stich gelassen habe.«

»Das ist alles?« Elliots Tonfall war die Ungläubigkeit deutlich anzumerken. »Sie hatten nie mehr als eine Vermutung, dass mit Ihrer Familie etwas nicht stimmt? Keine handfesten Beweise?«

Er bedeckte seinen Mund mit der Hand und schüttelte den

Kopf. »Nein, ich hatte nichts, aber ich war auch zu feige, um mehr herauszufinden.«

Elliot wartete einen Moment darauf, dass er fortfuhr, aber er tat es nicht. »Und wie kam das?«

»Mein Vater ist ein sehr starrköpfiger Mann, dem es gefällt, das Schicksal aller zu kontrollieren.« Er sah Elliot an und schien sich für das, was er als Nächstes sagen wollte, zu schämen. »Es hat ihn nie interessiert, dass ich das Baugewerbe gehasst habe und andere Pläne für mein Leben hatte. Er hat mich trotzdem aufs College geschickt und Bauingenieurwesen studieren lassen. Falls ich es nicht tun würde, hat er mir angedroht, mir alles zu streichen: den Kontakt zur Familie, das Geld, sogar mein Zuhause.«

»Er hätte Sie aus dem Haus geworfen, wenn Sie sich für eine andere Laufbahn entschieden hätten?«

Ray nickte, immer noch mit verlegener Miene. »Niemand widersetzt sich meinem Vater. Ich war jung und mittellos. Es hat vier Jahre gedauert, bis ich begriffen habe, dass es besser ist, in San Francisco kellnern zu gehen, als bei meinem Vater zu leben und das zu tun, was er will.«

»Wann haben Sie Mount Chester verlassen?«

Rays Kiefer krampfte sich zusammen, als ob sich Wut in ihm aufgestaut hätte. »Kurz nachdem ich mit dem College fertig war, fingen mein Vater und meine Brüder an, über meine Initiation in das Familienunternehmen zu sprechen – eine Art Ritual, das ich nie verstanden habe, und sie haben sich nie die Mühe gemacht, es zu erklären. Es schien einfach aus der gleichen gemeinsamen Wahnvorstellung zu stammen, von der ich eben gesprochen habe. Ich wollte nie daran teilnehmen, obwohl meine beiden Brüder es getan hatten.« Er wandte seinen Blick kurz ab, als ob er versuchen würde, sich zu erinnern. »Sehen Sie, dieses Ritual machte keinen Sinn, denn ich arbeitete bereits im Familienunternehmen. Mein Vater sagte, er wolle unbedingt, dass ich die Initiation durchlaufe, aber er hat sie immer wieder verschoben.«

»Weshalb?«

Ray hob mit einer schnellen, winkenden Geste seine Hand an die Schläfe. »Irgendein verrückter Unsinn, soweit ich weiß. Er sagte, es sei wegen des Wetters.« Er schnaubte erneut. »Falls Sie sich das vorstellen können, die Initiation musste unbedingt während eines heftigen Gewitters passieren.«

Schweigen erfüllte die Luft zwischen ihnen, aufgeladen mit unausgesprochenen Worten. Ob verrückt oder wahnhaft, irgendwie passte alles zusammen, und alle Spuren deuteten auf Avery hin. Selbst mit seinem wasserdichten Alibi schien er im Zentrum dieses Falles zu stehen.

Ray stand auf und verschränkte die Arme vor der Brust. Das Gespräch war vorbei, aber die Traurigkeit und Scham in seinen Augen blieben. »Ich hoffe, Sie finden Julie unversehrt, und wenn Sie sie finden, hoffe ich, Sie werden feststellen, dass meine schlimmsten Befürchtungen nichts anderes waren als mein Anteil an dem Massenwahn, der Mount Chester heimsucht. Andernfalls trage ich genauso viel Schuld wie er, weil ich mich nicht früher bei der Polizei gemeldet habe.« Er sah Elliot noch einmal mit einer seltsamen Kraft in seinem Blick an, als hätte er eine Entscheidung getroffen. »Dafür gibt es keine Vergebung.«

Aber Elliot war schon an der Tür, konnte es kaum erwarten, Kay zu warnen. Als sie das letzte Mal miteinander gesprochen hatten, war sie auf dem Weg gewesen, um Avery in der Firmenzentrale einen Besuch abzustatten, aber das war am Vormittag gewesen. Seitdem hatte er nichts mehr von ihr gehört.

Sobald er hinter dem Steuer saß, trat er aufs Gaspedal und fuhr mit eingeschalteten Warnlichtern und heulender Sirene auf die nächste Highwayauffahrt zu.

Doch egal, wie oft er Kays Nummer auch wählte, sie ging einfach nicht dran.

EINUNDFÜNFZIG
VICTOR

Kays Handy klingelte erneut, tief unten in ihrer Tasche. Elliots fröhlicher Klingelton machte Avery wütend, er fuhr sich so nervös mit den Händen durchs Haar, als wolle er sie sich vom Kopf reißen. »Jetzt reicht es aber mit dem Mist! Ich muss nachdenken.«

Unbeirrt hielt sie Averys feurigem Blick stand und lächelte. »Sie werden nie aufhören, nach mir zu suchen.«

Victor fluchte und klopfte sich frustriert mit der Hand auf den Oberschenkel, als wolle er sagen: »Habe ich es dir nicht gesagt?«

Mitchell warf seinem Neffen einen verächtlichen Blick zu und ging schnell zu Kay hinüber. Er griff in ihre Tasche, holte das störende Stück Technik heraus, warf es auf den fleckigen Holzboden und stampfte dann mit dem Absatz seines Sicherheitsstiefels darauf herum.

Das Prasseln des Regens war das Einzige, was sie einen Moment lang hörte, lauter als das schmerzhafte Pochen in ihrem Kopf und das ununterbrochene Klingeln in ihrem linken Ohr. Immer noch lächelnd starrte sie Avery unbeirrt an und schenkte den beiden anderen Männern keine Beachtung.

»Sie wissen, dass ich Polizistin bin, oder?«

Avery antwortete nicht. Seine einzige Reaktion war, dass er sich wieder mit seinen arthritischen Fingern durch die Haare fuhr und stöhnte. »Wenn Sie nur endlich die Klappe halten würden.« Er hob die Hand, als wolle er ihr eine Ohrfeige geben, aber sie sah ihn weiterhin unnachgiebig an.

»Sie war Ihr erstes Opfer, nicht wahr?«, sagte sie beinahe flüsternd. »Ihr Tod hat Ihnen das Herz gebrochen, aber sie mussten es tun, oder?« Seine Pupillen weiteten sich und Tränen schimmerten in seinen blutunterlaufenen Augen. Sie war auf der richtigen Spur. »Das ist es, was sie will, nicht wahr?« Mit offenem Mund starrte er sie an, während seine Hand langsam nach unten wanderte, als wäre er in Trance. »Sie will mich auch, stimmt's? Sonst wäre ich ja nicht hier, oder?«, fügte sie hinzu und nutzte alles, was sie vorhin gehört hatte, um seine Aufmerksamkeit auf sich zu ziehen.

»Sie haben es verstanden«, flüsterte er, und dieselbe Hand streichelte nun sanft ihr Haar, löste einen stechenden Schmerz in ihrem Schädel und Übelkeit aus.

»Das tue ich, aber niemand sonst wird es verstehen.« Sie ließ die Wärme, die sie in ihre Stimme und ihren Blick gelegt hatte, erkalten. »Sie werden jeden Stein umdrehen, bis sie mich finden.«

»Sie hat recht, Dad«, mischte sich Mitchell ein. »Sie suchen schon nach ihr. Was meinst du, wie lange ...«

Avery drehte sich zu seinem Sohn um und packte ihn mit unerwarteter Kraft am Kragen. »Setzt die Mischer in Gang. Bereitet die Ladungen vor und stellt sie in einer Reihe auf. Wir gießen in zehn Minuten«, fügte er hinzu und zischte die Worte zwischen zusammengebissenen Zähnen hervor. »Es ist schon spät.«

»Aber ...«

»Ich will es nicht hören!«, brüllte Avery plötzlich. »In meinem Leben und in meinem Geschäft gibt es keinen Platz für Feiglinge. Wenn du nicht den Mumm hast, das zu tun, was getan werden muss, dann bereite dich darauf vor, ihnen im Beton Gesellschaft zu leisten.«

Vater und Sohn sahen sich einen langen, angespannten Moment lang in die Augen, dann senkte Mitchell den Kopf. »Wie du willst. Mir ging es nur um das Gießen bei diesem Wetter. Schau einfach nach draußen, mehr will ich ja gar nicht.«

Avery ging schweigend ans Fenster, die Lippen zu einem missbilligenden Strich zusammengepresst. Der Regen prasselte unablässig auf das Dach des mobilen Büros und trommelte pausenlos und monoton. Der Himmel, jetzt ein solides Bleigrau, war kaum zu sehen, verborgen im Dunst der Regentropfen, die unaufhörlich fielen. Seine Lippen bewegten sich, aber Kay konnte nicht hören, was er sagte. Er schien vor sich hin zu murmeln. Dann wandte er sich Mitchell zu, die buschigen Augenbrauen zornig um die Nasenwurzel zusammengezogen.

»Wir haben das doch schon mal gemacht, oder?«, fragte er mit einer Stimme, die schwer vor Enttäuschung war. »Ihr wisst, was ihr zu tun habt, also hört auf, euch dumm zu stellen.«

Mitchell und Victor, der die ganze Zeit schweigend auf einem Stuhl am Fenster gesessen hatte und sie beobachtete, als wäre das eine unterhaltsame Show, warfen sich einen kurzen, finsteren Blick zu.

»Ich habe die Plane schon angebracht«, sagte Victor. »Wir können mit dem Gießen loslegen. Der Wind könnte allerdings über Nacht auffrischen und die Plane zerreißen, den Beton freilegen und alles wegspülen, bevor er aushärtet.«

»Das wird nicht passieren«, verkündete Avery mit strenger Stimme. »Sie wird das Opfer annehmen und das Unwetter wird aufhören. So wie es immer ist.« Ein schiefes Lächeln umspielte seinen weißen Bart. »Wenn du dir Sorgen machst, kannst du das Ganze gerne die Nacht über kontrollieren.«

Einen schwindelerregenden Augenblick lang fragte sich

Kay, ob das, was sie hörte, real war. Die Annahme des Opfers würde das Unwetter beenden? Alle Unwetter endeten irgendwann. Averys Psychose ging tiefer, als sie vermutet hatte. Es war ihm gut gelungen, sie vor allen zu verbergen.

Victor verdrehte die Augen, beschloss aber, lieber nichts mehr zu sagen. Vielleicht hatte Avery bei seiner Gehirnwäsche doch keine so gute Arbeit geleistet.

Zufrieden mit dem trotzigen Schweigen, das er wahrscheinlich als Zustimmung interpretierte, wandte sich Avery an Mitchell und befahl: »Mach den Beton fertig. Sofort.«

Mitchell nickte hastig und schlug seinen Kragen hoch, bevor er nach draußen in den Sturm trat. Als er die Tür hinter sich schloss, donnerte es laut und eine Bö rüttelte am Gebäude.

Zwei waren einfacher als drei. Kay hätte beinahe gelächelt, aber es war noch nicht vorbei. Noch lange nicht. Sie warf einen weiteren Blick auf Julie. Das Mädchen schien zu schlafen oder vielleicht war sie bewusstlos, denn sie hatte sich keinen Zentimeter bewegt, seit sie sie zum ersten Mal gesehen hatte. Aber ihr Brustkorb hob sich immer noch langsam, ihre Atemzüge waren flach und lagen weit auseinander. Sie war noch am Leben.

Kay richtete ihre Aufmerksamkeit auf Victor, den Jüngsten der drei, der wahrscheinlich die geringste Motivation zum Töten hatte. Die Psychose und der Drang, die hinter den ersten Morden steckten, stammten von Avery. Nach dem, was sie bereits gesehen hatte, hatten sein Sohn und sein Enkel zwar einige psychopathische Züge geerbt, aber ihnen fehlte die Entschlossenheit zu töten, der Blutrausch. Vielleicht hatten sie, wie in allen dokumentierten Fällen von Serienmördern, über die sie gelesen hatte, angefangen, ihre Motive zu hinterfragen, oder der Nervenkitzel, Leben zu nehmen, war nicht mehr so groß für sie. Wahrscheinlich waren sie von Avery zum Töten verleitet worden und fühlten sich allein durch die Tatsache verpflichtet, dass sie von dem Blut wussten, das er vergossen hatte, und hatten sich dann selbst am Blutvergießen beteiligt.

»Weißt du, ab einem gewissen Alter hat das Leben im Gefängnis nicht mehr allzu viel Bedeutung.« Diese Aussage, die sie mit neutraler Stimme vortrug, brachte ihr einen wütenden Blick von Avery ein, den sie jedoch direkt ignorierte. »Aber wenn du einen Polizisten ermordest, landest du auf dem elektrischen Stuhl.« Sie zuckte mit den Schultern und bereute diese dramatische Geste sofort, als der Schmerz durch ihren Hinterkopf schoss. »Nun, das würde nur für dich eine Rolle spielen. Er würde wahrscheinlich in der Todeszelle sterben, während er darauf wartet, dass jemand den Schalter umlegt.«

Sie täuschte ein Kichern vor und beobachtete die Dynamik des Duos. Avery wurde zunehmend wütender und sie riskierte jeden Moment einen Schlag, der sie zum Schweigen bringen würde. Aber Victor interessierte sich für das, was sie zu sagen hatte. Seine Pupillen waren vor Angst geweitet, seine Hände zappelten unruhig und sein linker Fuß klopfte in einem schnellen Rhythmus auf den Boden. Ein tiefes Stirnrunzeln kräuselte seine Stirn und die Anspannung verzerrte seinen Mund zu einer Grimasse. Er wollte mehr hören.

»Oh, und ich erzähle dir mal, was mit Polizistenmördern im Gefängnis passiert«, fügte sie mit einem boshaften Lächeln hinzu, das sie nicht vortäuschen musste, und ihre Stimme überschlug sich vor aufgeregter Belustigung. »Du denkst, du wärst der Held der Allgemeinheit, aber in Wahrheit verbringst du deine Tage in der Todeszelle, isoliert und der Willkür anderer Polizisten ausgeliefert.« Sie lachte leise und stöhnte auf, als ihr Kopf wieder zu Pochen begann. »Du hast ja keine Ahnung, was diese Typen mit einem Schlagstock anrichten können. Puh.«

Victor sprang von seinem Stuhl auf und kam wütend auf sie zu, aber Avery stoppte ihn mit einer Hand, die er fest gegen seinen Brustkorb drückte.

»Sie will ihre Opfer unversehrt«, murmelte Avery. »Also reiß dich zusammen.«

Victor knurrte, seine von Mordlust erfüllten Augen bohrten sich in Kays. »Das wirst du mir büßen, du ...«

Zwei kurze Hupsignale machten sie auf die Ankunft des Betonmischers aufmerksam. Er fuhr an dem mobilen Büro vorbei und verschwand nach links, wo er wahrscheinlich am Fundament anhielt, dort wo der neue Beton gegossen werden sollte. Sowohl Avery als auch Victor waren plötzlich wie verwandelt, schienen sie völlig vergessen zu haben und konzentrierten sich auf die bevorstehende Arbeit.

»Wie willst du es machen?«, fragte Victor nüchtern.

»Ich nehme das Mädchen und du bringst sie raus«, sagte Avery und gestikulierte in Kays Richtung. In seinen Augen glitzerte der Wahnsinn, als ob seine Visionen ihm in Fleisch und Blut übergegangen wären und ihn genau hier, direkt unter Kays Augen, verfolgten. Er schien verklärt, besessen, berührt von etwas, das sie nicht begreifen konnte.

Mit einer für sein Alter bemerkenswerten Kondition hob Avery den leblosen Körper von Julie in seine Arme und ging zur Tür. Victor öffnete sie und hatte Mühe, sie festzuhalten, als eine heftige Böe sie aus den Angeln zu reißen drohte. Ein kalter Luftzug mit eisigen Regentropfen wirbelte durch den Raum und erstarb, als Victor die Tür schloss.

Und jetzt war es nur noch einer.

»Bis jetzt hast du noch gegen kein einziges Gesetz verstoßen«, sagte Kay, die keine Zeit verlieren wollte.

Victor warf ihr einen skeptischen Blick zu, dann hockte er sich zu ihren Füßen hin und schnitt die Kabelbinder um ihre Knöchel durch. »Maul halten, Schlampe.«

»Sieh zu, dass du nicht auf dem elektrischen Stuhl landest, denn das ist die Strafe, die auf den Mord an einer FBI-Agentin steht, und Mutter Erde wird dich vor Gericht nicht verteidigen«, fügte sie in einem Atemzug hinzu, als sie sah, wie schnell ihr die Zeit davonlief. »Mein Partner hat mich angerufen, und er weiß, wohin ich heute Morgen unterwegs war. Er ist dir und deiner ganzen Familie bereits auf der Spur. Heutzutage wissen sie, wie man Handys ortet.«

»Steh auf«, befahl er knurrend, packte sie an der Schulter und zwang sie, sich zu erheben. Es war ein gutes Gefühl, auf den Beinen zu sein, aber sie fühlte sich nicht gut genug, um gegen den Mann zu kämpfen. Er war jung und stark, mit der Art von kräftigem Oberkörper, den man bekam, wenn man Eisen stemmte oder auf dem Bau arbeitete.

»Willst du das alles nicht hinter dir lassen?«, fragte sie mit einem überraschten Unterton in der Stimme. Hatte sie sich in ihm getäuscht? Vielleicht steckte hinter diesen grauen, kalten Augen ein Tötungsdrang, der so stark war, dass er seinen Selbsterhaltungstrieb auslöschte. Vielleicht war er schon die ganze Zeit da gewesen und sie hatte ihn nur irgendwie übersehen.

Er schob sie in Richtung Tür. Noch ein paar Schritte und sie wäre draußen, im Sturm, wo Avery und Mitchell darauf warteten, Julie und sie unter einer Schicht Beton zu begraben.

»Ich bin mir sicher, dass du irgendwo Geld versteckt hast, mit dem du dir irgendwo südlich der Grenze ein anständiges Leben leisten könntest«, fügte sie hinzu und begann sich zu wehren, als sie sich der Tür näherten. »Stell dir Margaritas und minderjährige Mädchen vor, im Gegensatz zu Polizisten und ihren Schlagstöcken.« Sie hatte den Zweifel tief in seinen Kopf gepflanzt. »Wie bist du überhaupt in diesen Wahnsinn hineingeraten?«

Victor knurrte, drängte sie immer noch, war aber nicht mehr so überzeugt. »Die verdammte Initiation«, murmelte er, als ob die Worte gegen seinen Willen über seine Lippen kommen würden. »Ich dachte, es wäre eine Party, bei der ich in offizieller Funktion in der Firma willkommen geheißen werde. Als ich merkte, was sie vorhatten, war ich bereits Zeuge eines

Verbrechens – erst einer Entführung, dann eines Mordes. Ich hätte sie verpfeifen können, aber ...«

»Dann wäre die Firma am Ende gewesen«, ergänzte Kay hastig, um das Gespräch zu beenden, bevor Avery zurückkam.

»Scheiß auf die Firma!«, brüllte er. »Sie gehören alle zur Familie! Mein Vater, mein Großvater, mein Onkel.« Er schluckte schwer und die Anspannung ließ die Muskeln unter seinem Kiefer zucken. »Und nachdem ich das erste Opfer miterlebt hatte, wurde ich zum Komplizen. Aber ich habe nie selbst jemanden getötet. Niemals.«

Sie sah kein Flackern der Täuschung in seinem Gesicht. »Und warum machst du dich dann nicht aus dem Staub?«

»Du würdest mich wirklich gehen lassen?«, fragte er, obwohl seine Hände ihre Arme fest umklammerten.

»Zuerst müsstest du mich mal gehen lassen«, scherzte sie, »und zwar schnell. Mein Partner und der Rest der Kavallerie brauchen höchstens noch ein paar Minuten.« Zögernd ließ er ihre Arme los. Sie machte einen Schritt zur Seite, um etwas Abstand zwischen sie zu bringen. Ihre Hand griff augenblicklich nach ihrem Holster. Es war leer.

Er lachte. »Du hast doch nicht wirklich gedacht, dass wir dir deine Waffe lassen, oder?«

Ein Gedanke wischte ihm das Grinsen aus dem Gesicht und ersetzte es mit Sorge und Wut. »Du wolltest mich erschießen, nicht wahr? So viel zum Thema *Traue niemals einem Bullen.*«

»Nein, ich stehe zu meinem Wort. Es war nur ein Reflex.« Er schien nicht überzeugt zu sein. »Weißt du, was das für Polizisten für ein Scheiß ist, den Verlust einer Dienstwaffe zu erklären? Papierkram bis zum Gehtnichtmehr. Es wäre schön, wenn ich mir das ersparen könnte.«

Das Grinsen war wieder da. »Tut mir leid, das geht nicht. Avery hat sie dir in dem Moment weggenommen, in dem Mitchell dich hier reingeschleppt hat.« Er legte seine Hand auf den Türknauf und griff mit der anderen nach ihrem Arm, aber der Griff war weicher und zögerlicher. »Wie kommt es, dass du mich gehen lässt?«

Sie zuckte die Achseln und stöhnte sofort vor Schmerz auf. »Eine Hand wäscht die andere«, erwiderte sie augenzwinkernd. »Und soweit ich weiß, hast du nie jemanden getötet. Und der Rest spielt keine Rolle. Ich werde Avery und Mitchell für meinen zertrümmerten Schädel und mein angekratztes Ego bezahlen lassen.«

»Nein, ich habe niemanden getötet«, bestätigte er ruhig. In seinem Blick lag ein undefinierbares Glitzern. »Und es kann nicht schaden, wenn Avery schmort. Ich bin es wirklich leid, mich von ihm herumkommandieren zu lassen.« Seine Lippen verzogen sich zu einem zufriedenen Grinsen. »Sein Geld wird schon gut angelegt, das verspreche ich.« Er öffnete die Tür und ein Windzug ließ ihnen den Regen ins Gesicht prasseln.

»Dann mach dich auf den Weg zu deinem Pick-up und halt nicht an, bevor du die Grenze erreicht hast«, sagte sie. »Mehr als ein paar Stunden kann ich dir nicht geben.«

Als sie ins Freie trat, geriet sie mit dem Fuß auf dem schlammigen Boden ins Rutschen, stolperte und griff instinktiv nach Victors Jacke, um nicht das Gleichgewicht zu verlieren. Der Reißverschluss ging auf und gab das Sweatshirt frei, das er trug. Die schmalen Augen einer Schlange, das offene Maul einer Viper mit scharfen Zähnen und einer grünen, gespaltenen Zunge starrten ihr ins Gesicht.

Monster.

Sie hatte sich geirrt.

Als sie ihn ansah, spürte er sofort, dass etwas nicht stimmte. Er hob die Hand, um ihr einen Schlag zu versetzen, aber sie wich schnell aus und schlug ihm direkt in den Nacken. Der Schmerz schoss unbarmherzig durch ihren Schädel und wieder sah sie Sterne, doch sie achtete nicht darauf. Sie glitt hinter ihn, schlang ihre Arme um seine Kehle und hängte sich mit ihrem ganzen Gewicht rein, um ihn zu würgen.

Er konnte sich schnell befreien und warf sie zu Boden, wo sie so hart aufschlug, dass die Luft aus ihrer Lunge entwich. Sie trat ihm in die Leistengegend, aber nicht fest genug. Er stieß einen Fluch aus, sprang auf sie und schlang seine Hände um ihren Hals, um sie zu würgen. Sie wand sich, zog und zerrte an seinen Händen, aber er war zu stark. Sie widerstand dem Drang, sich gegen die Beschränkung ihrer Luftzufuhr zu wehren und wusste, dass sie nur noch wenige Sekunden zu leben hatte. Suchend tastete sie im Schlamm nach etwas, womit sie ihn schlagen konnte.

Der Felsbrocken war nicht groß, aber er hatte scharfe Kanten. Er war mit glitschigem Schlamm bedeckt und sie hatte Mühe, ihn richtig zu greifen, aber schließlich gelang es ihr doch. Der Schlag gegen Victors Schläfe war hart und seine Hände lösten sich so weit von ihrer Kehle, dass ein lebensrettender Atemzug in ihre Lungen gelangte. Er stöhnte auf und seine Finger drückten erneut zu. Dann versetzte sie ihm einen zweiten Schlag und spürte den salzigen, metallischen Geschmack von Blut auf ihren Lippen, als er schwer und reglos über ihr zusammensackte.

Hechelnd und keuchend kämpfte sie sich unter seinem Körper hervor und stand wackelig auf schwachen Beinen, dann sah sie sich um, um zu sehen, wohin Avery Julie gebracht hatte. Von dort, wo sie stand, war nur noch ein Teil des Fundaments zu sehen. Sie bog um die Ecke des mobilen Büros und blieb fassungslos stehen, sobald sie die Lage überblicken konnte.

ZWEIUNDFÜNFZIG

DIE BAUSTELLE

Kay hockte hinter einem Haufen Zementsäcke, die mit einer Plane abgedeckt und mit Kanthölzern beschwert waren, und beobachtete entsetzt, wie Avery mit erhobenen Armen um Julies dünnen Körper herumging und unverständliche Worte rief, die vom wütenden Heulen des Sturms erstickt wurden. Unter der blauen Plastikplane, die auf Pfosten ruhte, hatte er sie auf die Baustahlmatte in einem Bereich des Fundaments gelegt, der für das Gießen vorbereitet worden war und sich gefährlich nahe an der Kante eines neuen Erdrutsches befand. Die Seite des Hangs war abgerutscht und hatte die nackte Felswand freigelegt. Rachsüchtige Regentropfen fraßen sich daran fest, wuschen die Erde Stück für Stück ab und trugen sie in schlammigen Bächen bergabwärts.

Die zentimeterdicken Bewehrungseisen, die im Abstand von dreißig Zentimetern verlegt worden waren, waren mit orangefarbenem Rost überzogen und dienten dazu, den Beton zu verstärken, der bald gegossen werden sollte, wie ein verstecktes Skelett unter der grauen Betonoberfläche. Nur dass dieses Skelett jetzt als Stütze für den schwachen Körper des Mädchens diente und dafür sorgte, dass dieser nicht den Boden berührte, sondern fünf Zentimeter über der schlammigen Oberfläche schwebte. Ihr weißes Kleid flatterte im Wind, es war bereits durchnässt und mit Schlamm befleckt, ein zukünftiges Leichentuch.

Julie bewegte sich nicht. Kay konnte von ihrem Standort aus nicht erkennen, ob sie noch atmete. Die kalten und wütenden Regenschauer hätten sie aufwecken müssen, sie hätte ihren Kopf drehen müssen, um ihre Augen und Nase vor dem fallenden Regen zu schützen. Sie hätte ein Zeichen geben sollen – irgendein Zeichen –, dass sie noch am Leben war.

Kay starrte Avery an und überlegte sich einen Plan, wie sie die beiden Männer mit bloßen Händen ausschalten konnte, denn sie sah, dass ihre Waffe aus Averys Gürtel hervorlugte. Sie trug ihre Dienstwaffe immer in einsatzbereitem Zustand, mit eingelegter Patrone, jederzeit bereit zum Abschuss. Sie konnte sich ihm auf keinen Fall nähern, nicht wenn sein Sohn in der Nähe war.

Mitchell saß hinter dem Steuer eines Betonmischers und manövrierte ihn so nah heran, dass er den Beton gießen konnte. Er fuhr langsam rückwärts, die Hinterräder waren nur wenige Zentimeter von der Kante des Erdrutsches entfernt, wo sich unter dem enormen Gewicht des beladenen Mischers bereits Risse bildeten. Sobald die Entladerutsche nahe genug an der Schalung war, blieb er stehen, und das rhythmische Piepen, das die Bewegung des Lasters begleitet hatte, verstummte.

Dann begann das Betongemisch die Rutsche hinunterzulaufen und landete in der Nähe von Julies Beinen. Ein gewaltiges Donnergrollen schien den Boden zu erschüttern und Kay kauerte sich noch näher an den Boden. Erschrocken sah sie zu, wie sich der Beton mit großer Geschwindigkeit bewegte und schneller als erwartet die Rutsche hinunterschoss. Innerhalb von Sekunden erreichte er Julies Füße und begann sie zu verschlingen.

Julie bewegte ihr Bein leicht, nicht mehr als ein Zucken,

und zog es von dem kalten Beton weg. Sie war noch am Leben, aber anscheinend so schwach oder vielleicht betäubt, dass sie sich nicht wehren konnte.

Verzweifelt richtete Kay ihre Aufmerksamkeit auf Mitchell. Er hatte den Motor des Lasters abgestellt, aber die Trommel drehte sich immer noch und der Beton floss immer noch die Rutsche hinunter. Bald würde er Julies Kopf erreichen und sie ersticken.

Mitchell sprang aus dem Laster und gesellte sich zu Avery unter die Plane, scheinbar waren sie in eine angeregte Unterhaltung verstrickt. Irgendwann schauten beide in ihre Richtung und fragten sich wahrscheinlich, wo Victor steckte und warum er so lange brauchte, um Kay zu holen. Dann setzten sie ihr Gespräch mit erhobener Stimme fort, wahrscheinlich, um das wütende Heulen des Sturms zu übertönen und sich gegenseitig hören zu können.

Das war ihre Chance.

Kay rannte in kurzen Sprints von einem Materialstapel zum nächsten, nutzte sie als Deckung, um die Fahrertür des Lasters zu erreichen. Sie öffnete sie langsam und kletterte hinein, vorsichtig, damit die beiden Männer sie nicht sahen. Sie griff nach dem Zündschloss, aber die Schlüssel steckten nicht. Ein paar Meter weiter spielte Mitchell lässig damit herum, warf sie immer wieder in die Luft und fing sie anschließend wieder auf.

Verzweifelt drückte sie die Knöpfe auf dem riesigen Armaturenbrett, aber nichts schien den Fluss des Betons stoppen zu können. Selbst wenn sie Erfolg hätte, würden sie es sofort bemerken und den Fluss wieder in Gang bringen. Sie zwang sich, langsam zu atmen und sich so weit zu beruhigen, dass sie eine echte Lösung für ihr Problem finden konnte.

Ein schiefes Lächeln umspielte ihre Lippen. Vorsichtig löste sie langsam die Feststellbremse, denn sie wusste, dass der Laster sofort bergab rutschen würde. Mit ein bisschen Glück würde er am Fuße des Erdrutsches landen und in Stücke gerissen werden.

Der Laster setzte sich schneller in Bewegung, als sie erwartet hatte, noch bevor sie die Gelegenheit hatte, auszusteigen. Avery und Mitchell schrien alarmiert auf, dann eilte der jüngere Mann zum Laster. Sie hatte kaum Zeit, auf die Beifahrerseite zu rutschen, kroch mit gesenktem Kopf über die Sitze und kletterte aus der Beifahrertür. Dabei rechnete sie fest damit, dass Avery ihr sofort eine Kugel durch den schmerzenden Schädel jagen würde.

Aber er hatte sie nicht bemerkt, genauso wenig wie Mitchell, der verzweifelt darum kämpfte, den Laster auf dem nassen, schlammigen Gras zum Stehen zu bringen. Er ließ den Motor aufheulen, die Räder durchdrehen und über das feuchte Gras rutschen, sodass sich ganze Brocken davon lösten und glitschige Schlammflächen darunter zum Vorschein kamen. Der Motor heulte auf und der Laster rutschte weiter rückwärts, fast bis an die Erdrutschkante.

Gut so. Mitchell würde noch eine ganze Weile beschäftigt sein.

Sie nutzte die Gelegenheit und griff Avery von hinten an, während sie gleichzeitig nach der Waffe griff. Sie schaffte es, sie aus Averys Gürtel zu ziehen, aber sie glitt ihr aus den nassen und schlammigen Händen.

Der alte Mann war stärker, als sie es ihm mit seinen dreiundachtzig Jahren zugetraut hätte. Mit den geweiteten Pupillen eines Wahnsinnigen und seinen langen, weißen, durchnässten Haaren, die im böigen Wind hin und her peitschten, brüllte er und griff sie von vorne an, wobei er ihr einen Fausthieb nach dem anderen verpasste. Einer traf sie am Kiefer und sie schrie auf, weil das schnelle Drehen ihres Kopfes den heftigen Schmerz an der Rückseite ihres Schädels wieder aufflackern ließ. Sie spürte den metallischen Geschmack ihres eigenen Blutes in ihrem Mund, während grüne Sterne vor ihren Augen explodierten. Hastig atmete sie ein paarmal die kalte Luft ein und schaffte es, auf den Beinen zu bleiben. Sie wich Averys nächstem Schlag aus, warf sich dann auf die Seite und trat ihm bei der Landung mit beiden Füßen kräftig gegen den Knöchel. Er fiel wie ein Baumstamm zu Boden und blieb regungslos liegen. Seine Augen waren weit aufgerissen und wirkten durch den unerbittlichen Regen tränenüberströmt.

Sie rappelte sich auf – stöhnend, taumelnd und zittrig, mit einem pochenden Schmerz im Schädel – und eilte zu Julie hinüber. Sie kniete zwischen zwei Eisenstangen und tastete nach ihrem Puls. Er war da, aber schwach und unregelmäßig. Das Mädchen wurde immer schwächer, es konnte die Kälte des Betons nicht mehr ertragen und ihr Herz drohte durch den Schock stehen zu bleiben.

Kay schob ihre Hände unter Julies Achseln und versuchte, sie hochzuziehen, aber es gelang ihr nicht. Der Unterkörper des Mädchens war bereits in Beton getaucht, die dichte Masse klebte an den vielen Falten ihres langen weißen Kleides, und Kay gelang es nicht, sie auch nur einen Zentimeter zu bewegen.

Sie warf einen Seitenblick auf den Betonlaster und sah, wie er rückwärts an den Rand des Hügels rollte und der Erdrutschkante folgte. Mitchell hatte es wahrscheinlich aufgegeben, sich der Schalung direkt zu nähern, und war stattdessen im Begriff, umzudrehen und über die Hauptstraße wieder nach oben zu fahren. Innerhalb von Sekunden würde er an Victors Leiche vorbeifahren, die vor dem mobilen Büro im Schlamm lag. Sie hatte bestenfalls weniger als eine Minute Zeit.

Sie stützte sich auf die Eisenstangen und zog kräftig an Julies Körper, aber ohne Erfolg. Als sich der Laster schnell von der anderen Seite näherte und wendete, hob sie den Kopf des Mädchens an und schob ihre Beine darunter, um ihn zu stützen.

Dann begann der Beton wieder zu fließen und ergoss sich

in Richtung von Julies Kopf. Mit wild entschlossenem Blick kam Mitchell mit einem Brecheisen auf sie zu.

Während sie sich mühsam wieder aufrappelte, dachte sie an Elliot und rief in Gedanken seinen Namen. Wenn er sie doch nur finden würde. Möglichst bald.

Sie bückte sich schnell, um Mitchells Brecheisen auszuweichen, und betrachtete ihre Waffe, die einige Meter entfernt lag. Sie war unerreichbar. Ihre Hände, die mit tropfendem Beton bedeckt waren, waren nahezu nutzlos, wenn es darum ging, nach etwas zu greifen, womit sie sich verteidigen konnte. Sie schaute Mitchell direkt in die Augen, um zu sehen, wo und wann er wieder zuschlagen würde, kratzte etwas Beton von ihren Händen und formte ihn zu einer kleinen Kugel aus matschigem Gestein. Dann schleuderte sie ihm die Kugel ohne Vorwarnung direkt in die Augen und raubte ihm für ein paar kostbare Sekunden die Sicht.

Bei seinen verzweifelten Bemühungen, sich die Augen zu säubern, ließ er das Brecheisen fallen, schrie und fluchte. »Ich bringe dich um, du Schlampe, und wenn es das Letzte ist, was ich tue.« Mit zitternden Fingern wischte er sich das klebrige Zeugs aus den Augen, blinzelte schnell und schwankte wie ein Blinder, der den Halt verloren hatte. In einer Sekunde würde er wieder etwas sehen können, gerade genug, um sie zu töten.

Sie warf wieder einen Blick auf ihre Waffe, aber sie schien zu weit weg zu sein für die wenige Zeit, die ihr noch blieb, während das weggeworfene Brecheisen direkt vor ihren Füßen lag. Sie packte es mit beiden Händen und sagte dann: »Mitchell Montgomery, Sie haben das Recht zu schweigen ...«

Er schrie, sprang auf, streckte seine Hände aus und wollte sie gerade an der Kehle packen und würgen. Mit einer schnellen Bewegung, die sie sämtliche Energie kostete, die noch durch ihre Adern floss, schwang sie das Brecheisen nach oben und zur Seite und zielte auf seinen Kopf.

Das Bersten seines Schädels war laut genug, um kurzzeitig

das Donnergrollen in der Ferne zu übertönen, dann folgte der dumpfe Aufprall seines Körpers, der auf den schlammigen Boden fiel. Blut färbte das Regenwasser, das unter der Plane hervorquoll.

Schwer atmend sank sie neben Mitchell auf die Knie und tastete nach seinem Puls. Er war tot. Dann schaute sie zu Julie hinüber. »Oh nein, bitte, Gott, nein«, weinte sie. Der Beton hatte inzwischen ihr Gesicht erreicht und fast vollständig verschlungen, nur ein Teil ihrer Lippen und ihre Nasenlöcher ragten noch aus der grauen Masse heraus.

Kay schaute auf den Betonlaster und erinnerte sich daran, wie lange sie gebraucht hatte, um hineinzuklettern und die Feststellbremse zu lösen, damit der Laster rückwärts rutschte. Sie entschied, dass dafür nicht genug Zeit war. Stattdessen kroch sie zu Julie und stützte ihren Kopf mit ihren Beinen, so wie sie es vorhin schon getan hatte.

Sie hielt Julies Kopf auf ihrem Schoß und begann, ihr vorsichtig den Beton aus dem Gesicht zu wischen. Sie konnte zwar den Betonfluss nicht stoppen, aber sie konnte immer noch nach einem Rand der Kunststoffplane greifen. Mit eisigen Fingern griff sie danach und riss so fest sie konnte daran, immer wieder, bis sie nachgab. Eine Welle von aufgestautem Regenwasser überspülte sie und Kay keuchte, fror bis auf die Knochen und klapperte unkontrolliert mit den Zähnen. Aber der Regen spülte einen Teil des Betons weg, verdünnte das Gemisch und schickte es bergab, wo es das Braun der freiliegenden Erde mit zementfarbenen Grautönen befleckte.

Irgendwie war dieser Anblick jede Mühe wert.

Zwischen den Böen und dem Flattern der zerrissenen Plastikplane über ihrem Kopf hätte Kay beinahe Averys wütendes Brüllen überhört. Sie drehte den Kopf, um sich umzusehen, und sah den alten Mann auf sich zukommen. Seine Haare wehten im Wind und er stieß Flüche und sinnlose Worte hervor.

Ihr wurde klar, dass sie keine Kraft mehr für einen weiteren Kampf hatte. Verzweifelt schaute sie in Richtung Highway, in der Hoffnung, Elliots Fahrzeug herannahen zu sehen, aber da war nichts. Nur Regen. Sie hatte Regen immer geliebt ... bis jetzt.

»Mutter Erde hat zu mir gesprochen«, rief sie und hoffte, dass ihre manipulative Strategie funktionieren würde.

Avery hörte auf zu schreien und lauschte mit verklärtem Gesichtsausdruck. »Sie können sie hören?«, fragte er und griff nach dem Medaillon, das er an einer Kette trug, hielt es in der Handfläche, dann führte er es an seine Lippen.

»Sie sagt, dass sie Ihnen vergeben hat und Sie sich jetzt zur Ruhe setzen können. Ihre Söhne werden Ihr Werk vollenden.«

Schon als sie den Satz aussprach, wusste sie, dass sie einen Fehler gemacht hatte. Er hatte keine Söhne mehr ... Dan war letzte Woche ermordet worden, Mitchell lag blutüberströmt zu Averys Füßen und Raymond hatte sich vor Jahrzehnten von ihm abgewandt.

Wutentbrannt brüllte er so laut, dass Kay glaubte, trotz des Regens hören zu können, wie seine Stimme vom Berghang widerhallte. Ein Blitz schlug in der Nähe ein, der Lichtblitz blendete sie und der darauffolgende Donner ließ den Boden beben.

»Haben Sie sie gehört?«, schrie er. »Sie verlangt das Opfer, das sie sich ausgesucht hat!«

Er ging zum Angriff über, aber Kay rührte sich nicht, sie hielt Julies Kopf immer noch in ihrem Schoß. Im richtigen Augenblick hob sie ihren Fuß und trat nach vorne. Sie traf Avery am Knie, als er über die Stangen sprang, um auf sie einzuschlagen. Er jaulte auf und ging zu Boden, wo sein Schädel mit einem lauten Knall auf dem Rand der Betonschalung landete.

Als er fiel, öffnete sich sein Medaillon und ein paar Krümel

Erde verteilten sich auf seiner Brust, die sich durch den unaufhörlichen Regen schnell in Schlamm verwandelten.

Kays Atem ging stoßweise. Als das Adrenalin ihren Körper verließ, fühlten sich die fallenden Wassertropfen wie eisige Dolche an, die ihre Haut durchbohrten. Sie schirmte Julies Gesicht ab, zog sie näher zu sich heran, während der Regen den Beton abwusch, und sammelte die Kraft, sich zu bewegen. Sie überwand sich Averys toten Körper zu berühren, griff nach seinen Taschen und hoffte, irgendwo ein funktionierendes Handy zu finden.

In der Ferne wurde eine Polizeisirene immer lauter, laut genug, um das Geräusch des Regens zu übertönen, während irgendwo ein Sonnenstrahl durch einen Riss in der Wolkendecke schien.

Kay saß auf der hinteren Stoßstange eines Krankenwagens, trug den Ersatzkittel des Sanitäters und hatte eine Decke fest um die Schultern geschlungen. Auf dem Gelände wimmelte es nur so von Menschen, die scheinbar ohne Sinn und Verstand in alle Richtungen durcheinanderliefen, obwohl jeder genau das tat, was er tun sollte. Sie schenkte ihnen keine große Beachtung, auch nicht ihrem Chef, der ein paar Meter entfernt Befehle bellte und darauf achtete, dass ein Sicherheitsabstand zur Erdrutschkante eingehalten wurde. Auch nicht dem Bürgermeister, der sich eine Hand an den Kopf gelegt hatte, als er vor einer Stunde aus seinem Auto gestiegen war, und die Hand seitdem nicht mehr heruntergenommen hatte, weil er offenbar mit der Mutter aller Kopfschmerzen kämpfte. Er schien völlig schockiert zu sein, stand er doch mitten in einem Wahljahr vor einem absoluten Desaster. Das war verständlich, schließlich war er kurz davor gewesen, das Band für ein nagelneues Gebäude zu zerschneiden und zu den Ersten zu gehören, die nur wenige Zentimeter über den Leichen zweier Frauen in der angeblich größten medizinischen Einrichtung der Region standen. Sein Name würde für immer mit Ash Brook Hill verbunden bleiben.

Nein, sie hatte nur Augen für den Polizisten, der ein paar Meter von ihr entfernt stand und einen schwarzen, breitkrempigen Cowboyhut trug, an dem noch immer ein paar Regentropfen hingen, die in den stechenden Strahlen der untergehenden Sonne diamantartige Funken sprühten. Er durchbohrte jeden, der sich ihr nähern wollte, mit seinen Blicken und schien bereit, dem Sanitäter den Hals umzudrehen, nur weil der sie zum Stöhnen gebracht hatte, als er ihre Kopfwunde zusammenflickte.

»Wir müssen Sie ins Krankenhaus bringen, Detective«, sagte der Rettungssanitäter, ein kräftiger Mann namens Deshawn, wie sein gesticktes Namensschildchen verriet, das auch sie auf der Brust ihres geliehenen blauen Baumwolltops trug. Er war so freundlich gewesen, ihr seinen Ersatzkittel zu leihen, und sie war dankbar, dass sie sich zur Abwechslung mal warm und trocken fühlte, auch wenn der gestärkte Stoff eher nach Desinfektionsmittel als nach Weichspüler roch.

»Das will ich nicht, D.«, antwortete sie und warf ihm einen flehenden Blick zu. »Jetzt im Moment brauche ich eine Auszeit von allem.«

»Es muss aber sein, D.«, erwiderte er, lachte über seinen eigenen Witz und enthüllte zwei Reihen unglaublich weißer Zähne. »Sie haben vielleicht eine Gehirnerschütterung.«

Sie verdrehte die Augen, aber schon diese winzige Bewegung ihrer Augäpfel rief einen heftigen Schmerz hervor. »Nein, habe ich nicht. Ich sehe nicht verschwommen, bin nicht müde, fühle mich nicht schwach und mir ist weder schwindelig noch übel. Es geht mir gut.«

»Aber ...«

»Ich würde mir lieber diesen verdammten Zement aus den Haaren waschen, bevor alles zu Stein wird und ich mir den Kopf rasieren muss.«

Er presste die Lippen aufeinander und verschränkte seine dicken Arme vor der Brust. Sein missbilligender Gesichtsausdruck machte jedes weitere Wort überflüssig. Sie lächelte so süß, wie es ihr möglich war, und tätschelte seinen Ellbogen. »Danke, D., ich weiß das echt zu schätzen.«

Sie erhob sich vorsichtig und machte eine gründliche Bestandsaufnahme all ihrer Schmerzen und Wehwehchen. Es waren zu viele, um sie zu zählen, aber ein paar Tage Ruhe würden die meisten von ihnen kurieren.

Der Regen hatte aufgehört und die schüchternen Sonnenstrahlen wärmten ihr Gesicht. Sie schloss kurz die Augen und bemerkte, dass die Vögel zwitscherten, ein Geräusch, das sie schon lange nicht mehr gehört hatte.

»Du wirst nie erraten, wo sie Dans Pick-up gefunden haben«, sagte Elliot.

Lächelnd öffnete sie die Augen und sah ihn an. Als sich ihre Blicke trafen, flackerte etwas in seinen Augen, eine Hitze, die sie für einen kurzen Moment lang spürte, bevor er den Blick abwandte. Sie wärmte ihr Herz und ließ sie an viele »Vielleichts« denken.

»Wo denn?«

»Die Firma war gerade dabei, ein Regierungsgebäude fertigzustellen – die neue Sortieranlage für die Post auf der anderen Seite des Berges. Cheryl muss davon gewusst haben, denn sie hat Dans Pick-up hinter dem Gebäude geparkt. Keiner hätte es je gemeldet.«

»Wie haben wir ihn dann gefunden?«

»Nicht *wir*.« Er lachte ein schnelles, bescheidenes Lachen, das seine Augen umspielte. »Der Mann, der in der Nähe wohnt, leidet unter Schlaflosigkeit und geht manchmal nachts spazieren. Ihm ist aufgefallen, dass das Auto schon mehrere Nächte hintereinander dort geparkt war, und er hat es vor einer Stunde gemeldet.«

»Eines muss man Cheryl lassen, das war wirklich schlau«, erwiderte Kay.

Elliot klatschte einmal in die Hände, als wolle er seine Begeisterung zeigen. »Genau das hat der Doc auch gesagt, als er mir den Fundort der Mordwaffe gezeigt hat.« Sie nickte und ermutigte ihn, fortzufahren. »Unter der Spüle, in einem Behälter, der so aussah, als wäre er dazu da, Wasser aus undichten Abflüssen aufzufangen.«

Kays Lächeln wurde breiter. Nach all den Schrecken, die sie erlebt hatte, beflügelte sie der Anblick von Sonnenschein und seinem Lächeln geradezu. »Ich frage mich allerdings, was Cheryl durchgemacht hat, ganz allein, ohne jemanden, dem sie vertrauen konnte. Hier zu leben, wo ihr Mann getötet wurde, möglicherweise von einem Großvater, den sie verdächtigte, gegen den sie aber nichts ausrichten konnte, und mit Calvins Onkel zu schlafen, in dem verzweifelten Versuch, die Wahrheit herauszufinden. Ich kann mir nicht vorstellen, wie sie sich gefühlt haben muss. Mir läuft es eiskalt den Rücken runter.« Sie hielt inne und dachte daran, dass sie wahrscheinlich nie herausfinden würden, was in jener Nacht wirklich passiert war, als Dan zu Besuch kam und schließlich durch einen Schuss in den Rücken getötet worden war. Sie wusste jetzt, dass Avery ihn geschickt hatte, um Julie zu holen; sie hatte die Gespräche zwischen Avery und Mitchell, seinem ältesten Sohn, gehört; dieser Teil war klar. Aber warum hatte Cheryl nicht die Stadt verlassen, nachdem sie Dan getötet hatte? Warum hatte sie Victor die Gelegenheit gegeben, sie aufzusuchen? Hatte sie, ähnlich wie die Detectives, angenommen, dass es nur einen Mörder gab, der die Mädchen tötete, und dass sie ihn aus dem Weg geräumt hatte? Und warum hatte sie nicht die Polizei gerufen?

Eine Kugel im Rücken hätte eine Menge Fragen aufgeworfen, und das Risiko war beträchtlich. Immerhin waren Cheryl und Dan ein Paar gewesen. Das Argument der Selbstverteidigung, das in diesem Moment wie ein seltsames Märchen wirkte, hätte Cheryl mit Sicherheit ins Gefängnis gebracht und sie hätte das Sorgerecht für ihre Töchter verloren.

An die Montgomerys.

Ach so … Deshalb hatte sie keine Hilfe geholt. Aber warum hatte sie die Stadt nicht verlassen?

Vielleicht würde es einen Weg geben, das herauszufinden, sobald es Julie besser ging.

»Gibt es Neuigkeiten von Julie?«, fragte sie Elliot, aber Deshawn steckte seinen Kopf aus dem Krankenwagen.

»Sie liegt auf der Intensivstation. Sie war unterernährt und stark dehydriert, aber sie gehen davon aus, dass sie sich vollständig erholen wird.«

»Das ist ja fantastisch!« Aus einem Impuls heraus ging sie auf den Sanitäter zu und umarmte ihn. Ihr wurde warm ums Herz, als sie sich das Wiedersehen zwischen Julie und ihren Schwestern ausmalte. »Danke, Big D.«

»Dachte ich mir doch, dass ich Ihre Stimme gehört habe, laut und putzmunter«, sagte Sheriff Logan und kam rasch auf sie zu, ohne auf die Schlammpfützen zu achten, in die er mit seinen Armeestiefeln trat. »Hat der Arzt Sie schon untersucht?«

»Ja«, antwortete sie energisch.

Gleichzeitig sagte Deshawn ebenso energisch: »Nein.«

Logan warf die Arme in die Luft und ließ sie dann wieder sinken. »Großartig. Freut mich, dass Sie sich wenigstens in einem Punkt einig sind.« Er trat zwei Schritte näher an Kay heran. »Sie wissen ja, was Sie zu tun haben.«

Sie seufzte. »Ja.« Ihre Gedanken wanderten immer wieder zu Julie und ihren Schwestern zurück. »Was passiert jetzt mit den Mädchen?«

»Nun, der Staatsanwalt sagt, dass Lynn Montgomery das einzige Familienmitglied sei, gegen das wir keine Anklage erheben. Sie scheint die Einzige zu sein, die nicht in diesen ganzen Schlamassel verwickelt ist. Kennen Sie sie?«

Ein breites Lächeln hatte sich auf Kays Gesicht ausgebreitet, als sie ihren Namen hörte. »Ja, ich kenne sie.«

»Ich nehme an, Sie sind damit einverstanden, dass sie die Mädchen nimmt?«

»Ja, das bin ich.« Wenn Lynn und Jacob zusammenblieben, könnte Kay die Mädchen in ihrer Nähe haben. Die Vorstellung, mit ihnen in Kontakt zu bleiben, ihnen bei ihrer Genesung zu helfen, zauberte ein Lächeln auf ihre Lippen, das nicht wieder verschwinden wollte.

»Wir wissen immer noch nicht, wo Victor ist ...«

»Moment, was?«, sagte sie und spürte, wie ihr ein Schauer über den Rücken lief.

»Victor Montgomery, er ist ...«

»Ich habe den kranken Mistkerl niedergeschlagen und ihn direkt vor der Bürotür im Schlamm liegen lassen«, unterbrach sie Logan erneut. »Wollen Sie damit sagen, dass er weg ist?«

Logan hatte bereits sein Funkgerät aus dem Gürtel gezogen. »Ja. Gibt es irgendeinen Ort, wo wir nach ihm suchen sollten?«

»Ja«, stöhnte sie und sah auf die Uhr. Er hatte gut drei Stunden Vorsprung. »Er ist unterwegs Richtung Süden, nach Mexiko.«

»Hat er Ihnen das erzählt?« Logan führte sein Funkgerät ein wenig näher an seine Lippen, ließ es dann aber in der Luft schweben.

»Ich habe es ihm sozusagen vorgeschlagen.« Sie lächelte kleinlaut.

Logan schüttelte den Kopf. »Ich werde keine Fragen stellen.« Dann drückte er den Knopf am Funkgerät. »Ich will Straßensperren und eine aktuelle Fahndung nach Victor Montgomery. Er ist unterwegs Richtung Süden.«

»Er trug ein Vipers-Sweatshirt«, sagte Kay zu Elliot. »Du hattest recht. Wir wissen immer noch nicht, woher er es hat, aber das spielt auch keine Rolle mehr. Er hat hier in Kalifornien studiert.«

»Tja, wenn man die falsche Frage stellt, bekommt man eine Zeit lang keine guten Antworten«, witzelte Elliot. »Ich bin damit umgegangen, als wäre ich in einem Stall aufgewachsen.« Seine Wangen färbten sich ein wenig. »Man hat mir gesagt, dass die Vipers kein College-Team sind, sondern ein Highschool-Team, und er war in seinem letzten Jahr dort. Ich habe die SMS erst vor einer Stunde bekommen.«

Sie lachte in die warmen Sonnenstrahlen. »Wir hätten ihn so oder so erwischt.«

»Und wir haben ihn erwischt«, sagte Logan und strahlte, wobei sein Grinsen seine Pausbacken so sehr anhob, dass seine Brille auf ihnen ruhte. »Er wurde wegen Überschreitung des Tempolimits angehalten, nördlich von San Francisco, vor etwas mehr als einer Stunde, mit Schlangenhemd und allem Drum und Dran, und er blutete aus der Schläfe. Ich nehme an, das ist Ihr Werk?«

Kay hob ihre Hand in die Luft. »Schuldig im Sinne der Anklage. Es überrascht mich wirklich, dass er es geschafft hat, zu fliehen.« Sie starrte auf ihre Hände, ihre dünnen Finger, die sich zu Fäusten ballten und wieder lösten. Sie fühlte sich schwach und kraftlos. »Ich sollte vielleicht ins Fitnessstudio gehen, um etwas kräftiger zu werden. Es geht gar nicht, dass mir Täter einfach so davonlaufen.«

Logan gluckste. »Tun Sie das, Detective. Aber im Moment stecken wir bis über beide Ohren in Arbeit, besten Dank auch. Wir müssen Hunderte von Gebäuden mit dem Bodenradar und dem mobilen Röntgengerät untersuchen und versuchen immer noch herauszufinden, was eigentlich passiert, wenn wir Leichen finden, die in den Fundamenten von funktionstüchtigen Gebäuden vergraben sind. Sollen wir die dann abreißen, um an die Leichen zu kommen?«, fragte er spöttisch. Seine gute Laune war wie weggeblasen, an ihrer Stelle lag nun eine frustrierte

Bitterkeit in seinem Blick. »Zum Glück muss das der Staatsanwalt entscheiden, was zu einem jahrelangen Rechtsstreit führen könnte.«

»Dabei kann ich vielleicht helfen«, sagte Kay und warf in der Dämmerung noch einmal einen Blick auf die Baustelle. Ein Schauer lief ihr über den Rücken, als sie die Stelle sah, an der der Beton über Julies Körper gegossen worden war. Zwischen dieser Stelle und dem Rand der Schalung befand sich eine Lücke, und plötzlich wurde ihr klar, warum. Das war die Stelle, an der ihr Leichnam liegen sollte ... Avery hatte ihr einen Platz an der Spitze des Erdrutsches freigehalten. Mit erstickter Stimme räusperte sie sich leise. »Sie haben nie Mädchen unter Fundamenten begraben, es sei denn, das Wetter war schlecht. Ich kann die Daten der Vermisstenmeldungen mit den Gebäuden abgleichen, die zu dieser Zeit errichtet wurden – vor allem mit denen, die von Stürmen betroffen waren – und dann können wir mit nur dreiundvierzig Gebäuden anfangen anstatt mit Hunderten.«

»Sind Sie sich da sicher?«, fragte Logan und kratzte sich am Ansatz seiner raspelkurzen Haare.

»Ganz sicher«, antwortete sie ohne die kleinste Spur von Zögern in ihrer Stimme. »Avery hatte eine Vorliebe dafür, auf Hügeln wie dem Ash Brook Hill zu bauen, und glaubte, die Stürme seien der Zorn von Mutter Erde, die Menschenopfer forderte.« Sie dachte an ihr Gespräch mit dem Meteorologen zurück. »Karge Hügel wie dieser sind bei starkem Regen anfällig für Erdrutsche, aber er hielt das für übernatürlich.«

Elliot pfiff. »Der Typ hatte nicht alle Tassen im Schrank.«

Kay senkte für einen Moment den Kopf. »In meinem ursprünglichen Profil hielt ich ihn für einen Serienmörder auf einer bestimmten Mission, aber das passte nicht so richtig, weil die Viktimologie nicht stimmte. Da war ich irgendwie auf dem Holzweg.« Sie sah Logan entschuldigend an. »Er war das, was wir Profiler einen visionären Serienmörder nennen – er war geistesgestört und hörte Stimmen, die ihm sagten, welches Leben er wie auslöschen sollte. Gleichzeitig war er in der Lage, sich in der Gesellschaft zurechtzufinden, Beziehungen zu knüpfen, äußerst erfolgreich zu sein und seine Kinder dazu zu bringen, seinem Weg zu folgen, ähnlich wie ein Auftragsmörder. Er erwies sich als äußerst organisiert und als kühler Perfektionist, wenn es um seine Entführungen und Morde ging. Das ist es, was mich verwirrt hat. Deshalb wurde er so lange nicht gefasst.«

»Waren seine Söhne ebenfalls verrückt?«, fragte Logan.

Sie presste einen Augenblick lang die Lippen zusammen. »Ich würde sagen nein, zumindest nicht so verrückt wie Avery. Selbst bei ihm – nachdem ich mit ihm gesprochen und gesehen habe, wie er mit anderen umgeht – zögere ich irgendwie, ihm das Etikett des klinischen Wahnsinns aufzudrücken, weil er so gut organisiert war. Ich werde das weiter untersuchen müssen und ich würde gerne meinen ehemaligen Mentor aus Quantico bitten, sich diesen Fall anzusehen. Sie hielt kurz inne. »Ich werde die Gelegenheit haben, Victor zu befragen, und die werde ich nutzen, um mehr über ihre Beweggründe zu erfahren und wie sie sich über drei Generationen entwickelt haben.« Logan nickte, während Elliot sie eindringlich ansah. »Ich glaube nicht, dass Mitchell und Victor den gleichen Drang zum Töten hatten. Nein, ich glaube, dass sie manipuliert und gezwungen wurden, in Averys Fußstapfen zu treten.« Sie ging in Gedanken die Familienmitglieder durch und dachte an diejenige, die ihr sofort ins Auge sprang. »Was ist mit Marleen?«

»Der Staatsanwalt wird Anklage gegen sie erheben, obwohl er sagt, dass alles, was wir gegen sie haben, bestenfalls Indizien sind. Er ist der Meinung, dass wir mehr über ihren Aufenthaltsort in Erfahrung bringen sollten.«

»Ich glaube, sie war ein wichtiger Teil des Kreuz-Alibi-Spiels, das sie gespielt haben.«

»Welches Kreuz-Alibi-Spiel?«, fragte Logan, die Hände fest in die Hüften gestemmt.

»Ich habe gehört, dass sie die Entführung der Mädchen sorgfältig geplant haben, sodass die meisten Familienmitglieder ein wasserdichtes Alibi hatten und die übrigen ein Alibi von einem der entlasteten Familienmitglieder erhielten.« Sie lächelte voller Vorfreude, als sie an Marleens verlogene Arroganz dachte. »Es wäre nicht das erste Mal, dass wir einen Täter gegen einen anderen ausspielen, oder? Sie wird in sich zusammenfallen wie ein Kartenhaus.«

»Ha«, erwiderte Logan, »ich wette, das wird sie, Detective.« Er betrachtete den Tatort, an dem es vor Polizisten und Tatorttechnikern nur so wimmelte, und sie folgte seinem Blick. Mehrere LED-Leuchten waren installiert worden und leuchteten. Der Gipfel des Ash Brook Hill erstrahlte wie die Bühne eines morbiden Theaters, aber sie wollte unbedingt weg. Sie wusste schon jetzt, wie die Geschichte enden würde: Mit jahrelangen Ermittlungen und Bergen von Berichten, die geschrieben werden mussten. Mit einem Schlussstrich für all die Familien, die jahrzehntelang gerätselt, gehofft und getrauert hatten und nicht heilen konnten. Mit dem plötzlichen Tod vom Mythos der erstgeborenen Töchter.

Als hätte er ihre Gedanken gelesen, sagte Logan: »Lassen Sie sich durchchecken, Kay. Das ist ein Befehl.« Dann ging er davon.

Sie sah ihm nach, während ihr Blick auf der Szenerie verweilte und sie den Moment genoss. Es war vorbei.

»Wie wäre es mit einem Abendessen?«, fragte Elliot. »Ich wette, du würdest dich jetzt über einen doppelten Cheeseburger freuen. Ich hätte jedenfalls gerne einen.«

Ihr Gesicht leuchtete auf. »Darauf kannst du wetten. Und Pommes und ein Bier.« Ihr lief das Wasser im Mund zusammen.

Elliot bot ihr seinen Arm an und sie nahm ihn, froh über die

Unterstützung. Ihre Beine fühlten sich ein wenig wackelig an, eine Nebenwirkung des Adrenalins, das ihre Muskeln mit Energie geflutet und sie auf den Kampf vorbereitet hatte. Ein Schwindelanfall überkam sie, aber sie umklammerte Elliots Arm fester und hielt mit seinem energischen Tempo mit, weil sie es kaum erwarten konnte, hier wegzukommen. »Aber zuerst würde ich gerne duschen.«

»Geht klar«, antwortete er mit einem warmherzigen Lächeln in der Stimme. »Obwohl, auch wenn du mit Abstand die am schlechtesten gekleidete und schmutzigste Verabredung bist, die ich je hatte, finde ich, dass du trotzdem toll aussiehst.«

»Eine Verabredung?«, fragte sie und merkte, wie sehr ihr die Vorstellung gefiel.

»Äh, ich meinte eine rein berufliche Verabredung, verstehst du?«

»Klar«, antwortete sie, wobei sie den Vokal ein wenig in die Länge zog und ihre Stimme vor Lachen immer leiser wurde.

Sie hatte Mühe, Schritt zu halten; es fühlte sich an, als würde sie an seinem Arm hängen, weggezogen werden und sich immer mehr auf ihn stützen. Wo zum Teufel war Elliots SUV?

Plötzlich wurde ihr schwarz vor Augen.

VIERUNDFÜNFZIG

VERSCHIEBUNG WEGEN REGEN

Als Kay aufwachte, stand Julie neben ihrem Bett und starrte sie ängstlich an. Sie trug einen weiten Krankenhauskittel mit einem kleinen Blumenmuster, der unförmig auf ihren dünnen Schultern hing. Sie hielt sich an einem Infusionsständer auf Rollen fest, den sie von dem Bett neben Kays hinter sich hergezogen hatte. Eine Infusionsleitung führte von dem Beutel zu der Zugangsnadel an ihrem Handrücken. Kay las die schwarzen Buchstaben auf dem durchsichtigen Infusionsbeutel: fünf Prozent Glukose.

Sie drückte sich gegen die raschelnden Kissen und lächelte, aber die Angst in den Augen des Mädchens verschwand nicht. Sie war blass, ihre Haut fast durchsichtig. Ihre geweiteten Pupillen rührten sich nicht, sie starrten Kay an, während eine unausgesprochene Frage darin lag.

Kay hatte selbst einige Fragen. Sie konnte sich nicht erinnern, wie sie hierhergekommen war, in welchem Krankenhaus sie sich befand und welcher Wochentag heute war. Durch die Jalousien, die einen Spalt breit geöffnet waren, konnte sie einen strahlend blauen, sonnigen Himmel sehen, keine Spur mehr von dem Sturm, der abgezogen war.

»Was ist los, Julie? Brauchst du irgendetwas?«, fragte sie und griff nach der Hand der Jugendlichen.

Das Mädchen wich zurück, weil es scheinbar Angst hatte, sie zu berühren. »Bist du hier, um mich zu überwachen?«, fragte sie.

Kay legte ihre Hand auf die Rückseite ihres Schädels, wo sie etwas Ungewöhnliches spürte. Sie hatten ihre Wunde verbunden und genäht. Sie schmerzte nicht mehr so stark, wie sie es in Erinnerung hatte, aber sie pochte immer noch.

»Nein«, antwortete sie mit einem amüsierten Lächeln. »Glaubst du etwa, ich tue mir das alles an, nur um dich zu überwachen?« Sie deutete auf ihren Hinterkopf und lächelte weiter.

Julies Pupillen blieben geweitet, wanderten aber in Richtung des Flurs. »Überwacht er mich denn?«

Durch die geschlossene Glastür sah Kay Elliot, der auf einer Couch schlief, sein Gesicht war hinter seinem Hut verdeckt. Seine Dienstmarke hing gut sichtbar an seinem Gürtel.

»Nein«, erwiderte Kay. »Ich bin mir ziemlich sicher, dass er wegen mir hier ist, nicht wegen dir.« Sie konnte sich ein leichtes Glucksen nicht verkneifen. »Was hast du auf dem Herzen?«

Eine Träne rollte über das Gesicht des Mädchens. »Willst du mich verhaften?«

Kay rutschte auf ihrem Kissen ein wenig höher und klopfte mit der Hand auf den Platz neben sich, um Julie dazu aufzufordern, sich zu setzen. Zögernd und unruhig, als ob Kays Nähe gefährlich wäre, setzte sie sich schließlich widerwillig auf die Bettkante.

»Warum sollte ich dich festnehmen, Süße?«

Julie senkte die Augen, kniff sie zu, dabei tropften weitere Tränen von ihren Wimpern. »Du weißt doch, warum«, flüsterte sie, »du bist doch Polizistin, oder?«

»Ja, ich bin Polizistin, aber ich wüsste wirklich nicht, warum ich dich festnehmen sollte.«

Sie schniefte und schaute sich panisch um. »Er hat Mom gewürgt. Ich habe geschossen ...«

Augenblicklich legte Kay ihren Finger an die Lippen des Mädchens und brachte sie zum Schweigen. Die Puzzleteile fügten sich zusammen und ließen nur noch wenige Fragen offen. Deshalb hatte Cheryl sich so viel Mühe gegeben, die Erschießung von Dan Montgomery aus Notwehr zu vertuschen. Deshalb hat sie auch nie die Polizei gerufen.

Sie hatte ihre Tochter schützen wollen.

Mit hochgezogenen Augenbrauen und geweiteten Pupillen starrte Julie Kay an, sie war jetzt noch eine Spur blasser als zuvor. Ihre Blicke trafen sich für einen langen Moment, während Kay darüber nachdachte, was sie jetzt tun würde.

Julie würde nie für die Erschießung von Dan angeklagt werden, denn es gab umfassende Beweise für die vielen Morde, die die Montgomerys begangen hatten. Abgesehen davon würde ihr Name sonst für immer mit dem Schuss in Verbindung gebracht werden und jeder, der im Internet nach ihr suchte, würde sie als das Mädchen kennen, das einen Mann erschossen hatte, wenn auch in Notwehr. In einer Zeit, in der niemand mehr ein Recht auf Vergessen oder Vergeben hatte, in der alles, was im Internet stand, für immer verbreitet wurde und das Leben und die Zukunft eines Menschen zerstörte, war es für Kay besser, dieses Geheimnis für sich zu behalten. Andernfalls würde Julie niemals an einem guten College zugelassen werden oder einen guten Job bekommen. Ihr Leben wäre vergeudet, für immer zerstört von demselben Mann, der ihre Mutter getötet und sie gefoltert hatte. Es wäre nichts gewonnen, wenn dieses winzige Körnchen Wahrheit ans Licht käme, absolut nichts. Es war das Richtige.

Kay strich Julie mit sanften Fingern über das lange Haar. »Dann will ich dir mal erzählen, was die Polizei über den Vorfall weiß, okay?« Das Mädchen nickte und schluckte mühsam. »Wir wissen, dass deine Mutter Dan Montgomery erschossen hat, um dich zu schützen. Dann hat sie ihn selbst in den Pick-up geladen und am Rande der Interstate abgelegt. Aufgrund der Aussage deiner Schwester wissen wir mit Sicherheit, dass du mit deinen Schwestern im Obergeschoss warst, als es passierte. Die Ermittlungen zum Tod von Dan Montgomery sind offiziell abgeschlossen.« Sie schenkte ihr ein aufmunterndes Lächeln und bemerkte, wie sich Julies Schultern ein wenig entspannten. »Du siehst also, ich habe absolut keinen Grund, dich zu verhaften. Verstehst du?«

Julie nickte wieder, senkte den Blick und verbarg eine widerspenstige Träne. »Danke«, flüsterte sie.

Kay öffnete ihre Arme und das Mädchen ließ sich an ihrer Seite nieder, den Kopf auf Kays Schulter gelehnt. »Kannst du mir jetzt sagen, welcher Tag heute ist?«

»Sonntag, glaube ich«, murmelte sie, ohne ihren Kopf zu heben.

»Was?«, fragte Kay belustigt. »Ich bin seit zwei Tagen außer Gefecht? Kein Wunder, dass ich so einen Hunger habe.«

Julie kicherte zwischen stummen Tränen.

»Eine Sache würde ich gerne noch wissen, wenn es nicht zu schmerzhaft für dich ist, es mir zu erzählen.« Sie hielt inne und wartete auf eine Antwort, aber es kam keine, nur ein langer, angestrengter Atemzug. »Warum seid ihr nach Dans Tod nicht alle weggefahren? Warum habt ihr gewartet?«

Julies Schultern hoben sich, als sie schluchzend zusammenbrach. Sie hob ihr Gesicht von Kays Arm, wich aber ihrem Blick aus. »Es war alles meine Schuld. Mom ist meinetwegen gestorben.«

»Erzähl mir, wie das passiert ist.« Sie glaubte nicht, dass es stimmte, aber es gab immer noch ein paar unbeantwortete Fragen. »Eins nach dem anderen. Was ist passiert, nachdem deine Mutter in Dans Pick-up weggefahren ist?«

Sie wimmerte und schniefte. Als sie zu sprechen begann, zitterte ihre Stimme und klang brüchig. »Wir haben gewartet und gewartet. Sie kam erst am Sonntagnachmittag zurück. Ich hatte Angst, dass sie jemand erwischt hat, aber sie ist einfach ...« Sie verstummte, schluchzte und wischte sich hastig mit dem Handrücken die Nase. Kay griff nach der Schachtel mit den Taschentüchern auf ihrem Nachttisch und stellte sie beiläufig aufs Bett, in Julies Reichweite. Sie nahm eines und zerknüllte es, dann putzte sie sich die Nase und hielt es fest, als hätte sie Angst, es loszulassen. Sie atmete tief und zitterig ein, bevor sie fortfuhr. »Sie ist quer durch die Stadt gelaufen, durch den Wald, damit sie niemand sah.«

Das ergab Sinn. Vom neuen Postgebäude, in dem sie Dans Pick-up gefunden hatten, bis Angel Creek Pointe waren es etwa fünfundzwanzig Meilen Luftlinie, auf der Straße vielleicht dreißig oder mehr. Ihr Herz schlug ihr bis zum Hals, während sie sich ausmalte, wie Cheryl mitten in der Nacht allein und zu Fuß durch den Wald gelaufen war, damit niemand sie in der Nähe des Fundorts von Dans Leiche oder des Pick-ups sehen konnte. Soweit man wusste, hatte sie Samstagnacht und den Sonntagmorgen mit ihren Töchtern im Haus verbracht.

»Ich verstehe. Warum seid ihr dann nicht am Sonntag gefahren, als sie nach Hause kam?«, fragte Kay, obwohl sie wusste, dass Cheryl zu diesem Zeitpunkt vielleicht schon zu müde gewesen war, um noch aufrecht zu stehen. Hunderte von Meilen durch einen Sturm zu fahren, kam sicher nicht in Frage.

Julies Blick war immer noch gesenkt, aber ihr Schluchzen hatte etwas nachgelassen. Sie warf Kay einen kurzen Blick zu und schien sich zu schämen. »Wir hatten kein Geld. Mom wollte ihre Kreditkarten nicht mehr benutzen, sobald wir losfuhren, und die Banken hatten geschlossen. Sie wollte niemanden fragen.«

»Und am Montag?« Victor war am Montagabend zu ihrem Haus gekommen, da waren ihre Koffer gepackt gewesen, aber sie waren immer noch da.

Julie schluchzte herzzerreißend auf. »Wegen mir ... und

deshalb ist sie gestorben, weil ich dumm war.« Kay strich ihr sanft übers Haar und wartete. »Ich hatte ein Date und bin erst sehr spät zurückgekommen, und das Wetter war schlecht.« Sie hielt kurz inne und stöhnte auf. »Es war das letzte Mal, dass ich Brent sehen wollte. Ich wollte mich verabschieden. Aber er ... interessiert sich nicht so sehr für mich. Ich habe mich wie eine Idiotin benommen.«

»Oh Süße«, sagte Kay und schloss Julie in ihre Arme. »Es ist doch nicht deine Schuld, dass deine Mutter gestorben ist.« Irgendwie trieben ihre Worte dem Mädchen noch mehr Tränen in die Augen, aber sie ließ ihr die Zeit zu trauern, hielt sie sanft im Arm und erinnerte sie daran, dass sie nicht allein war. »Du bist jetzt in Sicherheit, und alles wird wieder gut.« Sie flüsterte ihr immer wieder beruhigende Worte zu, während sie in Gedanken bei der Tragödie war, die über die Familie hereingebrochen war.

Möglicherweise war Calvin bei einem Unfall ums Leben gekommen, oder er wollte mit der mörderischen Tradition seiner Familie brechen und wurde dafür hingerichtet. Avery war vielleicht der Meinung gewesen, dass er zu viel wusste und eine Bedrohung darstellte. Diesen Teil würden sie wahrscheinlich nie mit Sicherheit aufklären können, obwohl Victor noch lebte, und falls er es wusste, würde sie es aus ihm herauspressen. Aber Cheryls Verdacht gegen Avery bestätigte diese Theorie. Es musste etwas gewesen sein, das Calvin ihr vor seinem Tod erzählt hatte und das sie in ihrem unerbittlichen Streben nach Gerechtigkeit angetrieben hatte.

Die Tür öffnete sich mit einem gedämpften Zischen und Lynn kam herein, lächelte schüchtern und hielt Heather und Erin an den Händen. Hinter ihr stand Jacob mit einem breiten und stolzen Grinsen, als ob die Mädchen schon ihm gehörten und er zum Vater des Jahres gekürt worden wäre.

Sie drückte Julies Hand und sagte: »Schau mal, wer da ist, Süße.« Dann beobachtete sie die Wiedervereinigung und bemühte sich tapfer, ihre eigenen Tränen zurückzuhalten. Jacob näherte sich zögernd ihrem Bett, mit einem federnden Gang, als würde er gleich losrennen, wenn sie auch nur nieste, und drückte ihr einen Kuss auf die Stirn.

»Wann kommst du nach Hause?«, fragte er und kam wie immer direkt zur Sache. »Wie du vielleicht schon gehört hast, ist das Leben für Lynn und mich etwas komplizierter geworden.«

Kay gluckste. »Nein ... ihr werdet schon klarkommen. Ihr alle.«

Julie hatte sich auf den Boden gekniet, um mit ihrem Gesicht näher an ihren Schwestern zu sein, hielt sie fest, weinte mit ihnen und flüsterte ihnen etwas zu.

»Ich wusste, dass es dir gut geht«, sagte Heather zu Julie und deutete mit ihrer Hand auf Kay. »Sie ist nett. Ich habe auch bei ihr geschlafen.« Kay biss sich auf die Lippe und kämpfte gegen die Tränen an. Es war das erste Mal, dass Heather seit dem Tag, an dem ihre Mutter gestorben war, einen ganzen Satz gesprochen hatte.

Kays Blick wanderte zum Flur und suchte nach Elliot. Er stand in der Tür, den Hut in der Hand, sein zerzaustes blondes Haar ein seltener Anblick, seine blauen Augen funkelten vor Lachen, als er Heathers Worte hörte, und in seinen Augen lag auch noch etwas anderes, das sie nicht benennen konnte, in dem sie sich aber nur allzu gerne verloren hätte.

Zögernd näherte er sich ihrem Bett, während sie ihre Decke ein wenig höher zog, um ihren schrecklichen Krankenhauskittel vor ihm zu verbergen.

»Ich schätze, wir kommen doch nicht zu unserer ...«

»Verabredung zum Abendessen?«, fragte sie fröhlich und lächelte. Sie beobachtete, wie er seinen Blick für einen Moment abwandte, bevor er den ihren traf.

»Ja.« Er schaute kurz zu Jacob, dann zu Lynn und den

Mädchen, die alle durcheinanderredeten. »Wenn du willst, können wir es auch wegen Regen verschieben.«

Ihr Lächeln verschwand und ihre Lippen verzogen sich zu einem Ausdruck gespielter Missbilligung. »Wir könnten es aus einer ganzen Reihe von Gründen verschieben, Detective. Wegen jeder Katastrophe, die du möchtest. Von mir aus wegen eines Erdbebens, Nebel oder heftigem Schneetreiben. Aber das Wort Regen will ich nicht mehr hören, nie wieder.«

Seine Augen, die für einen kurzen Moment besorgt gewirkt hatten, leuchteten auf. Er beugte sich über das Bett und sagte: »Nur damit du es weißt, du bist immer noch die am schlechtesten gekleidete Verabredung zum Abendessen, die ich je hatte.«

Ein herzliches **Dankeschön** dafür, dass ihr euch entschieden habt, *Die letzte Schwester* zu lesen. Wenn euch das Buch gefallen hat und ihr über alle meine Neuerscheinungen auf dem Laufenden bleiben möchtet, meldet euch einfach über den folgenden Link an. Eure E-Mail-Adresse wird nicht weitergegeben und ihr könnt euch jederzeit wieder abmelden.

www.bookouture.com/bookouture-deutschland-sign-up

Wenn ich ein neues Buch schreibe, denke ich an euch, meine Leserinnen und Leser: Was möchtet ihr als Nächstes lesen? Wie verbringt ihr eure Freizeit? Und was würdet ihr am meisten schätzen in der Zeit, die ihr in Gesellschaft der Figuren verbringt, die ich erschaffen habe, und während ihr die Herausforderungen miterlebt, vor die ich sie stelle? Deshalb würde ich gerne von euch hören! Hat euch *Die letzte Schwester* gefallen? Würdet ihr euch über ein Wiedersehen mit Detective Kay Sharp und ihrem Partner Elliot Young in einer weiteren Geschichte freuen? Euer Feedback ist mir sehr wichtig und ich freue mich über eure Meinung. Bitte kontaktiert mich direkt über einen der unten aufgeführten Kanäle. Am besten per E-Mail an: LW@WolfeNovels.com. Ich werde eure E-Mail-Adresse an niemanden weitergeben und ich verspreche euch, dass ihr auf jeden Fall eine Antwort von mir bekommt!

Wenn euch mein Buch gefallen hat und es nicht zu viel verlangt ist, nehmt euch bitte einen Augenblick Zeit, um eine

Bewertung abzugeben und *Die letzte Schwester* vielleicht auch anderen Leserinnen und Lesern zu empfehlen. Bewertungen und persönliche Empfehlungen helfen Leserinnen und Lesern, neue Titel oder neue Autoren und Autorinnen zu entdecken; das macht einen großen Unterschied und bedeutet mir sehr viel.

Ich danke euch für eure Unterstützung und hoffe, euch bald mit meiner nächsten Geschichte unterhalten zu dürfen. Bis bald!

Herzlichen Dank,

eure Leslie

www.WolfeNovels.com

 facebook.com/wolfenovels

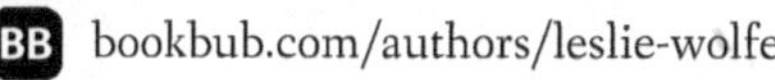 bookbub.com/authors/leslie-wolfe

NACHWORT DER AUTORIN

DER EWIGE MYTHOS DER EINGEMAUERTEN FRAU

Als ich das Volkslied »Die Ballade von der eingemauerten Frau« zum ersten Mal hörte, reiste ich gerade mit meinen Eltern durch Europa und war etwa zehn Jahre alt. Es blieb mir im Gedächtnis. Es war düster, fesselnd und packend, so wie eine gute Geschichte sein sollte, auch wenn es kein Happy End gab. Der Gedanke, dass Maurer ihre Ehefrauen einmauern, um dunkle, böse Geister zu besänftigen, die ihre Arbeit während der Nachtstunden ruinieren würden, hatte etwas zutiefst Beunruhigendes an sich.

Denn mal ehrlich, wer würde so was tun? Wer würde einen geliebten Menschen für seine Arbeit opfern? Im übertragenen Sinne tut das heutzutage fast jeder erfolgreiche Berufstätige, ein trauriges Zeichen unserer modernen Zeit. Was den wörtlichen Sinn anbelangt, so kannte ich damals die Antwort nicht. Jetzt kenne ich sie zwar immer noch nicht genau, aber ich habe zumindest ein paar eigene Theorien.

Doch zunächst zum Mythos selbst. Laut Professor Alan Dundes von der University of California, Berkeley, überdauerte er Jahrhunderte, wobei die älteste dokumentierte Version mehr als tausend Jahre zurückreicht. Er soll seinen Ursprung in Indien haben und sich über den Balkan nach Europa verbreitet haben, bis hin nach Deutschland und England. Es gibt viele dokumentierte Fälle von Einmauerungen in alten englischen Kirchen.

Unabhängig von der lokalen Ausprägung erzählt das Volkslied immer die gleiche Geschichte, mit kleinen Abweichungen. Bei den Gebäuden kann es sich um Brunnen, Brücken, Kirchen oder ganze Städte handeln. Unabhängig vom Schauplatz handelt die Legende von einer Gruppe von Maurern, die mit dem Bau eines Gebäudes beauftragt werden und deren Arbeit über Nacht von übernatürlichen Mächten zerstört wird. Diese Mächte verlangen stets ein Opfer, in der Regel die Frau des Poliers. In einigen Versionen verlangen die Geister jedoch, dass diejenige Frau geopfert wird, die als Erste auf der Baustelle eintrifft, und das ist zufällig die Frau des Poliers, ein symbolisches Beispiel dafür, wie eine gute Ehefrau sein sollte – nämlich eine Frau, die stets die Erste ist, wenn es darum geht, ihrem Mann bei der Arbeit Nahrung und Freude zu bringen.

Diese Version des Volksliedes hat mir am besten gefallen, denn sie stützt die Theorie, dass dieser Mythos tatsächlich eine Metapher ist, die in kraftvollen Bildern die vielen Opfer beschreibt, die eine Ehefrau nach der Heirat bringt. Sie gibt ihre Freiheit, ihre Mobilität, ihr Leben für den persönlichen und beruflichen Erfolg ihres Mannes auf und ist schließlich die unsichtbare Kraft, die das Gebäude stützt, das er baut. Ich zitiere aus dem Buch von Professor Dundes, *The Walled-Up Wife, A Casebook:* »Mit dem Eintritt in die Ehe wird die Frau ›im übertragenen Sinne eingemauert‹. Sie wird hinter Mauern eingesperrt, um ihre Tugend zu schützen, und wird als Bürgerin zweiter Klasse behandelt.« In demselben Buch schreibt ein anderer Wissenschaftler, Paul G. Brewster, über Frauen, die rituell als eine Art Bauopfer getötet wurden.

Was diese Bauopfer anbelangt, so ist die überraschendste Erkenntnis unserer Zeit die gerichtsmedizinische Bestätigung dieser Mythen. An mehreren Orten, an denen die örtliche Folklore von Frauen erzählte, die lebendig eingemauert wurden, wurden beim Abriss von Gebäuden Leichen gefunden, die die Worte der alten Lieder untermauerten und den Erzählungen ein unerwartetes Gewicht verliehen. In mehreren englischen Kirchen wurden Skelette von uralten Opfern gefunden. Laut Paul G. Brewster wurde im Brückentor in Bremen die Leiche eines Kindes gefunden; und in der Niederburg in Manderscheid wurde die Leiche einer jungen Frau entdeckt, als 1844 die Mauer an der Stelle aufgebrochen wurde, von der in der Legende die Rede war.

Ich habe selbst ein paar Theorien, die im krassen Gegensatz zum eher romantischen Mainstream stehen, der von Opfern und Metaphern spricht. Was wäre, wenn es Serienmörder schon viel länger gibt, als wir bisher geglaubt haben? In den Vereinigten Staaten gilt H. H. Holmes als der erste dokumentierte Serienmörder; er starb 1896, nachdem er mehr als hundert Leben ausgelöscht hatte. Aber schon vor ihm gab es im Laufe der Geschichte mehrere bemerkenswerte Serienmörder, die bis ins Jahr 331 n. Chr. zurückreichen, als eine Vereinigung von einhundertsiebzig Matronen im alten Rom, bekannt als der Giftring, des Mordes an mehr als neunzig Männern für schuldig befunden wurde. Lassen Sie das ruhig mal einen Moment auf sich wirken: Der erste dokumentierte Serienmörder in der Geschichte war eine Frau, besser noch, eine Gruppe von ihnen!

Von dem Adeligen Gilles de Rais, der im fünfzehnten Jahrhundert in Frankreich über einhundertvierzig Kinder tötete, bis hin zu Elisabeth Báthory, einer Gräfin, der die Folterung und Ermordung von Hunderten von Dienstmädchen in Ungarn im späten sechzehnten und frühen siebzehnten Jahrhundert zugeschrieben wird – an Serienmördern mangelt es der Geschichte nicht. Was wäre also, wenn es Serienmördern in einer Zeit, in der es nicht viele Möglichkeiten gab, ihre Neigungen in kleinen, eng verbundenen Gemeinschaften zu verbergen, und in der es keine modernen Transportmittel und Möglichkeiten zur Leichenbeseitigung gab, gelungen wäre, die Massen zu täuschen, indem sie Geschichten über Opfer erzählten, die von übernatürlichen Mächten gefordert wurden, sodass sie in aller Öffentlichkeit töten konnten? So weit hergeholt ist das gar nicht, oder? Nicht, wenn man weiß, was wir heute über das finstere Mittelalter und die verschiedenen Formen der blutrünstigen Abartigkeit wissen, die wir mit Namen wie dem französischen Schriftsteller Marquis de Sade oder dem spanischen Inquisitor Tomás de Torquemada in Verbindung bringen.

Hier ist noch eine weitere Theorie. Was wäre, wenn das, was die mythischen Gebäude nachts zum Einsturz brachte, nicht irgendeine übernatürliche Kraft war, sondern ... schlicht und ergreifend die Schwerkraft? Bewehrungsstäbe wurden in den 1800er Jahren erfunden und ab den frühen 1900er Jahren in großem Umfang als strukturelle Verstärkung verwendet. Wussten Sie, dass Knochen fast ebenso elastisch sind wie Beton, Druck jedoch zehnmal so gut standhalten? Knochen haben eine ähnliche Druckfestigkeit wie Stahl (der Bestandteil von Bewehrungsstäben), sind aber dreimal leichter. Wenn man beides miteinander kombiniert – menschliche Knochen und Beton – wird die Druckfestigkeit von Beton beibehalten, jedoch ist das knochenverstärkte Material elastischer und weist eine höhere Zugfestigkeit auf. Ich frage mich, ob es zu weit hergeholt ist, sich vorzustellen, dass damals, als Bewehrungsstäbe noch nicht erfunden waren und der Bau und das Bauwesen noch in den Kinderschuhen steckten, einige schlecht konstruierte Gebäude einstürzten und nur die Knochen einer Jungfrau sie stabilisieren konnten? Genau wie Avery, der sich nicht dazu durchringen konnte, nicht mehr auf den Hügeln zu bauen und deshalb einen Erdrutsch nach dem anderen riskierte, müssen diese Maurer gewusst haben, dass ihre Fundamente verstärkt werden mussten. Einige von ihnen, zum Glück nur einige wenige, beschlossen, dass ihre Arbeit es wert war, Menschenleben zu opfern, und offenbarten damit ihre wahre Natur als Serienmörder, während andere vermutlich in andere, weniger schwierige Branchen wechselten.